회색 눈사람

문 학 동 네
한국문학전집

0 2 2

최윤
대표중단편선

회색 눈사람

문학동네

차례

회색 눈사람

거의 이십 년 전의 그 시기가 조명 속의 무대처럼 환하게 떠올랐다. 그때를 연상할 때면 내 머릿속에는 온통 청록색으로 뒤덮인 어두운 구도가 잡힌다. 그렇지만 어두운 구도의 한쪽에 쳐진 커튼의 저쪽에서 새어들어오는 따뜻한 빛이 있는 것도 같다. 그것은 혼란이었다. 그리고 무엇보다도 아픔이었다. 그것이 미완성이었기 때문에? 그러나 삶의 단계에 정말 완성이라는 것이 있기는 한 것인가. 아, 그때…… 하고 가볍게 일축해버릴 수 없는 과거의 시기가 있다. 짧지만 일생을 두고 영향을 미치는 그러한 시기. 그래도 일상의 반복의 힘은 강한 것이어서, 많은 시간 그 청록색의 구도 위에 눈비가 내리고 꽃이 지고 피면서 서서히 둔감한 상처처럼 더께가 내려앉아 있었던 모양이다.

우리—그렇다, 지금쯤은 우리라고 불러도 좋겠다—는 매일매일 저녁을 알 수 없는 열기에 젖어 그 퇴락한 인쇄소에 갇혀서 보냈다. 서울 변두리의 허름한 상가 한 귀퉁이에 자리잡은 평범한 인쇄소였다. 우리는 거의 석 달을 매일 저녁 만나, 서로에 대해 아는 것이 없이 일에 매달렸다. 그 평범한 인쇄소의 이름이 왜 지금에 와서 아무리 생각해도 떠오르지 않는지 알 수 없다. 아주 정교하게 고안된 기억의 제동장치의 결과라고밖에는 그것을 달리 설명할 길이 없다.

그 시기가 다시 어제의 일로, 현재의 일로 다가온 것은 아주 우연히 시선을 던진 한 일간지의 서너 줄짜리 사회면 기사 때문이었다. 이미 이틀이나 지나버린 신문의 그 기사가 눈에 들어온 것은 그러니까 하나의 자그마한, 그러나 중대한 사건이었다. 왜냐하면 국립도서관의 자료실에 앉아 내가 뒤적여야 하는 것은 사회면이 아니라 사설란이었기 때문이다. 나는 나를 고용한 한 전직 교수의 저술을 돕기 위한 자료를 찾고 있었다.

나는 그 짧은 기사를 읽었다고 할 수 없다. 거의 번개 같은 속도로 나의 눈이 그 위를 훑었고, 읽기도 전에 그 내용을 파악했다는 편이 옳다. 나의 이름이 커다랗게 확대되어 눈에 들어왔고 그러자마자 내 심장이 미친듯이 뛰었다. 그 뛰는 심장으로 한참을 망연히 앉아 있다가 나는 또 놀란 듯이 주변을 훑어보았다. 자료실 안의 이쪽 칸은 늘 그렇듯이 거의 비어 있다. 벌써 며칠 전부터 통계 자료를 앞에 펼쳐놓고 반나절을 졸면서 보내는 안경 낀 한 남자가 있을 뿐이었다.

그제야 나는 입술을 움직거리면서 지극한 애무의 말을 연습하듯이 그 기사를 속살거리며 읽었다. 머릿속에 잘 들어오지 않는 공식을 암기하듯이 여러 번을. 그 기사는 다음과 같았다.

지난 26일 뉴욕의 센트럴파크에서 한 한인 여인이 죽은 채로 발견되었다. 이 여인은 이미 오래전에 무효가 된 강하원(41세)이라는 이름의 여권을 지니고 있었으며 한인회는 그녀의 신분을 부인한 바 있다. 불법 체류자 명단에 올라 있던 이 여인의 사인은 쇠약에 의한 아사로 판명되었다.

나는 날짜를 확인하고 다른 일간지의 사회면을 뒤지기 시작했다. 다른 어떤 신문에서도 그와 비슷한 기사는 찾아볼 수 없었다. 나는 다시 펼쳐진 신문으로 돌아왔다. 격렬했던 심장의 고동이 잦아들고 서서히 저 깊은 곳에서부터 이상한 감각이 약한 경련을 동반하면서 밀려올라왔다. 맨 먼저 그것은 오랫동안 그래왔던 것처럼 도저히 수리될 수 없을 것 같은 후회의 감정이었다. 구체적인 대상이 있는 것도 아니었다. 그리고 그 후회의 자리에 서서히 들어앉은 것은 역설적이게도 안도감이었다.

그때의 우리들 중 내가 아닌 누군가가 이 기사를 보았더라면 어떤 반응을 보였을까? 이럴 때는 서로에게 한시라도 빨리 연락을 취하려고 전화기 쪽으로 달려가는 것이 옳지 않은가? 그러나 어느 누구도 이 기사를 보지 못하고 지나쳤을지도 모른다. 그보다는 내가 그들에게서 잊힌 지가 너무 오래되었다. 그들은 어쩌면 신문의 기사보다 훨씬 앞서 이런 종류의 일을 예상했을 수도 있다.

그럼에도 불구하고 나의 손은 성급하게 가방 속의 낡은 주소록을 뒤지고 있었다. 지금은 연락을 취해봐야 쉽사리 만나보기가 어려운 바쁜 위치에 놓인 사람들의 주소는 한 번도 사용되지 않은 채 남아 있었다.

나는 떨리는 손으로 볼펜의 날을 세워 기사 가장자리에 깊은 금을 그으면서 그것을 오려냈다. 오려낸 기사를 나는 수첩 안쪽으로 깊이 밀어넣었다. 보던 자료들과 짐을 정리하고 나는 국립도서관을 나왔다. 가을 하늘은 무연히 맑았다.

그 시절 우리—왜 나는 우리라는 단어 앞에서 여전히 수줍고 불편함을 겪는가—는 모두 넷이었다. 물론 우리가 처음부터 우리는 아니었다. 그들을 알았던 많은 사람들은 나의 이 우리라는 단어의 사용에 반대할 수도 있다. 그러나 나는 감히, 그들의 견해와는 무관하게 이 단어를 쓰기로 한다.

우리를 만들어준 것은 알렉세이 아스타체프의 『폭력적 시학: 무명 아나키스트의 전기』였다. 그러나 이 무의미한 책의 제목이 중요한 것은 아니다. 그저 기억에 남는 한 책의 이름일 뿐이다.

대학에서의 첫 학기가 끝나자마자 나는 교재를 내다팔고 다음 학기 교재를 구입해야 하는 어려운 시절을 보내고 있었다. 그 인연으로 여러 번 들락거리던 청계천의 한 헌책방에서 나는 이 무명 저자의 책을 라면값에 구입했다. 이제는 까마득하게 멀기만 한 까만 장정의 그 책은 "동지여, 당신에게 용기가 있거든 두 손을 속박하는 이 책을 던져버리시오. 당신에게 의식이 있다면 이 책을 읽고 이것마저도 불에 태우시오……" 뭐 이 비슷한 어조의 선동적인 인용문으로 시작하고 있었다.

나는 그즈음, 당시에는 금서로 지정되어 있었던 이런 종류의 책을 헌책방에서 열심히 주워 모으면서 총기라도 수집하는 듯한 쾌감을 느끼고 있었다. 그렇지만 돈이 떨어지면 언젠가는 다시 내다팔아야 하는 일종의 저금 형식이었고 내 자취방을 떠나야 하는 운명의 책들이었기 때문에 열심히 탐독했다. 그 시절 나는 그저 생활비를 절약하기 위해 청계천의 헌책방을 들락거릴 수밖에 없는 가난한 학생일 뿐이었다. 가장 평범하고 보잘것없는. 게다가 나는 누군가가 고향에서 올라와 나를 잡아가리라는 막연한 불안에 시달리고 있었다. 그리되면 이 작은 방 한 칸도 내주고 다시 끌려가야 할 것이기 때문에 어디에서고 나는 자유로울 수가 없었다.

강의는 듣는 둥 마는 둥 하고 어떤 때는 용돈만 된다면 낮에도 코흘리개 아이들 과외 수업부터 시작해 밤늦게까지 국·영·수는 물론이요, 때로는 한 번도 배워본 적이 없는 이히 빈 두 비스트, 코망 탈레 부를 당일치기로 예습해서 가르치는 일도 비일비재한 때였다. 언제 들통이 날지 모르지만 이런 일이 생기면 무조건 맡아 우선 돈을 축적해두어야 했다. 한밤중에 나의 차가운 방으로 돌아와서는 갓 배우기 시작한 끽연이 유일한 낙이었다.

과외 수업 하나도 걸려들지 않는 운이 없는 학기가 있었다. 나는 학기가 끝나기도 전에 책을 싸들고 자취방이 있는 Y동 꼭대기에서 청계천까지 걸어갔다. 과외 수업이 걸려들지 않는 학기는 헌책도 잘 안 팔리는 모양이었다. 내가 싸가지고 간 교재들은 책방 구석에 무더기로 쌓여 있었다. 바로 그런 이유로 나는 안—그의 이름은 밝히지 않기로 하자—을 만났다. 내가 벌써 여러 달 전에 구입해 제목조차 가물가물한 알렉세이 아스타체프라는 사람의 책을 어떤 사람이 찾고 있다고 하면서 책방 주인은 전화번호 하나를 건네주었다. 사방이 맥주병 바닥의 두꺼운 유리처럼 어두웠던 날이었다. 나의 배고픔은 하루를 넘기지 못하고, 남아 있는 단 한 개의 동전을 전화기 속에 밀어넣었다.

어떤 구체적인 소속을 상상할 수 없는 사람들이 있다. 어디서 왔는지, 가족이 있는지…… 마치 공중의 전선에 매달려 있다가 어느 날 앞에 나타나 아무렇지도 않은 듯 이 얘기 저 얘기 나누다가 사라져버리는 그런 사람들 말이다. 그렇지만 그러한 겉모양과는 달리 안의 소개는 구체적이었다. 그는 명함이나 카드 등속을 만들어내는 작은 인쇄소를 운영하고 음악 감상이 취미이며, 에릭 사티 같은 사람을 아버지로 두고 있다고 말했다. 나는 그러한 사실들에서 공통점을 발견할 수가 없었고, 그런 일에 능동적인 관심을 가지기에는 당면한 가난에 질려 있었다. 음악이라고는 라디오 이외의 것을 접해본 적이 없는 나는 그의 농담을 이해하는 데, 그의 아버지라는 이상한 이름의 사람이 외국의 작곡가라는 사실을 아는 데 무려 이 개월이나 걸렸다. 나는 내가 가지고 간 책을 일주일치 생활비에 넘겼다. 확인도 하지 않고 책을 가방 속에 집어넣은 그는 덤덤하게 말했다.

"보아하니 사정이 딱한 모양인데 당신이 할 수 있는 일을 찾아봅시다."

나의 어떤 모습이 그로 하여금 이런 말을 하게 했었을까? 누추한 복장? 태어날 때부터 우울을 짊어져 쪼그라든 마른 체구? 그것은 나의 시선 저 깊숙이 숨겨져 있는 갈구의 빛 때문이었을지도 모른다. 그것이 무엇이었든 간에 그날의 나는 미신적인 기적 외에 바랄 것이 없는 상태였다.

이틀 후에 나는 약속대로 그를 다시 만났고, 그후부터 일주일에 세 번 오후 시간에 그의 인쇄소에서 잡일을 보기 시작했다. 교정을 보기도 했고, 인쇄되어 나온 카드나 청첩장을 반으로 접는 잡일들이 주어졌다. 어떤 때는 배달도 맡았다. 안과의 만남은 내게 일자리와 약간의 생기를 동시에 주었다. 하지만 나는 여전히 자기의 취미를 음악 감상이라고 하는 사람을 믿을 수 없었다.

새 학기에 휴학을 할 작정으로 나는 전적으로 인쇄소 일을 보았다. 잡일에 조판하는 일이 덧붙었고, 배달을 하는 일이 더욱 잦아졌다. 일이 많지도 않았고 퇴근 시간은 인쇄소에서 일하는 세 사람이 어김없이 지켰기 때문에, 저녁 시간이면 나는 아직 생소한 서울 거리를 헤매다가 자취방으로 돌아가곤 했다. 연탄은 늘 꺼져 있기가 일쑤여서 밥 짓는 일이 힘에 겨웠고 어딘가에서 주운 다리미를 엎어 책으로 받쳐놓고 그 위에다 싸구려 빵조각을 데워 끼니를 때웠다.

　나는 그 시절, 내가 틀림없이 곧 죽게 되리라고 생각하고 있었다. 나는 막연히 죽는 일자까지 상상해두었다. 그것이 그해가 될지 다음해가 될지는 몰랐지만 4월일 것이 틀림없었고, 나의 죽음은 누구의 관심도 끌지 못한 채 한참이 지나서야 단 하나의 혈육인 이모에게 알려질 것이었다. 어쩌면 이모는 "저것이 고렇게 도둑질까지 하고 도망을 쳐대더니 결국 제명을 다하지도 못했구먼……" 하며 안도의 한숨을 내쉬는지도 모른다. 나의 죽음이 이렇게 구체적으로 다가올 때 나는 안절부절못하면서 좁은 방안을 휘 둘러보았다. 그렇지만 방에서 한 발짝도 나갈 수 없었다.

　이런 순간 가끔 안의 얼굴이 떠올랐다. 그 사실에 나 자신이 먼저 놀랄 수밖에 없었다. 안을 알게 된 지 벌써 여러 주가 지났지만 그가 인쇄소에 나타나는 경우는 드물었고, 그와 개인적으로 말을 나눌 기회는 그후 한 번도 주어지지 않은 상황에서, 어처구니없는 연상이었기 때문이다. 딱한 애야, 안은 서울에서 네게 친절을 베풀어준 단 하나의 사람이기 때문이야, 나는 자신에게 중얼거리곤 했다. 이럴 때면 유독 앉은뱅이책상 위에 놓여 있는 단 한 권의 두꺼운 외국어 책자가 눈에 들어왔다. 이탈리아 역사가의 독일어본 저서였는데, 나는 유서를 쓰듯이 그 책의 번역에 매달렸다. 이탈리아어도 독일어도 제대로 배운 적이 없는 내가 할 수 있는 구차한 도전이었다.

이렇게 마구 엉겨붙는 세 나라 말의 문법처럼 내게 삶은 불가해하고 생소한 것이었던 반면, 최소한 죽음의 느낌은 분명한 것이었고 쉽사리 친해질 수 있는 것이었다.

겨울에 들어서자 인쇄소에 연하장과 부고문 주문이 쇄도해 늦게까지 일을 하는 날이 많아졌다. 그래도 일주일에 두 번 이상은 정상으로 근무가 끝났다. 인쇄소 일을 안 대신 도맡아 하는 장아저씨는 대목을 놓쳐 아쉬운 것 같았지만, 안의 전화를 받으면 한 번도 거역하지 않고 정상 시간에 인쇄소를 비웠다. 그 대신 주말이라는 것이 없었다. 나는 매일 방밖으로 나올 수 있는 기회를 가진 행운에 감사했다. 아무도 인쇄소 주인인 안에 대해 말하지 않았고, 나 또한 그에 대해 말을 꺼낼 분위기가 만들어져 있지 않았다.

연하장 주문이 끝나고 나니 이젠 정말 참기 힘든 겨울이었다. 나는 고향으로, 이모에게로 되돌아가지 않으려고 안간힘을 썼다. 한번 가면 통곡을 하면서 사죄하고 그냥 주저앉을 것 같았기 때문이다. 인쇄소의 기계적인 일은 내게 너무도 큰 위안이었다. 너무 외로움이 컸을 때 나는 간호보조원이 되어 서울에 와 있는 고향 친구를 찾아갔다. 때마침 친구는 침대에 누워 있어 나의 근황이나 집 주소를 물을 정도의 경황이 없었다. 친구는 맹장염 수술을 받아 누워 있다고 말했는데 나는 그애가 근무하는 병원 문을 나서면서 "저애는 내게 거짓말을 하고 있군. 낙태 수술로 누워 있는 게 틀림없어"라고 중얼거렸다. 나는 아무도 믿지 않을 정도로 피폐해 있었던 모양이다.

　사람이 하는 행동 중에 논리 정연하게 설명되는 일이 얼마나 있을 것인가. 친구의 병원에서 나왔을 때 열시가 넘었음에도 나는 집으로 가는 대신 어느새 인쇄소를 향하고 있었다. 무엇을 두고 온 것도 아니었고 꼭 끝내야 할 일이 있는 것도 아니었다. 내 가방 속에는 인쇄소의 뒷문 열쇠가 들어 있었다. 철문은 내려져 있었지만 거기서 희미한 빛이 새어나오고 있었다. 나는 마지막으로 문을 잠그고 나오면서 전등 스위치를 내리던 나의 동작을 선명히 기억할 수 있었기 때문에 의혹에 사로잡혔다.

　가까이 다가가자 기계 돌아가는 소리가 분명히 들려왔다. 쪽문을 살짝 당겨보았지만 열리지 않았다. 나는 감히 열쇠를 넣고 돌려볼 엄두를 내지 못하고 문 저쪽에서 나오는 소리에 귀를 기울였다. 사무실로 꾸며져 있는 안에서는 남자들의 낮은 목소리와 음악소리가 들려왔다. 웅얼거림으로 낮아졌다가는 격해지기도 하는 삼중주는 모두 남자들의 낮은 목소리였다. 그 삼중주의 부드러운 화합에 귀를 기울이면서 나는 안의 목소리를 구별해내었고 그것을 좇아가고자 애썼다. 그의 목소리는 내용을 이해할 수 있을 정도로 크지 않았고 그의 음색보다는 약간 굵은 다른 음색이 곧잘 그의 음색을 덮어버렸다.

물론 나는 문을 두드리거나 그의 이름을 부르거나 하지 않았다. 그저 그렇게 한참을 서 있었다. 앞쪽 철문에서는 인쇄기 도는 규칙적인 소리가 먼 곳에서 다가오는 기차 소리처럼 들리기도 했다.

인쇄소에서 일한 지 한 달 반이 넘었고 그제야 나는 처음으로 안과 마주앉았다. 안의 호출이었다. 아니 그의 저녁 초대였다. 우리는 시내의 한 중국집에서 간단한 식사를 마쳤다. 버스 안은 만원이어서 말을 할 수가 없었고, 중국집에서는 나의 신상에 대한 가장 간단한 질문에 대답하기 위해서 목청을 높여 반복해야 할 정도로 주위가 어수선했다. 예를 들면 고향이 어디냐는 질문에 자취방 주소를 대는 식의 절름발이 대화였다. 게다가 나는 딱히 할말이 없었다. 일자리를 주어서 고마웠다고. 그러지 않았으면 나는 도둑년이란 표딱지를 달고 고향의 이모에게로 내려갈 수밖에 없었을 것이고 그 일이 죽기보다 싫었으므로 무슨 일을 저질렀을지 나 자신도 알 수 없었을 것이라는 말만 명청하게 머릿속을 휘돌고 입은 점점 더 꽉 다물어질 뿐이었다.

우리의 겨울은 모든 병원균이 단번에 소독될 정도로 순수하게 차갑고 투명했다. 비원 쪽으로 찻집을 찾아 걸어가면서, 서울로 온 이래 처음으로 느낀 이런 종류의 말을 나는 안에게 하고 싶었다. 그러나 약간 앞서 걷는 그의 옆얼굴은 생각에 열중해 있는 것 같았다. 그는 물론 나보다 키가 크고 나보다 더 말랐고 나보다 더 나이가 많다. 그렇지만 그는 나보다 더 말이 없다. 이 두 종류의 확인 사이에는 연관도 없었다. 나는 당황하고 있었다.

안은 익숙한 동작으로 거리의 한 영업소의 문을 밀고 들어갔다. 어떤 내용인지는 알 수 없지만 저 사람은 오늘 내게 아주 충격적인 어떤 것, 어쩌면 내가 일생을 두고 기억할, 내 일생의 방향을 단번에 바꾸어놓을 어떤 결정적인 말을 할 것이다. 안의 뒤를 따라 안으로 들어서면서 내가 한 생각이었다. 나는 그대로 집으로 돌아갈 수도 있었다. 그렇지만 나의 몸은 벌써 실내의 따뜻하고 혼탁한 기운에 둘러싸여 있었다. 아, 이렇게 사람들은 운명을 만드는구나. 닥쳐올 파국을 충분히 감지하고 있으면서도 순간적인 방임인 양 어떤 거역할 수 없는 질서에 게으르게 몸을 맡겨버리면서 사람들은 삶의 나침반을 바꾸어버리는지도 모른다. 그러나 그것 역시 한 선택이다.

상황의 성격과는 아무 관계 없이 오랫동안 인상에 남는 장소의 표지들이 있다. 이를테면 그날 술집에 걸린 달력 속에서 환하게 웃고 있던 여배우의 얼굴 같은 것 말이다. 맥주잔을 앞에 놓고 나는 여배우에게서 시선을 뗄 수 없었다. 그 웃음이 끝내는 과장되어 보이고 화려한 의상에서 싸구려 분위기가 풍겨올 때까지 나는 그 무의미한 얼굴을 바라보며 다가올 어떤 시간을 연기하고자 애썼다. 다음달이면 찢겨져나갈 사진. 저 사진은 오려져서 어느 종업원의 머리맡에 붙기에는 너무 개성이 없다.

"그래 그사이 뭘 좀 알아냈습니까?"

나는 거두절미한 안의 질문에 흠칫 놀랄 수밖에 없었다. 놀랐기 때문에 침묵했다.

"내 뒷조사를 열심히 한 걸로 알고 있는데요."

그제야 나는 안이 나를 불러낸 이유를 알아차렸다. 처음으로 우연히 밤에 인쇄소에 들른 이후, 자주 그 일이 되풀이되었던 것은 사실이었지만 안의 목소리를 확인하고 돌아섰을 뿐 그는 물론 인쇄소의 다른 사람을 그 시간에 마주친 적이 없었기 때문에 놀라움은 더욱 컸다. 바로 그 당장 인쇄소 골목을 서성거리다가 어두움 속에서 안과 마주 부딪치기라도 한 것처럼, 나는 창피함으로 얼굴이 벌겋게 달아오르는 것을 느꼈다.

"미안합니다."

나는 고개를 푹 숙였다. 그제야 내 행동의 기괴함이 또렷이 인식되었다. 나는 미안하다고 다시 한번 덧붙였다. 안은 팔짱을 끼고 엄숙한 얼굴로 나의 표정을 살피고 있었다.

"강양은 자신의 호기심에 책임을 질 자신이 있습니까?"

내가 죽음의 유혹에 시달리고 있기 때문에 자꾸 밖으로 나오고, 갈 곳이 없기 때문에 인쇄소 근처를 서성이고, 문 뒤에서 들려오는 그의 목소리를 들으면 안심이 되었기 때문이었다고 말한다면 그는 이해할 것인가. 그건 분명 구체적이건 막연하건 호기심 때문은 아니었다. 그는 이해할 수 없을 것이다.

"그건…… 호기심이 아니에요."

그렇지만 나는 말을 계속할 수가 없었다. 공연히 속이 꽉 막혀왔기 때문이었다. 한밤중에 여행을 할 때 당신은 불빛이 있는 쪽으로 걷지 않나요. 내가 그 불빛을 당신의 인쇄소로 정했다 해서 내 여행이 죄스러울 필요는 없을 것입니다. 가끔 당신에게 하찮은 것이 위로가 될 때는 없습니까. 예를 들면 어떤 사람의 목소리나 어떤 분위기 같은 것 말입니다. 내가 당신의 목소리와 당신들이 하고 있는 일을 선망으로 바라보면서 약간의 안도와 위로를 얻었다고 해서 당신에게 누가 된 것이 무엇입니까. 나는 침을 꿀꺽 삼키는 것으로 안에게는 이해되지 않을 이 말들을 삼켜버렸다. 그는 여전히 나의 답변을 기다리는 기색이었다.

"원하시면 인쇄소 일을 그만두지요."

나는 처음으로 원망을 가득 담고 그의 얼굴을 똑바로 쳐다보았다. 나는 거울 속에서 자주 나의 이런 일그러진 모습과 마주치기 때문에 그것이 상대편에게 어떤 느낌을 주리라는 것을 상상하기가 어렵지 않았다.

"그러시오."

안이 순순히 말했다. 나는 더이상 할말이 없었기에 옆에 놓인 가방을 집어들고 천천히 일어날 채비를 했다. 약간의 침묵 후에 안이 덧붙였다.

"대신, 저녁에 우리 일을 도와주지 않겠소?"

내게는 안의 말이 농담처럼 들렸다. 그리고 실제로 그는 눈에 크게 흰자위를 드러내 보이며 웃고 있었다. 이모는 눈에 흰자위가 많은 사람을 조심하라고 했었다. 안의 웃음은 조금은 궁지에 몰린 사람의 웃음이었다. 나는 다시 가방을 내려놓고 의자에 앉았다.

"어떤 일이냐고 묻지 않습니까?"

나는 고개를 흔들었다. 저 사람은 결코 나를 이해하지 못할 것이다. 나는 그 생각만 되뇌었다. 통행금지를 앞둔 막차에 오르기 전에 안은 내게 접힌 종이를 내밀었다.

"내게 판 책 생각나요? 이런 서류가 책갈피에 끼어 있던데 나도 잊어버리고 있었어요. 잘 간수하시죠."

나를 이모에게 맡기고 미국으로 미군 운전병을 따라가버린 후 소식이 없었던 어머니에게서 최근에 도착한 초청장과 짤막한 편지였다. 그곳에서도 고국 소식의 끔찍한 정도가 오랫동안 무감해진 어머니의 감각을 순간적으로 자극했는지도 모르는 일이었다. 아니면 사는 정도가 조금 나아졌거나. 그것도 아니면 내가 가지 않으리라는 것을 잘 알고 부려본 변덕이거나. 내가 고향을 떠날 때

가지고 나온 것은 이 편지와 이모 몰래 준비한 대학의 입학금을 위해 훔친 돈이었다. 이모부의 병원비를 위해 판 땅값 전액이었다. 까맣게 잊어버리고 있던 서류였다.

학교가 내게 분에 넘치는 것이 점점 분명해졌다. 나는 학교를 아예 그만두기로 결정했다. 그러고 나자 마음은 더욱 안정이 되었다. 이제 이 커다란 서울 구석에서 어느 누구도 나를 찾지 못할 것이다. 나는 일찌감치 휴학 원서를 집어들고 왔다. 나에게는 물론이요 어느 누구에게도 특기할 만한 일은 아니었다. 두번째 휴학이 될 것이었다. 게다가 일 년여 적을 둔 학교에서도 나를 아는 사람은 거의 없었다. 나는 부정기적으로 일주일에 서너 번, 그러다가는 거의 매일 저녁 인쇄소에 가는 생활을 시작했다.

나는 아직까지도 정처 없이 거리를 헤매는 버릇을 버리지 못하고 있지만, 그 시절에는 그 경향이 더욱 심해서 저녁에 인쇄소에 가기 전까지 남아 있는 긴 시간을 버스를 타고 이쪽 끝에서 저쪽 끝까지 혹은 그 구간의 상당 부분을 직접 걸어본다든지 하면서 보냈다. 그것은 심심풀이였다기보다는 어떤 성향 같은 것이었으리라. 영원히 삶에 정착할 수 없는 소수의 사람들에게 서식하는 불치의 병 같은 것 말이다. 나만큼 서울의 구석구석을 많이 걸어본 사람이 있을 것인가. 마치 내가 한번 지나침으로써 그곳이 조금은 내 삶의 일부가 되기라도 하는 것처럼. 그러나 이 도시에서 아무리 만지고 냄새 맡고 열망해보아야 어느 거리, 어느 사람에게도 나는 받아들여지지 않은 채, 여전히 내가 처음에 기차에서 내렸던 바로 그 순간처럼 이 도시는 생소한 차가움으로 나를 거부하고, 나는 이 지상에서 여전히 유령처럼 적을 둔 곳 없이 부유할 뿐이었다. 어디서부터 잘못되었던 것일까.

오래전의 그 시기, 술병 밑바닥 어두운 유리의 두께로 다가오는 그때는 어쩌면 내 일생에서 가장 사건적인 시기인지도 모르겠다. 그것마저 없었다면 나의 삶에 대해 정말 이야기할 만한 것이 없어져버린다. 비록 그것이 많은 곡해와 불안과 의혹의 시기였다 할지라도 그때부터 무언가가 다시 시작되었기 때문에.

나는 아직까지도 왜 안이 그 시절의 나를 더 오래 문책하지 않고 같이 일을 해보자고 제안했는지 이유를 알 수가 없다. 나는 그러니까 오 년 이상 지하운동으로 결성, 활동해온 문화혁명회가 사라지기 삼 개월 전에 그곳에 가담한 셈이 되었다. 나는 확신 있는 사회주의자도 아니었으며, 그 계통의 책은 사 모으고 있었지만 이 모든 것에 대해 이론적으로 무장해 있지도 않았다. 그러나 나는 주어진 일을 해내는 고용인의 성실성으로 이들이 만들어내는 글을 읽고 교정했고, 위험한 경우가 아닐 때만 간헐적으로 이 인쇄물들을 배부하는 심부름을 맡았다. 모든 종류의 반정부 움직임이 발각되자마자 해체되어버리던 마당에 어떻게 이들의 활동이 오 년여나 계속될 수 있었는지도 불가사의했다.

나는 인쇄를 담당하고 있는 안과 김, 그리고 동회에 근무한다고
해서 모두 주사라고 부르는 정을 만났다. 그들의 입에 오르내리는
이름들은 무수히 많았지만 나는 그 이름이 본명인지, 그들이 진짜
존재하는지 여부도 알 수 없었고 묻지도 않았다. 안과 정, 김이 존
재하는 것은 확실했고 그 확실성이면 내게는 충분했다. 대부분 시
위 현장이나 지방에 배포될 전단의 인쇄와 교정을 맡고 있었던 나
와 그들 사이에는 늘 일정한 거리가 있었지만, 그렇다고 그들이 일
부러 내게 일의 전반적인 절차를 숨기거나 나를 따돌리지도 않았
다. 어떤 때는 그들이 내게 취하는 거리가 마음 편하게 느껴졌는가
하면 어떤 때는 그것이 며칠간의 불면을 만들기도 했다. 내 편에서
그 거리를 없애기 위한 노력을 하지도 않았다. 모든 것이 힘에 겨
웠다.
　어느 날 아침, 나는 발작적으로 일어나 미국의 주소로 어머니에
게 편지를 보냈다. 특별히 어떤 계기가 있었던 것은 아니었다. 내
가 그리워했던 건 어머니가 아니었다. 그러나 그날로, 초청장이 있
어야만 가능했던 그 당시의 어려운 여권 신청 절차를 밟았다. 어머
니, 어제로 나는 스무 살이 되었습니다. 우리가 떨어져 살기 시작
한 지 어언 십여 년이 되었고 어머니가 미국으로 가신 지 사 년째
군요. 하신다는 봉제 공장 일은 힘들지 않은지요…… 더 쓸 말이
없었다. 나는 미국행 편지에 나의 주소를 알리지 않았고 내가 여권
발급 수속을 밟고 있다든지, 서울에서 무엇을 하고 있다든지에 대

해서는 일언반구도 하지 않았다. 저녁에는 인쇄소에서 침묵한 채 일에 열중했다. 그다음날 나는 방밖으로 나가지 않았다. 잘 덥혀지지 않은 방에서 두꺼운 옷가지를 있는 대로 걸쳐 입고 나는 오랫동안 한구석에 버려두었던 독일어로 씌어진 이탈리아 역사가의 저서를 우리말로 번역하는 데 하루종일 매달렸다. 그날은 물론 인쇄소에도 가지 않았다. 통행금지 시간이 될 때까지 몇 번이나 일어서서 밖으로 나갈 채비를 하기도 했다. 자정 시보가 라디오에서 울렸을 때에야 나는 포기하는 심정이 되었다. 하루종일 채 석 장도 못 되는 양을 번역했을 뿐이었다. 그날밤엔 유난히 바람이 거세었고 언덕을 올라오는 술주정꾼들의 객설이 밤늦도록 심심치 않게 이어졌다. 사람들은 추위가 깊을수록 더 깊이 취하는 모양이었다.

이튿날 혼자서 동료들을 기다리고 있던 안은 조금 일찍 인쇄소에 도착한 내게 다짜고짜 연락처부터 물었다. 전날 내가 나타나지 않아서 일에 차질이 있었고 나에 대해서도 걱정을 많이 했다는 것이다. 그의 어조 어딘가에는 나의 신상에 대한 걱정보다는 약간의 불신을 동반한 불안의 기색이 있었다. 나는 집주인의 전화번호를 알고는 있었지만 문제를 만들기 싫어서 주소만을 가르쳐주었고, 피신중이니 절대 다른 사람에게 주어서는 안 된다고 말했다. 안은 믿을 수 없다는 표정으로 내 눈 속을 깊이 들여다보면서 뜻을 새기는 기색이었다. 나는 지극히 개인적인 이유라고 덧붙였다. 그가 나의 말을 믿든 믿지 않든 그것은 중요한 것이 아니었다. 나는 은연

중에 그들과 나의 처지가 어떤 면으로는 같다는 것을 전달하고 싶었는지도 모른다.

　그들의 토론은 점점 더 길어졌고 점점 더 격렬해졌다. 나는 한 구석에서 교정지에 시선을 고정시킨 채 되도록 몸을 조그맣게 만들려고 애쓰면서 그들의 대화에 신경을 집중해 듣곤 했다. 그들이 그처럼 열변을 토할 때면 나는 자주 불필요하게 너무 무겁고 자리만 많이 차지하는 처치 곤란한 가구라도 된 느낌으로 모든 움직임을 삼갔다. 나는 그들의 말을 한마디도 빠뜨리지 않으려고 신경을 모았다. 주로 그들 모임의 취약점이나 그들이 준비하고 있는 글에 대한 일이 대부분이었다.

　나는 그들의 신상에 대해 아는 것이 거의 없었다. 그럼에도 간간이 잡담을 통해, 정이 동회에 근무하다 최근에 그만두었다든가 김이 연극 평을 하고 있다는 것, 그리고 안과 정은 동향이며 안은 음대를 다니다가 제적되었다는 주변적인 사실들을 알게 되었다. 그것이 다였다. 그들의 나이는 우연히 그들의 대화를 통해 알 수 있었을 뿐이었다. 안은 당시 이십칠 세였고 정은 안보다 한 살이 적었고 김은 안보다 세 살이 위였고 결혼해 아이가 둘이었다. 그들의 모임에 문제가 제기될 때 자주 언급되는 이름들이 있었다. 김희진이라는 이름이 그중 하나로 모든 계획의 상당 부분을 담당하는 듯했다. 실제로 나는 그 이름으로 서명된 글을 한두 편 교정한 일도 있었다. 언제부터인가 나는 교정을 위해 글을 읽으면서 그것을 쓴 사람의 얼굴을 상상하는 습관이 붙어 있었다. 어떤 사람에게는 턱수염을 길게 늘여 붙였으며, 또다른 사람에게는 우울하고 가느다란 얼굴을 부여했다. 지극히 드물게 그중 한두 명이 인쇄소에 들르는 일이 있었는데 물론 내 상상의 어느 한구석 맞아떨어지는 경우는 드물었다. 어떻든 대부분 예외 없이 인쇄소에는 우리 넷뿐이었지만, 내가 있어서였는지 각자의 사생활에 관한 한 그들의 대화는 그 이상 진전되지는 않았다.

그들의 얘기를 듣고 있으면 나는 사는 일이 그다지 지옥 같지는 않을 수도 있다는 엷은 희망이 생겨나기도 했다. 내가 원하기만 하면 좀더 적극적인 방식으로 이들과 한식구가 되어 지금까지와는 다르게 한 걸음을 걸어도 그것이 푹푹 발이 빠지는 모래밭을 걷는 기분이 아닐 수도 있을지 모른다는 낙천적인 마음이 들기도 했다.

나는 내가 만들어낸 인쇄물이 어떤 경로로 어떻게 쓰이고 그들이 바라는 효과가 무엇인지 조금씩 구체적으로 알게 되었다. 그러나 역시 나는 그들에게서 멀리 있었다. 그들은 내게서 멀리 있었다.

가끔 안은 귀갓길에 "강양이 일을 그만두고 싶으면 언제든지 떠나도 좋다. 일만 많고 보수가 넉넉지 못한 것을 잘 알고 있다"고 말했다. 나는 떠나기는커녕 누구보다도 일찍 인쇄소에 도착했고 가라는 말이 떨어지기 전에는 일어서지 않았다. 김은 그런 나를 강진드기라고 별명을 붙여 놀리기도 했다. 그렇지만 이들 셋 중 어느 누구도 그들의 회합에 같이 가지 않겠느냐고 제안하지 않았다. 그 불균형의 균형 속에서 날들이 지나갔다.

귀가가 늦어진 어느 날, 쪽문에 머리를 채 들이밀기도 전에 주인집 아줌마가 후닥닥 방에서 튀어나왔다. 경찰이 왔다 갔다는 것이다. 나는 기계적으로 부엌의 판자문에 나갈 때면 채워두는 자물쇠로 눈이 갔다. 어두워서 보이지는 않았지만 열려 있는 것 같지는 않았다. 나는 진정을 하고 사정을 물었지만 집주인은 경찰이 내일 다시 온다고 했다는 말만을 전하고는 겁먹은 표정으로 다시 방으로 들어가 문을 소리나게 닫았다.

나의 즉각적인 반응은 안에게 인쇄소로 전화를 걸어볼까 하는 것이었다. 그러나 그것은 더욱 위험한 일일 수도 있었다. 나는 방 안에 인쇄소에 관한 정보를 줄 만한 무엇이 있는지를 점검했다. 벽에 나란히 놓여 있는 헌책들이 눈에 띄었다. 그중에는 경찰의 시선을 자극할 것이 여러 권 있었다. 나는 그것들을 우선 한구석에 놓인 옷 보따리 속에 숨겼다. 시계를 보았다. 자정에서 기껏해야 십분 정도를 남겨둔 시간이었다. 나는 안에게 전화 거는 것을 포기하고 방바닥에 주저앉았다. 저녁 시간만 일하게 되는 고로 연탄불이 꺼지는 일이 드물었고 따스하게 덥혀진 아랫목의 이불 속에 손과 발을 넣고 앉아 있노라니 어떤 운명적인 느낌과 함께 공연히 눈물이 주르르 흘러내렸다. 밥상 겸 책상에는 영원히 끝날 것 같지 않은 번역하던 책이 열린 채로 놓여 있었고 그 위로 아주 조그만 거미가 한 마리 기어가고 있었다. 방안을 다시 한번 둘러보고 자리에 누웠지만 잠이 오지 않았다. 어떤 경로로 인쇄소의 일이 발각될 수 있었을지 여러 가지 가능성을 생각해보았다. 그러나 생각은 곧 멈추어질 수밖에 없었다. 생각을 멀리 해보기에 내가 그들에 대해 아는 것이 너무 적었다. 불신과 서운함의 무게가 가슴을 누르는 것을 느끼면서 나는 밤이 여러 어둠의 결을 보여주면서 지나가는 것을 눈을 뜨고 바라보았다. 밤은 한순간도 완전히 검지 않았다. 보라색이었다가 짙은 회색이었다가…… 경찰이 오기를 기다리는 불안한 밤의 색깔은 가히 현란했다.

어처구니없게도 나를 찾아온 사복형사는 내가 까맣게 잊어버리고 있었던 여권 발급 절차 중의 하나로 신원 조회를 하러 온 것일 뿐이었다. 그때만 해도 직접 사람을 만나보아야 신원이 확인된다고 믿던 순진한 실증의 시대여서 나는 형사를 데리고 언덕 중턱쯤에 있는 다방으로 가 그의 몇 가지 질문에 덤덤하게 응했다. 그렇지만 나의 심장은 시종일관 뛰었다. 이미 자취방을 흘낏 훔쳐본 형사의 질문은 간단했다. 나는 어머니를 보러 가기 위해서 휴학을 할 예정이며 가끔 과외 수업으로 생활을 하고 여비는 조만간 미국에서 도착할 것이라고 말했다. 아마 내가 가장 믿을 수 없는 일이 있다면 그것은 바로 어머니를 찾아 미국으로 가는 일이었을 것이다. 그러나 나는 이 모든 것을 확신에 차서 말했다. 죄 없이 멀쩡한 사람도 신원 조회라면 돈을 집어주던 당시의 관행조차 무시하고 형사는 종종걸음으로 끝나지 않을 것 같은 언덕의 경사를 내려갔다.

나는 거의 한 달 후에 여권을 손에 넣었고 어머니의 초청장을 들고 삼엄하기 그지없는 미국 대사관에서 비자 발급 절차도 밟았다. 다행히 나의 본적은 이모네 집으로 되어 있었기 때문에 이민을 꺼리는 그들의 신경을 자극하지 않았다. 절차가 끝나자마자 나는, 헛된 비용과 시간을 소비한 데 대한 앙갚음이라도 하듯이 신경질적으로 여권을 잡동사니 보따리 속에 쑤셔넣었고 헌책방의 금서들을 일렬로 벽에 세워두었다.

어떤 날은, 그들도 물론 어두운 시기를 지나고 있음을 알아차릴 수 있었다. 평소에 농담을 잘하는 연극쟁이 김조차도 저녁 내내 한마디 말 없이 우두커니 앉아 있고, 나머지 사람들 또한 난로 주위에 앉아 안주도 없는 술로 시간을 보내기도 했다. 아주 작은 일이 언쟁이 되었고 이미 인쇄된 종이들이 찢기기도 했다. 그럴 때가 내게는 제일 어려웠다. 나의 존재가 그들의 언쟁에조차 방해가 되는지 나의 눈치를 보는 게 역력했기 때문이었다. 일이 없다고 먼저 자리를 뜨기도 어색했고 무슨 일이 있느냐고 물을 수도 없었다. 나는 인쇄소에 오기 전의 긴긴 낮시간을 메우기 위해 읽던 책들에 건성으로 시선을 주면서 이 긴장과 불안의 시간이 지나기를 기다렸다. 단 한 번 정은 아주 간접적이기는 했지만 나를 두고 안을 공격한 적도 있었다. 나의 참여가 위험하다는 식의 발언이었고, 안은 나에 대해 드러내놓은 정의 의심에 관해 아무런 반응도 하지 않고 정을 보며 씩 웃을 뿐이었다. 나는 나를 더 적극적으로 변호하지 않은 안에게 서운한 마음이 들었다. 그러나 안으로서도 나에 대해 달리 할말이 없었을 것이다.

그즈음 검열과 조사가 극에 달했고 신문에서는 거의 매일 사람들의 검거 기사와 이적 출판 행위의 처단에 대한 기사가 실렸다. 그러나 신문의 기사는 빙산의 일각이었다. 벌써 얼마 전부터 우리는 300면 가량의 부정기 간행물의 출판을 위해 거의 매일 저녁 인쇄소에 모였다. 그들의 말에 의하면 이미 우리가 조판하고 있는 글의 필자 중 두 명이 붙잡혔다고 했다. 기껏해야 일주일가량을 남기고 있는 중요한 회합에 절대적으로 필요하다고 하면서 안은 일을 재촉했고 자정이 넘게 일을 하는 경우도 있었기 때문에, 그리고 아침에는 인쇄소를 깔끔하게 치워놓아야 했기 때문에 그들은 번갈아가면서 혹은 둘이 짝이 되어 인쇄소에서 밤을 보내는 것 같았다. 대부분 김과 안이 남아 있었다. 나는 그들이 외부에 전화를 거는 것도 전화를 받는 것도 본 적이 없었다. 그렇지만 차질 없이 원고가 들어왔고 내가 초교를 보면서 의문부호 표시를 해 넘긴 부분은 손이 가해져 어김없이 하루나 이틀 뒤에는 교정지용 플라스틱 바구니 안에 놓이곤 했다.

어느 날 나는 자연스럽게 자정을 넘겨 인쇄소에 남아 있었다.

정과 김은 다른 곳에서 처리할 일이 있었던 모양으로 일찌감치 일을 내게 떠맡겼다. 뒤처리를 내가 하고 갈 테니 먼저 들어가라고 해도 안은 쓸 것이 있다고 하면서 오히려 그를 돕기 위해 내가 인쇄소에 남아 있는 것을 당연하게 생각하는 것 같았다. 나는 양철통 속에 담긴 조개탄을 난로 속에 듬뿍 집어넣었다. 오랫동안 살아온 내 집을 덥히기 위해서 하는 것 같은 익숙한 나의 동작에 나 자신이 놀랐다. 안은 내게서 등을 돌리고 철제 책상에 앉아 무언가를 쓰고 있었다. 나는 그가 쓰고 있는 글의 내용을 벌써 몰래 훔쳐본 바 있었고 그 진행이 궁금했다. 나는 연속극을 쫓아가는 심정으로 그의 글의 진전을 흥미롭게 지켜보았다. 나 또한 플라스틱 바구니 속에 들어 있는 교정 용지를 집어들었다.

자정이 지나면 바람도 차지는 모양인지 허술한 창 밑으로 바람이 쌩쌩 들이쳤다. 나는 난로의 문을 조금 열어놓은 채 그 옆에 의자를 두고 교정쇄를 무릎 위에 놓고 앉았다. 안이 지나가는 말투로 물었다. 내가 안을 만난 지 백십일 일이 지나려 하고 있는 저녁에 처음으로 한 반말이었다.

"강양은 여기 일에 깊이 연루되지 말고 일찌감치 손을 떼는 게 어떠니."

나는 안의 말을 어떻게 해석해야 좋을지 몰라 그를 멍하니 쳐다보았다. 그는 쓰는 일을 멈추지도 않은 채였다. 나는 그의 말을 괘념치 않기로 하고 다시 교정지로 시선을 돌렸다.

"학업도 계속해야 할 것이구. 그다음엔 안정된 직장도 가지구, 시집도 가야 할 테고."

평소 같으면 한 사람에 대한 결정적인 평가절하로 연결될 이런 진부한 말이 고개를 돌린 그의 어두운 표정 때문인지 의도적인 모욕으로 들렸다.

"그러려면 일이 터진 다음에는 곤란할 거야."

그는 내 쪽으로 돌아앉았다. 난롯불이 막 활활 일기 시작했고 열기가 얼굴로 옮아 붙은 듯해서 나는 의자를 뒤로 당겼다. 그렇다고 안이 농담을 하고 있다고는 생각되지 않았다. 피로로 인해 그의 얼굴의 요철이 더욱 분명하게 드러날 뿐이었다. 어쩌면 한 사람의 얼굴이 저렇게 달라 보일 수 있을까. 난생처음 보는 사람과 한밤중에 마주앉은 것처럼 나는 그를 뚫어지게 바라보았다.

"내가 하는 말을 불쾌하게 들으면 안 돼."

"그 정도로 자신이 없는 일에 왜 매달려요, 안선생님은?"

"지금 나는 나에 대한 말을 하고 있는 게 아니라구. 언젠가 가까운 미래에 좀더 자신 있는 사람이 많이 생기기를 바라기 때문이 겠지."

우리는 잠시 침묵했다. 대화의 내용과는 관계없이 나는 그와의 한밤중 이 드문 속살거림이 한편으로는 오래 계속되기를 바랐고 다른 한편으로는 그가 어서 저 피곤하고 지쳐 시든 얼굴을 다시 원고지 위로 돌려주었으면 좋겠다는 두 가지 상반된 마음이었다. 그러나 크게 한번 기지개를 켠 안은 한순간에 평소의 생기를 회복한 듯했다. 그는 책상 쪽으로 돌아앉으면서 말했다.

"어떻든 이번 일이 끝나면 당분간 집에서 내가 연락할 때까지 기다리는 게 낫겠어."

그들은 이렇게 나에 대한 계획을 세워두었던 것일까. 하기는 신원도 색깔도 불분명한 나 같은 애가 처치 곤란이었겠지. 지금까지 같이 일을 해왔으면서도 더 분명한 증거를 그들은 원하는 것일까. 안은 부드러운 목소리로 덧붙였다.

"미리 등록금은 조금 도와주지."

이런 도움이 자존심을 자극하는 것을 보니 지난 몇 달간의 생활이 여유로웠던 것인지도 모른다. 그의 음성의 따뜻함까지 내게는 계산된 차가운 거리로 다가왔다.

"안선생님, 나에 대해서 걱정하지 마세요. 조만간에 나는 이 나라를 떠날 예정이에요. 여권 발급도 벌써 마쳤구요."

조금은 희극적으로 들릴 수 있는 나의 갑작스러운 발언에 그는 뒤돌아보지 않았다. 나의 말에 반응하지 않았다.

두시가 넘자 그는 일을 끝냈는지 불을 끄고 군용 침대를 펴고 누웠다. 나는 잠도 오지 않고 할 일도 있었지만 그의 수면을 방해하고 싶지 않아 남아 있는 조개탄을 난로에 던져 넣고 불구멍을 줄인 후, 그가 나를 위해 남겨둔 난로 곁의, 군용 침대보다는 편안한 낡은 장의자에 누웠다. 나는 오랫동안 잠이 들지 못한 채 뒤척이면서 소음을 내지 않으려 애썼다. 숨소리를 가다듬으려 했기 때문에 오히려 큰 한숨이 솟아나기도 했다. 나는 눈을 감고 안에게 얘기하는 정을 상상했다. 선생님은 나에 대해서 아무것도 몰라요. 나는 말이죠, 충청도 시골에서 태어났어요. 어린 시절요? 가난하고 불행했어요. 좀더 큰 다음에는 이모네 집에서 살았어요. 어머니가 일자리를 구해 도회지로 나갔기 때문인데 이모네도 시골이었어요. 엄마가 돈을 보내오긴 한 모양인데 가난하고 불행하긴 마찬가지였어요. 중학교는 중간에 그만두고 고등학교 검정고시를 쳤어요. 그때도 역시…… 모든 것이, 내가 거쳐온 짧은 시간들이 이렇게 생소할 수가 없어요. 내가 알고 싶은 건 말이죠. 나만 이렇게 느끼는 건지, 아니면 다른 사람도 조금쯤은 그렇게 느끼는지 하는 거예요. 예를 들어 안선생님은 전혀 그런 것 같지는 않은데 어떠세요?

안의 고른 숨소리와 뒤척임을 들으면서 나는 잠이 들었다. 한밤중, 누군가 목까지 담요를 끌어다가 가볍게 눌러주는 것을, 그리고 그 동일한 손이 나의 움푹 들어가고 까칠한 뺨을 살짝 스치는 것을 멀리, 마치 먼 과거의 꿈처럼 느끼면서 나는 깊고 짧은 잠에 빠져들었다. 잠 속에서 나는 오랫동안 흐느껴 울었던 것도 같다.

얼마 전부터 주중보다는 주말에 더 많은 일을 하는 나에게 오래간만에 주말이 있었다는 것이 벌써 이상한 징조였을 수도 있었다. 비록 두 달 남짓한 기간이었지만 밤에 그들의 일을 돕기 시작한 이래 이틀간의 연속 휴일은 가져본 적이 없었다. 참 이상한 일이다. 아주 드물게 내가 이때를 생각할 때면 나는 기억의 왜곡을 경험한다. 저녁 일을 분명 일곱시경에 시작했음에도 불구하고 내 머릿속에는 우리가 매일 한밤중, 도시는 물론 지구 전체가 모두 잠들어 있는 어두운 시간에 작업을 한 것 같은 착각이 든다.

나는 그들이 나를 제외하고 긴밀하게 할 일이 있어 내게 주말을 집에서 보내도 좋다는 허락을 내린 것으로 굳게 믿었다. 단지 인쇄의 잡일을 돕기 위해 고용되었다는 그들과 나 사이의 무언의 약속은 이런 경우에 효력을 발휘해 그들은 결코 나에게 속사정을 말하는 경우가 없었다. 안마저도 아무런 말을 덧붙이지 않았다. 일하지 않는 이틀을 나는 어디에고 속하지 못한 사람이 자주 가지게 되는 방어적인 의심으로 괴로워하면서 보냈다. 산동네의 자취방은 겨울 바다에 불안정하게 떠다니는 섬이 되었고 나는 아무런 이유도 없이 그 무인의 섬에 누군가가 와서 불러주기를 간절히 기다렸다. 토요일 저녁에는 눈이 내렸고 주인 아줌마가 다 탄 연탄재가 남아 있으면 으깨어 집 앞 언덕길에 뿌리라고 내 방문을 두드렸을 뿐이었다. 연탄재조차도 남아 있지 않았다.

책상 위에 영원한 장식처럼 펼쳐져 있는 번역에도 매달렸으나 반 면을 못 넘기고 지쳐 떨어졌다. 나는 방안에서 단 한 벌 있는 반코트를 걸치고 시려오는 두 손을 겨드랑이에 끼워넣은 채 그들의 대화 속에 회자하던 책을 읽었다. 지금은 그 책의 제목도 저자도 생각이 나지 않지만 독서를 끝낸 후 내가 썼던 글의 제목이 지금도 생생한 것을 보면 나 같은 사람에게조차 일말의 자기중심적인 도취가 존재하는 모양이다. 『가난이라는 소외의 탈역사적 경향에 대한 반성』이라는 것이었다. 주말은 이렇게 느리게 지나가고 있었다. 다시금 밤이 내리기 시작하면서 나는 안정을 찾기 시작했다. 나는 더이상 아무도 기다리지 않았다.

아침이 되었을 때 나는 외로움의 감옥에서 완전히 벗어나 있었다. 나는 시간을 빠르게 흘려보내기 위해서, 즐거운 마음으로 오랫동안 방치해두었던 방안 청소를 했고 휘파람을 불면서 눈과 연탄재가 범벅이 된 회색의 비탈길을 하릴없이 두어 번 오르내렸다. 미약한 햇살마저 판자벽을 슬쩍 벗어나 있었고, 그런 응달에서 볼이 튼 어린아이들이 재와 흙으로 범벅이 된 회색 눈으로 눈사람을 만들고 있었다. 나는 그 아이들이 몸통을 만들고 둥근 얼굴을 얹고 그 위에 돌조각으로 눈을 만들어 붙이고 입을 만드는 것을 오랫동안 바라보았다. 나는 거의 마지막 손질 단계에 있는 우리의 인쇄 책자를 생각했다. 주초에는 그 책에도 눈과 코가 붙여질 것이다. 이상한 흥분이 나를 사로잡았다. 나는 그리워하고 있었다. 사람을 그리워하는 것이 아니라 일을. 아무 일이나 그리운 것이 아니라, 비록 외곽에서의 잡일이기는 하지만 몇 달 전부터 내가 하기 시작한 바로 그 일을. 바로 그 인쇄소에서, 다른 사람 아닌 바로 그들과 일하는 것을. 아이들이 눈사람을 다 끝내고 쉰 목소리로 만족의 환호성을 질렀다. 나는 내 목을 두르고 있던 목도리를 벗어, 멋진 나무젓가락 콧수염을 단 회색 눈사람의 목에 감아주었다. 조개탄을 아껴 써야 했던 어느 저녁, 안이 오버 주머니에서 꺼내 목에 둘러주었던 목도리였다. 다시 한번 터지는 아이들의 환호성을 뒤로하고 나는 단숨에 언덕을 뛰어올랐다.

나는 결국 책이 만들어진 것을 보지 못했다. 그리고 결국 인쇄소의 낡은 문에 내가 소중하게 간직하고 있는 열쇠를 꽂을 기회를 영원히 잃고 말았다.

긴 주말 끝의 월요일. 나는 해가 기울어지기도 전에 방문을 나섰다. 그렇다고 아무때나 인쇄소에 얼굴을 들이밀 처지가 못 되었던 만큼 인쇄소까지의 긴 길을 걸었다. 이번에는 한 장의 버스표를 아끼기 위해서가 아니었다. 낮에 인쇄소에서 일하는 사람들과의 마주침을 피하라는 안과 정의 원칙은 철저한 것이었고, 정확히 알 수는 없어도 그것이 어떤 결과를 가져올는지를 상상하는 것은 어렵지 않았다.

평소처럼 골목을 돌아 뒷문에 이르는 길을 택하지 않은 것을 행운이라 이름 붙일 수 있을까. 당연히 셔터가 내려져 있어야 할 인쇄소의 입구가 먼발치에서 눈에 띄자마자 나는 단번에 모든 일이 틀어져버린 것을 감지할 수 있었다. 올려진 셔터, 환하게 켜진 불빛, 활짝 열려 있는 유리문. 유리의 하반부가 깨어진 것이 바로 눈앞에 있는 것처럼 확연하게 드러난 듯도 했다. 그 속에서는 분명

누군가가 부산하게 움직이는 것 같았고, 문밖에는 양복을 입은 두 명의 남자가 담배를 피우며 등을 돌리고 서 있는 것이 보였다. 나의 가슴은 터질 것처럼 뛰고 있었다. 절대 황망히 뒤로 돌아서지 말아라. 뛰지 말고. 절대 서두르지 말고 길을 가로질러라. 제발 인쇄소 방향으로 고개를 돌리지 말고. 나는 떨리는 손을 주머니에 집어넣고 행인들 사이에 섞여 건널목 앞에 섰다. 길의 통과를 무한히 금지하고 있는 것만 같던 건널목의 적색등. 이미 날은 어두워져 실제로 먼발치에 있는 그들이 나의 모습을 알아보거나 뒤쫓을 위험이 없었음에도 그 짧은 기다림의 순간에 세계는 위험한 밀고자들의 소굴로 변신했다. 당장이라도 옆의 행인이 나의 팔을 우악스럽게 잡고 "강하원이지. 순순히 나를 따라와" 하고 귀에다 속삭일 것 같았다. 나를 앞뒤로 둘러싸고 있는 행인의 얼굴을 쳐다보고 싶은 유혹은 견뎌내기 힘든 것이었다.

길을 건너고 가장 가까운 골목으로 기어들어가고, 거기서 다시 큰길로 나오고 다시 골목으로 들어가고…… 충분히 인쇄소에서 멀어졌다고 판단되었을 때부터 나는 달리기 시작했다. 얼마 동안을 어떤 길로 해서 달려왔는지 아무런 기억이 없었다. 나는 뛰면서 입으로는 내가 한 번도 해본 적이 없는 기도 비슷한 것을 수없이 반복하고 있었다. 제발 내가 이 자리에서 잡혀 동료들에게 누를 끼치지 않게 해주십시오. 나는 잃을 것이 없는 사람이지만 그들은 그렇지 않습니다. 그들은 할 일이 많은 사람들입니다.

그뒤로는 모든 일이 순식간에 진행되었다. 우리가 기획하고 있던 책은 물론이요 다른 단체들을 위한 인쇄물을 끝내지도 못한 채 일이 터지고 만 것을 나는 신문을 보고 알았다. 연행된 사람들의 이름이 서넛 실려 있었지만 교정으로 낯이 익은 한 이름만 제외하고는 생소한 이름들이었다. 그들의 활동은 이런 종류의 기사가 늘 그렇듯이 신문의 눈에 띄지 않는 한구석에 서너 줄로 요약되어 있었다. 그것은 안을 비롯한 우리 인쇄 담당이 안전하다는 것을 보장해주기에는 불충분했다. 만약 내가 알고 있는 그들의 이름이 본명이라면, 어떻든 그들의 이름은 신문에 나지 않았다.

불안한 나날이 시작되었다. 문밖에서 조그만 소리만 들려도 나의 가슴은 두근거렸다. 정말 이상한 일이었다. 나의 가슴은 두려움 때문에 두근거리고 있는 것이 아니었다. 그것은 기다림이었고 그리움이었다. 그것은 더 구체적으로 말하면 안에 대한 기다림이었다. 안이 나의 주소를 알고 있는 단 한 사람이었기 때문에. 그러나 그보다는, 마치 어느 날 안이 나타나면 다시금 우리가 일을 시작할 수 있기라도 한 것처럼. 날씨가 조금씩 풀려가고 있었다. 나는 며칠을 누워서 보냈다. 나는 병이 없는 신열을 앓고 있었고 단 하나의 치유법은 수면이었다. 가끔 집주인이 불안한 듯 방문을 살며시 열었다 닫았다. 그녀가 죽음의 확인을 하러 오는 것 같다는 생각이 들었고 그 기대에 부응하기라도 하려는 듯이 나는 그럴 때마다 꼼짝도 하지 않았다. 기대의 두근거림이 포기의 심정으로 변했을 때

나의 아픔은 극에 달했다. 그들과 일할 수 있는 기회가 어쩌면 영원히 오지 않을 수도 있다는 확신은 참을 수 없는 것이었다. 마치 나의 잘못으로, 나의 고발로 그들의 활동이 저지되기라도 한 것처럼 환각적인 죄의식에 시달리기도 했다.

나는 거리를 헤맸다. 어디에고 그들과 연락을 취할 수 있는 방법은 없었다. 그들과 보낸 서너 달이 남긴 흔적이라고는 하나도 없었다. 단 하나. 청계천의 헌책방이 있었다. 그러나 책방의 주인은 바뀌어 있었다. 어느 저녁 나는 인쇄소 쪽으로 가보기도 했다. 그러나 간판이 떨어진 인쇄소는 아주 오래전부터 폐쇄된 금지 구역처럼 보였다. 수소문해볼 사람도, 전화로 문의를 해볼 만한 대상도 없이 나는 지쳐서 방으로 돌아오곤 했다. 그러나 설령 수소문을 할 건덕지가 있었다고 해도 나의 행동이 그들에게 누를 끼칠 것이 두려워 아무것도 할 수 없었을 것이다. 이성적으로 다시는 그들을 만날 수가 없음을 알고 있음에도 나는 끈질기게 그들 중 하나를 기다렸다.

나의 초라한 육신을 관리하기에도 지쳐 있는 상태에서 한밤중 나는 깨어 일어났다. 나는 둔화된 기억의 촉수를 다시 갈아세우고 절망에서 벗어날 수 있는 전파를 보내기 시작했다. 수신자 없는 고독한 전파였다. 나는 책상에 공책을 펴고 앉았다. 나의 모든 기억을 동원하여, 내가 적어도 두 번 이상 교정을 본 바 있는, 준비하던 책자에 수록된 원고들의 제목을 하나하나 공책에 쓰고, 생각나는 대로 각 원고의 내용을 거칠게 요점만이라도 정리해내려가기 시작했다. 망각의 신비만큼 가끔 기억은 놀라운 힘을 발휘할 때가 있다. 가끔 한 문단 전체가 고스란히 기억에 되살아오는 것에 나 스스로 경악하기도 했다. 하룻밤에 나는 머리말까지 합쳐 모두 세 편의 논문을 그런대로 재구성할 수 있었다. 모두 열여덟 편의 논문이 있었고 그중 두 편은 번역이었다. 그중 한 편은 내가 부분적으로 참여하기도 한 것이어서 나는 보따리 속에 뭉텅이로 갇혀 있던 종이 뭉치에서 복사한 원문을 찾을 수 있었고 다음날 하루 꼬박 걸려 그 논문의 번역도 끝을 맺었다. 되살아나는 기억이 사라질 것이 두려워 나는 감히 눈을 붙일 생각도 못하고 미친듯이 그 일에 매달렸다. 그것은 일종의 기도라면 기도였다. 기억이 살아 있는 한 그들을 향한 나의 송신기가 작동을 하고 있다는 미신적인 자기암시였다.

믿음 없는 기도에도 응답이 있었던 것일까. 저녁나절, 안으로 잠근 부엌의 판자문을 가볍게 흔드는 소리가 들렸다. 그리고 이어 집주인의 목소리.

"학생, 나와봐. 사촌이 찾아왔어."

나는 숨을 죽이고 가만히 앉아 있었다. 밖에서 웅얼거리는 집주인의 목소리가 계속 들려왔다. 나는 맨 먼저 상 위에 펼쳐진 공책을 덮었고 왜 그랬는지 보따리 속에 들어 있던 여권을 꺼내 상 위에 놓고 밖에 찾아온 사람이 문을 부수고 들어오기를 기다렸다. 가슴이 두근거리지조차 않았다. 단지 사촌이라는 말에 힘이 빠질 뿐이었다. 한눈에 잡히는 좁은 공간을 꼼꼼하게 뜯어보고 있는데 이번에는 또다른 여자의 목소리가 들려왔다.

"하원이, 안에 있니?"

친한 친구나 친동생을 부르는 듯한 부드러운 목소리였다. 그러나 난생처음 들어본 목소리였다. 여자 사촌이라고는 없었던 만큼 나는 직감적으로 그 방문이 안과 관련된 것임을 알아차렸다. 그 목소리의 무엇 때문인지는 알 수 없어도 나는 당장에 내 몸에 남아 있는 희미한 힘의 자취조차도 스르르 어디론가 빠져나가는 것 같은 느낌을 받았다. 내 이름을 부르는 목소리의 주인공이 좋은 소식의 전령자이건 나쁜 소식의 전령자이건, 나는 주저할 여지가 없었다. 나는 방문을 열고 방문자를 안으로 맞고 주인집에는 고맙다는 인사를 과장되게 했다.

"김희진이라고 해요. 안선생이 주소를 주면서 도움을 청하라고 하더군요."

두 발을 옆으로 모으고 내 앞에 앉아 있는 여자는 피곤한 듯 등을 벽에 기댔다. 창백하기는 그녀나 나나 마찬가지였을 것이다. 조금 섬뜩한 아름다움을 지닌 얼굴이었다. 아주 먼 곳에서 와서 다시 먼 곳으로 떠나가버릴 것 같은 느낌을 자아내는 얼굴. 그렇지만 그녀의 지친 표정이나 행색은 그 모든 것을 교묘하게 가려버리고 있었다. 그녀의 눈은 열에 들떠 번들거리고 있었다. 한눈에 봐도 앓고 있는 게 틀림없었다. 나는 우선 그녀의 등뒤에 베개를 대 벽에 편안히 기대게 했다.

그녀와 나는 서로를 바라보면서 침묵하고 앉아 있을 뿐이었다. 들고 온 큼직한 가방의 손잡이에 놓인 그녀의 손은 마디가 굵었고 투박해 보였다. 자세한 설명을 듣지 않아도 그녀의 심신의 피폐 상태가 어느 지경에 이르러 있는지를 쉽게 알아차릴 수 있었다. 나는 아마도 오랜만에 이루어졌을 그녀의 휴식을 방해하지 않으려고 조심하면서 물었다.

"모두들 무사한 건가요?"

"더러는. 그렇지만 모임은 거의 해체 상태로, 준비중인 일은 모두 압수당했고 모두들 연행되었거나 도피중이지요."

"안선생님은?"

김희진은 지극히 어두운 표정이 되어 눈을 감았다.

"모르겠어요. 모르겠어요."

김희진은 낮은 목소리로 그녀가 아는 여러 사람의 소식을 알려주었다. 모두가 나는 한 번도 만난 적이 없고 대개는 이름도 모르는 사람들이었다. 안은 그녀에게 나의 주소를 주면서 나에 대해 아무런 설명도 덧붙이지 않았던 것일까? 그러나 김희진에게 나의 주소를 주었다는 것으로 그사이에 내가 안에 대해 가지고 있던 모든 오해가 단숨에 지워지는 느낌이었다. 김희진은 오래 사귄 사람의 깊은 신임을 가지고 내게 모임이 처한 위험에 대해 말했다. 왜 그랬을까, 나는 그녀에게 사실을 말하지 않고 그녀가 믿고 있는 대로 오랫동안 모임에 가담한 것처럼 그녀의 말에 반응을 보였고 모르는 이름들, 기껏해야 가끔 들어봤을 이름들을 그녀가 언급했을 때, 오랜 지기라도 되는 것처럼 그들에 대한 우려를 표정에 담았다. 아니 나는 진정으로 그들을 우려했다는 것이 옳다.

약간의 여유가 생기자 나는 수줍게 말했다.

"나는 김희진이라는 이름을 들을 때마다 남자라는 생각을 했어요."

그녀는 갑자기 생각난 듯 말했다. 그러나 그 어조에는 어떤 불편함이 있었다.

"아 참, 안선생이 하원씨에게 전하는 편지가 있어요……"

그녀는 가방 속에서 가장자리가 낡은 편지 한 통을 내밀었다. 편지는 봉해져 있었고 얇았다. 나는 그녀 앞에서 편지를 열지 않았다. 이유도 없이 나는 그것을 바지 주머니에 황급히 집어넣고 밖으로 뛰어나갔다. 그러나 밖에 나와서도 나는 편지를 뜯지 않았다. 너무 오랫동안 기다렸던 소식이기 때문에 시효가 지나가버린 것 같은 아득한 느낌이 먼저 자리를 잡았기 때문이었다.

나는 연탄불을 활짝 열고 밥을 안치고, 주인집에서 빌려온 곤로 위에 찌개를 끓였다. 이 노천에 가까운 부엌에서 음식 냄새가 나지 않은 지가 참으로 오래되었기에 가슴이 다소간 설레기도 했다. 서울 하늘 아래 방 한 칸을 잡고 생활한 이래 누군가가 나의 거처를 방문한 것이 처음 있는 일이었다. 나는 그것이 이모나 이모가 보낸 친척이 아닌 것에 자축을 보냈다. 나는 시멘트 부뚜막에 앉아 편지를 뜯었다.

　강양!
　급히 몇 자 적습니다. 내 몸처럼 중요한 사람을 보내니 도움을 부탁하오. 우리 당분간은 만나기 힘들 것이오. 거두절미하고 어려운 부탁을 합니다. 강양이 지니고 있는 여권을 빌렸으면 하오. 큰 도움이 될 것이오. 일의 성질이 그러하니만큼 거절한다고 해도 이의는 없소. 그러나 다시 한번 말하건대, 만약 강양이 동의한다면 얼마만큼의 도움이 될는지는 아무도 알 수가 없소. 그럴 경우 나머지는 김희진과 상의하기 바라오.
　안.

　짧고 정확한 내용을 전달하는 사무적인 편지였다. 나는 안의 그런 편지를 오래 들여다보았다. 이것이 정말 안이 쓴 편지인가. 확실히 안의 글씨였다. 그는 내게 이런 일을 부탁할 권리가 있는가? 있었다. 왜? 그러나 왜인지에 대해서는 나도 대답을 할 수가 없었다. 안은 다른 식의 편지를 쓸 수도 있지 않았을까? 그러나 만약 다른 식의 편지를 썼더라면 나는 정말, 위로받을 수 없을 정도로 상처를 받았을는지도 모른다.
　음식이 담긴 쟁반을 들고 방으로 들어갔을 때 김희진은 반쯤 누위 있다가 몸을 일으키면서 쟁반을 받아들었다. 그녀의 팔에 경련이 이는 것이 보였다. 우리는 침묵한 채 식사를 끝냈다. 아주 오래전에, 이처럼 무겁게 내려앉은 늦은 밤, 침묵 속에서 앞에 앉아 있던 피로에 지친 얼굴을 조심스럽게 바라보면서 식사를 하던 때가 있었다. 상 반대편에는 일에서 돌아온 피로를 화장으로 숨긴 엄마가 있었고 상의 이쪽 편에는 기껏해야, 여덟, 아홉의 어린 내가 있었다. 그러나 김희진은 그때 상 저편에 앉아 있던 얼굴과는 성질이 다른 피로를 내보이고 있었고 그 얼굴에서는 발견되지 않던, 웬만한 피로로는 꺼지지 않게끔 질기게 가꾸어온 느낌을 주는 특수한 빛이 있었다. 김희진의 나이가 그때의 엄마 나이쯤 되었을까? 아니었다. 김희진의 얼굴은 훨씬 젊어 보였다. 그녀의 얼굴에는 나이가 없었다.

그때나 그후나 그녀의 모습을 떠올릴 때면 나는 늘 한 가지 강박관념에 사로잡힌다. 그녀의 얼굴, 그녀의 자태가 내게 야기시키는 그 어떤 것을 꼭 말로 그려내야만 한다는 생각이다. 그리고 그녀가 지닌 아름다움만큼 그려내기 어려운 것도 없다. 누구를 닮았다거나 어떻게 생겼다거나 하는 비유적인 설명으로는 불충분한 어떤 것을 그녀는 지니고 있었다. 그저 아름답다는 가장 단순한 형용사밖에는 떠오르지 않는. 아니면 그것은 고독하고 어린 나이의 한 철없는 여자아이의 환상이었을까. 확실히 그것은 아니었다. 나는 생각했다. 만약 안의 부탁 편지가 없었더라도 나 자신이 그녀에게 잠시 잠적할 것을 제안했을 거야. 그것이 김희진이건 장이건 박이건…… 틀림없이. 나를 부르는 사람이 누구인지도 모르면서, 밖에서 그녀의 목소리가 들려오자마자 저렇게 그 목소리를 위해 여권을 준비해놓고 있었잖아.

"무슨 생각을 하느라 내 얼굴을 그렇게 뚫어지듯 보지요?"

나는 상 한 귀퉁이로 물려 있던 여권을 집어들면서 대답했다.

"앞으로 내가 할 일을 생각하고 있었어요."

김희진은 밥상 너머로 두 손을 내밀었다. 나는 말없이, 뜨겁게 열이 올라 있는 그녀의 손을 잡았다. 그녀의 손이 가볍게 힘을 주어왔다. 나는 손을 빼 이번에는 나의 손으로 그녀의 두 손을 감쌌다. 나는 끝내 그녀와 안의 관계에 대해 묻지 않았다.

나는 가끔 희망이라는 것은 마약과 같은 것이 아닌가 하는 생각을 할 때가 있다. 그것이 무엇이건 그 가능성을 조금 맛본 사람은 무조건적으로 그것에 애착하게 된다. 그렇기 때문에 희망이 꺾일 때는 중독된 사람이 약물 기운이 떨어졌을 때 겪는 나락의 강렬한 고통을 동반하는 것이리라. 그리고 그 고통을 알고 있기 때문에 희망에의 열망은 더 강화될 뿐이다. 김희진이 도착하던 날, 그녀의 피곤에 지쳐 눈 감긴 얼굴을 쳐다보면서 나는 이미 오래전부터, 나도 모르게, 그 성격을 규정하기 어려운 희망이란 것에 감염되었음을 알아차렸다. 그리고 그것이 결국은 어떤 형태로든 일생 동안 나를 지배하리라는 것도. 나는 막연한 희망에 대한 막무가내의 기대로 김희진을 돌보았다.

도착하는 날부터 그녀는 앓기 시작했고 나는 저녁나절에는 그녀를 간호하고 낮에는 그녀를 대신해, 그녀가 알려준 대로 새로운 소식이나 도움을 줄 수 있는 사람을 찾아 서울의 구석구석을 헤매다녔다. 그러나 대부분의 경우는 잘못된 연락처였거나 상황에 대한 극대화된 불안 때문에 오히려 내게 근신을 하고 적당한 때에 다시 들러줄 것을 부탁했다. 가끔 경제적 도움을 주는 경우도 있었다. 물론 그것도 자주 있는 일은 아니었다. 어떻든 뒤늦게 나는 많은 사람들을 만났고 그것은 내게 큰 힘이 되었다.

나는 여러 사람을 거친 후 겨우 정을 만날 수 있었다. 친구가 경영하는 다방에서 불안한 나날을 보내고 있던 정은 나를 보자 죽었던 사람의 유령이라도 만난 듯 반가움보다는 걱정 어린 놀라움을 나타냈다. 그의 표정에서 나는 이러한 상황에서 대부분의 사람들을 사로잡는 나에 대한 불신의 역력한 흔적을 보았다.

"아니 이게 누구요. 내 있는 곳은 어떻게 알았어요? 혼자 왔습니까?"

그러나 정의 태도는 더이상 내게 상처가 되지 않았다. 그를 놀라게 한 것은 김희진이 나의 집에서 앓고 있다는 소식이었던 것 같다. 정 또한 안이 지방으로 피해 가 있다는 것 외에 다른 친구들의 소식을 전혀 모르는 채로 고립되어 전전긍긍하고 있었다. 나는 그에게 안의 편지 내용과 김희진의 뜻을 전했고 여권을 맡겼다.

여권 위조와 동회에서 근무한 적이 있는 것이 무슨 연관이 있는지 알 수는 없었지만 사흘 후에 정은 나의 사진이 들어 있는 자리에 김희진의 사진이 감쪽같이 대치된 여권을 내 앞에 내밀어 보였다. 그러나 그것을 건네주기를 꺼리면서 다시 서랍 속에 집어넣었다. 다방 뒤쪽의 한 방구석에서 취할 대로 취해 있던 정은 늦은 시간인데도 나를 자꾸 붙잡아 앉혀놓고 안에 대한 불평을 늘어놓았다. 내가 인쇄소에서 그들과 같이 일을 하기 전부터 안이 나의 여권에 관심을 가지고 있더라고 말하기도 했다. 모두가 다 계획된 일이었다는 것이다. 나도 그의 말에 동의했다. 애초부터 그것은 안과 나 사이에 비밀리에 계획되었던 일이었다고 했다. 그러나 정은 나의 말을 주의깊게 듣기에는 너무 취해 있었다. 정은 또 안이 문제를 확대시키지 않기 위해서 김희진의 미국행을 서두르고 있다고 분개했다. 나는 그가 술에 취해 나가떨어지기를 기다렸다. 다행히 그는 통행금지가 되기 전에 코를 골았고 나는 서랍 속의 여권을 집어 가지고 나왔다. 내 등뒤에 대고 정은 크게 소리쳤다.

"미안합니다. 하원씨."

나는 무엇에 대한 사과인가를 묻지 않았다. 그렇다고 그 사과를 받아들이지도 않고 뒤돌아서서 그 다방을 나왔다. 저 사람은 나를 영원히 모르는 채로 다시는 보지 못하겠지. 그러나 그런 독백도 내게 조금의 감흥을 주지 않았다.

김희진은 내 방에서 약 이십 일을 머물렀다. 그사이 그녀는 서서히 회복되어 어떤 때는 밤늦게까지 무엇인지에 열중하기도 했다. 시간 여유가 생길 때 나는 그 옆에서 논문들을 되살려내는 일을 계속했다.

어느 날 밤, 방밖에서 달그락거리는 소리에 나는 잠이 깼다. 책상 위는 서류와 폐지로 산란스러웠고 방안은 비어 있었다. 방문을 열자 행주를 들고 찬장이며 부뚜막을 열심히 닦고 있는 김희진의 모습이 보였다. 정말 동생 집을 방문해 집을 치워주면서 정을 표현하는 여느 사촌언니처럼 김희진은 팔을 걷어붙이고 부엌을 바닥까지 말끔하게 닦아놓은 다음이었다. 나의 기척에 그녀는 몰래 하던 일을 들킨 사람처럼 나를 보고 소리를 죽여 웃었다. 그러나 그웃음 속에는 불안기가 서려 있었다.

"걱정하지 마세요. 모든 일이 다 잘될 테니까."

그때쯤 그녀는 웬만큼 건강해져 있었다. 나는 그녀의 여행을 준비하며 그녀가 기거하는 내 방에 안이 한번쯤 들러줄 것을 막연하게 기대했다. 그러나 그것은 당시 그가 처한 상황으로는 불가능한 것이었다. 김희진은 서서히 기운을 회복했고 결국 안을 보지 못한 채로, 그리고 시골에 있다는 가족에게 감히 연락을 취하지도 못한 채로 시간이 지나갔다. 내 방을, 서울을, 이 나라를 떠나는 날 그녀는 내게 예닐곱 장의 편지와 가방 가득히 무언가를 남겼다.

"하원씨가 보관해주세요. 보잘것없는 글들인데, 때가 되면 빛을 보게 되겠지요. 곧 다시 만나요. 곧 다시 돌아올 것을 약속해요."

그녀는 위조된 여권과 내가 구입한 비행기표를 들고 혼자 김포로 향했다. 만일을 대비해 나는 공항까지 전송을 하지도 못했다.

그녀가 떠난 직후, 이번에 나는 집안 식구 아닌 누군가가 나를 연행하러 올 것을 기다리면서 마음의 준비를 하고 집에서 시간을 보냈다. 그러나 내게는 아무 일도 일어나지 않았다. 내가 하던 논문의 재구성이 다 끝났고 김희진이 남기고 간 글들을 하나도 빠짐없이 다 읽을 때까지 내 누추한 거처의 문을 두드리는 사람은 없었다. 김희진은 무사히 떠났음에 틀림없었다. 봄이 오는 기색이 완연했건만 내 마음의 계절은 여전히 끝도 없는 겨울이었다. 햇볕이 짧은 이 동네의 눈사람은 여전히 녹지 않고 비탈에 서 있는 것이 보였다. 그 일이 있은 후 딱 한 번 발신인도, 주소도 적히지 않은 엽서 한 장이 도착했을 뿐이었다.

"강양, 고맙소."

그것이 내용의 전부였다. 그리고 얼마 지나지 않아 나는 안의 검거에 대한 제법 큰 기사를 읽었고 뒤늦게 나의 익명의 동료들의 활동에 대한 왜곡되고 과장된 해석의 기사를 읽었다.

나는 늘 그 시기에 대한 짧은 보고서 형식의 글을 쓰고 싶어했다. "아, 그 길고도 긴 길의 우울한 초겨울 풍경이라니! 사방은 술병 바닥 두꺼운 유리의 짙은 색깔처럼 흐렸지만 나는 그때 처음으로 희망이라는 단어를 만났다……" 이렇게 시작되는 글을. 나는 여전히 우리의 사고가 활자화되는 것을 신성시하고 있는 모양이지만 내게는 그 시기를 분명하게 회상해 써낼 만한 글재주가 없다. 그러나 무엇보다도 나의 삶은 얘기될 만한 흔적이 없다. 안이 일할 때면 가끔 틀어놓던 그 높낮이도 없고 비슷비슷하게 연결되어 하오의 잠 같기도 한 음악의 소절 같은 나의 삶에 대체 그 누구가 관심을 가질 것인가. 당치도 않은 일이다.

김희진은 내게 연락을 취하려고 해도 취할 수가 없었을 것이다. 나 또한 아무에게도 알리지 않고 서울을 떠났기 때문이다. 나는 대학을 아주 포기하고 이모에게로 내려가 오랫동안 이모의 농사를 도왔다. 그러면서 내가 맛본 희망의 색깔을 주변과 나누려고 여러 가지 일을 벌이기도 했다. 그후의 나의 삶도 그다지 변하지 않았다.

그사이 안은 유명한 민중예술가이자 운동가가 되어 여러 지면을 통해 그의 견해를 기탄없이 발표하고 있었고 내가 사는 시골에서 멀지 않은 도시에도 수차 강연을 온 적이 있었다. 벌써 몇 년 전, 나는 한번 강연 즈음에 맞추어 그 도시에 간 적이 있었다. 주최자측에 가방 하나를 안에게 전달해줄 것을 부탁하기 위해서였다. 마을의 젊은이들에게는 강연에 참석할 것을 극구 권했으면서도 나는 그 시간을 기다리지 않고 다시 시골로 돌아왔다. 그 가방 속에는 김희진이 남기고 간 글과 그럭저럭 재구성한 이후 한 번도 다시 읽어보지 않은, 우리가 같이 일하던 논문들의 묶음이 들어 있었다. 후에 어떤 잡지에 그 글의 일부가 실린 것도 보았다.

이제 내 수중에 그 시기가 실제로 존재했었다는 물증은 아무것도 없다. 아, 한 가지가 남아 있었다. 불안과 고립의 시간과 싸우기 위해 나 혼자 하던 이탈리아 사학가의 독일어본 역사책의 미완성 한글 번역 원고. 그러나 이제는 너무 오래 버려두어서 원고지의 색깔은 노랗게 변했거니와 그 책으로 말할 것 같으면, 아마 나보다 나은 전문 번역가에 의해 이미 출판되었을 터였다. 그렇지만 나는 그것을 확인해보지는 않았다.

나는 그 이후로 딱 한 번 한 남자를 사랑했다. 그렇지만 그는 나의 친구와 결혼해버렸고 내가 그의 입장이었다고 해도 나보다는 내 친구를 선택했을 것이다. 몇 년 전에 나는 무슨 일 때문인지 학교를 그만두고 필생의 저술을 집필하기 위해 내가 사는 시골로 낙향했다는 한 교수를 만났다. 그는 언어학자였는데『우리 시대의 언어사회학 강의』라는 제목의 저서를 준비하고 있다고 하면서 그를 대신해 자료도 찾고 원고도 정리해줄 사람을 찾고 있다기에 내가 자청해서 그의 집으로 찾아갔다. 이후 나는 그의 조수로 일하고 있으며 일주일에 한 번씩 그를 대신해 자료를 조사하기 위해 서울의 도서관으로 올라간다. 그렇지만 나는 그의 저서가 언젠가 빛을 볼는지에 대해서는 확신이 없다. 노교수의 방대한 사고는 매주 계획이 확대되기만 할 뿐이기 때문이다.

나는 시골로 내려가는 기차를 타기 위해 역 쪽으로 걸었다. 어쩌면 이 계절의 하늘은 이토록 무연히 맑을까. 그리고 그 시절의 아픔은 어쩌면 이리도 생생할까. 아픔은 늙을 줄을 모른다. 아픔을 치유해줄 무언가에 대한 기구가 그만큼 생생하고 질기기 때문일까. 이번 겨울에는 동네 아이들을 모아 비어 있는 들판에 커다란 눈사람을 만들어볼까. 며칠 전에 지구를 뜬 그녀의 별에 전파가 닿게끔 머리에 긴 가지로 안테나도 꽂고…… 그러나 사람이 죽은 다음에 별이 되지 않는다는 것은 누구보다도 그 아이들이 더 잘 알고 있지 않은가. 아프게 사라진 모든 사람은 그를 알던 이들의 마음에 상처와도 같은 작은 빛을 남긴다.

(1992)

아버지 감시

아버지는 내가 아침에 집을 나서면서 보았던 바로 그 자세로, 등 없는 의자에 구부정하게 앉아 텔레비전에 시선을 고정하고 계셨다. 마치 아나운서에게서 답변하기 어려운 질문이라도 받은 것처럼 고개까지 약간 숙이고, 응접실을 들어서는 나의 기척에도 반응 없이 앉아 계셨다. 프랑스인 아나운서가 프랑스어로 하는 뉴스를 한마디도 알아듣지 못할 것이 분명함에도 넋을 잃고 그 앞에 앉아 있는 아버지의 태도가, 나와의 맞대면을 피하려는 위선으로 보이기까지 했다. 긴 주말이 시작되고 있었다.

나는 목까지 칼칼하게 메어오는 야릇한 회한으로, 이미 흰머리가 온통 뒤덮인 아버지의 뒤통수를 노려보듯 주시했다. 텔레비전에서는 혁명 후 루마니아의 다각적인 변화의 전망을 분석하는 전문가의 격앙된 목소리가 흘러나오고 있었다. 이제는 너무 반복돼 그다지 새로울 것도 없이, 몇 주일 만에 재빨리 구태의연하게 들리기까지 하는 목소리였다. 벌써 수차 권했음에도 아버지는 소파를 마다하고 등 없는 의자를 고수함으로써 그러지 않아도 이리저리 부글거리는 내 심사에 불을 질렀다.

아버지가 중공에서 도착한 지 겨우 일주일밖에 되지 않았음에도 불구하고 나는 벌써 심신이 지쳐버렸다. 아무리 밤이 늦도록 뒤척거리면서 아버지가 북쪽으로 사라져버리기 전의 기억을 회상하려 노력해보아야 그것은 우스꽝스러운 것이었다. 아무리 천재라도 어찌 태어나기 이 개월 이전의 일을 기억하겠는가. 그러나 아주 어려서부터 나는 어머니가 해준 아버지에 대한 이야기이며, 아버지의 월북 이후 어머니를 비롯해 집안 식구들이 겪은 쓰라리고 모진 고생담을 마치 내가 스스로 겪은 일인 것처럼 착각하는 버릇이 붙어 있었다. 이 막연한 이야기들이, 내가 주변을 사릴 만큼 컸을 때 드디어 생생한 현실이 되어 더욱 깊숙이 뇌 속에 자리를 잡아버린 후부터, 나는 이 일종의 대리 경험의 무게에 눌려, 너무 일찍 늙어버린 느낌이었다. 아버지가 내가 뱃속에 있을 때 사라졌건, 태어난 후에 사라졌건 그건 아무런 차이가 없었다. 우리 같은 경우에 처한 사람들은 잘 알겠지만 이런 종류의 아버지는 숨기면 숨길수록 더욱 일상의 갈피에 끼어들게 마련이다. 내가 비관적일 때 나는 아버지를 모방하려 했고, 낙관적일 때는 열렬히 아버지를 거부했다.

나는 아버지의 도착 이후 점점 공허해지는 심장을 채워줄 만한 기억들을 찾아 불면의 밤을 뒤척거리면서 과거 속으로 행진했다. 그러나 줄줄이 이어지는 서러운 기억들은 가지에 가지를 치면서 점점 더 멀리 잠을 쫓을 뿐이었다. 내가 어렸을 때만 해도 입에 침이 마르도록 젊은 시절의 아버지를 칭찬하던 어머니도 자식들 머리가 커지면서부터는 아예 아버지에 대한 언급을 회피했고, 단 한 장 남아 있는 빛바랜 가족사진조차 벽의 액자에서 떼어져 어머니의 구닥다리 장롱 바닥으로 은신해버렸다. 그리고 이미 십여 년 전부터 우리는 서서히 아버지의 유령에서 벗어나 뒤늦게 사는 데 열중했다. 삼 년 전, 우리 가족의 소식을 묻는 아버지의 편지가 중공으로부터 시골의 큰집으로 도착하기 전까지는.

수신인이 불확실한 이 편지는 가족들 사이를 돌고 돌아 오 개월이나 지나 프랑스에 와 있는 어머니께 도착했다. 먼 외가 쪽 친척의 도움으로 천신만고 끝에 남보다 두 배나 시간을 더 들여 학위를 끝내고 이곳의 한 식물학연구소에 자리를 잡은 후, 노총각 막내아들을 늘 딱해하시던 어머니도 오신지라 일단 정착하기로 어렵게 마음을 먹은 즈음이었다.

내가 편지 읽기를 마치자 어머니는 한참 동안 허공만 바라보시다가 이윽고 충격을 진정하느라 말씀까지 더듬으면서 우리 형제들끼리 의논해 정하면 당신은 그 결정에 따르겠노라고 했다. 집안의 막내인 나는 형들의 의견을 물으러 부랴부랴 서울로 달려갔다. 어렵게 한자리에 모인 우리 형제들에게, 이하운이라는 아버지의 이름 석 자가 쓰라리게 박힌 이 편지는, 놀라움이나 반가움보다는, 오랫동안 애써 숨겨둔 범죄의 증거가 백일하에 드러나기라도 한 것처럼 일종의 불편함으로 다가왔다. 긴 세월 아버지의 월북의 대가를 호되게 치른 사람들의 딱한 반응이었다. 이 첫 편지에는 아버지의 상황에 대한 자세한 언급은 없어도 이미 오래전에 새로운 삶을 시작했을 것이 분명하므로 공연히 양쪽에 쓰라림만 더하지 않겠느냐는 우려, 그래도 어머님의 소원 풀이를 위해 모셔와야 한다는 견해, 나중은 어떻게 되건 답신은 하고 봐야 한다는 등 의견이 분분했다. 우리들 중 어느 누구도 직접 언급을 하지는 않았지만 얼굴에 나타난 표정들로 보아 아무리 상황이 달라졌다 해도 아버지의 월북처럼, 혹 아버지의 방문이 법적으로 우리들에게 누를 끼치는 것은 아닐까를 모두가 저어하고 있는 게 분명했다.

그러나 사는 데 바쁘고 문제 해결에 게으른 형제들은 모든 결정을 어머니한테 맡기자는 식으로 결론을 보았고 나는 그 뜻뜻미지근한 결과를 가지고 서울을 떠났다.

"자식 될 자격도 없는 것들…… 이건 이제 더이상 너희들 형제와 무관한 일이니 없던 일로 하거라!"

형제들과 의논한 결과를 전했을 때 문제의 편지를 주머니에 넣으면서 어머니는 단호하게 한말씀하고는, 이후 정말 그에 대해 아무런 언급도 없으셨다. 그에 대한 언급만 없었을 뿐 아니라 아무도 칠순에 가깝다는 것을 믿지 않을 만큼 건강하던 분이 그만 자리에 눕고 말았다. 너무 혹독한 일만 골라서 겪으셨던지라 그 연세에 이르러서는 그만 저항력도 탈진했던 모양이었다. 난생처음으로 나는, 생소하게 울리기만 하는 아버지라는 단어로 시작되는 편지를 어머니를 대신해서 썼다. 편지에 우리의 사진도 동봉했다. 아버지의 답신은 달필이었고 늘 간단했다. 정확하게 이 년 오 개월 전의 일이었다.

편지 왕래가 시작되던 초기만 해도 어머니는 다시금 건강을 회복하시는 것처럼 보였다. 젊으셨을 때의 삶에 대한 끈기를 되찾으신 듯, 아버지가 도착하실 것을 예상한 계획들을 세우기 시작하셨다. 두 분이 나란히 고향을 방문해 뒤늦게나마 친척들하고 화해를 하고 세상을 뜨시겠다는 등의 끝도 없는 계획들이었다. 그사이 색이 바랠 대로 바래 거의 백지 상태로 변한 가족사진이 오래간만에 다시 어머니의 방 한편에 모습을 드러내기도 했다.

그러나 아버지 쪽의 절차는 점점 더 지연될 뿐이었고 편지 왕래가 시작된 지 칠 개월을 못 넘기고 어머니의 건강 상태는 악화되어 나는 어머니의 원대로 서둘러 어머니를 서울 형네로 모셔다드렸다. 어머니는 결국 오래 버티시지 못하고 돌아가시고 말았다.

어머니의 연세는 잊어버리고 형제들은 내심으로 어머니의 죽음을 아버지의 재출현 탓으로 돌렸다. 그 내심은 슬픔이 복받치는 순간에 공공연히 발설되어 아버지는 단번에 어머니에게뿐 아니라 우리들에게까지도 파국만 몰고 오는 죽음의 사자로 단정되기에 이르렀다. 어머니를 잃은 슬픔에 우리는 아버지를 잊었다. 외국에 살고 있다는 이유로 큰형을 대신해 아버지의 초청 절차를 맡은 내가 다시 편지를 쓰기 시작한 것은 어머니가 돌아가시고 석 달이나 지나서였고, 그에 대해 아버지는 한참 동안 답신이 없었다. 그리고 이미 돌아가신 어머니 앞으로 쓴, 가히 철학적이라고 할 만한 감동적인 어조로 저세상에서의 재회를 약속하는 장문의 편지가 서울의 형과 내게 똑같이 도착했다. 아버지가 보낸 최초의 긴 편지였다. 이후 나는 이상하게도 어머니 생전 때보다도 더욱 열심히 아버지에게 편지를 쓰기 시작했다. 그러나 아버지의 답신은 다시 길어지지도 잦아지지도 않았다.

아버지는 혼자 사는 아들의 쓸쓸하고 협소한 아파트의 분위기를 더욱 강조라도 하려는 것처럼, 아예 등 없는 의자에 뿌리라도 내리려는 것인지 하루종일 움직임도 말도 없었다. 나 또한 어디서부터 어떻게 서두를 떼어야 할지 모르는 채, 이상한 두려움으로 정작 건드려야 할 부분을 교묘하게 피하면서 어정쩡하게 일주일이 지나가버리고 말았다. 처음 도착하셨을 때는 낮에는 연구소 일에 매여 있었고 저녁에는 서울에 있는 형제들과의 간단하고도 부산스러운 국제전화로 그럭저럭 시간이 지나갔다. 아버지가 도착하신 후 사흘간은 모든 것이 자연스럽기까지 했다. 마치 오랫동안 못 보았지만 소식은 가끔 전해 들은 무관한 사이의 친척이나 만난 것처럼, 형제들도 전화로 그랬고, 나도 저녁나절 시간에는 아버지의 지난 과거지사를 스스럼없이 물었다. 몇년 몇월에 어디에서 무슨 직장에 근무했고, 언제 재혼을 했으며 '자식'은 몇이며, 어떤 경로로 중공으로 갔고, 또 중공에서는 무엇을 했으며, 지금은 어떻게 지내는지 등등…… 이력서에나 적어넣을 성질의, 이미 대강은 알고 있는, 아무리 생각해도 낯뜨거운 빈 질문들이었다. 그러나 아버지는 여독이 풀리기도 전에 빗발처럼 쏟아지는 질문들에 조금도 괘념치 않고, 오히려 그것이 당연하다는 듯이 느린 어투로 하나하나 대답하셨다. 아버지 또한 남의 과거지사를 기억나는 대로 전달하는 무관한 자세로, 월북하자마자 남쪽 사람이라는 성분 때문에 의심을 없애기 위해 곧 재혼하게 된 일이며—강조하시기를—내 여동생이 둘 남동생이 둘 생겼으며 북에서는 문화 관계 서류를 담당하는 데 보냈고, 오랜 계획 끝에 중공으로의 탈주를 결정했다고 대답하셨다. 그리고 약간의 무거운 침묵 후에 '내 막냇동생'은 탈출 당시 어려움 때문에 북한에 두고 와 지금은 세 동생하고만 살고 있다고 덧붙였다. 그러고는 그만으로, 중공에서의 생활에 대해서는 그저 "나는 야인이다. 그리고 야인의 생활이 만족스럽다"라는 말씀의 반복 외에는 더 할말이 없는 것 같았다. 아버지 말씀의 어느 하나 아버지의 현재 상태를 분명하게 말해주는 것이 없음에도 불구하고 이상한 두려움으로 나도 더 따져 묻지 않았다.

아버지의 월북 후 우리가 겪은 길고 긴 어려웠던 시절에 대해서는 한마디도 하지 않은 채, 나 또한 우리 형제들의 현재 가족생활과 사는 양태를 간단하게 보고식으로 마쳤다. 그러나 문제 많은 집안의 희생자로 아직까지 일정한 직장 없이 경제적 안정을 이루고 있지 못한 큰형에 대해서는 그저 개인 사업을 구상중이라고만 대답했으며, 현재는 작은 기업의 중역으로 있는 둘째형의 미래에 대해 과장해 덧붙였다. 그러고 보니 외국 국립 연구소에 연구원으로 있는 나의 위치가 가장 그럴듯한 것처럼 보일까 싶어, 나는 그 부분에서 그만 아버지의 심정을 긁고 말았다. 월북한 사람의 아들이라는 딱지 때문에 어려서부터 하도 지긋지긋하게 당해, 아예 나라를 떠나 떠돌이생활을 결정했노라고.

그러나 그런 작은 폭발도 잠깐, 나는 냉정을 되찾았다. 일단 아버지 쪽과 우리 형제들 쪽의 지극히 간단하고 사건적인 과거를 드러내놓고 나니 나는 더이상 무슨 말을 해야 할지 난감하기까지 했다. 그런데다 아버지는 각별히 다른 사항에 대한 궁금증을 표시하지도 않으셨거니와, 친척들의 소식이나 하물며 어머니에 대해서조차 별다른 질문을 삼가시는 느낌마저 들 정도로, 내가 직접 얘기를 꺼내지 않으면 당신이 화제를 끄집어내거나 말머리를 돌리시는 경우조차 없었다.

사흘째가 되는 날, 나는 극도로 어머니가 그리웠다. 어머니가 살아 계셨다면 두 분은 어떤 말씀을 나누셨을까. 어머니가 안 계신 지금 아버지와 나 사이에는 오히려 없느니만 못한 처치 곤란한 거리만 생겨나고 있다는 생각이 들어 나는 무슨 소리를 지껄이고 있는지도 정확하게 인식하지 못하고 국제도시로 탈바꿈한 서울에 대해, 백팔십 도로 변신한 한국에 대해, 외국시장에 범람하는 메이드 인 코리아 상품에 대해 주절주절 상식적인 얘기를 늘어놓기 시작했고, 한번 시작하니 어쩐 일인지 멈추기가 힘이 들었다. 아버지는 내가 조성한 그 거짓된 상황을 제자리로 잡아놓기는커녕, 띄엄띄엄 여행담이라도 들려주시듯이 연변이나 북경 등지의 지방 풍습을 간단하게 묘사하셨다. 서로의 심경을 건드리는 부분을 교묘히 피한, 나로서는 참기 힘든 대화의 상황이었다. 나흘째에 접어들면서 나는 더이상 무슨 말을 해야 좋을지 몰라, 관광차 들른 선배라도 처리하듯이 파리 시가지의 카페로 아버지를 모시고 가서 맥주잔을 앞에 놓고 멍하니 앉아 있다가 돌아왔다. 나의 태도가 여기까지 이르자 아버지께서도 그만 함구하셨다. 이제는 다른 형제들이 와서 이 지난한 상황을 깨뜨리는 일만이 기다려졌다. 아직도 열흘가량이나 기다려야 했다. 모두가 다 아버지가, 막연히 예정되었던 일자를 갑작스럽게 앞당겨 도착하신 탓이었다.

시간이 갈수록 내 속에서는 우리를 버리고 혼자 북으로 가버린 추상적인 과거의 아버지에 대해서가 아니라 편지 왕래가 시작되면서부터 접하게 된, 되돌아온 아버지에 대한 구체적인 서운함이 뿌리를 내리기 시작했다. 그리고 이 서운한 느낌은 묘한 방향으로 진전되면서 나로 하여금 아버지의 일거수일투족을 추호의 여지도 없는 엄격함으로 바라보게 만들었다.

일주일 전만 해도 공항에서 아버지 이름이 크게 쓰인 팻말을 들고, 어머니도 형제도 없이 혼자 서 있던 내 심정은 흥분을 넘어서 참담한 것이었다. 우리 쪽의 부탁에도 불구하고 아버지는 최근의 사진 한 장 동봉하지 않았다. 팥 알갱이보다도 작은데다 알아보기 힘들 정도로 바랜, 내가 태어나기도 전에 찍은 가족사진 속의 아버지의 얼굴이나 어머니가 아버지에 대해 말씀하시던 상세하고 인상적인 묘사를 수십 번도 넘게 되살려보아야 어렴풋한 초상화조차 떠오르지 않았다. 행여나 나의 어딘가에 아버지의 모습이 있을까 해서, 일생에 걸쳐 거울 속의 내 몰골을 그렇게 자주, 그렇게 골똘히 쳐다본 것도 아마 처음이었을 것이다. 우리 형제들 중에서 내가 가장 아버지를 빼어나게 닮았다고 묘하게 일그러진 표정으로 말씀하시곤 했던 외할머니의 말씀이 생각났기 때문이었다.

연구소를 아예 쉬고 비행기 착륙 시각보다 한 시간이나 일찍 나간 바람에 기다림에 지칠 때쯤 해서, 이윽고 여행객들 틈에서 구식 양복에 군청색 솜 외투를 걸치고 귀밑머리를 바짝 깎아 더욱 뾰족해 보이는 얼굴을 꼿꼿이 쳐들고 걸어나오는 노인을 발견했을 때, 나는 기억에도 없는 아버지를 단번에 알아보았다. 국제공항을 채운 수많은 환영객의 시선도 잊고 나는 그때 당장에는 난생처음 본, 노인이 되어버린 아버지의 품으로 달려가 그 자리에서 한바탕 대성통곡을 했다. 뿌리깊은 통한과 원망이 뒤섞인 통곡임이 틀림없었으나, 그것은 아버지를 되찾은 데서 오는 감격이나 본능적인 부자지정에서 우러난 것이라기보다는, 이 년 이상이나 질질 끌어온 아버지의 여행 초청 문제가 거의 해결되었을 무렵, 그토록 바라던 남편과의 재회를 눈앞에 두고 갑자기 돌아가신 어머니에 대한 서러움이 복받쳐올라온 까닭이었다. 유복자나 다름없는 나의 출생부터 시작해 늦게까지 독신으로 있는 나의 처지에 이르기까지 모든 것이 당신의 불찰 때문이기라도 한 것처럼 각별히 안쓰러워하시며 막내아들 뒷바라지를 위해 말도 안 통하는 나라에 와서 불편한 말년을 보내다 끝내는 돌아가시고 만 어머니를 부르며 나는 바짝 마른 노인의 협소한 품안에서 헛몸부림을 쳐댔다. 아버지의 품안에서 아무리 '어머니이'를 외쳐대고 얼굴을 비벼대보아야 척 와붙지 않는 껄껄하고 스산한 감촉이었다. 쭈글쭈글 주름으로 늘어진 눈꺼풀이 열리고 백태가 한 귀퉁이를 덮기 시작한 아버지의 눈에서도 눈물이 흘러내렸다. 어머니가 우리들의 어린 시절 귀에 못이 박히도록 그리고 또 그려낸 신화 속의 젊은 이하운의 모습을 지워버리는 처참한 눈물이었고, 나는 잠시 어머니가 이런 모습의 아버지를 맞대면하지 않고 눈을 감으신 것이 어머니의 의도적인 결단이기라도 한 듯한 착각에 빠졌다.

나는 더이상 아버지에게 소파나 안락의자를 권하는 것을 포기하고, 연구소에서 가져온 서류를 뒤적이기 시작했다. 다스리고 또 다스려도 간헐적으로 폭발하려 하는 아버지에 대한 사소한 불만은 아버지의 침묵 이상으로 부담스러웠다. 작은 꼬투리에도 터질 기회만 찾는 취태 같은 감정의 부침이었다. 주중이라면 일 핑계라도 대고 적당히 시간 조절을 해볼 수 있을 텐데, 꼭 학생 시절 처음으로 남의 빈집에서 아르바이트로 애 보던 때의 막막하던 기분이 다 되살아나왔다. 텔레비전의 프로는 루마니아의 새 수상 페트로로만과 한 여자 아나운서의 대담으로 이어지고 있었다.

"수상님, 지난달에 수상님께서는 '당신은 공산당 독재 타도 혁명 후에도 여전히 마르크시스트인가'라는 기자의 질문에 대답을 보류하신 바 있는데, 한 달이 지난 지금 동일한 질문에 어떻게 답변하시겠습니까?"

사람 좋게 생긴 루마니아의 젊은 수상이 미소를 지으면서 지력과 야심 가득한 미모의 여자 아나운서에게 대답을 하려 하는데 아버지는 주머니에서 손수건을 꺼내서는 힝 하고 방안이 울릴 정도로 큰 소리가 나게 코를 풀었다. 그리고 손수건을 다시 접어서 상체가 부르르 떨릴 정도로 재채기를 했다. 이어 손수건의 한 귀퉁이로 눈께를 비비시는 것이 보였다. 뒤쪽에 앉아 있는 나는 아버지가 어떤 표정을 하고 있는지는 알 수 없어도, 아마도 중공에 놔두고 온 가족에 대한 향수에 젖어서 저렇게 꼼짝도 하지 않는 것은 물론이요 어쩌면 몰래 눈물을 흘리고 있는지도 모른다고 아예 단정지어버렸다.

아무렴 감시가 추상같다는 북한에서 중공으로 탈주하느라 사선을 같이 넘은 가족이 사무치지, 겨우 팔구 년을, 그것도 집에 붙어 있는 시간을 따져보면 같이 산 게 얼마 되지도 않는 가족이 무에 그리 중하겠는가. 일생 기다려온 아내라도 살아서 흥건한 눈물로 반겨주었다면 또 모를까, 이건 생면부지나 다름없는데다. 맏이도 아니고 뱃속에서 나오기도 전에 헤어진 자식이 정이 들었다면 얼마나 들었겠는가. 그것도 고향땅에서 친족들에 둘러싸여 만난 것도 아니요, 이건 제나 내나 생판 타향인 제3국의 한 귀퉁이에서 만나보니…… 나는 화장지 상자를 아버지께 건네면서 슬쩍 아버지의 눈께를 훔쳐보았다. 그러나 나의 예상이나 상상과는 무관하게 아버지는 비록 왼쪽 눈에 백태가 끼어 있기는 해도 눈물이나 우울의 흔적이라고는 없는 영롱한 시선으로 화면을 주시하고 계셨다. 젊은 시절에는 재주가 다방면에 뛰어났다는 전적으로 미루어 어쩌면 아버지가 텔레비전의 프로를 다 이해할 정도로 프랑스어에 정통해 있는지도 모른다는 데에 생각이 미쳤다. 그러나 그보다 나는 아버지를 궁지에 몰아넣을 만한 꼬투리를 찾고 있었다.

"대담 내용…… 이해하시겠어요?"

아버지는 등은 움직이지 않으신 채로 불편하게 겨우 고개를 돌려 주름살이 두 배로 늘어날 정도로 얼굴에 미소를 지어 보이고는 다시 화면으로 시선을 돌렸다.

"무슨 내용인지 설명해드릴까요?"

아버지는, 이번에는 무릎 위에 놓인 화장지를 집어 크게 재채기를 한 후, 조금 쉰 목소리로 대답했다.

"그것 구구하니 설명해 뭐하겠냐. 대강 쳐다보는 게지."

"그래도 관심이 많으신 것 같아서요……"

"모든 게 많이 생경스러워서 이렇게 쳐다본다. 눈을 요리조리 치켜들고 상대편을 쳐다보는 아나운서도 우습고, 빙글빙글 웃는 저 젊은 혁명가도 우습고, 불란서 말은 또 왜 요렇게 경망스럽게 빠르냐?"

아버지는 정감 어린 목소리로, 정말 재미있다는 듯이 미소 지은 얼굴을 내게로 향하고 말씀하셨다. 그러나 아버지에게 드물게 나타나는 이 다정함은 오히려 내 속의 심술보를 더욱 자극했다. 정말 나도 알 수 없는 노릇이었다. 속에서 부르르 치받쳐올라오는 뜨거운 것이 있어도 '자식이라고 이렇게 멀리까지 오셨는데'를 되뇌며 이성적으로 누르고자 아무리 노력을 해도, 어떤 순간에는 바로 그 노력 때문에 심술 섞인 노여움이 오히려 꼬일 대로 꼬여 돌파구를 찾는 것이다. 나의 심술은, 아버지의 다정한 어조에서 이상한 말로 딴청이나 부리면서 껄끄러울 수 있는 화제의 방향을 딴 곳으로 돌리려는 단련된 속임수만을 보았다.

나는 텔레비전 화면을 아버지와 같이 바라보면서 일부러 과장된 영탄조로 사족을 붙였다.

"쳇, 세상에도 지독하던 루마니아가 저렇게 쉽사리 무너질 줄 누가 알았어요. 루마니아야 독재 켜가 앉아서 그랬다지만, 이젠 동구의 어느 나라 하나 온전히 버티는 나라가 있나 보세요. 이건 뭐 거대한 폭음을 내면서 무너지는 게 아니라 그저 기운 없이 풀썩 썩은 둥지 주저앉듯 하는 거예요."

나는 얘기를 하면서 아버지의 표정을 살폈다. 여전히 무엇이 그렇게 우스운지 미소를 띠고 화면을 주시하는 아버지의 표정에는 변함이 없었다. 나는 야박하게 한마디 더 덧붙였다.

"아버지는 동구의 공산주의가 저렇게 무너져내리는 게 아주 재미있으신가보지요?"

그러나 내심으로 하고 싶은 말은 이렇게 점잖은 말이 아니라 "아니 기껏 저렇게 무너질 것 때문에 일생을 폭삭 망치셨단 말예요" 같은 항의조거나 "도대체 아버지는 어느 쪽입니까? 설마하니 아직도 저쪽은 아니겠죠?" 같은 차마 발설할 수 없는 의심조였다.

아버지의 옆얼굴이 잠시 굳어지는가 했더니 여전히 예의 미소가 퍼지면서 천천히 말했다.

"재미있냐고? 그거야 난생처음 일어나는 일이니, 그렇게 말할 수도 있겠구나. 몸이 커지면 아무렴 알맞은 옷으로 갈아입어야지."

"……?"

나를 멍청하게 만드는 이런 식의 대답은 정말 딱 질색이었다. 당신과는 조금도 상관이 없는 남의 집 불 보듯 하는 아버지의 태도는 급기야 내 속에 불을 지르고 말았다. 그렇게 시시껍적하게 무너질 것을 알았다면 왜 집안 식구들의 일생에 못이 박히게 북으로 갔으며, 한번 선택했으면 한자리에 뿌리를 박고 당신 말마따나 새 옷을 사 입든지 맞춰 입든지 할 것이지 왜 딴 나라도 아니고 중공으로 탈출해 일생을 사서 고생을 했는가 말이다. 이렇게 우스갯거리에 지나지 않는 것을 위한 희생치고는 좀 심하지 않은가. 아버지의 태도 여하에 따라 일촉즉발로 폭발의 기회만 기다리고 있는 원성들이었다.

동구의 무더기 사태를 신이 나게 보도하면서 예외적인 경우로 북한이나 중공이 텔레비전에서 들먹거려질 때마다 나는 행여나 아버지의 분명한 반응을 유도할 수 있을까 해서 더욱 과장해 비판적인 언급을 늘어놓곤 했다. 그러나 아버지는 그렇게 흥분해 떠드는 나를 그윽한 미소로 바라보실 뿐 이렇다 할 반응을 의도적으로 배제하고 있는 것으로 해석할 수밖에 없었다. 아버지의 반응이 뜨뜻미지근하면 할수록 나의 머리는 점점 열이 올랐다. 내가 연구소에서 일을 하는 동안, 아버지가 마치 만나서는 안 되는 사람을 파리의 한구석에서 은밀히 만나기라도 하는 것처럼, 나는 어쩌면 자연스럽게 물을 수도 있는 것을 억지로 돌려가면서 아버지의 하루 일과를 묻기도 했다. 동네를 한 바퀴 돌았다든지 텔레비전을 봤다든지 아니면 서고에 꽂혀 있는 우리말로 씌어진 책을 읽었다든지 하는 아버지의 답변이 거짓임을 방증할 아무런 근거가 없음에도 불구하고 나는 무조건 아버지의 말을 믿지 않았다. 그리고 현관을 들어서자마자 나의 시선은 나도 모르게 현관 앞에 놓인 아버지의 신발이나 옷걸이에 걸쳐진 아버지의 외투로 향하면서 그것들의 조그마한 변화까지를 놓치지 않고 포착했다. 그저께는 일하던 도중 갑작스러운 불안에 휘말려 세 번이나 집에 전화를 걸었다. 그러나 매번 예외 없이, 조심스러운 아버지의 목소리가 들려와 나를 실망시키기도 했다. 아버지는 나의 잦은 전화를 안부 인사로 이해하셨는지 감동한 어조로 "아비 일에 신경쓰느라 자주 전화하지 말고 일에 정진하라"는 조언을 덧붙이는 것을 잊지 않았다.

이런 나의 내면의 움직임을 아는지 모르는지 아버지는 텔레비전의 대담을 끝까지 다 보신 후에, 일렁거리는 부아를 삭이느라 입을 꾹 다물고 있는 내 쪽으로 천천히 돌아앉으며 주머니에서 부스럭거리는 무언가를 꺼냈다.

"이걸 좀 부쳐주겠니?"

씌어진 주소로 보아 중공 연변에 있는 가족에게 보내는 편지였다. 그러면 그렇지 그새가 얼마나 길었으면 떠나온 지 일주일도 안 돼 벌써 서신 연락일까. 나는 우리 가족의 생사를 알고도 빨라야 두 달에 한 번꼴이었던 서신 왕래를 생각했다. 나의 얼굴에서 무얼 읽으셨는지 아버지는 낮은 목소리로 혼잣말하듯 말씀하셨다.

"내가 여기 와 있는 것도 모를 게다. 그저 북경에 다녀온다 하고 길을 떴는데, 아무래도 내가 가볍게 처신했지 싶다."

나는 마치 아버지의 엄중한 꾸지람을 받은 느낌이었다. 그러나 그 순간조차도 나는 아버지가 붙인 사족을 믿지 않았을 뿐 아니라 여차하면 편지를 열어서 내용을 확인해보고 싶단 유혹까지 받았다. 나는 이 유혹에서 도망을 치기라도 하는 것처럼, 편지를 받아 들고 그 당장에 우체국으로 향했다.

집을 빠져나오자 나는 조금 숨통이 뚫리는 기분이었다. 파리 교외의 오후는 겨울 날씨답지 않게 따스했고 그 햇살 속을 걸으면서 나는 이미 오래전에 사라져버려 다시는 맛볼 수 없는 어떤 행복감에 대한 무작정한 향수로 저려오는 가슴을 감당하지 못해 전전긍긍했다. 돌아가신 어머니가 자식을 대견하게 느낄 때 지으시던 미소 어린 눈길. 아니면 기억의 저 깊숙한 곳에 갇혀 서서히 퇴색해버린 어떤 영상, 거주 이전 신고를 하러 들어가신 어머니를 기다리던 스산한 소도시 경찰서의 뜰에 내리쪼이던 무연히 맑기만 하던 가을 햇살. 천신만고 끝에 내가 대학을 졸업하던 날, 오늘처럼 따스하던 겨울 교정에서 막내의 사각모를 쓰고 수줍게 웃으시던 어머니. 어머니가 돌아가신 후 부쩍 자주 나를 사로잡는 이 지극히 감미로우면서도 쓰라리기 짝이 없는 기억의 범람에 걸음을 내맡기면서 나는 매일 지나다녀도 여전히 스산하게 다가오는 거리를 빈 시선으로 더듬었다. 아아, 어머니만 살아 계셨더라면 아버지와의 재회가 이렇게 껄끄럽지 않았을 텐데…… 다시 한번 공항에서 피로에 지친 노인네의 앙상한 가슴에 처음으로 얼굴을 묻었을 때의 딱딱한 감촉이 되살아나면서 좀 전까지 머릿속을 부유하던 영상들을 지워버렸다. 어두운 운명의 그림자 속에서 벗어나 막 숨을 돌리자마자 다시금 그 안에 갇혀버린 기분으로 나는 우체국 안으로 들어갔다.

　되도록이면 집에 들어가는 시간을 늦추느라 나는 동네 근처의 카페에서 이른 시간에 독한 위스키 한 잔을 시켜놓고 테이블 위에 놓여 있는 지역신문의 시시껄적한 소식들에서 구인광고에 이르기까지 눈으로 샅샅이 훑었다. 그러나 신문을 내려놓자마자 무엇을 읽었는지 조금도 기억해낼 수가 없었다. 생각은 애초부터 다른 곳을 헤매고 있었고 윤곽은 많이 흐려져 있어도 머릿속에서 나타났다가는 사라지는 얼굴이 있었다. 그것은 공회당 비슷한 건물을 가득 채운 사람들 앞에서 연설을 하는 한 삼십대 초반의 젊은 얼굴이었다. 그리고 입구 쪽의 한구석에 앉아 있는 자그마한 체구의 한 여인과 호기심 어린 시선으로 연단 위의 사람을 바라보는 예닐곱 살 정도의 소년의 모습이 뒤이어 떠올랐다. 어머니와 형에게서 무수히 들은 이야기에서 내가 그려낸 아버지의 가상 얼굴이었다. 어렸을 적, 수없이 근사한 모습으로 장식되고 부풀어져 한때는 나를 의기양양하게 만들기도 했던 얼굴이었다. 그러니까 내가 어머니 뱃속에 자리를 잡기도 전, 형이 막 일곱 살을 넘겼을 때이고, 아버지가 사라지기 일 년여 전의 이야기이다. 상상 속의 젊은이는 이상하게도 멋진 콧수염에 검정색 두루마기를 걸치고 있었고, 부드러우면서도 강인한 시선에 힘을 주어 좌중을 향해 열변을 토하고 있었다. 때로 이 젊은이는 한밤중, 그림에서나 볼 수 있는 갑옷에 투구를 쓴 채 말을 타고 시골 큰집 뒤에 있는 야산을 달리기도 했다.

그런가 하면 이 동일한 얼굴이 남하 간첩으로 분장하고 온 식구가 잠든 집 창문을 가볍게 두드려대 어린 시절의 불안한 잠 속에 틈입하기도 했다. 시간이 지나고 상상력이 퇴색함에 따라 내게 심히 불편한 느낌까지 주던 모습들이었다. 그래도 이처럼 오랜만에 엉뚱한 장소에서 떠오른 이 초현실주의적 그림이 이날처럼 껄끄럽게 다가온 적이 없었다. 야릇한 불안감이 다시 나를 사로잡으면서 그 모습을 깨끗하게 밀어냈다. 그 자리에 이제는 익숙해진 아버지의 피곤하고 주름진 얼굴이 서서히 자리를 잡고 들어서면서 한편으로는 내게 약간의 안도감을 주는가 싶더니 다른 한편으로는 분노를 동반한 배반감을 격렬하게 야기시켰다. 늘 이런 식이었다. 나 자신의 아버지에 대한 감정은 매 순간 동짓달 팥죽 끓듯 변덕투성이였다. 별것 없는 주량에 나도 모르게 다섯 잔째 시킨 술잔을 비울 때쯤 해서는 화인지 설움인지 구별이 안 될 정도로 마구 섞인, 어떻건 새빨갛고 농밀한 감정이 양볼에까지 치받쳐올라왔다. 그것이 한계를 지나쳐 눈가가 알알하게 뜨거워지도록 올라오는가 싶더니 그만 잔이 넘치듯이 눈물까지 한줌 쑥 빠져나왔다. 이 나이에 무슨 한심한 노릇인가. 나 자신이 한심하다는 생각이 감정을 가라앉히기는커녕 이제는 아주 주저앉아 아무에게나 대고 트집을 부리고 싶을 정도로 고조되는 것을 느끼면서 나는 이 불안정한 기복이 위험수위를 넘기 전에 자리에서 일어섰다.

딱하게도 위험수위는 아버지 앞에서 터졌다.

"아버지, 제발 좀 편한 의자에 앉으세요. 제가 불편해서 못 견디겠습니다."

집에 도착해 현관문을 열었을 때, 여전히 등 없는 의자에 꼿꼿하게 앉아 다탁 위에 얹어두었던 식물도감을 펼쳐 들고 있는 아버지가 시선에 들어오자마자 나는 거의 악을 쓰듯이 외쳤다. 아버지는 그제야 상체를 천천히 움직여 놀란 듯이 나를 돌아다보셨다. 격렬한 내 목소리에 놀란 것은 무엇보다 나 자신이었다. 나는 황망히 덧붙여 설명을 했다.

"화분이나 얹어두는 그 오똑한 의자에서 한나절을 보내시는 아버지를 뵙는 제 마음이 어디 편하겠습니까?"

"네게 불편을 주려고 그런 것이 아니라 진작부터 망가진 허리가 나이가 드니 더 극심해져서 이런 의자가 편해 그런다."

정말 미안하다는 표정을 짓고 대답하신 후 아버지는 그림이 곁들여진 식물학 책을 다시 펼쳐 들고 예의 자세로 되돌아갔다. 그러고 보니 아버지가 도착하신 이래 우리 형제들 중의 어느 누구도 연로한 아버지의 건강 상태에 대해 걱정 어린 질문 한번 던진 적이 없었다. 마치 아버지란 사람에 대해 우리들이 느끼고 있는 파국의 감정의 강도가 아버지의 건강의 표지라도 되는 것처럼, 그리고 아버지가 다시 나타나 생생하게 과거의 파국을 상기시키고 있는 이상 그건 아버지의 왕성한 건강의 의심할 여지 없는 증거이기라도 한 것처럼. 칠순을 넘긴 지 사 년이나 된 아버지가 행여 팽팽하게 젊은 모습으로 도착했다고 해도 우리들 중 어느 누구도 놀라지 않았을 것이다. 나는 기이한 느낌으로 갑자기 더더욱 늙어 보이는 아버지를 바라보았다. 그 순간 나는, 아버지의 월북 이후, 사방으로 수소문한 결과 우리가 아버지에 대해 마지막으로 전해 들은 소식은 불행히도 심한 부상의 소식이었다는 것을 상기했다. 그러니만큼 감찰 보호 대상 가족으로 지정된 후 한 달에도 서너 번씩 들러 아버지에게서 온 연락의 내용을 대라는 형사의 다그침만큼 어머니의 복장을 지지던 일도 드물었다는 것이다. 그럼에도 불구하고 그런 다그침을 아버지가 살아 있다는 증거로 보고 한 달 이상 그 사람들이 들르지 않으면 어머니는 오히려 그것을 불안해하셨다니, 당시 어머니의 심경이 어떠했으리라는 것은 길게 상상할 필요도 없는 일이었다. 어머니는 돌아가시기 전까지도 당신의 건강 상태는 차치하고 그 시절을 떠올리시면서 새삼스럽게, 혹 그때의 부상이 지금에까지 누를 미치지나 않았을까를 걱정하셨다. 머릿속 어디에선가 아버지께 묻는 어머니의 목소리가 생생하게 울리는 듯했다. 그러나 내 목소리는 퉁명스럽기 짝이 없었다.

"허리 부상은…… 언제 당하셨어요?"

"부상?"

아버지는 아직도 붉은 기가 가시지 않은 내 얼굴을 살피시듯 나를 관찰하시면서 반문하셨다.

"어머니 말씀에, 아버지께서 떠나신 후 얼마 지나지 않아 심하게 부상당하셨다는 소식을 마지막으로 들으셨다던 게 생각나서요."

아버지는 잠시 침묵하시고는 약간 씁쓰름한 표정을 지으셨다. 그러나 그 표정은 오래가지 않고, 무언가 분명한 것을 요구하는 내 심사에는, 때로는 멍청하게 때로는 음흉하게밖에 보이지 않는 예의 미소가 그 자리에 영락없이 들어앉았다.

"부상이라고 하니 무슨 훌륭한 영광의 상처가 연상된다만, 내 허리는 그런 것과는 무관하다."

"그렇다면 어머니가 전해 들은 소식은 낭설이었나요?"

원래 대화의 맥락을 잃고, 나는 마치 잘잘못을 따지기라도 하듯이 아버지에게 대들었다.

"글쎄다. 어떤 소식을 들었는지는 알 수 없다만 전시에 한두 번 가벼운 상처 안 입은 사람이 있었겠느냐?"

아버지의 대답은 늘 이런 식이었다. 이현령비현령. 나는 물고 늘어지고 싶은 고집이 생겼다.

"수색 고모네 아는 분이 1·4후퇴쯤에 야전병원에서 치료중인 아버지를 직접 두 눈으로 확인했다고 들었는데요."

"수색 고모가 누구더라?"

말할 필요도 없이 아버지는 딴전을 피우고 계셨다. 나는 그 소식을 들으신 이후 한동안 노심초사 잠을 못 이루고 몇 번이고 그 소식을 전한 사람에게 자세한 상황을 들으러 큰형은 걸리고 작은

형은 들쳐업고 이십 리나 되는 수색 고모네를 어머니가 여러 번 방문했다던 형의 말이 생각나 새삼스럽게 어머니의 정성이, 나 자신의 정성이기라도 한 것처럼 억울하게만 느껴졌다. 대체 누가 어떤 방법으로 그 덧없이 소모되어버린 고통의 대가를 보상할 수 있겠는가, 제법 비극적인 어투로 중얼거려보았자 결론은 명명백백했다. 물론 그것은 아버지 본인밖에는 없고, 방법 또한 아버지 스스로가 찾아낼 문제다. 그러나 아버지한테는 이 비슷한 생각이 떠오르는 기미조차 없었다. 도대체 아버지는 뭣하러 여기까지, 어머니도 안 계시는 그 먼길을 왔는지 이해할 수가 없었다. 당신이 원하시기만 했다면 형과 의논해 약간의 시간이 걸리더라도 앞뒤를 알아보아 직접 서울의 맏이 집으로 모실 수도 있었던 일이었다. 그러나 어머니가 돌아가신 것을 아시고도 애초 예정했던 대로 내게로 오시겠다고 한 것은 아버지의 선택이었다. 하기사 떠날 때 중공에 있는 가족에게는 알리지도 않았을 정도이니, 이 여행에 아버지가 부여하는 중요성이라는 것도 대강은 알 만했다. 며칠 전의 대화 내용만 해도 그렇지, 중공에서 아버지가 한 일이 뭔지, 어떻게 생활하고 있는지에 대해서는 아버지의 특기임이 분명한 그 모호한 수사법으로 늘 말머리를 돌리시지 않았던가. 공연히 흥분할 것도 기대할 것도 없다. 그저 한 달만 참으면 저절로 중공으로 돌아가실 것 아닌가. 한창 젊을 때만 해도 수시로 나를 사로잡던 일종의 무력감이 다시금 내 속으로 똬리를 틀려 하고 있었다. 어렵사리 자제하고 포기하고 저항하면서 이제 간신히 뛰어넘은 이 역병 같은 것이 아버지의 출현으로 다시 재발된다면 이건 참으로 낭패스러운 일이었다. 나는 아예 입을 다물고 일어서려는데 아버지께서 뭐라고 중얼거리시면서 따뜻한 목소리로 내 이름을 부르셨다. 여전히 무릎 위에 펼쳐진 소형 식물도감에서 시선을 떼지 않은 채였다. 그 목소리에 감동이라도 받았는지 주책없이, 좀 전 카페에서처럼, 이번에는 콧등이 시큰해오는 통에 나는 엉거주춤 돌아섰다. 그러나 아버지의 질문 내용은 역시 나의 감상적인 반응과는 무관했다. 잡초 그림이 그려져 있는 면을 펴들고 아버지는 반갑기 짝이 없다는 듯 물으셨다.

"이것이 며느리밑씻개 아니더냐."

평소의 정상적인 상태였다면 웃음으로 넘겨버렸을 상황이 드디어 술기운의 도움으로 극적으로 전개되려 하고 있었다. 나는 아버지가 도착하신 이후 나도 모르게 조금 과장해서 지켜온 공손하고 예의바른 태도와 말투를 마구 벗어던지고 경박하게 대들었다.

"아버지, 정말 왜 이러십니까? 제게 하실 말씀이 그렇게 없으세요? 아니면 아예 말씀하기가 싫으세요? 왜 매번 화제를 돌리세요?"

"아니 식물학 박사님께 잡초 이름 하나 물은 게 잘못이더냐, 허허. 네가 만물박사처럼 보여서 그런다."

나의 태도에는 괘념치 않으시고 아버지는 정말 자랑스럽다는 듯이 가슴까지 펴면서 말씀하셨다. 나는 비아냥기까지 섞어 거침

없이 되받았다.

"그렇죠. 저같이 그저 잡초나 붙잡고 십 년이나 늘어진 한심한 놈이 아버지처럼 고매한 뜻에 일생을 바치신 분과 말 상대가 되겠습니까!"

한번 화보가 터지고 보니 시원하기 짝이 없었다. 뿐만 아니라 지금까지 막연하던 것이 순식간에 명백한 진실로 자리를 잡으면서 나의 분노를 정당한 것으로 만들었다. 노총각으로 사십을 바라보아야 하는 처지, 떠돌아다니는 데 진절머리가 난데다가 일종의 유유상종의 감정으로 잡초의 생리를 전공으로 택한 것, 앞날이 촉망되는 학자가 되기는커녕, 일생 별 볼 일 없는 연구원으로 썩을 것이 뻔함에도 불안정한 이국생활을 택한 도피적이고 파괴적인 결정…… 명백한 진실이란 다름이 아니라 이 구차하기 짝이 없는 나의 상황을 만든 원인이 하나부터 열까지 아버지의 망령 탓이라는 사실이었다. 나를 퍼뜩 깨우는 것 같은 이 갑작스런 진실은 험악한 표정을 동반하고 마구 내 입을 통해 쏟아져나왔다. 그뿐만이 아니었다. 나는 점점 더 공격적으로, 점점 더 논리정연하게 아버지를 궁지에 몰아넣을 방도를 찾아, 돌아가신 어머니와 형제들을 대변해, 내가 직접 겪지도 않은 못된 기억의 구석구석을 펼쳐 보였다. 그런 중에서도 쥐꼬리만큼 남은 나의 이성이 활동을 했는지, 나는 정작 목까지 치밀어오르는 아버지의 이념에 대한 의심 섞인 직접적인 모욕은 여전히 삼갔다. 그것은 아버지에 대한 존경심에서라기보다는 행여 나의 의심이 사실로 나타날지도 모른다는 두려움 때문이었다.

아버지는 별다른 충격의 표정도 없이, 눈을 감고 나의 폭언을 듣고 있었다. 그 무연함이 나를 더욱 화나게 만들어 결정적인 한마디를 하고야 말았다.

"아버지가 나타나지만 않았어도 어머니는 한 십 년은 더 사셨을 겁니다. 아버지 망령에 시달리느라 우리 가족 중 누구 하나 온전하게 남아 있는 사람이 있는 줄 아세요?"

그러나 내가 말미를 맺기도 전에 아버지께서 내 이름을 부르시며 돌아앉으셨다. 아버지의 목소리는 완연히 변모되어 있었다.

"창연이, 나 좀 보거라. 그만하면 할 만큼 했다. 아직 시간이 있으니 두고두고 쏟아도 괜찮지 않겠느냐? 나도 네게 할말이 좀 있다. 내가 바로 그 망령을 벗어나보고자 이렇게 온 게 아니냐. 너희들 속에 살고 있을지 모르는 내 망령을 더 늦기 전에 없애야 할 것이라는 생각을 오래전부터 해왔다. 그러나 다른 한편으로는 아예 그것이 나의 늙어가는 과정에서 생긴 기우이기를 더욱 간절하게 바랐기에 오랫동안 비교적 편안한 야인생활을 할 수 있었다."

아버지는 잠시 침묵하셨다. 나는 씩씩거리기까지 하면서 냉소적인 얼굴을 하고 아버지를 똑바로 쳐다보았다. 아예 당장 자리를 박차고 뛰어나가 아버지가 내게─그것이 무엇이든─설명할 수 있는 기회를 일절 박탈하고 싶은 욕구가 솟아올랐다. 그러나 어떤 결정을 내리기도 전에 내 속을 맑은 물속 들여다본 듯한 아버지의 다음 말이 계속되었다.

"너는 지금 당장이라도 내가 하는 말을 듣지 않을 권리가 있다. 설령 네가 당장 방을 나간다 해도 나는 네가 있는 것처럼 말을 계속할 것이다. 그러니 네가 이 아비의 독백을 들을 의향이 있으면 고개를 들어 나를 똑바로, 있는 그대로 바라보기 바란다."

하기는 당장 자리를 박차고 일어서는 것은 구차한 도주에 지나지 않을 것이었다. 나는 도전적으로 고개를 들어 아버지를 똑바로 쳐다보았다. 이상하게도 아버지의 좀 전의 결연한 목소리와는 달리 얼굴에는 아무런 표정도 없었다. 아버지가 겪은 과거와는 무관한, 나이를 종잡을 수도 없고, 미움이나 애정 같은 감정의 기복과는 동떨어진 이 무표정의 표정은 이번에는 나로 하여금, 그저 생소한 사람의 흑백사진을 바라볼 때와 같은 거리를 요구하고 있었다. 아버지와 나 사이의 이 무언의 시선의 교차는 한참이나 계속됐다.

이윽고 아버지의 얼굴에 그 특유의 미소가 번지기 시작했다.

"어디서부터 이야기를 끌어낼까가 막연하니 까짓것 아무데서나 시작하자꾸나. 세월이 많이 지나갔으되 허무할 것도, 그렇다고 뿌듯할 것도 없구나. 한 번도 이 아비를 본 적이 없으되, 네 말마따나 망령으로만 접해온 너로서는 뒤늦게 나타난 아비에 대해 두루두루 불만족스러울 것이다. 생각건대 두 가지 생각의 가락 사이에서 주체할 수가 없겠지. 하나는 나에 대한 원망으로 내가 네 앞에서 그리고 이제는 이 세상에 없다만 네 어미 앞에서 무릎을 꿇고 한 번만이라도 용서를 빌면서 울부짖어주었으면 하는 것이겠고, 다른 하나는 이왕 모든 것 떨치고 떠난 바에야, 세상이 우러러보는 떠들썩한 위치에 있는 사람이 되어 너희들 머릿속 한구석에 살고 있는 그 망령의 한 자락에 부합하는 사람이 되어 있었더라면 하는 바람 아니겠느냐."

아버지의 말은 이 부분에서 재채기를 동반한 심한 기침으로 잠시 멈추었다. 아버지는 머리를 홰홰 내저으시면서 연거푸 서너 번 재채기를 하셨다. 아버지는 말할 필요도 없이 나의 태도를 잘못 이해하고 계셨다. 그러나 이상하게도 아버지의 오해가 다행스럽게 느껴졌다. 게다가 아버지의 목소리 어딘가에는 나의 분노를 식히는 호소력이 있었다. 아버지의 기침은 조금 오래 계속되었다. 그때서야 나는 어머니의 말씀이 생각났다. 겨울이면 재발되는 아버지의 만성 천식이 하필 신혼 초야에 나타나, 그날밤부터 참배를 한 궤짝이나 단번에 잡수시고야 나으셨다던 어머니의 말씀이었다. 이곳에 도착하신 이래 아버지가 저렇게 기침하시는 것을 자주 보았음에도 어머니가 그토록 자주 읊으신 아버지의 참배 사건이 한 번도 머리에 떠오르지 않은 것이 이상할 정도였다.

"그런데 나는 네가 보다시피 네 앞에서 울면서 내 과거지사에 대해 용서를 빈 적도 없거니와 그렇다고 내 긴 인생을 장식해줄 훈장 하나 달지도 않은 것은 물론이요, 이렇다 할 공적을 세우지도 못하고 네가 보기엔 참…… 딱한 삶을 연장해온 늙은이의 모습으로 나타났다. 그러나 네가 어찌 들을는지는 몰라도 나는 어느 누구에게 무릎 꿇고 용서를 빌 일을 한 적이 한 번도 없다는 게 내 생각이니라. 너희 세 형제와 네 어미가 내 월북 이후 겪은 수모를 내가 상상 못하는 바는 아니다. 그에 대해서는 나로서도 할말이 없다. 그러나 너도 이제 세상이 뭔지 알 만한 나이에 이르렀으니 얘기한다만, 그 수모의 책임 소재를 나 한 개인에게 돌리는 어리석음을 범하지 않기 바란다. 물론 나는 아비 없이 성장한 경제적이고 심리적인 수모를 얘기하는 것이 아니다. 이미 이 땅에는 없는 네 어미는 알고 있겠다만, 나는 합의하에 내 뜻을 따라, 내 처지의 다른 많은 사람들처럼 다시 데리러 올 것을 약속하고 북으로 갔다. 모든 일에 어찌 갈등이 없었겠고 철없는 두 아들에, 특히 만삭을 바라보는 아내를 두고 떠나는 심경에 어찌 마음의 찢김이 없었겠느냐. 그러나 뜻 없이 건성으로 사는 일이 그 당시나 지금이나 내게는 가장 큰 부끄러움이니 어찌하랴. 용서할 거리가 없다고 우기는 사람을 용서하는 것이 얼마나 힘든 일인지 이 아비는 잘 알고 있다."

아버지의 말씀은 점점 더 내가 전혀 예상하지 않은 방향으로 흘러가고 있었다. 잠시 사라졌던 아버지에 대한 의심이 다시금 솟아올랐다. 삼 년가량이나 기다리면서 아버지가 내게 보일 수 있는 모든 태도를 상상하고 또 상상해본 나였지만 지금 아버지가 펼치고 있는 종류의 말은 너무 뜻밖이어서 나는 어떤 반응을 보이기는커녕 아버지 사고의 끄트머리를 따라잡느라 지독한 혼란을 겪고 있었다. 일생을 망령에 시달려온 우리 가족에 대한 모욕 같기도 하고, 꼭 그런 것 같지만은 않은, 어느 쪽에 발을 디뎌야 할지 곤란한 말씀이었다. 한 가지 분명하게 드러나는 것은—내게는 부당하게만 보이는—아버지의 당당함이었다. 그렇게 생각하고 보아서 그런지 노인의 주름진 얼굴은 상상 속의 아버지의 얼굴에 자주 나타나던 이상한 빛까지 발하는 것 같았다.

"다시 한번 반복하는 꼴이 되겠다만 내가 온 것은 너희들에게 용서를 빌려는 데 뜻을 둔 것은 아니다. 네 생각은 어떨는지 몰라도 네가 난생 보지 못한 아비라는 사람한테 첫 답신을 보냈을 때 벌써 반 정도는 이루어진 일 아니겠느냐. 나머지 반은 시간과 우리의 노력 여하에 따라 두고두고 이룰 일이리라. 내 뜻은 딴 데 있었다. 나는 내가 어떤 모양새를 가지고 너희들 속에 살고 있는지 알길이 없다만, 네가 방금 말한 대로 망령으로서 너희 살림의 주위를 떠돌아다녔다면, 이 내 망령이라는 것이 실제와는 천양지차일 것이라는 게 나의 소견이다. 그렇다고 늙은이가 주책없이, 죽기 전에 나 개인의 모양을 바로잡으려고 이 먼 여행을 계획했다고 생각하지 말기 바란다. 나는 바로잡을 모양새도 자랑할 만한 거리도 없다. 네 아비라는 사람은 그저 이십여 년 이상 농사에 매달린 야인일 뿐이고, 내 보잘것없는 생애에 많은 우회를 거친 다음에 어렵게 이른 이 자리가 흡족할 뿐이다. 그리고 바로 있는 그대로의 나의 모습을 너희들에게 꼭 보여주고 싶었다……"

아버지는 드디어 그 오똑의자를 떠나 창가로 가 뒷짐을 지고, 어느새 조금씩 흐려오는 겨울 하늘을 하염없이 바라보았다.

"겨울 날씨치고 따사하다 했더니 눈이라도 떨어질라는가부다……"

내 귀에는 물론 아버지의 날씨 타령이 들어오지 않았다. 며칠 전부터 고집스럽게 나를 따라다니던 의심이 아버지의 말씀으로 증명이 된 것 같기도 하고 아닌 것 같기도 했다. 나는 잠시, 아버지가 말문을 여신 이 기회를 이용해 단도직입적으로 질문을 던져보는 방법을 생각했다. 그런가 하면 왜 내가 이다지도 고집스럽게 아버지에 대한 의심에서 헤어나지 못하는지 이해할 수가 없었다. 나는 나 자신을 설득이라도 하듯이 지금까지 그런대로 나를 안심시킨 여러 가지 사실들을 다시 떠올렸다. 무엇보다도 아버지가 벌써 오래전에, 그것도 죽음을 각오하고 나의 어린 '동생'들까지 이끌고 북한에서 중국으로 이주를 감행한 것이 사람들이 말하는 그 전향이라는 것을 증명하는 것이 아니겠는가. 그러나 늘 그렇듯이 이 사실을 상기해보아야 안심은 잠시일 뿐 또다른 사실이 재빨리 머릿속을 비집고 들어왔다. 대부분 그런 부류의 사람들이 하는 것처럼 아버지는 도망쳐온 이북에 대해 이렇다 할 비판을 한 번도 시원하게 한 적이 없었다는 사실이었다. 그에 대해 길게 언급한 적이 없었거니와 나 또한 실상 한 번도 진지한 호기심을 가지고 북쪽의 상황을 물어본 적조차 없다는 데 생각이 미쳤다. 대한민국에서 사는 사람이면 누구나 가지고 있는 북쪽에 대한 확실한 지식이 있지 않은가. 게다가 우리 가족처럼 델 만큼 덴 사람들에게 있어서랴. 나는 아버지가 도착하신 바로 다음날 저녁식사중에 북한에 대한 나의 지식을 일부러 열을 올려가며 아버지 앞에서 쏟아놓던 일을 상기했다. 하기는 내가 아버지의 입장에 있었더라도 그토록 확실한 지식 앞에서는 감히 반론은커녕 조그만치의 부언조차 삼갔을 것이다. 나는 다시 한번 지독한 혼란을 겪으면서 농사에 구부러진 아버지의 뒷모습을 씁쓰름하게 바라보았다. 마음이 조금 안정되었다. 설령 '그렇다' 치자. 그러나 74세의 노인이 활동을 해봐야…… 그것도 야인을 자처하시는 분이……

이런 종류의 야비한 계산에 몰두해 아버지의 뒷모습을 주시하고 있는데 갑자기 아버지가 내 쪽으로 돌아섰다. 몸에 갑자기 전류라도 닿은 것 같은 착각을 주는 강한 시선으로 아버지는 말없이 나를 내려다보셨다. 아버지에게서 처음 본 그윽하고 깊은 시선이었다. 아버지의 눈자위는 붉게 물들어 있었지만 여전히 마른 채였다. 저것이 아버지의 나에 대한 사랑의 표정인가. 아버지의 사랑이라는 것을 한 번도 경험해본 적이 없는 나는 홀린 듯이 중얼거렸다.

"잠시 허리 좀 펴고 누워야겠다. 한 삼십 분 있다 깨워다오."

아버지는 느린 걸음으로 어머니가 쓰시던 침실 쪽으로 걸음을 옮기셨다. 뭉클한 덩이가 목줄기를 타고 올라왔다.

"아버지!"

정체를 알 수 없는 감동에 휩싸여 나는 무작정 이렇게 불렀다. 그러나 정작 할말이 없었다. 피곤한 기색이 역력한 아버지의 얼굴이 나를 내려다보았다. 그러나 나는 올라오는 감정을 얼른 숨기고 투정하듯이 말했다.

"아버지, 왜 하필이면 고생만 되게 중국으로 도망하셨어요? 멀찌감치 일본이나 미국 쪽으로 길을 터보시지요……"

아버지는 내 말뜻을 잘 모르겠다는 표정으로 고개를 갸우뚱하시고는 잠깐 당황한 표정으로 서 계셨다. 그러더니 내 심중의 한 곳을 짚었다는 듯이 고개를 천천히 끄덕이며 말씀하셨다.

"길이 오르막길이면, 그 길에 오른 사람들은 목을 축일 샘이 있는 내리막길이 나타나겠지 하는 기다림으로 걷는다. 그러나 가도 가도 내리막길은 없는 오르막길이 있다. 그것을 알고 길을 오르는 사람, 그걸 모르고 내리막길만을 찾는 사람, 되돌아 내려오는 사람, 억지로 길을 깎아 내리막을 만드는 사람, 화가 나서 남을 탓하는 사람…… 수만 가지 사람이 같이 오르막길을 오른다. 너는 내가 어떤 사람인 것 같으냐?"

"길도 여러 종류일 텐데 하필이면 꼭 오르막길을 택할 이유가 있습니까?"

"그건 왠고 하니…… 변함없이 평평한 대로만 있다면 오죽 좋겠냐마는…… 설사 그런 길이 있다고 해도, 아마 그렇게 말하는 너부터가 먼저 진절머리를 칠걸."

내가 무슨 말을 덧붙일 여유도 없이 아버지는 방으로 들어가버리셨다. 그렇다고 선문답 비슷한 아버지 말씀의 진의를 따지고 들여력도 없을 만큼 나는 지쳐버렸다.

얼마나 누워 있었을까. 가물가물 감기려는 시선에 응접실의 한구석에 놓여 있는 아버지의 남루한 여행 가방이 분명하게 들어왔다. 나는 내가 무엇을 하는지도 모르고 벌떡 일어나 아버지가 주무시는 방문 앞으로 다가가 귀를 기울였다. 가속도로 뛰는 내 맥박 이외의 소리는 들어오지조차 않았다. 조금 숨을 돌이켰을 때에야 약하게 코 고는 소리가 방안에서 들려왔다. 나는 아예 가방을 들고 내 방으로 숨어들어가 문을 닫고 아버지 여행 가방을 뒤지기 시작했다. 손끝까지 바르르 떨릴 지경이었다.

나는 정작 내가 찾고 있는 것이 무엇인지도 모르면서 가방을 채운 것들을 흩뜨리지 않으려고 애쓰면서 온 신경을 손끝에 집중해 옷 갈피를 더듬었다. 솜이 두둑하게 든 색 바랜 천의 오버가 벌써 가방의 반 정도나 차지하고 있었고 앞자락이 반들거리기까지 하는 이 역시 남루한 양복 한 벌과 까칠한 모직 스웨터가 둘, 그리고 잘 다려진 네 벌의 와이셔츠와 여기저기 조금씩 손질한 흔적이 보이는 속옷과 양말 나부랭이들로 가방은 채워져 있었다. 드디어 나는 가방의 밑바닥에서 딱딱한 물건이 들어 있는 비닐봉지를 발견했다. 도둑질이라도 하는 것처럼 내 심장이 격렬하게 뛰었다.

그러나 비닐봉지 속에는 한 권의 책자와 고량주를 연상시키는 액체가 담긴 병이 하나 수건에 싸여 들어 있을 뿐이었다. 나는 서둘러 까만 장정의 책을 펴 들었다. 아무리 나의 한자 실력을 동원해 책을 훑어보아야 그것은 내가 막연히 예상했던 것처럼 이렇다 할 혁명가의 사상서도, 어록집도 아닌, 일종의 법국法國 여행안내서에 불과했다. 나는 다시 한번, 별 성과 없이 옷 갈피를 샅샅이 뒤졌다. 그러나 이렇다 할 종잇장 한 장 만져지지 않았다. 다시금 책자를 집어들었을 때 한자로 가득찬 책갈피에서 무언가가 툭 떨어졌다. 나는 나도 모르게 화들짝 놀랐다. 방바닥에 힘없이 떨어진 것은 한 장의 사진이었다. 어머니도 애지중지 보물처럼 간직하시던 동일한 사진. 그러나 아버지의 것은 훨씬 더 분명하게 윤곽이 남아 있었다. 눈에도 선한 시골 큰집 앞의 정자나무 밑, 세 줄로 나란히 이씨 집안의 자손들이 엄숙한 자세로 서 있었다. 두번째 줄의 왼쪽에 흐릴 대로 흐려진 채 아버지와 어머니의 얼굴이 보였다. 그리고 기껏해야 서너 살 정도의 큰형과 어머니 품에 안겨 있는 젖먹이 작은형. 물론 나의 모습은 없었다. 나는 대부분 이미 돌아가신 어른들의 얼굴까지 하나하나, 마치 이 사진을 처음 보기라도 하는 것처럼 빨려들어갈 듯이 들여다보았다. 그러나 수십 번도 더 들여다본 이 사진이 내가 알아내고자 하는 것을 뒤늦게 알려줄 리가 만무했다.

나는 가방을 정리할 생각도 하지 않고, 묘하게도, 가난했던 유년의 시기를 연상시키는 그저 낡았을 뿐인 아버지의 소지품들을 멍하니 바라다보았다. 조금 전 아버지의 시선의 이상한 효과가 다시 내 몸을 가로질러갔다. 그때야 나는 일종의 마취 상태에서 빠져나왔고, 내가 방금 저지른 행위에 내 스스로 진저리를 쳤다. 우리 가족이 거처를 옮길 때마다 한두 번은 꼭 집으로 찾아와 냉랭한 불신과 위협적인 시선으로 집안을 한 바퀴 훑어보고 가던 소위 담당 구역 형사들의 비슷비슷한 얼굴들이 그것 보라는 듯 의기양양한 표정을 지으면서 눈앞을 스쳐지나갔다. 그 얼굴들의 대열 맨 끝에서 마침내 탈을 벗은 진정한 망령의 얼굴이 슬픈 표정을 하고 멈추어 섰다. 불행히도 그 딱한 취조자의 얼굴은 다름 아닌 나의 얼굴이었다. 나는 아버지의 가방을 다시 건드릴 엄두조차 내지 못하고, 결국 수치스러운 일을 저지르고 만 내 두 손을 처치 곤란한 괴물 바라보듯 오랫동안 주시했다.

심한 공복과 한기에 나는 눈을 떴다. 아홉시가 넘어 있었으나 밖이 희뿌연 것을 보니 아침인 모양이었다. 나는 벌떡 일어나 방안을 휘둘러보았다. 아버지 가방이 놓여 있던 자리가 비어 있었고 방문이 반쯤 열려 있었다. 그러나 엊저녁 가방을 제자리에 가져다놓은 기억은커녕, 어떻게 잠이 들었는지조차 기억에 없었다. 머리가 쪼개질 것처럼 아픈 것에 비해 몸과 마음은 의외로 가뿐한 것이 이상했다. 나는 가방과 함께 아버지가 사라지시기라도 한 것처럼 서둘러 방문을 열었다.

아버지는 예외 없이 등받이 없는 의자에 앉아 내게 이미 안면이 있는 법국 안내서를 읽고 계셨다. 엊저녁은 물론이요 아침 진지까지 벌써 혼자 차려 잡수신 기색이었다. 아버지는 슬쩍 내 안색을 살피면서 말씀하셨다.

"그래, 술맛이 괜찮더냐? 네 형들 도착하면 한 잔씩 돌릴 양으로 내가 직접 담가온 것인데, 네가 그렇게 좋아하는 줄 알았으면 한 병 더 가져올 걸 그랬구나."

"죄송합니다, 아버지."

술병보다는 가방 건을 생각하고 나는 진정으로 말했다. 그러나 아버지는 다른 내색 없이 눈까지 찡긋하면서 덧붙이셨다.

"죄송하긴…… 그런데 가방 속에 든 술병까지 감지할 정도면 너도 아주 대단한 술꾼인데. 속이 탈 텐데 내가 끓여놓은 해장국 맛도 보련?"

아닌 게 아니라 속이 바짝 말라 물이라도 한 대접 들이켜려고 식당으로 가던 참이었다. 나는 그만 두 손을 바짝 들어버리고 아버지가 손수 차려놓은 아침상 앞에 엉거주춤 앉는 수밖에 없었다.

"나도 파리 관광 좀 할까 하는데 대동해주겠니? 주중에는 네가 시간이 없을 것 같아서 말이다."

"어떤 관광요?"

아버지는 보시던 법국 안내서의 한 귀퉁이를 펼치셨다. 중국어로 씌어진 안내서의 내용을 전부 이해할 수는 없었지만 한 옆에 그려진 지도와 묘지라는 한자로 보아 페르라세즈 묘지를 설명하고 있는 것 같았다.

"아니 하고많은 명소 중에 왜 하필이면 공동묘지부터……"

그러나 나는 곧 입을 다물어버렸다. 아버지가 그곳을 보고자 하는 의도가 막연히 짐작됐기 때문이었다. 페르라세즈라면 묘지이기 이전에 거기에 묻힌 유명 인사들의 무덤을 장식하고 있는 조각품과 공원의 경치로 유명해, 유학 시절 친구들과 어울려 한 번 가본 적이 있었지만, 사십 헥타르가 넘는 곳을 걷느라 발바닥이 부르튼 기억도 있고 해서 되도록 파리에 들른 친지들을 안내할 때마다 슬쩍 피해간 장소이기도 했다. 아버지가 보고자 하는 것은 물론 쇼팽이나 아폴리네르나 들라크루아와 같은 예술인의 무덤은 아닐 것이다.

"아들 보러 여기까지 왔으니 최소한 그것은 보고 가야지 않겠냐?"

아닌 밤중에 홍두깨 격으로 나는 아버지를 모시고 나왔다.

아무리 관광이 좋다지만 한겨울에 그것도 일부러 우리 부자의 외출을 기다리기라도 한 듯 잔뜩 흐린데다가 기온까지 갑자기 내려간 아침나절인지라 아무리 명소인 페르라세즈라 할지라도 사람의 그림자 하나 보기 힘들었다. 그 안에 이르니 매운바람까지 때맞춰 우리를 맞았다. 나는 되도록 이 거대한 미로 속을 벌벌 떨면서 헤매는 것을 피하기 위해 정문에서 산 지도를 펴 들고 아버지께 여쭈었다.

"이 안을 다 둘러보시려면 서너 시간이 걸릴 텐데 다 보시겠어요? 아니면……"

온갖 멋을 부려 조각 장식을 한 서구식 무덤들보다는 이 묘지의 크기에 조금 당황하신 듯 잠시 멈춰 서서 첩첩이 무덤들인 사방을 휘돌아보시는 아버지의 얼굴이 벌써 추위에 반쯤 얼어 있었다.

"다 보긴…… 가로질러 곧장 그리로 가자."

"그리라니요?"

나는 너무 당연하다는 투로 말씀하시는 데 약간 반발을 하며 일부러 되물었다.

"녀석, 딴청을 하기는…… 나 같은 사람이 여기를 오자고 했을 때 그게 어디일 것 같으냐."

아버지는 조금도 거리낌없이 말씀하셨다. 이 '나 같은 사람'이란 말씀이 강한 충격과 함께 여러 번 귓속을 울렸다. 나는 말없이 정문에서부터 동쪽 끄트머리에 위치한 '코뮌 병사들의 벽'을 향해서 걸었다. 공산주의권의 여행자들이 파리에서 빠뜨리지 않고 방문하는 상징적인 성소처럼 되어버린 곳이었다. 아버지는 솜으로 누빈 두꺼운 오버 깃을 더욱 여미고 걸으면서 주변의 기기묘묘한 조각품들을 감상하는 것도 잊지 않으셨다. 나는 평소 파리를 방문한 친지들을 안내할 때면 하던 최소한의 설명조차 잊고 아버지의 '나 같은 사람'이라는 말 속의 뜻을 새기는 데 열중했다. 아무것도 증명하지 않는 여전히 막연한 표현이었다. 그러나 나는 더이상 트집이라도 잡듯이 아버지에게 덤벼들지도 않았고, 말꼬리를 잡고 아버지를 다그치지도 않았다. 파리의 습기 찬 겨울바람이 뼛속까지 스며들어왔다.

"무덤이 많기도 하다만 참 잘도 장식해놨구나. 아직 멀었냐?"

돌길인데다 적막한 추위 속을 걷기가 아무래도 힘드신지 아니면 나의 침묵이 너무 길었는지 한마디하셨다.

"조금 남았습니다."

나는 건성으로 대답했다. 십여 년 전의 어느 여름, 친구들과 어울려 이곳을 방문했을 때의 한 장면이 기이한 선명함으로 다가왔다. 그때도 나를 포함한 세 명의 유학생은 파리 관광안내서에 따라 이곳에 왔고 역시 안내서에 씌어 있는 대로 파리코뮌의 막바지에 이곳에 스며든 국민병을 정부군이 생포 사살해 그 자리에 묻었기 때문에 역사적인 장소가 된 그 장식 없는 벽 근처로 다가갔었다. 다른 친구들은 꽃다발 하나로 조촐하게 남아 있는 흔적 없는 벽을 기억하고 있을는지 모르겠지만 내게 되살아오는 우울하고도 적막한 기억은 전혀 다른 것이었다.

우리가 그 벽 바로 앞에 있는 잔디밭에 앉아 막 사진을 찍고 났는데 검정 바지에 흰 와이셔츠를 입고 상고머리를 한, 비슷한 외양의 세 명의 동양인이 그 벽 앞으로 다가갔다. 그들 중 약간 나이가 있어 보이는 사람이 말했다.

"이곳이 불란서코뮌 당시 백사십칠 명의 위대한 인민혁명 전사들이 마지막 순간까지 싸우다가 무참히 사살된 역사적인 장소니 동무들 잘 봐두라우."

엉뚱한 장소에서 모국어를 듣는 순간 반갑다는 생각보다는 그늘에 앉아 지친 다리를 쉬게 하던 우리들은 제각기 자신도 모르게 폈던 다리를 모아들였다. 그러고는 그 특이한 사투리와 용어로 우리말을 주고받은 사람들을 기이한 동물 보듯이 바라보았다. 막 유학생활을 시작한 우리로서는 난생처음으로 가까이서 보게 된 북한 사람들이었다. 옆에 있던 유학생들의 머릿속에 어떤 생각이 스쳐지나갔는지는 알 수 없어도 어느 누구도 그들 앞에서 입을 뗄 엄두를 내지 못한 채 일종의 방어 심리와 호기심이 뒤섞인 모호한 표정을 하고 서로의 눈치만 보았다.

이 불편한 장면이 이토록 선명하게 기억에 되살아나는 것은 그 순간 내가 바로 아버지를 생각하고 있었기 때문이었다. 그렇지만 나 자신 또한 친구들과 마찬가지로 이들에게 감히 말을 걸거나 다가간다거나 하는 것은 생각조차 못했을 뿐 아니라 이상하게도 미친듯이 뛰는 심장 때문에 더더욱 위축된 채 숨을 죽이고 그들을 바라보았다. 저들이 빨리 설명을 좀 마치고 가버렸으면 하는 마음과 우리들의 시선을 인식하지 않고 좀더 머물러 더 떠들어주었으면 하는 상반된 감정에 묻어오던 그 어색한 거리감에도 불구하고 나는 그들의 얼굴 위에서 환각처럼, 기억에도 없는 젊은 시절의 아버지를 보고 있었던 것이다.

나는 한바탕 들이닥치는 바람에 오버의 깃을 올릴 생각도 잊고 칠십대의 노인답지 않은 빠른 걸음으로 저만큼 앞서 가시는 아버지의 구부정한 뒷모습에서 시선을 뗄 수가 없었다. 마치 십여 년 전 그 불편하던 여름날 이곳에서 아버지 생각을 한 이후부터 줄곧, 행여 아버지를 만날 수 있을지도 모른다는 기대 속에서 하루하루를 살아오기라도 한 것 같은 감정의 착각에 사로잡혀 나는 뛰다시피 아버지에게로 다가갔다. 정말 추우신지 바람에 온통 붉어지기까지 한 얼굴을 돌리며 아버지께서 다시 물으셨다.

"거참 바람 한번 극성스럽구나. 아직도 멀었냐?"

나는 길 저쪽 끝에서부터 또 한차례 몰려오는 바람을 막을 양으로, 아버지의 어깨를 껴안으면서 대답했다.

"이젠 거진 다 왔습니다. 아버지."

(1990)

98

하나코는 없다

폭풍이 이는 날에는 수로의 난간에 가까이 가는 것을 금하라. 그리고 안개, 특히 겨울 안개를 조심하라…… 그리고 미로 속으로 들어가라. 그것을 두려워할수록 길을 잃으리라.

로마에서의 일을 끝내자마자 그는 기차에 올라탔고 저녁 늦게 베네치아에 도착했다. 그리고 방향 잃은 김이 하얗게 서려오는 새벽의 어느 창가에서 그는 이 환상에 가까운 팻말을 보았다. 여전히 정리되지 않은 몽상을 헤매는 피곤한 꿈속에서였다.

그러나 그것은 이탈리아에 도착한 이래 그가 읽은 여러 여행 안내책자 속의 단어들이 거의 무의식중에 조립된 것일 뿐.

그가 눈을 떴을 때 기차는 어두움 속에서 육지와 베네치아를 잇는 철로 다리 위를 달리고 있었다. 약간 설익은 어두움. 겨우 여덟시를 넘겼을 뿐이다. 이윽고 베네치아 산타루치아라는 진짜 팻말이 어둠 속에서 떠오르며 기차는 역 안으로 들어섰다. 기차에서 내리는 사람들의 흐름을 따라 역을 나왔을 때…… 그는 서른두 살의 생애에 그가 본 것 중 가장 놀랍고 이상한 도시 앞에 있음을 알아차렸다. 무거운 장식을 머리에 이고 있는 건물들이 물위에 가득 떠 있는 도시, 그것은 침몰 직전의 거대한 유람선처럼 수로 위에서 흔들리고 있었다.

그러나 거기에는 난간도, 안개도 없었다.

숙소까지 태워다줄 작은 배에 오르면서 그는 서서히 여행 초기부터 그를 지배하던 이상한 최면 상태에서 깨어났다. 유령들처럼 말이 없는 승객들에 섞여 그는 혼자 중얼거렸다. 아, 이것이 베네치아군. 지금부터 여기서 뭘 한담?

이탈리아 거래처의 한 직원이 그의 부탁에 따라 예약해둔 여인숙은 이 물과 안개의 도시, 구시가의 중심에서 멀지 않은 리알토 다리 근처에 위치해 있다고 했다. 꼬불꼬불한 수로의 자락들, 그리고 누군가가 오래전에 그려놓아 색이 바래고, 시간이라는 습기에 침윤되어 낡아버린 건물들이 늘어선 거리가 내려다보이는 작은 방. 거래처 직원은 그 여인숙에 한 번 머물렀던 적이 있다고 하면서 괜찮다면 예약하겠노라고 했다. 물론 그는 반대할 이유가 없었다.

그는 이렇게 비현실적으로 베네치아에 와 있었다. 이탈리아에 도착한 이래 점점 잦아드는 용기를 길어올리기 위해, 혹은 그의 용기를 부추기는 무언가에서 도망하는 것처럼.

모든 일은 갑작스럽게, 우연히 이루어졌다. 일상의 자리를 떠난 지가 기껏해야 나흘밖에 되지 않았음에도 그 가까운 어제가 몇 년 전의 시간처럼 느껴지는 허구에 가까운 여행의 시간.

여행의 시간으로는 정확하게 잴 수 없는 어느 날, K의 전화가 있었다. 족히 오륙 개월은 된 것 같다. 그때 그는 먼 출장에서 돌아왔다고 말했다. 고등학교 때부터의 친구. 대학 시절의 크고 작은 악행의 공범자이자 사회에서의 동업자. 그 자신과 K, 그리고 서너 명의 고등학교나 대학 동창들은 최소한 한 달에 두어 번은 만나게 되어 있었다. 서로 할말이 딱히 있지도 않고 그들 중 대부분은 서로 다른 일에 종사하는데다가 꼭 서로를 열렬히 그리워하는 것도 아니지만, 친구니까. 때로는 그들 친구들끼리, 주말에 만날 때면 너나 할 것 없이 아이 한둘은 매단 채, 아내를 데리고. 건강식품 광고에 나오는 이상적인 가족 세트처럼. K가 출장에서 돌아왔다면 어찌 그에게 전화하지 않고 다시 일을 시작하겠는가. 그들은 물론 모자에 대해서 얘기했다. 그들의 사업 종목인 모자에 대해서. 모자에 대해서 얘기하면서 그들은 그 직업적 정보 속에 전달할 만한 것은 대충 다 전달한다. 하다못해 음담패설까지.

화학도 사회학도 모자와는 아무런 관계가 없었지만, 대학 졸업 후 취직한 한두 회사를 거치면서 그와 K는 각기, 어쩌다가, 아주 우연히 모자 전문가가 되었다. 그것이 고정적으로 만나는 그들 중에서 그와 K를 각별히 맺어주는 이유였다. 모자에 대해 얘기할 때 그들은 진지했다. 그들은 이제는 달리 할말이 많지 않았기 때문에 제법 오랫동안 사업 얘기를 했다. 그렇지만 그 얘기가 조금 억지로 길어진다고 생각했던 것은 꼭 그 혼자 감지한 것은 아니었다. 그들은 그 정도는 서로를 잘 알고 있는 것이다. 그리고 K가 갑자기 말했다. 마치 우연히 생각이 났다는 듯이.

"하나코…… 말이야."

"……?"

"누구한테 들었는데 하나코가 이탈리아에 있다는군."

"그래? 그런데?"

"그냥 그렇다는 거지. 혹 네가 궁금해할 것 같아서."

"왜 꼭 나야?"

"그래, 다들 궁금해하고 있을 거야. 조금쯤은."

누가, 언제, 어디서, 무엇을 하고 있는 하나코를 보았다는 것인지. 그런 자세한 내용을 그가 K에게 묻지 않은 것처럼, 그 소식을 전달한 사람이 누구든, K 또한 자세한 질문을 틀림없이 피했으리라. 그들의 차가운 우아함은 이런 식의 예절을 잘도 배치할 줄 알았다. K와 그 사이에 잠깐 어색한 침묵이 흘렀지만 그는 상큼한 농담을 끝으로 적당히 전화 통화를 끝냈다. 그리고 며칠 뒤에 가진 술자리에서 K는 그 전화에 대해서 그에게는 물론 다른 친구들에게도 더이상 한마디도 언급하지 않았다. 그도 그 전화 건을 까맣게 잊어버린 것처럼 굴었다. 그러고 나니 정말 잊어버린 것 같은 느낌이 들었다. 그러고는 정말로 그 작은 전화 건을 잊어버렸다.

늘 그렇듯이 그들은 술자리에서 토론이 되면 곧바로 세상이 바뀌기라도 할 것처럼, 잘못 돌아가는 세상의 이모저모를 들추어대며 잠시 열을 올렸다. 술자리의 열기가 식어간다는 징조였다. 그들은 더이상 젊지 않았고, 조금씩, 견고한 사회에서 겁을 먹기 시작했고 갑자기 삶이 즐거울 수 있는 확실한 대책이 없었으며…… 그래서 그들은 자주 만났다.

하나코. 그것은 그들만의 암호였다. 한 여자를 지칭하기 위한 그들 사이의 암호.

한 여자가 있었다. 물론 그 여자에게도 이름이 있었다. 그 이름은 그들의 도시적 감성에는 그다지 매력적으로 다가오는 이름이 아니었다. 그렇다고 그 때문에 암호를 사용한 것은 아니다. 그리고 하나코 앞에서 그녀를 별명으로 부른 적도 없다. 그들끼리만 모였을 때, 지루하고 전망 없는 하루저녁 술자리에서 그녀를 지칭하느라 우연히 튀어나온 농담조의 이 별명이 암호가 되었다. 그들은 암호 만들기를 좋아하는 삶의 그리 밝지 못한 단계를 지나고 있었다. 약간씩의 차이는 있지만 그들은 대충 스물너덧 정도의 나이를 먹었고 모두들 대학 졸업을 앞둔 상태였다.

어느 날 그들 무리 중 하나가 비슷한 나이 또래로 보이는 한 여대생을 소개했다. 키가 유난히 작고, 낮은 목소리로 그들의 대화에 무리 없이 끼어들고, 머리를 왼쪽으로 기웃하면서, 가끔 논리를 벗어난 그들의 객기에 대해 진지한 표정으로, 아주 심각하게 질문을 던지던 여자.

"왜 그렇게 생각하죠?"라든지,

혹은, 약간 우울한 눈을 하고,

"아마 우리가 모두 젊기 때문에 그럴 거예요. 어떻게 그 젊음을 써야 할지 모르기 때문에 말이죠."

같은 말을 해서 그들 모두를 당황케 만들던 여자가 하나코였다.

그러나 이제 와서는 많은 것이 불분명하다. 그게 정확하게 언제였는지, 어떤 모임이 계기가 되었던 것인지, 그녀를 그들에게 소개한 것이 P였는지 Y였는지 아니면 그도 저도 아닌, 지금은 그들에게서 멀어진 그 시절에 알고 지내던 어떤 누구였는지……

그래, 그녀는 코가 아주 예뻤다. 그녀의 용모가 그다지 눈에 띄지 않는 어떤 분위기를 전달하는 반면, 그녀의 코 하나는 정말 예뻤다. 정면에서 보건, 옆에서 보건 일품인 코를 가진 여자. 그래서 붙여진 별명, 하나코. 그러나 이 암호는 그들이 어울려 다니던 시절에 만들어진 것은 아니었다. 그리고 이 별명이 붙여지기 전에, 그녀를 생각하면서 맨 먼저 떠올리는 것이 그녀의 코는 분명 아니다. 그녀의 별명이 하나코가 된 데는 숨기고 싶은 그들 모두의 실수가 있었다. 아무도 꼼꼼히 되돌아보고 싶지도 않으며, 더욱이 인정하기 싫은 취기 속에서 일어난, 많은 사실들을 숨기고 있었던 작은 실수. 이렇게 별명으로 불러야 마음이 편한 상대를 누구나 한 명쯤 숨겨 가지고 있다면 그들에게 이 대상은 하나코였다.

대부분 고등학교 때부터의 동창인 그들은 취직 시험을 앞둔 대학 마지막 해에는 거의 매일 만나 같이 취직 공부를 했으며, 사회 초년생 시절에도 분주하게 핑계를 만들어 자주 모였다. 가끔 한 달에 한두 번쯤, 그들 중 누군가가 하나코에게 전화를 걸었고, 그녀는 혼자 혹은 이 세상에 하나밖에 없는 것 같던 늘 똑같은 여자친구 한 명을 대동하고 그들의 모임에 합세하곤 했다. 지금은 이름조차 기억나지 않는 하나코의 친구에 대해 남은 기억은, 그녀가 한번도 모임의 끝까지 남은 적이 없었다는 정도가 다였다. 집이 멀다든가 하는 이유로 모임의 분위기가 무르익으려고 하면 그녀는 하나코의 귀에 몇 마디 말을 던지고는, 그녀가 타는 지하철이 호박으로 변할 것을 두려워하는 신데렐라처럼 황급히 자리를 떴다. 이상하게도 어느 누구도 비록 빈말이라도 그녀를 붙잡지 않았다. 그들의 관심을 끈 것은 말이 없던 그녀보다는 가끔 재치 있는 농담도 하고, 모든 대화에서 가끔 오호! 하는 감탄사까지 유발시키는 발언을 나직나직한 목소리로 할 줄 아는 하나코였다.

모임에 분위기 쇄신이 필요할 때라든가, 각자 사귀고 있던 여자와의 까다로운 심리전에 지쳐 있을 때, 또는 그렇고 그런 각자의 얼굴에 조금은 싫증이 나지만 안 볼 수 없는 관성 때문에 만나서 술잔이나 기울이게 되는 모임이 있을 때 그들은 하나코에게 전화

를 걸었다. 전화를 받으면 그녀는 늘 흔쾌히 그들과의 만남을 수락
했으며, 기억하건대 한 번도 설득되지 않을 만한 이유로 그들의 제
안을 거절한 일이 없었다. 뭐 생리통이라든가, 고향 친구가 와 있
다거나 하는 어쩔 수 없는 이유들이었다. 그것이 진짜건 가짜건 무
슨 차이가 있겠는가. 그녀의 어조는 늘 진지했고 그들은 박물관에
나 넣어둘 만한 그 진지함을 재미있게 생각했으며 예상외로 잘 설
득되었다. 사회 초년생이 되면서 그들은 더 자주 만났다.

그들은 그녀에 대해 아는 것이 거의 없었다. 어떤 대학에서 미
술을 전공했다는 것 외에 그녀가 그림을 그리는지, 조각을 하는
지, 혹은 이런 모든 것을 다 하는지 알지 못했던 것이다. 그들 주변
에는 이 방면에 정통한 사람이 없었기 때문에 가끔 그녀가 밝힌 사
항들은 그들에게 매우 막연하게 들렸다. 그들은 마티에르라는 단
어를 알고는 있었지만 대학을 졸업하고 난 다음까지 왜 돌과 흙과
나무를 그렇게 중요하게 구분해야 하는지 깊게 알고 싶지 않았다.
그녀의 집안에 대해서는 더 말할 것도 없이, 그들이 알고 있는 것
은 단지 그녀의 전화번호와 가끔 도착하는 편지 봉투에 적힌 주소
뿐이었다. 그들이 그녀를 알고 지내던 몇 년 동안에도 그녀의 주소
는 여러 번 바뀌었거나 아니면 그녀는 동시에 여러 군데 주소를 가
지고 있었다. 한번은 기숙사였고 때로는 ×××씨 댁이었고, 한번
은 ○○아틀리에…… 이런 식이었다.

조금 이상하게 느껴질 수도 있었던 이런 그녀의 일상사는 어쩌

면 한 번도 그들의 궁금증을 자극하지 않았다. 오히려 그런 것이 하나코에게는 아주 자연스럽게 보여 궁금증을 표현하기가 멋쩍어졌다고나 할까.

그들의 모임에 여성이 끼어드는 것은 하나코가 처음은 아니었지만 하나코만큼, 모임의 균형을 깨지 않으면서 오래, 지속적으로 만나게 되는 여성은 많지 않았다. 왜 그랬을까. 그녀가 마치 공기나 혹은 적당한 온기처럼 늘, 흔적 없이 그들 옆에 있다가는 사라져버렸기 때문이었을까. 그 일이 일어나 그녀가 아주 그들의 모임에서 사라져버리기까지. 그래 그때까지 그녀는 그렇게 늘 없는 듯 있었고, 어느 누구도 그녀가 어느 날 그들의 부름에 대답하지 못할 미지의 곳으로 사라져버리리라고는 한순간도 생각해본 적이 없었다.

그는 역 근처에서 지도를 한 장 사들고 이탈리아인 동업자가 적어준 여인숙의 위치를 찾았다. 바포레토라고 불리는 배를 타고 리알토에서 내려 다리를 건너지 말고 왼쪽으로 왼쪽으로 도십시오…… 그는 하루종일을 기차 안에서 보낸 터여서 지칠 대로 지쳐 있었다. 이탈리아에 도착한 이래 쉴 시간이 없었거니와, 서울을 떠나던 당시의 조금은 탐닉적인 구석이 없지 않은 우울이 어디를 가든 질기게 쫓아다녔다. 그는 정거장에 배가 도착할 때마다 밧줄을 능숙하게 풀었다가 되감는 멋진 옆얼굴의 청년 옆에 서서 물위에 떠 있는 건물들을 멍하니 바라보았다. 따뜻한 오렌지 빛깔의 조명에 비추어진 건물의 내부가 초가을의 습기찬 대기를 더욱 스산하게 만들고 있었다.

대체 이 생판 모르는 나라, 생판 모르는 도시에서 이틀 동안이나 무엇을 한담. 관광? 야, 아무리 바빠도 베네치아는 꼭 다녀오라구. 먼저 거래선을 트고 이탈리아를 다녀갔던 K의 말이었다. 그렇지. 누구나 한 번 정도는 베네치아에 가고 싶어한다. 특히 사랑에 빠진 남녀나 신혼부부가 가장 가고 싶어하는 도시 중 하나라는 베네치아. 그의 입가에 씁쓸한 미소가 떠올랐다 사라졌다. 마치 모든 것이 서서히 바다에 빠져들 것만 같은 느낌을 주는 이 도시에서 그가 상상할 수 있는 것은 아주 어두운 것들뿐이었다. 그렇지만 그가 새롭게 튼 이탈리아 거래처와의 첫 단계 일을 마무리하자마자 베네치아행을 결정했다면 그것은 K의 조언 때문만은 아니었다. 그의 목적지는 이 도시가 아니었다. 이 도시에서 아주 가까운 또다른 도시의 한 주소였다.

다리를 건너지 말고, 왼쪽으로 돌고, 또 돌면…… 이후 이틀 동안 지루할 정도로 보게 된 낡은 사층짜리 건물에 이틀 밤이 예약된 여인숙, 펜치오네 알베르고 게라토. 거기에는 다리 저는 여자가 이탈리아어 영어 불어 삼 개 국어를 자유자재로 구사하면서 무섭도록 커다란 개를 한 마리 데리고 근무를 하고 있었다.

그 여인이 안내해준 방은 삼층의 7번. 상사 사람의 말대로라면 그 여인숙의 방에서는, 낮에는 색색의 과일과 야채상이 늘어서서 볼거리를 제공해준다는 아담한 거리가 창문 밑으로 내려다보였다. 좀더 멀리에는 중앙 수로와 약간 숨어서 부분만이 내보이는 불 밝혀진 라알토 다리도. 한적한 밤시간, 거리는 완벽히 비어 있었 다. 멀리서 한두 번 젊은 웃음소리가 투명하게 울렸다가는 여운 없 이 사라졌다. 그리고 아주 가까이에서는 배가 지나가면서 물살을 가르는, 이상한 외로움을 자극하는 평화로운 소리. 저처럼 부드러 이, 곤두선 삶의 비늘들을 쓸어줄 얼굴이 있다면. 왜, 이렇게, 어디 를 가나 무너지는 소리뿐이람. 서른 살이 넘어 갑자기 방문한 감상 에 그는 확실히 당황하고 있었다.

그들은 하나코의 신상에 대해 아는 것이 많지 않았다. 대학을 졸업하기 전에는 동급생들과 함께 미술 학원에서 아이들을 가르 친 적이 있다는 것 외에, 정확히 생계를 어떻게 꾸려가고 있는지, 혈액형이라든지 형제가 몇이나 되는지…… 이런 것들을 한 번도 그녀에게 터놓고 물어본 적이 없는 것이 이상했다. 설령 그 비슷 한 일이 화제에 오를 때면 꼭 일부러 그랬던 것처럼 그녀는, 자신 의 일로 시간을 소비해버리기가 아깝기라도 한 것처럼, 자연스럽 게 다른 방향으로 말머리를 돌리기도 했다.

그러고 보니, 한 번쯤 그녀의 전공이 조각이라는 정도의 얘기 를 들은 적이 있는 듯하다. 그렇다고는 해도 그저 명성 있는 조각 가 밑에서 조수로 일을 도와주고 있는 정도라고 웃으며 덧붙이던 얼굴도 생각난다. 자신의 키보다 서너 배가 더 큰 돌덩이와 씨름 한다고. 사실 그녀의 키는 아이처럼 작았기에 어느 누구도 그녀의 이 드문 신상 발언을 상상 속에서나마 구체적으로 떠올리지 않았다. 삼 년 남짓한 그들의 교류 기간 동안 그녀가 자신에 관계된 일로 그들 모임에서 주의를 끈 적은 없었다. 늘 동일한 표정. 나탈리 우드의 코를 꼭 닮은 그녀의 코가 돋보이도록 약 사십오 도 각도로 허공을 향해 비스듬히 치켜든 얼굴. 그것이 다였다.

자그마한 방. 이탈리아에 도착한 이래 자주 보게 된, 모퉁이에 부조가 새겨진 높은 천장. 그는 잠시 전화기 앞에서 망설였다. 수화기를 들고 잠시 윙 하는 소리를 듣고 있다가 다시 놓았다. 지구의 저쪽 편은 아마도 대낮. 그리고 그만큼이나 거리가 나버린 아내와의 삶. 사 년이라는 시간이 무색할 정도의 가속도로. 처음에는 제법 진지한 대화도 있었다. 실존이니, 가치관이니, 공유니 하는 단어들을 섞은 고상한 공방전은 아주 빨리 적나라한 언쟁이 되었다. 시시껄렁한 물건 구입이나 중간부터 치약을 짠다든지, 또는 늘 조금은 연기가 풍기게 담배를 비벼 끄는 그의 일상의 습관 같은 사소한 일을 두고 생겨나는 말다툼이 단번에 두 사람의 온 존재를 부정하고 뿌리에서부터 뒤흔든다.

모든 단어들이 어디론가 증발해버린 것처럼, 서로가 굳건히 지키는 침묵이 트집이 된, 그들 사이의 마지막 불화는…… 완전한 침묵 전야의 고함처럼, 격렬하고도 길게 계속됐다. 그 일이 아니었더라도 얼마든지 찾아질 수 있는 다른 원인들. 서로를 부정하기 위해 필수불가결한 정기적인 말다툼. 그러고도 세상에 대한 연극은 계속된다. 부부 동반으로 친척을 방문하고, 모임에 참가하며, 극이 끝나면 다시 냉전에 들어가는 나날들.

만약 그런 불화가 없었더라도, 아무것도 아닐 수 있는 가장 진부하고 지루한, 서로의 약점이 가장 비하되어 드러나는 그런 불화가 없었더라도 그는 이탈리아 출장을 서둘러 맡았을까. 아침에 출근한 그 차림으로, 집에는 알리지도 않고, 몰래 도망치듯이 엉성하게 채워진 여행 가방을 들고 출장을 떠났을까. 그는 작게 고개를 흔들었다. 만약 그랬더라도 그는 하나코의 소식을 기억해냈을까. 그리고 아주 비밀스럽게, 그가 알고 있던 그녀의 친지를 수소문하고, 여러 날, 여러 사람을 거쳐서 그녀의 이탈리아 주소를 알아냈을까.

그는 절대 비밀 문서를 손에 넣기라도 하듯이 단계적으로, 하나코의 현재 주소를 수소문하는 데 바쳤던 시간을 약간은 흔쾌한 기분으로 다시 생각했다. 만약 아내가 그의 이탈리아 출장의 진의를 알게 되었을 때 지을 표정을 떠올리며. 그렇지만 그다지 강한 보상의 느낌은 아니었다. 그런 상상으로 기분이 전환되기에는 그들이 상대편에게 가지고 있는 무감각의 악의가 너무 두터웠다. 상대편과의 말다툼은 하나의 구차한 핑계일 뿐, 어느 누구도 이렇게 어긋난 관계가 수시로 만들어내는 불안과 불화에 능숙하게 대처하지 못한다. 하고 나서 후회가 될 만큼.

대체 여기서 무엇을 하고 있는 거지. 이곳에서의 이틀을 무엇을 하고 보내야 한담. 그는 시큰둥하게 중얼거리면서 안내책자를 여행 가방에서 꺼내들고 침대에 누웠다. 더 공허하게 높아지는 천장. 더 멀어지는 지구의 저쪽. 그는 서서히 잠이 들었다. 이렇게 최소한 몇 시간 정도는 탈없이 지나가겠지.

이튿날 아침의…… 창밖은 온통 소란스러운 안개였다. 여행안내서에 씌어진 바로 그대로. 그리고 거래처의 직원이 설명해준 바로 그대로 창문 밑의 길 양편에는 어느새 아침 야채 시장의 좌판이 촘촘히 들어차 있었다. 그는 창문을 열어놓은 채로 식당으로 내려갔다. 이른 시간이어서인지 식당 안에는 서너 명만이 낮은 목소리로 속살거리면서 아침식사를 하고 있을 뿐이었다. 미국 젊은이로 보이는 그들은 날씨에 대해 얘기하던 중이었는지, 낮이면 날씨가 맑을 거라고 그들을 안심시키는 주인 여자의 건조한 목소리가 들렸다. 커피 두 잔, 토스트 한 장. 그의 주문은 간단했고 식사를 마치자 이상한 피로감으로 그는 서둘러 다시 방으로 돌아왔다. 아침 여덟시. 마음속의 서울은 어두운 무늬 가득한 날짜 없는 한밤중.

그는 여행 안내책자의 펼쳐진 면에 커다란 활자로 인쇄된, 산마르코 광장, 토르첼로, 살루테…… 같은 단어들에 멍하니 시선을 주었다. 혼자 하는 여행은 질색이야, 그는 생각했다. 어쩌면 그가 한 출장 여행 중 이렇게 온전하게 이틀간의 공백이 생겼던 것은 이번이 처음이다. 마치 일부러 그런 것처럼. 그보다 그가 혼자 하는 여행이 이번이 처음이 아니던가. 늘 공무였고, 그렇지 않으면 몰려서 하던 여행이었다. 빠르게 머릿속에 떠오르는 얼굴들, 아내, 친구, 동료 어느 누구의 얼굴도 그가 바라는 가상의 여행 동반자의 모습으로 일 초 이상 뇌리에 머무르지 못했다. 먼 그림자처럼 어두운 강변을 걷는 하나코의 뒷모습이 역광으로 슬쩍 스쳐지나갔다. 여행 시즌이 아닐 때, 베네치아만큼 관광 명소의 개장 시간이 맘대로인 데도 없더라구. 하나라도 더 보려면 아침을 이용해. 세시 이후면 다 닫으니까. 늘 정보의 정력적인 소비자인 K의 목소리가 바래져 귀에 울렸다.

그는 전화기를 들었다. 그리고 수첩에서, 방심한 듯이 아무렇게나 씌어진 전화번호가 적혀져 있는 면을 펼쳐들었다. 서울의 전화번호가 아닌 하나코의 전화번호.

그냥 사업차 왔다가 그녀 소식을 들었다고 하지. 그때 있었던 그 작은 불편한 사건, 그런 정도의 일은 지금쯤 아마 다 잊었을 거야.

처음으로 그는 하나코가 이 지구 반대편의 나라에서 무엇을 하고 있을까 하는 가벼운 궁금증이 일었다. 그의 기억으로 하나코가 이탈리아에 친척이나 친구가 있다거나 그들이 좀더 젊었을 때 이 나라 말을 배웠다거나 하는 말은 들어본 적이 없었다. 하기는 자신도 그런 이유로 이 나라에 와 있는 것은 아니지만. 그는 최소한 네 명의 사람을 거치면서 하나코의 주소와 전화번호를 수소문할 수 있었다. 물론 그는 더 빠른 방법을 택할 수도 있었다. 그러나 그의 신원을 구태여 밝히면서 그녀의 소재를 파악하기 싫었고, 그러느라 정작 하나코의 연락처를 알려준 그녀의 동창이라는 불친절한 목소리의 남자에게 그녀의 근황에 대한 솔직한 질문을 던질 수가 없었던 것이다.

전화번호는 베네치아에서 약 한 시간 정도 기차로 가야 하는 작은 도시의 지역 번호를 달고 있었다. 아주 작은 도시라는데, 그녀는 거기서 뭘 하는 걸까. 왜 그는 그 순간 수도원이나 혹은 그 비슷한 정적의 공간이 뇌리에 떠올랐는지 알 수가 없었다. 골목만 바꾸어도 모습을 드러내는 무수한 성당들 때문일까. 꼭 수녀는 아니라고 해도 그 비슷한 어떤 모습의 그녀. 그렇지만 그 그림의 자리에 구체적으로 떠오르는 하나코의 얼굴이 들어섰을 때 그는 작은 불편함을 맛보았다. 예전에 여러 번 느껴본 느낌이지만 생소하기는 여전히 마찬가지였다. 기분이 슬쩍 구겨지고 짜증이 뒤섞이는 생소함.

그는 수화기를 들고 외부로 연결되는 번호를 누르고…… 이후 단번에 일곱 개의 번호를 재빨리 눌렀다. 신호가 가고…… 신호가 계속되고…… 아마도 빈 공간에 울리고 있을 그 신호음에서 어떤 전언을 해독하려는 사람처럼 그는 그 반복적이고 규칙적인 리듬에 귀를 기울였다. 아무도 전화를 받지 않았다. 너무 이른 시간인가. 시계는 여덟시 반을 넘고 있었다. 그는 슬며시 수화기를 내려놓았다. 마치 미루고 싶은 숙제를 연기하고 난 사람처럼 가벼운 마음으로.

그는 생각했다. 리알토에서 산마르코 광장까지 아무에게도 길을 묻지 않고 걸어가야겠다. 미로같이 얽힌 골목에서 방향을 잃더라도 아무에게도 길을 묻지 말아야지. 그는 여인숙의 이름과 전화번호가 인쇄된 명함을 하나 들고 밖으로 나왔다. 열린 카페의 커다란 유리벽 저쪽에서 선 채로 카푸치노를 마시고 있는 사람들, 고급 의류 상점이나 가죽 제품 상점들의 진열장을 닦는 점원, 바쁘게 장바구니를 들고 상점들이 늘어선 좁은 거리를 지나가고 있는 사람들에게서 그는 막연히 하나코를 닮은 누군가를 찾고 있었다.

이처럼 강박적으로 하나코에 대한 기억이 떠오르는 것은 이상한 일이었다. 강박적? 그보다는 고집스럽게라고 말하는 편이 낫겠군, 하고 그는 중얼거렸다. 그녀가 산다는 곳에서 멀지 않은 곳까지 와 있기 때문일까. 아니면 안개와 미로 같은 짧고 좁은 길과, 길을 따라가다보면 어김없이 한끝이 드러나는 물 때문일까. 그렇지. 이상하게도 하나코 하면 물이 연상되었었다. 그래서 모두 마지막으로 자연스럽게 그 강변으로의 여행을 생각했는지도 몰라.

그들의 모임과는 별도로, 하나코가 가끔 그들 중 하나와 따로 만나기도 한다는 것을 모두 막연히 알고 있었다. 우선 그 자신부터 그러했으니까. 그렇지만 대체로 이에 대해서는 어느 누구도 일언반구도 없었다. 어떻건 그녀와의 연락이 두절되기 이전에는 그러했다. 다른 친구들하고는 어땠는지 모르지만 그로 말할 것 같으면 하나코와 만날 때는 늘 예식처럼 일정한 절차를 밟았다. 그가 하나코를 따로 만날 때, 그녀는 무리들과 만날 때 들르는 다방이 아닌 다른 장소를 택했다.

"아주 편한 소파가 있는 기분좋은 카페를 알고 있는데 가볼까요?"라고 하면서.

아, 기분좋은 장소에 대해서라면 서울에서 편안하고도 그들의 마음 상태에 맞는 장소를 그녀만큼 잘 고를 줄 아는 사람은 아마도 없을 것이다. 그녀가 택하는 장소는 다방이건 술집이건, 어떻게 지금까지 이곳을 발견하지 못했을까 하는 생각이 들 정도로 그들이 자주 지나치는 거리의 아주 평범한 곳에 위치해 있었다. 그러나 꼭 인상에 남을 만한 한 가지 특징을 가지고 있는 곳. 기억에 남을 정도로 편안한 등받이가 있는 좌석이라든지, 각별한 장식이나 혹은 독특한 모양의 찻잔…… 그녀는 그런 것을 잊지 않고 지적했고, 그 방면에 다소간 둔감한 그 같은 사람도 얼마 후에는 말을 거들 정도는 되었다. 이렇게 해서 평범한 듯한 장소는 인상에 남는 추억의 실내로 변신하는 것이다. 그녀는 꼭 서울의 숨어 있는 명소의 목록을 다 준비해 가지고 다니는 사람처럼, 그와 만날 때 그 장소가 어느 동네에 있건, 슬그머니, 자기 집에 초대하듯이 그런 기분좋은 장소로 안내하곤 했다.

그렇게 만나 잠시 얘기를 나누다가 그들은 거리를 걷는다. 그리고 간단한 식사를 한다. 참 이상한 일이었다. 학생 시절에야 그렇다고 해도 취직을 하고 난 후에도 하나코에 관한 한 그들은 스스로 생각해도 잘 이해되지 않는 인색한 습관을 가지고 있었다. 그것은 그들이 경제적으로 제법 풍족해진 후에도 고쳐지지 않았다. 다른 여자들과 데이트할 때와는 달리, 하나코와 만날 때 주로 그가 택하는 식당은, 돈을 꼭 그가 낸 것도 아니면서, 아주 볼품없고 값싼 식당이었다. 식사 후에 그들은 탁구나 볼링을 한두 게임 한다.

다시 걸어서 그녀가 선택한 처음의 장소로 되돌아온다.

그러고는…… 이상한 힘에 이끌려, 마치 고해성사라도 하듯이 어느 누구에게도 말할 수 없었던 구질하면서도 내밀한 자신의 얘기를 그녀에게 하는 것이다. 사귀고 있는 여자에 관한 얘기만 빼놓고는 모든 얘기를. 몇 살 때 자위를 시작했다든지, 자신이 은밀하게 가지고 있는 괴로운 습관 같은 것, 또는 하나코도 잘 알고 있는 가까운 친구들에 대한 숨겨진 불만 같은 것까지도.

그녀는 그 얘기들을 고개를 약간 갸웃이 쳐들고 듣는다. 얘기가 무르익을 때까지 그녀는 결코 그의 얘기를 중간에서 끊는 법이 없었다. 아무리 충격적인 얘기를 해도 그녀 입가에 깃든 미소가 변질되는 일이 없어 어쩌면 일부러 과장해서 그의 숨겨진 악을 스스로 고발한 적도 있었다. 그녀처럼 집중해서 그의 시시껄렁한 얘기를 들어준 여자를 그는 알지 못했다. 그러면서도 언뜻 그의 친구들 중 누구와 동일한 장면을 연출할 그녀의 모습이 떠오르기도 했다. 그것은 조금만큼의 질투도 자극하지 않았다.

"하기 어려운 얘기였을 텐데 내게 해주어서 고마워요."

매번 그런 것은 아니었지만 그녀는 드물게 이런 식으로 피곤함을 전달하기도 했다. 그녀가 집에 돌아가고 싶다는 의사를 표시하는 말이었다.

　늦은 시간에 밖으로 나와서는 그녀의 집 방향으로 가는 버스가 오는 것을 같이 기다려주지도 않고 그녀를 혼자 어두운 정류장에 놔둔 채, 그는 지하철 입구를 향해 걸어간다. 그녀 또한 그런 것에 대해 한 번도 반응하지 않았고. 어쩌다 뒤돌아볼 때의 그녀의 표정은 이미 다른 곳에 있었다. 왜 하나코에 관한 한 그들은 모두 최소한의 인내심과 배려도 부족했던 것일까.

　갑자기 말라오는 목. 그는 유리창이 유난히 맑은 한 카페에 들어가서 남들처럼, 부드러운 생크림이 기분좋게 입천장에 달라붙는 카푸치노를 한 잔 마셨다. 남들처럼 서서. 그들처럼 생생한 표정을 짓고. 산마르코 광장으로 가는 길이 어느 쪽이죠, 라고 묻고 싶은 것을 애써 눌렀다. 다시 밖으로 나와서 그는 화살표의 방향보다는 사람들이 많이 다니는 길들을 골라 수도 없는 골목과 수도 없는 작은 광장을 돌았다. 마치 이 도시의 매력에 매혹되지 않으려고 마음을 다잡아먹은 사람처럼 상의의 깃을 세우고 목 언저리를 여민 채, 놀랍도록 빠른 속도로 안개가 밀려가는 수로를 따라 작은 다리들을 건넜다.

　그들 중에서 맨 처음으로 객기를 부린 것은 아마 J가 아니었던가. 그들 무리 중에서 제일 먼저 결혼을 했던 친구. 어느 날 자정이

118

넘어 J에게서 전화가 걸려왔다. 그는 침대 옆에 놓인 수화기를 살짝 놓고 다른 방으로 가서 전화를 받았다. 그리고 혹시 아내가 들을 것을 저어하여 침대 곁의 수화기를 다시 제자리에 얹어두는 것도 잊지 않았다. 술 취한 J가 하나코 얘기를 꺼냈기 때문이었다. 하나코와 그들 사이의 연락이 두절된 지 일 년여가 넘은 다음의 일이었다. 늦은 전화에 궁금한 표정으로 올려다보는 아내에게 그는 대수롭지 않다는 듯 말했다.

"J야. 밤늦게 술주정을 하려는 모양이군."

그는 형편없이 취해 있었고 그런 상태에서 이어지는 횡설수설 헛소리는 그의 잠기를 싹 쫓을 정도로 그의 호기심을 자극했다. 넌 잘 모르지만 한때 상당히 망설였다구. 내가 멍청했지. 좀더 적극적으로 밀어붙여보면 어떻게 되었을 텐데 말이지. 괜찮아, 괜찮아. 이 사람은 친정 가 있다구. 잠깐만 기다려라, 그 편지가 어디 있더라. 하나코가 답장으로 보낸 것…… 잠깐만. 좀 깊이 숨겨두었거든. 자, 들어봐. 중요한 부분만 읽을게. J는 술 취한 목소리로 어조를 과장해서 낭독을 시작했다.

J씨는 늘 중요한 말을 장난같이 하는 습관이 있었지요오. 그렇다고 J씨의 진의를 내가 가볍게 일축한다는 뜻은 아닙니다아. 나는 당신이 꼭 그런 편지를 한 번쯤 쓰지 않으면 안 될 정도로 어려운 때를 보내고 있다는 것을 잘 이해해요오. 그렇지만 J씨, 한번 생각해보세요. 내가 정말 그런 편지의 적합한 수신자인지를 말

이지요. 한 일주일이나 열흘 정도 어디로 한번 떠나보세요. 그리고 대답이 찾아지면…… 그때 우리가 할 얘기는 따로 있을 거예요오……

끝을 길게 늘이면서 편지의 내용을 엉망으로 만드는 J의 목소리를 들으면서 내심 그는 자신이 하나코의 입장이 되어, J가 앞에 있었다면 당장 한 방 먹여주었을 정도로 신경이 거슬렸다. 그러나 숨겨진 호기심이 더 컸기 때문에 그에 대해 솟은 신경질은 오래가지 않았다. 너 하나코의 글씨체 생각나지. 내가 어떤 편지를 보냈는지 알면 너는 아마 까무러칠 거다. 나는 그러니까 그때 열렬한 구혼을 했던 거야. 그냥 꼭 그렇게 해보고 싶더라구. 그런 사실 너희들 전혀 몰랐지. 요즘 그냥 생각이 나서 말이야. 물론 일주일 후에 나는 결혼 날짜를 잡았다만 말이다. 이런 편지를 어떻게 버리냐. 아 생각난다, 하나코!

J는 정말 혀 꼬부라진 낭만적 회고를 하고 있었고 그는 적당히 그의 고백을 들어주었다. 그 자신도 예외는 아니었다. J의 경우와 다소간 달랐지만 그들은 모두 한두 장 정도의 편지는 간직하고 있었던 것이다. 그것이 무슨 전리품이라도 되는 것처럼. 그녀가 그들 모임에서 자취를 감춘 직후에, 그들 사이에는 주로 그들 만남의 초기인 학생 시절에 가끔 주고받던 낡아버린 하나코의 편지를 서로에게 읽어주는 짧은 유행의 기간이 있었다. 그즈음에 마련된 한 술자리에서 그들은 그녀에게 하나코라는 별명을 붙여주었던 것 같다.

그들의 편지에 꼭 대답을 하던 하나코. 어쩌면 그녀는 세상의 모든 편지에 대답을 하기 위해서 태어났을지도 모른다는 생각이 들 정도로, 그것도 이유를 알 수 없게 가슴을 쩡하게 하는 편지를 보내곤 했다. 그녀의 편지처럼 어딘가 깊은 것 같고, 어딘가 철학적이며 고상한 것 같은 편지를 주고받을 여자가 있다는 것이 그들을 조금은 우쭐대게 만들었다.

하나코는 세상에 태어나 처음으로 그에게 편지를 쓰고 싶은 욕구를 불러일으킨 여자였다. 아내와 연애하면서도 편지를 쓰고 싶다는 생각이 든 적은 한 번도 없었다. 한번은 어디서 읽은 시구를 베껴서 멋을 부려본 적이 있었는데 그녀는 그 편지의 대답에 "시 제목을 알아맞히는 수수께끼 놀이를 하자는 거지요?"라는 농담 어린 답장을 보냈다. 하나코와는 자존심이 상할 일이 없었다. 하나코와는 일이 덧나도 별 두려움이 없었다. 그 일이 있고도 그는 이렇게 출장을 핑계로 그녀를 찾아보려고 하지 않는가. 왜일까?

"우리는 친구잖아요."

언젠가 그의 실언 앞에서 그것을 무마하느라 하나코가 한 말이었다. 어떤 실수였는지는 물론 기억에 없었다. 그렇지만 그 말이 야기한 불편한 파장은 생생하게 기억에 남았다.

그 자신을 포함해 무리들 중 누구도 하나코에게 자신들의 결혼 날짜를 알리지 않았다. 딴 친구들은 어떤 이유에서 그랬는지 알 수 없지만 그로서는 그저 단순한 부주의였다. 물론 그는 청첩장을 준비하던 때만 해도 그녀에게 보낼까 하고 생각했다. 그렇지만 분주한 일정에 밀려 그만 잊어버리고 말았다. 무의식적으로 계획된 건망증. 늦게 결혼을 한 친구들이야 이미 하나코와의 연락이 끊어져서 그랬다고 하지만 적어도 P와 J는, 그들이 하나코와 만나고 있을 즈음에 결혼했음에도 하나코에게 그 사실을 알리지 않은 게 분명했다. J의 결혼식 후에 그가 하나코를 만나 J 대신 사과를 했을 때, 그녀는 한마디했을 뿐이었다.

"설마 결혼식 같은 것을 그토록 중요하게 생각하는 건 아니겠죠?"

멀리 사진으로 본 산마르코 광장의 첨탑이 보였다. 일찍이 바닷가로 몰려나온 인파가 광장에 가까이 온 것을 알려주었다. 바다를 향해 버티고 있는 두 마리의 금박 사자가 인파가 없는 텅 빈 광장에 서 있었더라면 어쩌면 그는 감격했을지도 모른다. 평소에 그는 인파를 좋아하는 편이었다. 그렇지만 거기에는 너무도 많은 사람과 상인과 유난히 살찐 비둘기떼가 빈틈없이 몰려 있었다. 성당을 방문하기 위해 매표구에서 막 입장권을 받아들었을 때, 그는 카메라도 망원경도 모두, 여인숙에 두고 온 것을 알아차렸다. 일부러 구입한 성당 내부의 모자이크에 대한 안내서까지. 그것이 그의 기분을 그만 순식간에 구겨버리고 말았다. 그렇다고 여인숙까지 되돌아가고 싶은 마음은 추호도 없었다.

사람의 대열에 밀려 안에 들어갔으나 모든 관광객이 입을 벌리고 감탄사를 내뿜으며 바라보는 둥근 천장과 벽, 그리고 기둥까지 빈틈을 남기지 않고 덮은 금박 모자이크 장식은 화려한 색채와 뒤덮인 넓이에 대한 놀라움 외에는, 여행 준비를 서투르게 한 사람만이 맛볼 수 있는 심오한 지루함을 그에게 줄 뿐이었다. 전 세계인이 경탄해 마지않는 교회에 발을 들여놓고도 머릿속에서 하품하는 잡념은 다른 시간과 장소를 헤매고 있었다. 그는 의자 한 귀퉁이에 앉아 그가 알고 있는 성경의 지식을 모두 동원하여 모자이크로 그려낸 겨우 몇 장면만을 식별해냈다. 그는 오랫동안 그렇게 넋을 반쯤 놓고 게으르고도 지루하게 시간이 가기를 기다렸다. 주변을 스치는 수많은 언어들 사이에서 한국말이 들려오자 그 목소리에만 귀를 기울이면서 그는 고집스럽게 성당에 남아 있었다. 나이 많은 노인을 대동한 한 젊은 여자의 낭랑한 목소리가 그가 앉아 있는 바로 앞부분의 천장에 장식된 모자이크의 내용을 설명하고 있었다. 「출애굽기」의 한 장면. 다정한 부녀지간.

여기서 대체 무엇을 하고 있지? 그는 집에 두고 온 딸을 생각했다. 이제 겨우 두 살. 그는 자신을 엄습하는 답답함을 누르며 자리에서 일어섰다. 그가 앉았던 자리를 딸이 아버지에게 권했다. 출구는 입구 이상으로 붐볐다.

그는 부두 쪽으로 가서 심호흡을 했다. 부둣가에 띄엄띄엄 늘어선 공중전화 부스가 자꾸 그의 시선을 끌었다. 서울은 아마도 침침한 초겨울의 저녁나절. 바다의 안개는 완전히 걷혀 있었다. 그때 그가 서 있던 데서 그리 멀지 않은 곳에서 커다란 외침 소리가 들려왔고 갑자기 그 소리 주위로 군중이 몰려들기 시작했다. 그는 자신도 모르게, 순식간에 만들어진 둥근 원의 가장 안쪽에 서 있었다. 그곳에서는 이탈리아 말로 욕설을 퍼부으면서 세 명의 남자가 엉켜 전문 복싱 선수 이상의 솜씨를 보이면서 서로를 두들겨 패고 있었다. 가만히 보니 이 대 일의 싸움이었는데, 그 주위로 몰려든 어느 누구도 말릴 생각 없이 그 자신처럼 눈을 동그랗게 뜬 채 구경만 하고 있었다. 그렇지만 혼자 대항하는 사내의 기세 또한 만만치 않았다.

원이 점점 커짐에 따라, 부두를 따라 지어진 고급 호텔의 테라스에서도 사람들의 얼굴이 싸움 구경을 위해 하나둘 나타나기 시작했다. 세 명 모두 가죽점퍼를 입은 건장한 젊은이였다. 그들은 가끔 내지르는 외마디소리와 거친 숨소리 외에는 입을 앙다문 채 엎치락뒤치락을 계속했다. 아무래도 수적으로 강세인 두 남자는 막 바닥에 깔리기 시작한, 궁지에 몰린 적수가 힘이 빠진다고 생각하자마자, 집중적으로 발길질을 하기 시작했다.

그들이 어떤 의미로 침묵의 싸움을 벌였다면, 그와 반비례로 군중 속의 소란은 점점 커졌다. 이 나라 말을 모르는 그로서는 그들이 마치 씨름 경기라도 응원하는 것처럼 보였다. 그의 주먹도 부르르 쥐어질 정도의 격렬함이 배가되고 있었다. 역시 아무도 그들을 말릴 엄두를 내지 못했다. 그는 두 공격자의 주먹과 발길질에 그의 흥분이 고조되고 있음을 알아차렸다. 자, 한 방만 더, 쳐라. 결정적인 한 방. 그러고 나면 끝이다…… 바로 그때 어디서 나타났는지 군중을 헤치고 경찰들이 우르르 몰려들어 순식간에 세 명을 모두 일으켜세워 어디론가 끌고 사라졌다.

모여 섰던 사람들이 하나둘 흩어지고 다시 공중전화 부스가 드러났다. 그를 부르기라도 하는 것처럼. 그는 빠른 동작으로 전화번호를 꺼냈다. 지구 반대편이 아니라 바로 옆의 작은 도시에. 누군가 '여보세요'에 해당하는 이탈리아 말을 서너 번 반복하고, 그뒤로는 그가 알아들을 수 없는 빠르고 긴, 고음으로 즐거운 기분을 전달하는 여자의 목소리가 들려왔다. 그는 서둘러서 영어로 하나코를 찾았다. 물론 그녀의 본명을 대고. 잠시 대기음이 들리고 다시금 즐겁고 부산스럽게 이탈리아 말을 하는 여러 음성들이 뒤섞이고…… 그리고 그에게 익숙한 밝은 목소리가 들려왔다. 하나코의 목소리. 이탈리아 말이 아닌 그리운 '여보세요.' 바로 그 순간에 부두에 도착한 바포레토가 한 무리의 승객들을 내려놓았다. 서로의 허리에 팔을 두르고 작은 갑판에 내려서는 젊은 남녀가 웃으면서 그가 서 있는 옆을 지나갔다. 그때까지 그를 사로잡고 있었던 조심성이 사라지는 것을 느꼈다. 그것은 꼭 갑자기 오른 취기와 같았다.

그는 자신의 이름을 대고 어색하게, 과장을 섞어 한바탕 웃었다. 그녀의 반응을 기다리지도 않고 그는 장황하게 설명을 붙이기 시작했다. 출장 여행 중이다. 계약서가 준비되는 동안 베네치아에 와 있다. 다시 로마로 돌아가야 한다. 그러기 전에 당신을 만나고 싶다. 당신의 거처와 연락처를 알아내는 데 얼마나 힘이 들었는지 아느냐. 그는 이유도 없이 자주 크게 웃음을 섞으면서 상대편이 얘기할 틈을 주지 않고, 마치 무엇에선가 도망하듯이 빠른 말투로 떠들었다. 그리고 갑작스러운 정전으로 마비된 라디오처럼 침묵했다. 그가 침묵했을 때에야, 그녀도 밝게 큰 목소리로 웃으며 말했다.

"반가워요. 오세요."

이어 그가 잘 기억하고 있는 낮고 침착한 그녀의 목소리가 천천히 이어졌다. 기차에서 내려야 하는 정거장의 이름, 사무실이 위치한 거리의 이름, 그리고 그녀가 디자이너로 고용되어 있다는 실내장식 사무실의 이름과 외양…… 같은 것을 그녀는 친절하게, 띄엄띄엄 말해주었다. 당신이 전화하고 있는 베네치아에 비하면 그다지 구경할 만한 도시는 아니라고 미안한 듯이 덧붙이면서.

그녀의 모든 것이 다 예전과 같아도 무언가가 달라져 있었다. 목소리도 아니고 어조가 덜 친절했던 것도 아니었는데…… 그녀는 정말 반가운 기색으로 그에게 말을 하지 않았던가. 그는 갑자기 힘이 조금 빠지는 것을 느꼈다. 그녀를 보러 기차를 타고, 그녀가 말해준 이름의 거리를 찾아 헤매고, 그녀가 일하는 사무실을 찾아 안으로 들어가고, 그녀의 책상 옆에 앉아 일이 끝나기를 기다려, 그녀의 생활공간으로 초대되고, 이 나라에서 하듯이 집에서 준비한 식사를 하고 환담을 할 엄두가 나지를 않는 것이다. 그리고 더욱이 그녀가 결혼이라도 했다면, 난생처음 본 그녀의 남편이라는 사람과 또 예의를 차려서 얘기를 해주어야 하고……

그는 물었다. 능청스럽게. 지금 애가 몇입니까? 그녀는 웃고 그 물음에는 대답하지 않았다. 그녀의 목소리에서 무엇을 느꼈을까. 그녀에게 방해가 되지 않겠느냐고 물었을 때, 그녀는 대답 대신, 잠시 침묵한 후, 나를 그렇게 몰라요? 하고 반문했다.

전화 카드의 잔액이 소진되었음을 알리는 음이 들려오자 그녀는 덧붙였다.

"J씨처럼 전화만 하고 안 오는 것은 아니죠? 혹은 P씨처럼 차 한 잔도 제대로 마시지 않고 떠난다든가? 오세요. 정말 반가운데요."

마치 시간이라도 잰 듯이 그녀의 말이 끝나자 전화가 끊겼다. 그의 머릿속에서도 무언가 찰칵 하는 소리가 들렸다. P가? J가?

그는 여행을 떠나기 전에 있었던 술자리를 떠올렸다. 그들에게까지 비밀에 부치고 홀쩍 떠나고 싶었던 그 출장 계획은 분위기가 무르익자 자신도 모르게 입 밖으로 튀어나왔었다. 그때 아주 오래간만에 모임에 합세한 누군가가 느닷없이 하나코 얘기를 꺼냈다. 왜 꼭 왜색이 도는 그런 별명을 그녀에게 붙였지? 코하나가 더 낫지 않아. 대체 누가 붙여줬어, 그 별명? 알면 참 기분 나빠할 거야. 또 누군가가 말했다. 알 리가 없잖아. J도 P도 그 자리에 있었고 뭐라고 한마디씩 거들었던 것이 생각났다. 몇 달 전에 그에게 하나코의 소식을 전했던 K의 전화도 생생하게 기억이 났다. 어느 누구도 이탈리아에 사는 하나코의 소식을 제삼자를 통해 전해들었다고만 했지 직접 만났다거나 통화를 했다거나 하는 말을 하지 않았던 것이다.

당장 가겠다고 호탕하게 대답한 것과는 달리, 그는 부두를 떠나 좁은 수로를 따라 나 있는 골목길을 걸었다. 겨울이어서 더욱 습기가 차 보이는 두터운 이끼에 덮인 채 물속으로 무너지는 듯한 벽들, 벽의 끝에 나타나는 작은 다리, 그리고 소꿉장난 같은 삶이 진행되고 있을 것만 같은 정면이 좁은 외관의 집들. 가끔 그곳에서는 음악 소리나 회한 없는 일상의 호들갑스러운 소음이 들려왔다. 마치 물속에 기우는 이 도시를 더욱 기울게 하기 위한 것처럼, 칠이 벗겨지는 이끼 낀 표면의 슬픔을 더욱 드러내려는 듯이.

수로와 골목과 다리들의 무한한 변주. 그는 그 변주에 흔들리는 걸음을 내맡겼다. 한번 우연히 시선에 잡힌 거리의 팻말은 그가 리알토 다리에서 점점 멀어지고 있는 것만을 알려주는 막연한 지표가 되었을 뿐이었다. 낯선 도시에서 지도 없이, 목적지도 없이 걷는 낙망한 자의 자유. 말할 수도, 이해할 수도 없는 이국의 말을 쓰는 나라에서 침묵으로 미로를 헤매는 자의 안식에 그는 음울한 미소를 지으면서 빠져들었다. 몇 번인가, 하나코, 아니 스코베니 회사 소속 인테리어 디자이너, 장진자의 목소리가 가볍게, 이 도시의 배음처럼 울렸다. 그렇게 날 몰라요? 그렇게도? 그것은 함정이 많

은 수수께끼처럼 점점 더 깊이 그를 미로투성이의 한 도시 속으로
이끌었다.

　창밖으로 북쪽 도시행 기차 한 대가 막 떠나고 있었다. 이미 저
문 역 구내의 조명 속에서 그는 다시 한번 산타루치아라고 씌어진
흰 간판을 보았다. 이제 곧 그가 탄 로마행 밤기차가 떠날 것이다.
아직 잠들기에는 이른 시각이라 좌석은 맨 위쪽만 올려져 침대로
바뀌어 있었다. 그 말고 두 명의 승객이 복도 쪽의 창문으로 배웅
나온 사람들과 이야기를 나누고 있었다. 그는 일찌감치 자신에게
예약된 위쪽 침대에 올라가 누웠다. 기차가 서서히 움직이며 베네
치아와 내륙을 잇는 긴 다리 모양의 철교 위를 달리기 시작했다.
올 때와 거의 비슷한 시각. 누워 있으므로 더 멀리 보이는 바다 위
로 드문드문 오렌지색의 램프가 긴 곡선을 만들면서 행진하는 수
도사들처럼 늘어서 있었다. 검은 테를 두른, 끝이 뾰족한 나무 둥
치들이 합장하듯 모여 있는 수로 표시의 말뚝에 밤 뱃길을 알리기
위해 램프들이 걸려 있었다. 기차의 속력은 점점 더 빨라졌고 이내
바다는 시야에서 사라져버렸다. 공연히 무언가 아주 먼 곳에서 다
시 한번 무너지는 느낌을 남기고서.
　잠시 머무르다 떠나는 도시. 이제 기차는 불빛이 점점 드물어
지는 인적 없는 어두운 풍경 속을 달리고 있었다. 아래 좌석의 승
객들도 등받이를 올려 침대를 만드느라 부산하다가 언제부터인가

갑작스런 침묵이 왔다. 복도의 소음도 점점 더 줄어들고 기차는 짙은 밤을 향해 전속력으로 달렸다. 여전히 세 개의 침대는 비어 있었다. 한밤중이나 새벽에 모두가 잠들어 있을 때 누군가가 어떤 이름 모를 역에서 예약된 자신의 침대를 찾아 올라오겠지. 볼로냐, 피렌체……

그 일은 대체 어떻게 일어났던 것일까. 그런데 그런 것도 사건이랄 수 있을까.

그들이, 갈대밭 근처의 늪지대같이 질퍽거리던 곳의 그 술집을 어떻게 발견했는지는 아무리 생각해보아도 알 수가 없었다. 그들 중 두 명이 비슷한 때에 중고 자동차를 구입했던 것이 일의 발단이었던 것만은 틀림이 없다. 사흘간의 연휴에 그를 포함한 다섯 명의 친구와 하나코, 그리고 그녀의 여자친구, 이렇게 일곱이 두 대의 중고차에 나눠 타고 운전 연습 겸 서울을 떠나 낙동강가까지 갔다. 원래 그들의 목표는 마음에 드는 해변을 찾는 것이었다. 그러나 바다를 찾다가 그들은 강에 다다랐다.

회, 매운탕…… 이런 비슷한 간판이 언뜻 눈에 띄었었고 그 간판에서부터 좁은 흙길로 접어들어 한참을 달린 곳에 식당 하나가 나타났다. 너무 외따로 떨어져 있었던 식당이었음에도 그들은 그곳을 그날의 종착지로 삼기로 했다. 그 식당에 들어가기 위해서는 구두가 푹 빠지는 진흙 마당을 지나쳐야 했고 그 마당가에는 역겨운 냄새가 나는 풀꽃이 잡초처럼 무성하게 한구석을 채우고 있었던 것 같다. 늦가을이었던가. 아니면 초겨울. 지금처럼.

음식이 준비되는 동안, 세상의 끝이라는 느낌이 들 정도로, 시선이 닿는 한 사방에 아무 불빛도 보이지 않는 강가를 거닐다가 식당으로 돌아왔다. 음식과 술이 조금씩 들어가고 밤이 깊어짐에 따라 그때까지의 흥분되었던 여행의 분위기는 조금씩 우울하고 불안정한 것으로 변하기 시작했다. 세상에서 차단되어 당장이라도 늪에 가라앉아버릴 것 같은 개인 집에 방불하는 그 횟집의 건넌방에 들어앉자마자 그 이상한 분위기가 누구에게랄 것도 없이 그들 모두에게 퍼지기 시작했다.

운전대를 잡았던 W는 너무 멀리 온 것에 대해 후회하는 눈치가 역력했다. 그중 하나는 서울에 전화를 걸어야 한다고 반복했고, 누군가는 다음날로 예정된 중요한 거래처 사람과의 약속을 잊어버렸다고 불평했다. 연락처도 아무것도 가지고 오지 않았다는 것이다. 당시 그들 모두가 은근히 부러워하던, 부유한 집 딸과 결혼을 앞두고 있던 P는 갑작스러운 여행을 강력하게 주장했었음에도 누군가가 조심스럽게 꺼낸 숙박 문제에 대해 가장 신경질적인 반응을 보였다. 그로 말할 것 같으면, 조금은 굳은 표정으로 그들의 변화를 지켜보고 있는 하나코와 그 여자친구에 대해 공연히 적개심이 솟았었다.

모두들 사회생활을 이삼년 한 뒤에 생긴, 애써 감추어두었던 허탈감이 연휴의 여행중에 무장해제되었던 탓일까. 아니면 삶의 피

곤과 술과 여행이 기묘한 화학작용을 일으킨 돌이킬 수 없는 불안
감. 누군가가 나갔다 오더니, 숙박 문제를 해결했으니 술이나 마시
자고 했다. 은행에 들어간 이후로 그들의 모임에 조금 뜸해졌던 친
구였다. 그는, 거금으로 주인을 매수해 방 두 개를 빌렸다고 연극
조로 말했다.

그뒤로는 순식간에 누구도 예상 못한 방향으로 미끄러져버린
일이었다…… 일곱 시간 이상을 달려온 후라 이야깃거리가 고갈
된 그들은 노래를 불렀다. 아니 악을 써댔다. 돌아가면서 돼지 먹
따는 소리로. 그리고 이렇게 변질되기 시작하는 분위기 속에 당혹
감을 숨기고 앉아, 조용히 술잔을 비우는 두 명의 여자에게 그들
모두가 집중적으로 노래를 강요하기 시작했다.

그것은 더이상 놀이가 아니었다. 하나코가 그런 자리에서 노래
라면 질색한다는 정도는 그들 모두가 알고 있었고 실제로 그녀는
노래 같은 것은 빵점이었다. 그것을 알고 있기 때문에 그들은 농담
반, 협박 반 노래를 요구했다. 하나코의 여자친구가 일어났다. 모
두가 입을 모아 하나코의 이름을 외쳐댔다. 하나코의 여자친구는
그때까지만 해도 쑥스러운 미소를 지으면서 다시 자리에 앉았다.
그래도 하나코는 웬일인지 일어나지 않았다. 그녀의 얼굴 또한 조
금은 변했던 것 같다.

누군가가 벌떡 일어섰다. 부르나 안 부르나 내기하자면서 하나
코에게 다가갔다. 그의 악물어진 이가 드러났다. 동시에 하나코 건

너편의 누군가가 그녀를 일으키느라 팔을 위로 잡아당겼고 그녀의 친구는 하나코를 거머쥔 그 손을 떼어놓으려고 엉거주춤 일어섰다. 그가 일어섰다. 뒤에서부터 하나코를 일으켜세우기 위해서. 누군가가 술병을 벽에 던졌다. 또 누군가가 고함을 내질렀다. 아무런 뜻도 없는 고함. 그리고 누군가가 잡아당기는 바람에, 하나코도, 그녀를 일으켜세우려고 몰려든 두 친구도 주저앉았다.

얼마 동안이나 이런 종류의 실랑이가 계속되었을까. 아무도 말리는 사람이 없었다. 말리다니, 단언컨대 모두들 즐거이 엉켜들고 있었다. 하나코의 노래 따위는 문제도 아니었다. 그녀의 친구가 지르는 고함 따위는 아무런 것도 막지 못했다. 게다가 고함이라야 겨우 방밖을 나갈까 말까 한 크지 않은 우스꽝스러운 목소리였다. 그 엉켜든 실랑이 속에 나름대로의 일사불란한 질서가 지배하고 있기라도 한 것처럼, 각자가 맡은 바 역할을 잘하고 있는 것처럼 보이는 이상야릇한 수라장이었다. 거친 몸싸움과 깨어져나가는 유릿조각과 서로에게 짖어대는 그들의 고함. 그들은 그들끼리 걸고 넘어지고 있었다. 적어도 그때까지 그들 중 어느 누구도 진짜 취해 있지 않았다. 취기를 가장하고 있었다. 모두가. 어쩌면 하나코도.

얼마 전부터 일으켜세워진 하나코와 그녀의 친구의 얼굴은 창백했고, 뒤로 올려진 하나코의 머리는 볼품없이 흐트러져 있었다. 그녀의 상의가 반쯤은 옆으로 돌아가 있었다. 누군가가 그녀의 그런 몰골을 손가락으로 가리키면서 웃음을 터뜨렸다. 그것은 순식간에 모두를 감염시켜서 조금씩 퍼지더니 얼마 지나지 않아 전반적인 광란의 웃음이 되었다. 일종의 벌을 받고 있던 두 명의 여자들에까지 퍼져, 그녀들 또한 웃음을 참을 수 없을 정도로. 그렇지만 그것은 웃음인지 울음인지 구별이 되지 않는 아주 찡그려진 표정의 웃음이었다.

하나코와 그 친구는 미친듯이 웃으면서 가방을 집어들었다. 그리고 벗어놓은 외투를 집어들었다. 그리고 여전히 웃으면서, 한밤중의 역겨운 찬바람을 방안으로 밀어넣으면서 방문을 열었고, 이미 그사이 몇 배로 두터워진 어둠 속으로 걸어나갔다. 그녀들이 그때까지도 웃고 있었는지는 기억에 없다. 마당 저쪽으로 긴 방죽 같은 것이 어슴푸레 보일 뿐이었고 빛이라고는 마당을 밝히고 있던 낮은 촉수의 불빛뿐. 그녀들의 멀어져가는 뒷모습이 점점 더 어둠 속에 검게 풀리고 더이상 아무런 것도 구별되어 보이지 않았다. 가끔 바람에 뒤집히면서 언뜻 여린 빛을 반사하는 풀잎의 모서리 외에는.

모두들 시선을 그녀들이 사라진 어두움의 덩어리 쪽으로 두고 있으면서도, 어느 누구도 그녀들의 위험한 걸음을 되돌리려 뒤따라 뛰어나가지 않았다. 누구나가, 그녀가 인가를 찾을 때까지, 혹은 대로에 나설 때까지 오래 어둠 속을 걸어야 하는 것을 잘 알고 있었다. 그러나 광란의 웃음을 계속하도록 태엽이 감겨진 장난감 악기처럼 그들은 웃음을 멈출 수가 없었다. 누군가가 문을 닫아버렸다. 모두가 침묵했고, 무슨 일이 일어났는지 알아차릴 정도로 정신이 깨었기 때문에 다시, 새벽까지 마셨던 것이다.

이튿날 둘, 셋으로 나누어 차를 타고 서울로 올라오는 길은 무겁고 조용했다. 하나코는 이렇게 해서 그들의 모임에서 사라졌다.

그후, 그들 사이에서 그녀, 장진자가 언급될 때 그녀는 하나코로 명명되었다. 그녀에 대해 얘기하고 싶은 마음과, 그녀에 대해 얘기하는 것을 자제하고 싶은 두 가지의 상반된 욕구가 교묘하게 절충되면서 그런 별명이 붙여졌던 것이다. 가끔 그 별명으로 그녀가 술자리의 객담에 등장하는 일은 있어도, 그날, 모두가 낙동강가로 표류했던 그날, 어둠 속으로 사라져버린 그림자의 실상에 대해서는 굳건히 침묵했을 뿐이었다.

그날의 밤은, 생소해서 더욱 어두워 보이는 이 여행지의 밤만큼 속수무책이었던 것 같다. 그는 어둠을 등지고 무릎을 오므려 벽 쪽으로 돌아누웠다. 누군가가 태평스러운 낮은 휘파람을 불면서 복도 쪽으로 빨리 지나갔다. 아래쪽 좌석에서는 요란하게 코 고는 소리가 들려오고, 침대는 여전히 세 개가 비어 있었다.

로마에 내리자마자 서울에 전화를 걸리라. 그의 마음은 예전에 비해 한 치도 바뀐 것이 없다고. 당신의 자리가 너무도 비어 있었노라고. 꼭 한번 아이를 데리고 베네치아에 같이 오자고. 그런 기약 없는, 확신 없는 전언을 전하기 위해 전화를 걸리라. 모든 것이 아주 쉽게 이루어지리라. 지금까지 그래왔던 것처럼. 그렇지만 아내가 이렇게 말한다면. 이번에는 그렇게 할 수 없어요. 얘기를 합시다. 단 한 번만이라도 서로에 대해 솔직하게. 그는 양미간에 깊은 주름을 지으면서 잠이 들었다.

서울에서 그는 저녁 술자리를 마련했다. 그것은 여느 술자리처럼 사업 얘기와 세상 돌아가는 얘기와 이권이 있는 장소에 대한 점검……들로 이루어졌다. 그 또한 J처럼 혹은 P처럼 혹은 다른 누구처럼 이탈리아의 여행과 베네치아의 곤돌라―어쩌면 그토록 유명한 그 도시의 명물이 한 번도 그의 의식에 와닿지 않았을까―의 이국적인 아름다움에 대해 침이 마르게 칭찬했다. 그리고 모두들 취했고, 늘 그렇듯이 결론조로 세상이 그런대로 그럭저럭 굴러가고 있으며, 아이들은 잘 크고 아내들과는 근본적인 마찰만 피하면 잘 지내며, 다음날은 오늘보다 조금 덜 피곤할 것이며, 아마도 조금 더 풍족할 것이라는 정도로 요약되는 이야기들을 주절주절 늘어놓으며, 그들은 이튿날의 출근을 위해 흩어졌다.

"그렇게 날 몰라요?"라고 전화로 말하던 하나코의 음성은 가끔 유령의 목소리처럼 그의 귓가에 울리기도 했다. 그렇지만 그런 종류의 질문에 대답하기에 그의 삶은 너무 원대한 이유로 분주했다. 이탈리아 모자 원단 회사와의 거래는 끊임없이 번창했지만 그는 이후 한 번도 출장을 자청하지 않았다. 그의 욕구에 비해서는 늘 불충분했지만, 먹어가는 나이에 걸맞은 위치로 승진해 있었기 때문에 그런 종류의 출장 여행을 직접 할 필요가 없기도 했다. 그는 더 중요한 것을 결정하는 사람이 되었고 그런 일로 바빴다. 아내와 초등학교 입학을 눈앞에 둔 딸아이를 데리고 베네치아로 가족 여행을 도저히 할 수 없을 정도로.

거래가 활발해지기 시작한 이래, 이탈리아 상공회의소에서는 매년 외국 바이어들을 위한 홍보 잡지 형식의 영어판 상업 정보지를 꾸준히 그의 회사로 보내왔다. 그의 출장 여행에서 수년이 지난 어느 달에도.

그달의 잡지에는 두 명의 동양 여자를 담은 커다란 사진과 함께 인터뷰 기사가 실렸다. '동양의 매력을 의자에 담는 한 쌍의 한국인 디자이너, 귀국 전야의 인터뷰.' 이런 제목이 붙은 기사를 대동한 사진 속의 한 명은 하나코의 얼굴이었고 그 옆에서 활짝 웃고 있는 얼굴은 지금은 이름조차 기억나지 않는, 하나뿐인 것 같던 그녀의 여자친구였다. 거기에는 그들이 우연히 참여한 이탈리아 주최 국제인테리어디자이너 대회에서 시작해, 촉망받는 독창성을 지닌 한 쌍의 디자이너로 독립하기까지의 과정이 대담 형식으로 씌어져 있었다. 바로 그들과 가까이 지내던 시절의 하나코, 하나부터 끝까지 생소할 뿐인, 그녀의 학창 시절의 약력도 소개되어 있었다.

언제, 어떻게 하나코는 그들도 모르는 사이 이렇게 살았던 걸까.

인터뷰 기사는 이 한 쌍의 여인이 의자 디자인만 고집하는 전문성에 대해, 신체적인 편안함과 감각적인 미를 동시에 조준하는 그

들 디자인의 독특한 매력에 경의를 표했다. 나머지 부분은 그녀들
이 고안한 의자 사진이 곁들여진 전문적인 내용으로, 이탈리아와
한국에 동시에 개점할 그녀들의 사업에 대한 구체적인 절차와 계
획을 다루고 있었다. 이 두 여인에 대해 기사는 때로는 동업자, 때
로는 동반자라고 썼다.

하나코의 얼굴은, 옆에서 웃고 있는 친구의 얼굴 쪽으로 반 정
도 돌려져 있어서 오똑하게 돋아난 코가 더욱 부각되어 보였다.

(1994)

푸른 기차

"이 사람에 대한 충분하고도 만족스러운 자서전을 위한 어떤 자료도 없음을 나는 확신한다. 이것은 문학으로서는 수리할 수 없는 손실이다."
—허먼 멜빌, 『필경사 바틀비』

아— 이 벌판은 어쩌라고 이렇게 한이 없이 늘어놓였을꼬? 어쩌자고 저렇게까지 똑같이 초록색 하나로 되어먹었노?
—이상, 『권태』

　사람들은 그에 대해 말할 것이 하나도 없을 것이다. 그에 대한 충분하고도 만족스러운 어떤 자료도 없을 것이다. 그리고 그것은 아무에게도 돌이킬 수 없는 손실은 아닐 것이다. 그의 삶은 흔적 없고 매끄러우며 아무에게도 이해되지 못할 것이며 어쩌면 이해할 것이 없을지도 모른다. 그는 삶의 애호가도 아닐 것이며 그렇다고 염세가도 아닐 것이다. 그는 고함치지 않으며 흥분하지 않고 화내지 않으며 불행해하지 않고 괴로워하지 않으며 눈물을 보이지 않지만 호들갑스럽게 웃지도 않는…… 그는 살 뿐이며 되도록이면 잘, 살고 있음을 잊을 정도로, 잘, 살려고 할 뿐이다.

군악대가 전자북을 두드리기 훨씬 이전부터 그는 눈을 뜨고, 침대 옆으로 늘어진 팔을 남의 것인 양 내버려둔 채 빛이 새어들어오는 쪽에 빈 잠이 덜 깬 동공을 고정시키고 있다. 한 시간 혹은 그보다 훨씬 전부터. 그의 동공을 되비치는 거울이 있다면 그는 그 속에서 사고와 욕구나 몽상, 더 나아가 무서움이나 놀람 같은 것이 제거되어 있는…… 부피도 체적도 감정도 없는, 수많은 선이 가운데의 검은 점 주위로 모인, 수정체!라는 말이 주는 느낌만큼이나 요원한 물체의 벽을 느꼈을 것이다. 어쩌면 자신도 모르는 사이에 그는 군악대의 북 장치를 꺼놓았는지도 모른다. 그러므로 군악대의 북소리는 울리지 않았을지도 모른다. 그것은 울리지 않을지도 모른다.

복도로 면한 창문 쪽에서는 늘 그렇듯이 그가 다가가기 위해 어떤 행동을 취하기 전에 세상이 먼저 그에게 다가온다. 사무실 임대용으로 지어진 이 건물을 향해 걸어오는 바쁜 발걸음과, 각자 문 뒤로 사라져버리기 전에 던지는 짧고 부산한 인사말들, 혹은 전동차 시간에 맞추어 출근을 서두르는 똑같이 바쁜 발자국 소리, 밤새 억눌려 있던 강한 수압의 수돗물 소리, 이미 하루를 시작한 사람들의 의자가 바닥을 긁는 소리…… 이제 그만.

아직은 자제된 초여름의 열기가 그의 상체와 침대가 닿는 그곳에서부터 시작되고 있지만 그는 일어나지도, 커튼을 젖히지도, 창문을 열지도 않는다. 그가 눈을 뜨자마자 하는 첫번째 몸짓, 너무 자동적이어서 몸짓이라고 할 수도 없는, FM라디오의 버튼을 누르는 그 동작을 그는 하지 않는다.

방안으로 스며들어오는 빛은 희미하게 침대와 창문 사이에 놓인 사물들을 어슴푸레 비추고 있지만 그 사물들의 정체를 알기 위해 그는 빛이 필요하지도, 눈을 돌려 그곳을 볼 필요도 없다. 몇 개의 씻지 않은 식기와 커피잔, 그리고 펼쳐진 책과 이국의 방언처럼 모호한 글자들로 장식된 종잇장들, 벗어놓은 속옷과 꺼진 화면, 구겨진 휴지와 꺼진 담배, 이 모든 색 바랜 것들의 목록을 그는 보지 않고서도 볼 수 있다. 시계를 보지 않고도 시간을 알 수 있듯이. 시간을 알 필요가 없듯이. 시간은, 무엇을 위한 시간이건, 시간은 지나가버렸다. 이제 그것은 그에게 확실해 보인다.

그는 지금이라도 일어나서 전화를 걸 수가 있다. 그는 구체적인 이유를 대면서—예를 들면 치통이나 안질 같은 이유, 구체적이고 일상적일수록 그리고 적나라한 이유일수록 설득력이 있다—학기 마지막 주일의 이 토론회에는 참여할 수 없노라고 말할 수 있는 충분한 시간이 있다. 그러나 그는 움직이지 않는다. 일주일에 두 번, 지하철까지 가는 버스를 계산에 넣고 지하철 시간표를 꺼내어 알맞은 열차의 출발 시간을 확인하고 그 시간에 맞추어 모든 것을 준비했음에도 늘 빠듯해지는 짧은 여유 시간에, 어딘가 조금은 비린 냄새가 나는 잔에 커피를 풀어 마시고 지하철 안에서는 전날 준비한 강의나 발표 노트를 훑어보는 일들을 단지 머릿속으로 한 단계

한 단계 꼼꼼하게 떠올릴 뿐. 일주일에 한두 번, 대여섯 시간씩, 사회적인 활동과 비사회적인 활동을 구분하는 목록과 통계와 숫자에 대해 말하는 남자를, 불확실한 지식을 확실한 어조로 말하며 주관적인 견해를 그럴듯한 이론으로 객관화하며, 민감한 이권을 저마다 대변하며 첨예하게 나뉘는 특정 분야의 계파에 대해 외울 정도로 빠삭하며, 침대에 누워 빛이 들어오는 쪽으로 막연히 고개를 돌린 그곳에서 외출 준비를 하는 신경질적인 몸짓의 그 남자를 그는 그 자신이 창조한 피조물을 바라보듯이 비스듬히 솟아올라오는 미소를 지으며 바라보고 있다.

그는 최소한 전화를 할 수도 있었다. 그의 예기치 않은 부재를 아무런 이유도 제시하지 않고 고지하며, 다음주의 보충 토론회를 대비한 과제를 전달하게 하거나, 자유 토론의 주제를 즉흥적으로 제의하기 위해서. '복제물에 대한 가치 판단의 기준'이거나 '대중화 사회에서의 극우의 정당화 경향', 또는 '종말론과 계층 의식' 같은 모호하게 광대하고, 허망하게 게으른, 위선적으로 선동적이며 현학적으로 은어적인 이런 주제를 제의하면서 당장 그를 사로잡는 이상한 힘의 사보타주를 한 주일 정도 연장시킬 수 있다. 그러나 한 주일 후에는? 그는 전화하지 않는다. 그것이 어떤 것이건, 아무것도 하지 않는 일이 당장 그가 할 수 있는 단 하나의 수월한 일이기 때문에.

그는 침대의 경계를 넘는 지역으로 그의 몸을 이동하지도 않으며 이 아침, 세상이 그에게 보내는 어떤 유혹, 세상이 그에게 가해오는 어떤 도전에도 반응하지 않는다. 거의 습관적으로 그가 육체가까이 끌어다놓은 책들, 『현대성의 비판』 『주체의 개념에 대한 몇 가지 문제』……는 다리를 움직일 때마다 말리는 속옷처럼 껄끄럽게 달라붙어 있을 뿐이다. 그러나 그것은 몸을 일으켜 옆으로 젖혀놓을 정도로 불편한 것은 아니다. 그는 점점 더 강한 빛을 들여보내는 창문, 그 창문을 가리고 있는 커튼에 시선을 준 채 누워 있다. 빛과 소리 사이에 상관관계가 있는 것처럼 문밖의 소음도 점점 더 커지기 시작한다. 건물에 들어찬 무수한 사무실에서 끝도 없이 울려오는, 어쩌면 일순간의 휴식도 없이 촘촘히 시간 분초를 채우는 전화 소리, 응답하는 웅얼거리는 목소리들, 다시 의자를 끄는 소리들이 들려온다.

그에게도 전화가 한 번 울렸다. 그는 전화에 대답하지 않았으며 아마도 그때, 그의 부주의한 발동작에 걸려 전화 코드가 빠진다. 전화의 울림은 멎는다. 그것은 진정 의도적인 행동은 아니었지만 다행스러운 부주의였다. 그는 그러므로 전화 코드를 제자리에 다시 꽂지 않는다. 70킬로그램인 그의 몸무게로 침대에 팬 불편한 자국에 점점 더 깊이 살덩이를 묻을 뿐이다. 서너 번 누군가 초인종을 눌렀다. 그중 한 사람은 고집스러우며 필사적이다. 구성진 목소리를 금지당한 쎄에탁소 직원, 절대 사절 신문배달원, 아니면 못생긴 교회 천사. 그는 멀어져가는 발소리를 듣는다. 그는 가끔 침대 옆에 놓인 물을 마신다. 가끔은, 미지근해진 물에 탄 커피도. 커피의 미지근한 바로 그런 속도와 그런 색채로 시간이 지나가고 그는 그 뒤를 따라 뛰지도 그것을 앞질러가고자 허덕거릴 필요도 없다.

그는 숨을 쉴 뿐이다. 그의 숨결은 느리지도 빠르지도 않다. 그는 균형잡힌 이 음보의 숨을 쉰다.

그는 점점 커지고 복잡해지는 밖의 소음을 죽이기 위해서 혹은 어떤 다른 상태로 이전하기 위해서 손을 뻗으면 닿는 곳에 놓아둔 오디오의 작동 장치를 누르지 않는다. 그럴 필요도 없다. 어디선가, 누군가가 켜놓은 라디오에서 흘러나오는 음악이 그의 방까지 새어들어온다. 얼마 전부터, 혹은 기억도 할 수 없는 아주 오래전부터 서서히, 그는 다른 것에 앞서, 먼저 음악에 대해서 변덕스러워지며 까다로워지기 시작한다. 음악이 그에게 해를 입힌 적이 한 번도 없음에도 불구하고. 음악이 한 것이 있다면 그를 행복하게 해주려고 부단히 노력한 것뿐이다. 음악은 그를 사랑한다.
그럼에도 불구하고 그는 맨 먼저 부당하게도, 음악에 대해서 까다로워진다. 그는 한 곡을 끝까지 듣는 일이 점점 힘겨워지는 것을 느끼며, 그가 참을 수 있는, 그의 상태에 정확히 상응하는 음악의 숫자가 점점 줄어드는 것을 확인한다. 그가 한 소절 혹은 두 소절까지 듣는 일은 아주 드물어진다. 어떤 날은 한 시간에 서른여섯

장의 판을 바꾼다. 그의 방에 쌓여가는 음악의 종류는 점점 더 다양해지고 많아지지만 그가 부분적으로나마 참을 수 있는 곡의 숫자는, 열서너 곡에서 대여섯 곡으로 대여섯 곡에서 한두 곡으로, 대폭 줄어든다. 그는 더이상 그에게 알맞은 곡을 찾지 않는다. 그는 이제 음악을 듣지 않는다. 이렇게도 말할 수 있다. 그는 아무 음악이나 들을 수 있다. 열어놓은 어떤 창문에서 흘러나오는 라디오 곡이 아무런 저항 없이 그의 방에 스며들어오듯이. 그는 어쩌면 한 번도 진정으로 음악을 좋아하지 않았는지도 모른다.

그는 오랫동안 침대에 누워 있다. 그는 뒤척이고 눈을 감고 뜨며 창문을 보고 커튼 주름의 불규칙한 간격을 수없이 좇아가고 밖에서 다가오는 소리의 멀고 가까움을 구별해보고 다시 돌아눕고 눈을 감는다.

그는 침대에 걸터앉아 있다. 침대 위의 수평의 자세에서 침대가의 수직의 자세로 이동하는 데는, 생물계의 진화가 이루어지는 시간만큼이나, 혹은 인류가 태어나서 죽음을 깨닫고 장례 절차를 고안해내는 데 걸린 시간만큼이나, 오랜 시간이 걸린다.

그는 연필을 깎는다. 여섯 자루의 연필을. 정성 들여 뾰족하게 선정적으로. 꽃을 화병에 꽂듯이 먼지 낀 유리컵에 깎인 연필들을 꽂는다. 그는 보풀이 일어나는 싸구려 양탄자 위에 흩어져 있는 빨랫감을 주워올린다. 서너 점의 더러운 옷가지들을. 그는 세면대의 하수구를 막는다. 세면대에 물을 채운다. 세제를 풀고 속옷을 담근다. 양말과 수건과 팬티를. 자, 트라이.

그가 세면대 위에 걸려 있는 거울을 보지 않으려고 해보아야 소용이 없다. 게다가 거울을 피할 이유도 딱히 없다. 그 속에는 과잉으로 자란 수염과 플라스틱처럼 결연하게 무관심한 동공, 무정부 상태로 뻗친 머리카락과 거부적인 몸짓으로 구겨진 흰 내의가 그를 마주보고 서 있다. 그는 자신의 신원을 확인한다. 그렇다. 그는 대낮에 무수한 얼룩이 방향 없는 지도를 그려내고 있는 거울 속에서 양미간에 모호한 의문부호를 그려내는 스물여덟의 남자.

세상을 기쁘게 해주려고 고생하면 고생할수록 세상은 그것을 달갑지 않게 여기는 수많은 사람 중의 하나. 서투르고 미지근한 방식으로 삶에 아침인사를 하고 저녁마다 영혼의 과장된 신음 소리를 내는 한 남자, 그는 그런 사람에 불과하다.

설탕을 질료로 하는 몇몇 상품을 둘러싼 욕구의 다원구조를 통해 현대성을 고찰하고자 한 그의 논문, 「현대적 주체의 비판적 고찰」은, 지금은 꺼진 컴퓨터 속에 SUGAR.hwp, SUGAR1.hwp, SUGAR2.hwp, SUGAR3.hwp……로 잠들어 있다. 갑자기 부상한 유행성 주제인 설탕, 그것은 거울 속에서 드러난 또다른 화면, 지금은 꺼져 있는 컴퓨터 화면 저쪽에 녹아 있다. 이렇게, 설탕에 대해 논문을 준비하는, 일주일에 세 시간의 강사 월급과 설탕을 근간으로 하는 회사 부설 연구소가 특정 자료와 함께 지급하는 경향성 소액 장학금을 이 끝에서 저 끝으로 이어봐도, 월세 지급일을 맞을 때마다 일곱 평의 공간이 무한히 넓어만 보이는, 그런 사람이 하나 거울 저편에 서 있다.

세면대의 거품이 다 꺼지기 전에 그는 양말과 수건과 팬티를 주무른다. 수건과 팬티와 양말의 순서로. 역시 같은 순서로 그는 한 개의 수건과 두 벌의 팬티, 역시 두 켤레의 양말을 여러 번 물을 갈아주며 헹군다. 물에 양말의 보풀이 남아 있지 않을 때까지 여러 번. 오로지 오후의 한가한 시간에 속옷을 빨기 위해 그가 모든 것을 포기한 것처럼. 그는 막 빨래를 마치고 얼굴을 든 남자에게 질문을 던진다. 당신은 행복한가?

늦게, 아주 늦게 저녁 열시나 열한시쯤 그는 허기를 느낀다. 그는 침대 바로 옆에 허물로 벗어두었던 청바지를 주워 입고 밖으로 나간다. 갑작스러운 움직임에 현기증이 뒤통수를 당기기도 하지만 그 현기증은 그에게 처음으로 다가오는 것은 아니다. 그는 어쩌면 자신도 모르게 오래전부터 병을 앓고 있었는지도 모른다. 잠복기간이 일 년 혹은 이 년 정도가 되는 그런 불치의 병원균이 오래전부터 그의 몸속에 서식하고 있는지도 모른다. 후두암이나, 악성 간염, 최초로 그에게 옮겨붙은 전대미문의 전염병. 그러기나 하라지. 차라리 그러기나 하라지. 불치의 병에 대한 가능성은 그를 오히려 안심시키는 쪽이다.

그렇지만 현기증은 오래 계속되지 않는다. 미증유의 병에 걸리지도 않은 그는 조용히 문을 나선다. 문 밑에 떨어져 대낮의 분주한 발길에 밟혀온 아무도 줍지 않은 신문을 그도 주위들지 않는다. 그는 밖으로 나간다. 그는 신문지가 되고 수많은 사람이 그를 밟고 지나간다. 밟을 테면 밟아라. 끽소리 없이 밟혀주리. 주머니에 손을 넣고 그는 역 쪽을 향해 걷는다. 어쩌면 시간은 그가 생각했던 것보다 훨씬 이를 수도 있다. 세상이 비쳐 울렁거리는 유리를 통해, 안이 환히 들여다보이는 카페와 편의점, 그는 편의점에서 주간 시사지와 담배와 샌드위치를 사고 카페에서는 레귤러 커피 두 잔을 마신다. 그는 그곳에 오래 머무르지 않는다. 그는 어느 곳에서도 오래 머무르지 않는다. 다시 그의 방으로 돌아온다. 일종의 관성의 법칙으로. 버려둔 더러운 식기, 읽히지 않은 채 며칠을 열려 있는 책, 구겨진 종이와 와이셔츠, 코드가 뽑힌 벙어리 전화, 정리되지 않은 빈약한 통장, 이제는 생산되지 않는 구형 오디오, 아무런 기억이 없는 침대…… 옆으로.

그는 다시, 진화를 허락하지 않는 청바지 허물을 벗어놓고 조금전과 동일한 자세로, 패인 자리에 몸을 맞추기 위해 서너 번 뒤척여 그의 몸에 알맞은 자세로 돌아간다. 그는 눈을 감는다. 멀지 않은 곳에 생긴 고속도로, 도시 외곽을 끼고 도는 일종의 간선도로, 그는 고속으로 달리는 자동차 바퀴가 시멘트 바닥에 내는 파찰음의 고속도로 음악을 듣는다. 한밤중에, 두세시쯤? 시멘트 침묵의 사막 위에 생겨난 일종의 묵시록적인 음악을 듣는다. 그는 눈을 뜨고 있으려고 노력하지도 않으며 눈을 감고 또다시 잠을 청하지도 않는다. 잠이 그에게 스며들 뿐이다.

이튿날, 그 이튿날도.

그는 아무때나 눈이 떠질 때 일어나고 아무런 목적 없이 대중에게서 버림받은 시간의 거리를 돌아다닌다. 다음날에 대한 아무런 계획도 약속도 없이 해가 뜨고 다시 기울 때까지 잠을 잔다. 혹은 기다릴 것도 놓쳐야 될 것도 없으면서 밤새 내내 깨어 있기도 한다. 그의 머릿속에 머물러 있는 것은 아무것도 없다. 그는 이제 헛된 가능성의 기대로—오 제발!—흥분하는 일도 없으며, 꼭 그래야 되리라고 믿는 일이 마치 공동 연대라도 한 것처럼 동시에 또는 연속적으로 어긋나버릴 때, 더이상 소리를 치지도, 가슴을 쥐어뜯으며 괴로워하지도 않는다. 무엇보다도 이제는 꼭 그래야 되리라고 믿는 일이 더이상 그에게는 없는 것처럼 한다. 꼭 그래야 되리라고 믿는 일은 이제 없다.

그의 논문, SUGAR.hwp……로 입력되어 있는 현기증나는 액정 상태의 글자들은 유령처럼 끝없이 떠돌 뿐, 끝내 종이 위에 사정되지 않을지도 모른다. 그가 단 몇 번의 손놀림으로 그것을 단번에 지우지 않는다면 그것은 거기까지 이르는 여러 단계의 육체의 움직임이 번거롭기 때문이다. 수없이 수정된 문장들, 수없이 덧붙여지고 지워진, 어쩌면 아무도 알아차리지 못하고 지나갈 미미한 용어와 표현들을 좀더 나은 것으로, 좀더 적합한 것으로 대체하기 위해, 단 하나의 토씨나, 엇비슷한 두 음절짜리 단어를 세 음절짜리 단어로 바꾸기 위해 한밤중에 일어나는 일은 이제 그에게 일어나지 않는다. 그것은 이제 더이상 그의 숨쉬는 이유가 되지 않는다. 그를 한밤중에 깨어 있게 하는 것은 더이상 설탕이 아니며, 그에게 소리지르지 않을 제어의 힘, 분노하지 않을 무관심의 힘, 괴로움을 무화하는 무감각의 힘을 기르라고 종용하는 것은 더이상 설탕이 아니다. 세상에 대한 그의 부재는 이토록 소박하게 이토록 무심하게 아무런 환상 없이 열심히 계속된다.

한 잡지에 그가 쓰기로 약속한, 동인지 형식의 변변치 않은 잡지에서 특집으로 부탁한 '부스러기 사회의 생리'라는 제목의 글도 그러므로 그는 영원히 쓰지 않을지도 모른다. 부스러기를 던지는 사회와 부스러기에 달려드는 사회, 부스러기에서 제외된 사회적 주체의 생리학. 부스러기 지구와 부스러기 대륙, 부스러기 국가의 생리학. 그 엄청난 것을 요구하는, 그가 눈을 껌뻑거리며 약속한 그 글은 단연코 씌어지지 않을 것이다. 여전히 인류라느니 미래라느니 진리라느니 하는 얘기를 만들어달라고 부탁하는 멍청하고 불쾌한 사람이 있다니! 어떻건 그 글의 마감 날짜가 이미 한 주나 혹은 세 주쯤 어떻건 회복 불가능한 시간만큼 지나가버렸다. 그는 중얼거릴 뿐이다. 원고 마감 날짜까지 지나가버렸군.

그의 예고 없는 부재에 손가락이 아플 정도로 그의 전화번호를 돌렸을 O의, Y의, P……의 전화에 대답하지 않을 것이다. 그들 중 서너 명은 이미 두 번이나 그의 방문 앞에서 그의 이름을 외쳤으며 문 밑의 좁은 틈으로 메모를 밀어넣거나 문 위에 끼워놓고 가기도 한다. 누군가의 결혼식, 시시껄렁한 술자리나 기껏해야 여남은 명을 위한 인쇄물의 출판 기념을 그와 함께 하기 위해. 그들이 임의로 결정한 많은 약속들을 그는 지켜줄 수도 없으며, 그의 부재에 대한 그들의 호기심을 만족시켜줄 만한 아무런 사건도 일어나지 않았다.

가끔 그를 보러 지방에서 올라오는 C, 한 달에 한 번 정도 주말에, 토요일 저녁쯤에 올라와 월요일의 출근을 위해 마지막 버스에 올라타는 C, 그를 형이라고 부르며, 그에게서 사랑과 미움을, 안정과 자극을, 행복과 미래를, 유년과 노년을, 형제와 정부를, 애인과 동지를 찾는 것처럼 보이는 그녀, 다른 방법이 없기 때문에, 다른 방법에 대한 확신의 부재로, 한 달에 한 번쯤 저녁을 같이 먹고 같이 외출을 하며 같이 침대에 눕고 같이 등에 있는 점이나 세며 시시덕거리기도 하는, 그가 늦게 들어오는 비 오는 저녁, 어느 만화영화의 주인공처럼, 방문 앞의 추운 복도에서 오래오래 기다린 후, 독감이나 걸려서 죽어버렸으면 하고 비장하게 희망사항을 말하는 그녀를 그는 어쩌면 다시 보지 못할지도 모른다.

이 모든 것은 어쩌면 영원히, 영원히 계속될지도 모른다. 아니, 그 이상이다. 영원히라는 단어가 남기는 여운은 그에게 아무런 멜랑콜리도 전해주지 않는다. 적어도 이제 영원은 없다.

그에게 도착한 무수한 공식적인 우편물은 며칠씩 지나서 무작위적 선택에 의해 뜯기기도 하지만, 예고하고 촉구하고 명령하고 요구하며 독촉하고 광고하고 비판하고 위협하고, 그러다가는 다시 바라고 싶어하고 감사하며 원하고 명령하는 그 어떤 우편물도 그의 행동을 유발하지 못한다. 그는 그 현란한 다양성의 일원화 현상에 식욕을 잃는다. 식욕을 잃을 것까지도 없다. 현란한 다양성의 일원화 현상을 볼 것조차 없다. 그는 아직도 식욕을 잃을 여지가 남아 있는 자신에게 가벼운 실망을 표시한다. 너, 정말 한심한 너⋯⋯

그는 극기훈련을 한다. 가시나무 덤불숲을 벌거벗고 지나간다. 절벽 위에서 몸을 던진다. 달리는 버스에서 뛰어내린다. 달리는 기차 밑의 철로에 눕는다. 달리는 모든 것에 뛰어든다. 해고된다. 체포된다. 강요된다. 구타당한다. 죽는다. 매장된다. 그것은 그에게 덧없는 웃음조차 유발하지 않는다. 그는 때려눕힌다. 고발한다. 고소한다. 성숙한 시민적 양식에 호소한다. 뺨을 갈긴다. 침을 뱉는다. 타락시킨다. 강간한다. 죽인다. 매장한다. 어느 것도 그에게 조금만큼의 흥분을 일으키지 않는다. 정말 한심한, 너무도 한심한 너⋯⋯

혹은 좀더 미묘하고 악의적이며 의도적으로 파괴적인 이런 건 어떤가.

그 어느 날, 어둡고 차가웠던 어느 날, 그가 낮잠에서 깨어 일어 났을 때 세상은 비어 있다. 일곱 살. 여덟 살. 그것이 무슨 상관인 가. 방과 부엌과 마당과 동네, 그의 협소한 천지는 비어 있다. 그는 밖으로 나간다. 집에서 멀어지며 식구에게서 학교에서 멀어지고 세상에서 멀어진다. 그의 첫번째 가출. 세상이 그를 버리므로 그도 이렇게 세상을 버린다. 너의 그 불치의 감상성.

어떤 모임에서 그가 피력한 '담론의 정치 의존과 그 해탈의 필 요성'에 대한 견해는, 내용 때문이 아니라, 진정으로 내용이 문제 되는 경우는 드문 것 정도는 그도 알고 있다, 쉽사리 분류될 수 없 는 그의 모호한 신상과, 모임에 대한 당근적 채찍을 아끼지 않았던 그의 평소 태도 때문에, 전망 부재적이며 대중 모독적이며 자기 비 하적이라는 수식어로 통렬히 반박된다. 그는 반박의 반박문을 뒤 늦게 작성하나 그것은 우송되지 않는다. 너무 진지한 너, 한심한.

그가 진정한 열정으로, 분명한 소유욕에 부추겨져 무조건적으 로 사랑한 동네의 여학생이 어느 날 사라져버린다. 그녀의 집을 강 타한 가스 폭발로 그녀의 식구와 함께. 그리고 그가 보낸 연애편 지와 함께. 이튿날 교실에서 그에 앞서 변성기로 외래인이 돼가고 있는 친구들은 폭발 사고 현장을 찍은 텔레비전 뉴스에서 그를 보 았다고 떠들어댄다. 그에게도 변성기가 닥쳐온다. 그때부터 그는

『변신』 『날개』 『구토』 『백경』…… 같은 작품에서 성적인 장면만 골라 읽기 시작한다. 그것은 본격적인 에로물의 에로티시즘보다 한층 예리한 감각을 제공한다. 가스 폭발은 너무……

또 어느 날 고교 동창회 모임에서 그는, 한때 교회 문턱을 열심히 같이 넘던 친구를 만난다. 간헐적으로 그들에게 맡겨진 헌금통에서 헌금을 훔쳐 그를 술집에 데려갔던 그 사업가 친구는, 그의 공모의 미소에 조소를 되돌려준다. 정말 너는……

또 어느 날은…… 또 어느 날은……

그는 이제 백지를 꺼내놓고, 손을 씻고 잘 깎인 연필을 집어들고 쓰는 일을 하지 않는다. 그가 좋아하는 일과, 싫어하는 일의 목록을, 그를 화나게 하는 것과 그를 우울하게 하는 일, 그를 실망시키는 일과 절망시키는 일, 그를 슬프게 하는 것과 무섭게 하는 일의 완전한 목록을 작성하기 위해 엄살 많은 손가락으로 이마를 짚지 않는다. 그는 이제 그런 식으로 자위하지 않는다. 그렇게 할 필요가 없다.

어떤 일화도, 어떤 망각의 뒷전에서 건져내온 기억의 조각도 그의 혈액순환의 속도나 호르몬 분비의 양을 변화시킬 수 없다. 어떤 기억도 그의 기쁨이나 분노, 감격이나 후회, 욕구나 구토, 불편함이나 우수……를 유발하기는커녕, 어떤 미묘함도 어떤 악의도 어떤 파괴도 일어나지 않는다. 그는 누워서 이렇게 오래, 충분한 시간을 들여 꼼꼼하게 방수 처리를 한다. 무엇의? 하다 동사는 자동사인가 타동사인가? 골치 아픈 이런 질문은 던지지조차 않는다.

그의 이름을 부르며 방문을 두드리는 소리에 그는 잠시 눈을 뜬다. 빈 복도에 울리고 있는 C의 목소리. 주말? 아마도. 그는 창문 쪽으로 돌아누우며 혀를 입천장에 살짝 부딪친다. 아아, C! 오, 제발 C! 이름을 부르고 방문을 두드리면 없는 사람이 나오리라고 생각할 정도로 우둔하다니. 교양 있고 세련된 그녀가 저렇게 결례를 하다니.

비가 온다. 그는 이제 편지함을 비우기 위해 일층까지 내려가는 수고를 하지 않는다. 어떤 기적도 편지 형태로 그에게 다가온 적이 없다. 더욱이 열 개의 사은품이 증정되는 수입 카메라 광고나 늘 회원의 적극적인 참여를 호소함에도 다섯 이상을 넘지 않는 이름뿐인 무슨 연구회의 모임 날짜를 알리는 갱지라니. 게다가 그가 기다리는 기적은 없다. 기적은커녕 그는 아무것도 기다리지 않는다.

그는 삼십 분을 걸어서 은행에 간다. 땅따먹기 놀이처럼 조각조각 부서지던 통장의 돈을, 간헐적인 과외 수입, 남의 이름으로 출판되는, 갑각류의 생태나 에스페란토의 기원 또는 암 퇴치의 비결에 대한, 저자를 알 수 없는 글들의 조각난 번역비…… 몇 달 동안의 저금을 그는 모두 현금으로 찾는다. 밑부분이 겨우 채워진 누런 봉투를 들고 다시 삼십 분, 빗속을 걸어 그의 방으로 돌아온다. 인스턴트 요깃거리 몇 점, 담배와 함께. 그는 카펫 위에 비에 젖은 지폐 몇 장을 늘어놓아 말리면서 침대가에 앉아 삶은 달걀을 먹으며 담배를 피운다. 그는 샤워를 한다. 살이 물렁물렁해질 정도의 뜨거운 물에. 그는 녹지 않았다. 그의 뼈는 액체로 변하지 않았다.

수건을 허리에 두르고 그는 다시 침대가에 앉는다. 그는 다시 담배 한 대를 피운다. 딱히 채울 거리를 찾지 못한 무료함은 긴 담배에 불을 당기지만 담배가 타들어가는 만큼 무료함이 줄어들지는 않는다.

침대와 책상, 열려진 채 잊힌 서너 권의 책과 이제는 제법 두꺼운 먼지가 덮인 사물들. 씻지 않은 식기와 커피잔, 깎여진 연필을 꽂은 유리잔이 놓여 있는 식탁 겸 책상. 책상의 반대편 벽을 반쯤 채우고 있는 사층의 책장. 책장이라기보다는 약 사십 센티미터 정도의 높이로 간격이 벌어진 네 장의 널빤지. 널빤지의 어느 것도 어느 한쪽으로 기울지 않게끔 놀라운 균형으로 책장의 기둥 노릇을 하고 있는 책더미들.

이미 오래전에 폐기 처분했어야 할, 여러 시간대를 거쳐오면서 누적된, 그에게 달라붙어 있던 약간의 기우―언젠가는 한번쯤 쓰일지도 모른다는 헛된 기우―와 결단력의 부족으로 시골에서 하숙집으로 하숙집에서 누나네 집으로 누나네 집에서 이 방까지 따라오게 된, 물론 책의 내용보다는 책의 크기와 두께에 의해 분류되어 정연한 더미를 만들면서 얇고 좁은 널빤지를 받쳐주는, 언제라도 눈에 띄기를 기다리며 제목을 앞쪽으로 내보이며 쌓여 있는 수직적 투자가치 전문 서적과는 구별돼, 수평으로 무더기로 뒤죽박죽 쌓여 있는 책더미들을 그는 위에서 아래로 따라간다. 교과서와 잡지들, 교양 서적과 소설류, 한 번도 읽히지 않을 것이 분명하기 때문에 그 자리에 끼어들게 된 자서전류와 사전류, 충동으로 구입되어 한두 장 넘겨진 후 폐기 처분되기 전에 그의 방에 임시 주차하고 있는, 심령 과학, 경제 정보, 육법전서…… 같은, 그의 방에 들어왔기 때문에 받침대 구실을 하는 책들의 제목을 그는 읽지 않는 채로 보고 있다. 방심한 그의 시선은 아래층까지 내려오고 두드러지는 두께와 짙은 표지의 『최신 지리부도』에 잠시 머무른다.

그는 여행을 떠날 수도 있다. 기차나 버스로. 비행기를 탈 수도 있다. 산간 지방이나 제주도, 홍콩과 마카오, 대만이나 하와이 정도까지는. 혹은 배를 타고 일본의 규슈나 오사카까지는. 거리에 따라, 이박 삼일 정도, 혹은 삼박 사일, 최대한 사박 오일 정도까지는 문제없이. 당일이라면 어디든 비행기로 편도 여행 정도는 할 수 있다. 칸이나 뉴욕, 블라디보스토크나 통북투까지. 그는 언제든지 여행을 떠날 수 있다. 야자수 밑을 반바지를 입고 거닐며 호텔의 수영장에서 마사지 서비스를 받을 수도 있다. 호화 호텔 주변을 어슬렁거리고 카지노에서 일확천금을 벌 수도 있다. 향료 냄새가 풍기는 이국 식당에서 바닷가재 요리를 맛볼 수도 있다. 안내서를 펴들고 박물관을 거닐고 접는 의자를 들고 공원의 녹음을 바라보며 신문을 볼 수도 있다. 혹은 호텔방 안에서 텔레비전 앞에 누워 지구 어디에나 풍성한 이국의 멜로드라마를 보면서 야자수 열매를 깨물어먹을 수도 있다.

딱딱한 장정과 크기 때문에 맨 밑층으로 가게 된, 책장 전체의 무게를 받고 있는 그 책을 꺼내기 위한 가장 효과적인 방법은 무엇일까. 그는 정화된 집중력과, 놀라운 체계를 동원해 그 방법을 생각하면서 담배를 피운다. 한 층 한 층 비우면서 맨 밑층의 책더미에 다다를 수도 있다. 그러지 않으면, 널빤지가 약간 왼쪽으로 기울 것을 감안하면서, 좀 힘이 드는 방법이기는 하지만 무릎으로 널빤지를 받친 후, 그 책이 끼어 있는 맨 밑의 더미에서 그 한 권만을 빼낼 수도 있다. 혹은, 그보다 나은 방법도 있다. 아래층의 널빤지를 메우는 책의 높이보다 약간—일이 센티미터 정도—더 높은 책더미를 바로 옆에 준비해 밀어넣은 다음 그 책이 끼어 있는 더미를 빼내 절망적으로 밑에 깔린 그 책을 손에 넣을 수도 있다…… 복잡하기 짝이 없는 그 모든 해결책은 그를 설득하지 못한다. 그는 어떤 시도도 하지 않으며, 지리부도를 꺼내는 일을 포기한다. 설령 애를 써서 그 책을 꺼냈다고 하자. 이미 출판된 지 십 년이 넘은 『최신 지리부도』가 지시하는 것은 아무것도 없다. 그사이 너무도 많은 국경이 변경되었고 지금도 변경중이다. 게다가 꼭 필요한 장소는 늘 지도에 나와 있지 않다.

여행이라니. 그는 여행사에 전화를 걸어야 할 것이다. 비행기표를 예약하고 구입해야 할 것이며 여행 가방을 꾸리고 도시를 가로질러야 하며 공항에서 몇 시간을 기다려야 할 것이고 여행지의 공항에서 절차를 밟아야 할 것이며 호텔까지 이동해야 하며…… 결정적으로 그는 모든 절차를 해낼 정도의 참을성이 없다. 야자수 부근에는 벌레가 많을 것이며, 2등급 호텔로 지정된 그의 호텔 목욕탕의 수도에서는 그의 방의 수도꼭지와 다를 바 없이 아무리 잠가도 약간의 물이 샐 것이며, 해변의 모래에는 발목에 걸리는 해초가 널브러져 있을 것이며 자세히 보지 않아서 그렇지 이름도 알고 싶지 않은, 암수 한몸인 지렁이강의 크고 작은 벌레들이 우글거리고 있을 것이다. 수영을 하기에 물은 너무 깊을 것이다. 카지노에서는 양복을 입지 않았다는 이유로 문간을 넘기도 전에 쫓겨날 것이며 박물관에서는 문명 초기의 상상력의 빈곤을 알려주기 위해 끝도 없이 나열되어 있을 수렵과 농경의 지루한 기구들, 타제석기와 마제석기, 활촉과 절구, 투박한 유리 귀걸이와 즐문토기, 유인원의 해골과 잠견이나 잠지를 닮은 옹관……

그는 당장이라도 어디라도 떠날 수 있는 여행을 포기한다. 밖에는 비가 오고, 여전히 요깃거리와 담배가 남아 있는 한, 그리고 비에 젖은 지폐 몇 장이 채 마르지도 않은 상태에서 다시 빗속을 걸어 여행사를 찾아, 더 싸고, 더 우아한 코스의 패키지 상품에 대한 정보를 입수하러 빗속을 돌아다니는 그런 일을 그는 하지 않는다. 설령 비가 오지 않는다 해도, 설령 여행사가 그의 방 바로 옆에 붙어 있는 사무실에 있다고 해도.

어느 날 아침, 그는 한 벌 있는 여름 양복을 이백이십 볼트 다리
미로 다린다. 그를 늘 지하철역에 내려다놓던, 지하철역 정류장 이
상 더 멀리까지 타본 적이 없는 버스를 타고 시내에 가까운 곳까지
간다. 버스 안은 거의 비어 있으며 운전사가 켜놓은 라디오에서는
정류장 이름을 알리는 낡아서 궁글려진 녹음된 목소리 사이사이
로 유행가가 흘러나온다. 차창 밖으로는 개발에 뒤처진 지역이 지
니는 표시들을 나열하며 거리들이 스쳐지나간다. 보라색이나 하
늘색의 타일로 드문드문 복福 자나 수壽 자를 새겨넣은 건물들, 오
층 혹은 육층 정도의 건물 속에 볼링장과 목욕탕과 치과와 호프집
이 뒤섞인 건물들, 상가 사이에서 우뚝 가릴 것 없는 하늘을 가려
버리는 시공중인 아파트 건축장, 기사식당과 노점상과 시들한 고
무나무, 벤자민, 오손이나무 사이에 분홍 리본이 나부끼는 신장개
업 다방 '개미'. 사람들이 버스에 올라타고 점점 혼잡해지는 거리
의 차량이 그의 시야를 가리고 유행가가 뉴스로 바뀌면서 시간은
한가하게 지나간다.

그는 충무로쯤에서 내린다. 그리고 걷는다. 느리지도 빠르지도
않게, 주머니에 손을 넣고, 가끔 풀려나가는 운동화의 끈을 다시
메기 위해서만 멈추면서. 무수한 사람들이 그의 뒤에서부터 걸어
와 그의 앞 저쪽으로 멀어져가고, 기차 안에서 바라보는 먼산의 나

160

무들처럼 앞에서 다가온 사람들은 그를 스치고 사라져버린다. 그는 걷는다, 충무로에서 명동 쪽으로, 명동에서 퇴계로 쪽으로, 퇴계로에서 서울역 쪽으로. 가끔 그의 운동화 뒤축을 밟으며, 거칠고 무딘 표정으로 그의 어깨에 부딪쳐오는 사람들, 앞을 보고 빨리 걸으며 어떤 사건에도 무심하게 그만큼 빨리 멀어져가는 사람들, 가족과 돈과 탄생과 죽음에는 이의가 없이 감격하며, 이권과 권력과 민족과 핏줄에 대해서는 세 줄을 넘지 않는 논의 끝에 무조건 동의하는 사람들, 선과 악, 상과 하, 전과 후, 안과 밖에 대해 불변의 지식을 소유하고 있는 사람들…… 그는 그를 스쳐지나가는 그 많은 사람들을 미워하지 않는다. 그렇다고 그들을 사랑하지도 않는다. 아무 일도 일어나지 않는다. 아무도 만나지 않는다.

그가 모르는 모든 거리를 그는 걷는다. 거의 본능에 가까운 타성으로 가두 신문 판매대에서 주간지, 일간지와 주머니에 넣기 좋은 정도의 얇은 생활 교양지―『일과 삶』『나는 전문가』『우물터』 같은―도 한 권 집어든다. 그는 그것을 팔 밑에 느슨하게 끼고 걷는다. 가끔 반투명 유리 사이로 긴머리 여인들의 다리가 내보이는 커피 전문점으로 들어가서 브랜드 커피를 마신다. 시선의 반쯤은 밖의 부유하는 사람들에, 반쯤은 펴놓은 주간지에 던지면서, 사실을 말하면 아무것도 읽지 않으며, 아무것도 생각하지 않는다. 커피 전문점의 소파는 편안하며 실내는 비좁지 않고 장식은 쾌적하며 간단한 점심식사 정도와 맞먹는 커피맛은 인스턴트커피와는 확실히 맛이 다르다.

그는 또 걷는다. 서울역에서 남영동 쪽으로 남영동에서 용산 쪽으로. 마치 이렇게 끝없이 거리를 걷는 것에 그의 운명이 바치어지기라도 한 것처럼, 혹은 도시의 풍경이 그에게 미치는 심리적이며 육체적이고 이념적인 영향력의 미미한 정도를 시험해보려는 사람처럼. 그의 사분의사 박자 걸음은 느려지지도 빨라지지도 않는다.

그가 밖으로 나갈 때는 지폐 한 장씩을 주머니에 넣는다. 지폐 한 장의 하루 경영은 그에게 약간의 질서를 제공하며, 지폐 한 장의 한계는 선택을 해야 하는 번거로움에서 그를 지켜주고, 지폐 한 장의 자유는 하루의 일정에 리듬을 부여한다. 그는 아무 곳에나 들어갈 수는 없으며 아무 곳에서나 식사를 할 수 없다. 그는 고궁이나 전시장, 야구장이나 동물원, 공원이나 도서관이나 화랑 주변을 맴돈다. 때때로 그는 영화관이나 백화점, 레코드 가게, 오디오 상점이나 책방 근처를 오래 배회하기도 하지만, 어떤 기이한 발명도 어떤 새로운 상표도 그의 욕망을 자극하지 않으며, 어떤 서적도 어떤 음반도 그의 꺼진 눈빛에 생기를 불어넣지 않으며, 어떤 놀라운 주제의 강연도 그의 심장을 뛰게 하지 않으며 어떤 전시회의 소식도 어떤 영화나 음악회의 예고도 그의 내부에, 은근한 기다림이 만들어내는 절제된 쾌락을 지피지 않는다. 오래전부터 찾았던 책이나 자료가 그의 앞에 나타났을 때에도 그의 손은 나른하게 주머니에 꽂혀 있을 뿐이다. 모든 음악은 결정적으로 너무도 늦게 작곡되었거나 너무 이르게 연주되었으며, 모든 발명품은 그의 욕구에 비해 너무 늦게 혹은 너무 빨리 발명되었음을 그는 미미하게 확인한다. 그에게 욕구가 있었을 때는 욕구를 충족시킬 방법이 없었으며, 욕구를 충족시킬 방법이 저기 보였을 때 그는 이미 욕구가 없어져버렸음을 알아차린다.

저녁나절 그는, 조간지와 주간지, 월간지와 석간지, 안내장과 팸플릿, 설명서와 초대장, 정보지와 광고문, 이런저런 인쇄물을 주머니에 가득 꽂고 투명으로 벽을 넘는 남자처럼 아무의 눈에도 띄지 않고 방으로 돌아온다. 친구의 메모 대신 관리비 용지가, 일거리를 맡기는 편지 대신 월말 영수증이 문 밑에서 그를 기다리지만 그는 허리를 굽혀 줍지 않는다. 발로 밀어 침대 옆에 쌓아놓을 뿐이다.

그는 미지근한 물에 인스턴트커피를 풀어 덜 씻긴 찻잔에 부어 마시면서 무심한 손에 집히는 종이를 속삭이며 읽는다. 관리비 용지의 내역과 불상의 종류를 설명하는 전시회의 안내장, 관념 작업을 하는 민중 화가의 약력과 죽음을 이겨낸 국제적 테너 가수의 불굴의 이력을. 그의 목소리는 낮고 침착하며 그의 음독은 정확하고 부드럽다. 모르는 단어 앞에서 망설이지 않으며 불분명한 인쇄는 한두 줄 뛰어넘는다. 그의 목소리가 음독하는 내용은 무리 없이 그의 머리에 각인된다. 그는 모든 세상의 활동을 모든 사회의 소식을 소리내어 읽는다. 목이 쉬지 않을 정도로, 지루하지 않을 정도로. 점점 희미해지는 일조에 그의 동공이 견뎌낼 때까지.

그는 종이 수거함이다. 그는 모든 소식을 삼킨다. 그는 서류 정리 파일이다. 세상이 제공하는 모든 희비애락, 모든 우여곡절과 삶의 부침을 묵묵히 저장한다. 어떤 소식도 그의 목소리를 높이지 않는다. 먼 나라에서 날아온 대학살의 소식도, 광기로 치닫는 세계의 어떤 패권 다툼도, 어떤 유년이 조숙하게 경험한 끔찍한 살해 소식도, 세상이 애통해하는 어떤 지성의 종언도, 그 어떤 파국, 그 어떤 파괴, 그 어떤 파행 조짐도 그의 목소리를 떨게 만들지 못한다.

머리 쳐들 때만 기다리는 모든 배덕의 기호들, 다시금 죽일 필요도 없는 모든 죽은 가치의 지치지 않는 부활, 무한히 반복되는 동일한 생존의 기교들…… 그 어떤 것도 그를, 더이상, 화상이라도 입은 것처럼 호들갑스럽게 만들지 않는다. 그를 놀라게도 분노시키지도, 그리고 무엇보다도 이제는 그 어떤 것도 그를 절망시키지 않는다. 그는 모든 것을 입력할 뿐이다. 실수 없이, 누락 없이, 과장 없이. 그 어떤 파국의 입력도 그에게 영향을 미치지 못한다.

이제 아무도 그를 찾아오지 않는다. 이제 아무도 그에게 약속 시간과 장소를 알리는 쪽지를 그의 방문 틈에 끼워놓지 않는다. 방을 청소하고 먼지를 털어냈으며 더러운 잔과 식기를 씻고 전화 코드를 꽂아놓았음에도 아무도 전화를 하지 않는다. 모두가 그의 부재에 지쳐버린다. 이름도 잊고 있었던 뒤늦게 군대에 가 격조했던 친구의 짤막한 안부 편지나 어떤 모임에서 만나 하루저녁 어울린 아방가르드 화가의 전시회 팸플릿, 이 계절이면 얼마 전부터 심심 찮게 도착하는 소식 끊긴 여자친구들의 청첩장.

열어놓은 창문으로는 그의 체온보다 몇 도씩 높은 것만 같은 열 기가 새어들어올 뿐, 그는 웃통을 벗고 앉아서 가상적인 구직 편지 를 작성하고 그의 이력서를 덧붙이며 그 모든 것을 펜글씨 연습을 하듯 자필로 써내려간다. 그의 주소를 쓰고 이름을 쓰고 우아하게 새겨진 인감도장까지 찍어 봉투에 감금한다. 그렇지만 어떤 편지 도 우송되지 않는다. 그러므로 그는 면담 요청이나 증빙서류를 보 충하라는 어떤 답장도 받지 않는다.

장마는 멀었지만 잘 닦아놓은 투명한 유리의 저쪽 구석으로부 터 검은 구름떼가 시야를 덮을 때도 있다. 그는 속삭이듯이 중얼거 린다. 그는 결코 목청 높여 외치지 않는다. 번개야 쳐라. 벼락아 떨 어져라. 그러나 하늘에는 늘 동일한 궤도를 움직이는 단조로운 디 자인의 엇비슷한 구도가 아침이고 저녁이고 어김없이 계속된다. 그는 팔층 창문턱에 팔을 늘어뜨리고 만유인력의 법칙을 실험한 다. 그의 팔은 그의 어깨에서 분리되어 밑으로 떨어지지 않는다. 그의 두부는 목에서 떨어져 창문 저쪽으로 늘어지지 않는다. 그는 입안에 고인 침을 둥글게 돌려서 밑으로 뱉어본다. 그것은 상대성 원리에 따라 점점 빠르게 밑으로 내려가 희끄무레한 점이 되었다가 이내 공중분해되어버린다.

우연히, 그가 도시의 남서쪽에 위치한 공원까지 걷게 된 어느 날 저녁, 그는 한 아파트의 초인종을 누른다. 그의 큰누이가 문을 열어준다. 그의 조카—글쎄 그 아이는 벌써 국민학교 일학년이 되었다—는 학원에서 돌아오지 않았으며 매부의 상점이 문을 닫기에는 이른 시간이다. 매부의 상점은 잘되는 편이고 아직은 기반이 확실치 않아 일찍 문을 닫을 수가 없다. 그렇지만 누이는 행복하다. 그는 여러 가지 소식을 듣는다. 두 달 후에 있을 모친의 제사에 그녀는—아마도 남편 없이 혼자—내려갈 것이다. 고향의 관공서에 근무하는 큰형은 곧 진급할 예정이며 부친의 고질적인 관절염을 치료할 획기적인 수술법이 고안되었으며, 사람은 머지않아 불사不死의 시대로 진입할는지도 모른다.

저녁 준비를 하면서 누이는 비밀스러운 인생관의 일단을 펼쳐 보인다. 누이는 그를 정말로 아끼기 때문에. 사는 것은 아주 단순한 것이다. 우울한 것보다는 명랑한 것이 좋다. 가난한 것보다는 부자가 낫다. 혼자 사는 것보다는 결혼하는 것이 낫다. 누이는 안정되지 않은 동생의 장래에 대한 걱정을 아끼지 않는다. 동생이니까. 그는 아슬아슬한 미소를 지으며 누이의 동어반복을 경청하고 누이가 식탁에 꺼내놓은 고등생선의 꼬리를 잘라준다.

조카애가 귀가한다. 매부도 귀가한다. 조용한 가운데 저녁식사가 끝나고 누이가 그를 위해 준비한 방이 있지만 조카가 조른다. 아이는 외삼촌과 나란히 한방에서 자고 싶어한다. 아이의 요구를 이해할 수는 없지만 들어주는 것은 어렵지 않다. 그는 자그마한 조카아이 방에 조카와 나란히 자리를 깔고 눕는다. 아이는 곧 고른 숨을 쉬며 잠이 들고 그는 누워서 벽의 보라색 꽃무늬를 따라가며 오랫동안 잠이 들지 못한다. 그의 삶은 어쩌면 잘못되었다. 아니, 확실히 잘못되었다. 아마도 누이의 삶만큼이나. 수많은 사람들의 삶만큼이나. 언제부터인지도 모를 정도로 서서히, 오래전부터. 그는 돌아눕는다. 그는 다시 돌아눕는다. 그는 담배를 피우러 밖으로 나온다. 그는 네온이 켜진 응접실의 어항 옆에 앉는다. 그는 그의 앞에 펼쳐져 있는 먼 미래까지의 항로를 어항 속의 물고기의 부유만큼 투명하게 들여다본다.

물고기는 잠을 자지 않는다. 그는 일자리를 찾을 것이다. 일자리는 약간의 진부한 난항을 거치면서 어렵지 않게 구해질 것이고 그는 일의 종류에 관한 한 그다지 까다롭지 않을 것이다. 그가 받은 교육이나, 그가 쓰던, 거의 완성한 논문, 그의 관심—그렇지만 정말 그의 관심을 끄는 것이 무엇이던가—이나, 한때 가졌을지도 모르는 그의 미지근한 정열과 아무런 상관이 없는 어떤 직장. 쓰르라미 보청기 회사나 제약회사 외판원 자리는 어떤가. 혹은 한 미생물 연구소 구석방에 있는 자료 보관실에서 한평생 서류 정리에 혹사하다 실명으로 순직하는 것도 괜찮다. 그럴 수만 있다면. 정말 그럴 수만 있다면. 그는 굶지는 않을 것이다. 굶다니. 그는 지금보다 더 풍요롭고 지금보다 더 쾌적한 삶의 조건들을 구비하게 될 것이다. 이미 익숙해진 쾌락과 안락이 요구하는 최저생계비는 매년 증가할 것이며, 세상이 제공하는 쾌락을 향유할 시간은 점점 더 줄어들 것이다.

어느 날 향유의 씁쓰름한 여운 끝에 그는 가끔 양념 같은 향수를 느낄 것이다. 한때 누군가를 사랑한 일이나, 한때 쓰다 만 논문이나 편지나 글들, 그는 그것을 옛사랑의 그림자를 들추어보듯, 무책임하게 애무하기 위해서 한두 번쯤 꺼내볼 것이다. 아 내게도 한때는, 설탕 같은 아무것도 아닌 것에 이토록 두툼하게 매달린 적이 있었군. 여가를 이용해, 혹은 다른 가능성이 있는 것처럼 즐거이 착각하기 위해, 그는 무비카메라나 바다낚시, 컬트 영화나 행글라이더에 전문가라는 말을 들을 정도로 열중해볼 것이다. 그도 어딘가에 미쳐볼 수 있다는 생각에 탐닉하기 위해서. 정말 그럴까, 정말 그럴 수 있을까. 어떤 감독의 숨겨진 실험작, 신형 무비카메라에 대한 정보, 괴팍한 축구 선수의 경기나 희귀 음반, 요절 화가의 회고전…… 주위로, 한 번도 본 적이 없는 사람들이 모인다. 그들 사이에는 내밀한 경탄과 공모의 침묵이 형성되고 그렇게 생소한 이들은 서로의 익숙한 고독을 알아볼 것이다. 아주 사소한 것 속에, 아주 주변적인 것에 몰입하는 아마추어적인 정열은 한동안 그의 삶의 잠정적인 문법이 될 것이다.

한 해가, 두 해가 가고…… 그가 좀더 나이가 들어서는 지역의 환경 정화를 위한 주말 꽃 심기 운동이나, 불우 난민 돕기 바자에 아내와 같이 참석하거나…… 그는 또 어항을 들여다본다. 그는 음악가가 될 수도 있었다. 그는 뛰어난 학자가 될 수도 있었다. 그는 국경을 변화시키는 외교가가 될 수도 있었다…… 그렇지만 진실을 말하면 그는 그 어느 것도 애호하지 않으며 그 어느 것도 진지하게 되고 싶지 않다. 그것들은 애호하기에는, 욕구하기에는 너무 거추장스럽다. 어떤 종류의 가상적인 삶도 그를 위로해주지 않는다. 어떤 종류의 삶도 그의 자장가가 되어주지 않는다. 그는 오랫동안 어항 옆에 앉아 있다.

주말이 되고 그는 누이의 식구들과 고기 뷔페에 가서 외식을 한다. 그의 매부는 고학력의 처남 앞에서 세태 얘기를, 정치 얘기를 해야 한다고 생각한다. 전날이나 전전날쯤 하루종일 점포에서 듣는 라디오 프로, 저녁나절의 텔레비전 뉴스에서 들은 것을 반복하면서 질문을 던지고 아나운서만큼 흥분하며, 아나운서만큼 실망하며 아나운서만큼 감격한다. 조카는 졸고 누이는 고기를 뒤집느라 여념이 없고 그는 고기를 씹으며 아스라한 원시시대의 소식을 듣듯이 매부의 얘기를 듣는다.

외식 후에는 고기 뷔페 바로 옆의 지하 노래방에 간다. 아이는 〈핑계〉와 〈겨울비〉를 부르고—조카는 엄청 조숙하다—누이와 매부와 그는 〈산 넘어 남촌에〉〈목포의 눈물〉과 〈사랑만은 않겠어요〉

…… 같은 매부가 고른 노래를 부른다. 노래방을 나오기 전, 식구 전체는 그의 누이의 원대로 〈네 꿈을 펼쳐라〉를 합창한다. 그들의 합창곡은 93점을 기록한다.

이틀이나 사흘, 이렇게 그는 누이의 집에서 조금 머문다. 아무도 없는 아침나절 그는 먼 거리를 걸어 집으로 돌아온다.

그는 매일 외출한다. 나가기 전에 서랍에서 지폐 한 장씩 집어 들고. 그는 돌아올 수 없을 정도로 멀리 가지 않는다. 기껏해야 서울역이나 남산, 야구장 근처나 대공원. 주머니에 손을 넣고 무언가를 중얼거리는 사람들, 엉덩이를 긁으면서 하늘을 쳐다보는 사람들, 손을 잡고 의자에서 침묵하는 연인들, 그처럼 가만히 앉아 가만히 앉아 있는 사람들을 바라보는 사람들. 그는 그들을 바라보다가 돌아온다. 아무도 그에게 말을 붙이지 않고, 성냥불 부탁이나 시간을 묻는 일 이외에 그도 그들도 말할 것이 없다. 그것은 야만의 시대를 터득한 그들의 철학에 어긋나는 일이다.

어느 날 서랍을 열었을 때, 그를 바라보던 지폐의 얼굴 대신 빈 서랍 밑바닥의 누런 합판이 잘못 숨긴 거짓말처럼 드러난다. 그렇지만 그는 무서워하지 않는다. 그는 굶어죽지는 않을 것이다. 굶어죽다니. 그는 외출을 멈춘다. 그렇지만 꼭 더이상 지폐가 없어서는 아니다. 사실을 말하면 그는 이제는 어떤 이유건 꼭 외출을 할 필요도 없으며 외출이라면 할 만큼 했다. 없어지는 일이라면, 하지 않는 일이라면 할 만큼 했다.

무엇에 대해서나 모른다고, 싫다고, 아마라고 대답하면서 이방인을 꿈꾸는 사람들, 완벽한 척하는 세상의 실추를, 부재를 통해 증명해 보이려고 잠자는 사람들, 천재가 되어버린 박제들, 그는 수많은 그들조차 되지 못했다. 그들의 길고 긴 계보는 아득히 끝이 없지만 그는 그 비밀결사에 입적을 할 수도 없다. 그들은 무서워했고 걱정했으며 경종을 울렸고 좌절하거나 이겨냈다. 그들은 너무 완벽했으며 비극적이었고 진지했으며 감동적이었다.

그가 부재한 사이 세상이 개과천선을 한 것도 아니고, 그의 발밑에서 눈물을 흘리며 참회하지도 않았으며, 그는 그사이 더 현명하게 사는 법을 터득하지도 않았고, 아무것도 증명하지 못했다. 게다가 그는 시간을 멈추면서 주인이 되어보려는 것도 아니었고 현명해지고 싶은 마음도 없었으며 증명할 것도 없었다. 그는 더 비싸지지도 않았으며 더 싸지지도 않았다. 어떻건 그는 살았다. 그동안 잠시 잘, 살고 있음을 잊을 정도로 잘, 살았을 뿐이다.

어느 날 그는 군악대의 북소리와 함께 일어난다. 잠시 죽은 척하고 있다가 사 분 후면 다시 호들갑 떠는 북소리와 함께. 그는 전화를 한다. 아무 용건도 없이. 그는 편지를 쓴다. 그는 찻잔을 씻고 책상을 정리하며 침대보를 갈고, 저 더운 대륙의 늙은 대령을 흉내내며 병 밑에 눌어붙은 커피를 긁어낸다.

책상에 앉기 전에 그는 자동적으로 오디오의 버튼을 누른다. 〈푸른 기차〉. 그가 다시 들은 음악의 제목은 이렇다. 모든 음악을 듣는 이유가 늘 그렇듯이, 이유 없이. 어떤 음악이 있다. 처음 듣고 조금 좋아한다. 혹은 처음 들었을 때는 그다지 좋은 인상을 남기지 않는 음악도 있다. 그리고 잊어버린다. 어쩌다 한 소절이 머릿속에서 돌아다닌다. 그리고 이 곡은, 서서히, 하루를 지내는 데 꼭 필요한 것이 된다. 다른 곡, 다른 핑계에 매달리기 전, 잠시 동안. 〈푸른 기차〉는 그를 사랑한다. 그러니 어쩌잔 말인가.

(1994)

그 집 앞

그래, 이렇게 이야기를 시작해보자. 이것은 하나의 실험이다, 라고 말이지. 실험이라는 말을 싫어했지. 그게 어떤 건지 몰랐기 때문이야. 너는 아마도 내가 왜 이런 식으로 여전히 오래전처럼 여기 빈집에 앉아 네가 받아보지도 못할 글을 써야 하는지 잘 모를 거야. 그렇지만 쓰는 일, 그건 벌써 사건의 시작이란 걸 알고 있는 사람은 이해할 수 있겠지.

가끔 해외 토픽란에 등장하는, 믿을 수 없지만 실제로 일어난 기이한 얘기들이 우리 것이 되지 말란 법은 없는 거야. 이십 년 전에 보낸 구직 편지에 대해 세기가 바뀌고도 한참이 지나 거절의 답신이 도착한다거나, 죽은 지 수년이 지난 아들이 아이 적에 병에 넣어 바다에 던진 전언이 자식보다 오래 살아남은 부모에게 전달되듯이. 일곱 살짜리 소년이 휴가를 보내던 해변에서 장난으로 페트병에 써넣은 전언은 결국 대양을 한 바퀴 돌아 소년의 부모에게 전달되었다. 성년이 된 이 편지의 주인이 죽은 지 수년이 지난 후였다. 거기에는 주소와 함께 서투른 글씨로 이렇게 씌어 있었다지.

"이 병 속의 편지를 발견한 사람은 연락주세요. 그러면 우리는 친구가 되지요."

미지의 사람과의 장난스러운 소통의 욕망. 어린 소년은 십 년쯤 후 자신이 예기치 않은 병으로 요절할 줄을 알지 못했지. 내가 시작한 이 편지의 의미가 뭔지 나 자신 잘 알지 못해. 또 무엇을 써야 하는지도. 그런데도 이것을 편지라 할 수 있을까. 받을 사람이 확실치 않은 이런 것도 편지라 불릴 수 있는지 잘 모르겠네. 게다가 꼭 전달해야 할 전언도 없을 때 말이지. 그렇지만 편지에서 정말 내용이 중요한 것인지 알고 싶어. 페트병 속의 쪽지에 씌어 있는 내용이 아들을 잃은 부모에게 중요했을지 그걸 물어보려고 나는 편지가 발견되었다는 세인트피터즈버그의 해변 마을에 아직도 살고 있다는 소년의 부모에게 편지를 쓸 수도 있겠지. 성년의 문턱에서 죽어버린 아들의 어릴 적 편지를 받았을 때 당신의 심정은 어땠나요? 어떤 편지는 누구에겐가 보내는 행위 속에서 전언이 완결되기도 하지. 그래, 모든 편지는 단지 하나의 보통 명사인 편지로만 불릴 수는 없을 거야.

그래도 한 가지 조건은 있어야 편지가 되겠지. 편지를 쓰는 사람의 존재. 발신자 없는 편지는 없어. 설령 그것이 연쇄살인범의 협박 편지처럼 인쇄체 글자를 오려붙인 내용에 발신자 표시 없이 도착한다 해도 말이지. "다음 표적물은 당신. 죽음의 사자, 검은 장미로부터." 그런가 하면 이런 편지가 있었지. 다음의 주소로 아래 목록에 적힌 것들을 보낼 것. K. 몇 가지 필요한 물품의 목록과 함께 예외 없이 상당한 금액을 국제우편환으로 동봉하기를 요구하는 그 편지. 그 이후로 네 이름을 달고 도착했지만, 너 아닌 사람들의 거친 필체로 갈겨씌어진 여러 편지. 모두 무언가를 너의 이름으로 요구하는 편지들. 네가 집을 떠나 체류하고 있던 나라들의 주소와 네 이름이 적힌 편지. 그것은 자주, 너, K의 글씨가 아니었기에 발신자가 있는 편지라고 할 수 없지. 아마도 너의 동거자들의 필체. 그러나 너의 명령에 복종하지 않을 수 있었던가.

발신자가 표시되지 않은 모든 편지는 결국은 살인자의 편지라 할 수 있지 않을까. 인생의 사망에 가까운 더러운 사건들에 연루되어 있는 편지. 그런가 하면 되돌려보낼 주소가 없는 모욕의 편지 또한 익명의 연쇄살인범의 협박 편지와 사촌 간쯤 되겠지. 그래, 네가 집을 떠난 후, 편지를 빼고 어찌 너를 생각할 수 있겠니? 네가 보낸 수십 통의 편지들을 빼고 무슨 사건이 일어날 수 있었겠니?

황량하게 나무들이 잘려나간, 버려진 정원에 앉아 편지를 쓰면서 나는 한 가지 사실을 가만히 확인하지 않을 수 없네. 이렇게 쓰고 있는 동안 시간은 멈춘다는 것. 바로 그것이 모든 인간 행동의 동기인지도 몰라. 시간의 마모, 시간의 파괴를 멈추는 허망하나 본

그 집 앞 175

질적인 몸짓. 어떻게 멈출지를 몰라 사람은 파괴하고 미워하고 떠나고 또다시 돌아오지. 그리고 쓰고 노래 부르고 때로는 통곡하거나 영원히 침묵해. 그랬던 거니? 그 어떤 흔적도 남기지 않았던 편지들. 다행스러운 일이지, 그렇지 않아? 그러나 잘 생각해봐. 무섭도록 불행한 편지들이었어.

맞아, 내가 어떻게 쓰는지를 설명해주는 것이 옳겠지. 예전에 그랬듯이. 기억해? 태풍이 막 지나간 후, 거대하게 비어버린 하늘에, 먹구름떼가 무리져 서둘러 서둘러 먼 우주로 이주하는 모습이 포착되던 날 새벽의 장엄한 경관. 모두가 잠든 새벽, 몸이 부풀어 터질 것 같은 열망을 작게 작게 압축한 채로, 그때도 나는 부엌의 노란 전등 밑에서 무언가를 긁적거리곤 했지.

이 집에서 보면 태풍 후의 하늘의 정경은 정말 비할 데 없이 장엄했어. 늘 태풍 후로 기억되는 멈추어버린 계절. 이 언덕 위의 집에서 나의, 우리의 모든 습관이 태어났지. 우리의 살에 새겨져 생을 지배하고. 그 설명할 수 없이 오묘한 기억의 땅을 만들어 걸어도 걸어도 우리를 가두고 마는 우주. 언제부터인가 스산해져버린 우주. 우리 생의 활동의 어떤 원형이 이곳에서 시작되어서 우리는 이따금 이곳으로 되돌아오고, 또 나도 너를 이곳에서 기다리고 있는 거지.

어느 날, 식욕을 돋우는 음식 냄새에 휩싸인 식탁 앞에서 즉흥적으로 한 곡조가 네게서 흘러나왔지. 그리고 식탁과는 무관하게 우리 모두가 자주 흥얼대는 콧노래가 됐어. 그 곡조는 제목도 가사도 없이 그렇게 굳어졌지. 단조가 섞인 짧고도 멜랑콜리한 곡조였지. 어디선가 주워들은 익숙한 화음들이 조합된 그런 것이었겠지만 우리들 중 누구도 확인해보려고 하지 않았지. 그건 이 집의 문을 여는 일종의 암호 같은 것이 아니었을까. 이 집에 들어오기 위해 대야 하는 "열려라 참깨" 같은 암호문. 그러다…… 언제부터인가 그 곡조를 연상시키는 음 앞에서 모두가 때로는 통증을 느끼며 때로는 불편함을 느끼며 입을 다물게 된 거지. 그래 그렇게 된 거야. 이제는 현관문을 열기 전에, 까치발을 하고 문 위쪽에 나 있는 작은 유리를 통해 안을 바라보는 습관을 가진 사람을 이 집은 잊어버렸어. 그 문이 거칠게 열리고 거칠게 닫히는 소리를 들으면서도 아무도 움직이지 않았지. 그후로 우리의 귓가에는 수십 번 수백 번 아마도 수천 번 거칠고도 날카롭게 열리고 곧이어 닫히던 그 문소리가 울리게 됐던 거야. 그런 거지.

이런, 나는 왜 이리 멀리서부터 이 집으로 다가와야 하는 건지! 잡음처럼 불쑥불쑥 시간과 공간의 질서를 무시하고 떠오르는 영상들. 그런 것들을 제거하고 처음 본 어떤 이에게 쓰듯 네게 글을 쓰려고 이 자리에 앉아 있음에도 불구하고. 그래 나는 편지가 하나의 실험이 되기를 원해. 발신자와 수신자가 분명한 어떤 실험, 말이 사건이 되는 그런 실험 말이지. 자, 멈춘 곳에서 다시 시작하는 게 낫겠다.

그즈음, 그리고 그전에도, 특히 태풍이 닥치는 계절이 시작되면 새벽 다섯시에 일어나 나는 의미 없는 말들을 쓰곤 했지. 초록, 파랑, 보라 같은 위로가 되는 색깔이나 희망, 믿음, 기쁨 같은 단순하나 누리기에는 수월치 않은 단어들을 나는 꼭 받아야 할 선물의 목록처럼 반복적으로 흰 종이 가득 채우곤 했어. 가끔 그건 우리가 즐겨 들은 노래의 제목 같은 것들이기도 했어. 그건 매일 똑같은 것이어도 상관없었어. 어디서 들었는지 알 수 없는 채로 입안에 맴도는 말들을 점선 긋듯이 띄엄띄엄 생각나는 대로 쓰기도 했지. 나자신을 위해서. 그건 수신자가 확실한 편지는 아니었어.

그런 연습들이 다 부질없는 장난이었다고 말할 수 있을까. 혹시 그 덕분에, 네게 전달되지 않을지도 모르는 이 편지를 쓰기 위해 내가 여기 와 있는 것은 아닐지. 그랬을 거야. 그런 식으로 편지를 쓰는 습관이 붙었던 건지도 모르지. 그러다가 나도 집을 떠나면서 한동안 그런 일과는 무관한 생활을 하게 됐어. 한동안 밤일을 많이 했던 것도 편지를 쓰지 않게 된 것과 연관이 있겠지. 한때 나를 고용한 조각가의 작업실은 예전의 이 집만큼이나 외딴곳에 있었지. 조각가가 밤늦게 초벌 일을 끝내고 떠나면, 내 일이 시작되지. 조각가가 거칠게 잘라놓은 돌이나 나무의 표면을 샌드페이퍼로 매끄럽게 닦고 또 닦는 일에 내 밤들이 지나갔어. 몇 년 동안 그러는 사이 아침 일찍 일어나는 일도, 새벽 전등을 앉은뱅이책상 위에 켜놓고 눈부시게 흰 종이에 단어들을 적는 일도 그만 멈추어버리게 됐지. 아침이 되면 나는 늘 녹초가 되어 곯아떨어지기 일쑤였어. 그건 내게 적합한 직업이 아니었어. 다 지난 일이야. 나는 이제 일출과 거의 같은 시간에 일어나고 일몰 시간쯤에 하루의 일과를 대충 끝내지. 이제 내 일은 빛과 직결돼 있으니까.

네가 내 삶에, 우리의 삶에 나타났던 때에서 시작하는 게 수월할 것 같아. 그 선명한 우리 운명의 날로부터 말이지. 지금 너와 내가 단둘이 한방에 앉아 있게 된다면 나는 그 얘기로 우리의 서먹해진 재회를 시작할 것 같아. 나는 네가 제안할 만한 재회의 장소에 대해 어렴풋이 알 것도 같아. 우리가 한 번도 같이 들른 적이 없는 어느 도시나 지방을 너는 생각해내겠지. 그런 곳의 한 여관방에 비스듬히 누워 너는 담배를 피워 물고 상황을 살피기 위해 침묵을 지키겠지. 먹이의 양과 질을 재보는 야수처럼. 그렇게 너는 연기를 천장 쪽으로 올려보내느라 들린 얼굴의 한 귀퉁이로 내 표정과 반응을 살필 거야. 세상의 뒤안길을 다 돌아다녀본 네게는 모든 것이 뻔하다는 듯, 무심하고도 초탈한 듯한 얼굴을 하고 말이야. 그렇지만 그런 제스처에 나는 이제 더이상 겁먹지 않아. 우리의 만남이 시작된 그 저녁의 얘기를 네가 듣기 좋아하는 걸 나는 알지. 눈을 빛내면서 남의 얘기 듣듯 어색한 미소를 띠고 네가 이 얘기를 경청하던 때가 있었지. 오래전이야. 이따금 내 침묵이 길어지면 너는 "그래서?" 하고 반문했지. 조심스럽게 감미롭게. 어느 날, 너는 내게, 내가 네게 해준 네 얘기를 해주기도 했지. 내가 되어서 말이지.

옛날 얘기야. 우리는 아주 어렸단다. 너는 여덟, 아홉 살 정도 됐을까. 겨울이었고 밖에는 바람이 심하게 불었는데, 어른이 없는 집안이었기에 바람 소리가 더욱 날카롭게 집을 흔들었지. 그래, 아이들이 잠들어야 할 시간에 우리는 밤늦게 귀가하는 부모들의 손에 들려 있을 달콤하고 따뜻한 먹을거리를 기다리고 있었을 거야. 군고구마, 호떡 혹은 호두과자나 붕어빵 같은 것들이었겠지. 그런데 부모의 손에 이끌려 네가 문안에 들어섰던 거야. 작고 까무잡잡한 여잔지 남잔지 알 수 없었던 한 아이. 몸에서는 냄새가 났고, 머리는 헝클어져 있을 뿐만 아니라, 더러운 것이 덕지덕지 붙어 있었지. 우리 중 어느 누구도 네가 어디서 왔는지, 무엇 때문에 우리 부모의 손을 잡고 늦은 밤에 우리집에 들어왔는지 아무도 몰라. 아무도 얘기해주지 않았으니까.

그때부터 우리가 다시 시작할 수 있다면. 이런 소망이 언젠가는 더이상 나를 사로잡지 않을 수 있다면. 왜냐하면 이 시작에서 조금만 앞으로 나가면 썩은 냄새가 진동하는 늪의 입구에 도달하니 말이다. 누구나 인생에서 만나게 되는 그렇고 그런 얼크러지고 꼬인 인생사의 늪. 그러니 지금, 여기로 다시 돌아오는 것이 좋은 것 같다. 지금 내 상황을 말해볼게. 나는 빈 종이상자를 펴서 널브러진 벽돌 위에 덮어놓고 현관문 왼편, 창문 없는 시멘트벽 앞에 앉아 있지. 집 뒤로 가려면 지나가는 그곳 말이야. 벽 저편, 복도에서는 쥐들이 지나다니는 소리가 이따금 들리고, 집 앞쪽에 주의를 기울이자면 아주 멀리에서부터 이따금 트럭 같은 둔중하고 거대한 차가 지나가는 소리가 들려와. 물론 나는 현관문 앞 잡초 속에 숨겨져 있는 돌 밑의 열쇠를 들어 구멍에 넣고 돌리기만 하면 안으로 들어갈 수 있지. 그곳에 기거하는 날짐승이나 벌레들이 있다면 놀라 구멍과 틈 속으로 숨어들어가고 기억 속에 익숙한 실내의 모퉁이를 생소하게 뒤덮으며 오래 쌓인 먼지들은 게으르게 들썩거리겠지. 흠, 귀찮게 누가 이상기류를 만드는군!

나는 열쇠를 꺼내지 않아. 그것을 구멍에 꽂지 않아. 구멍에 열쇠가 꽂혀 있다 해도 열쇠를 돌리지 않아. 그래, 나는 문을 열지 않아. 그럴 필요가 없지. 그 안에 아무도, 아무것도 없다는 것을 알아서가 아니야. 실재 이전에 늘 영혼이 죽어버린 것을 알기 때문이야. 벽돌과 시멘트에 앞서 먼저 공기가 죽어버리지. 우리 몸이 그렇듯이. 껍질은 늘 껍질일 뿐이듯이.

현관에 다다르기 위해서는 어깨까지 침범하는 잡초들을 헤치고 들어와야 했지. 그것은 마치 지뢰밭을 더듬으며 나아가는 것만큼이나 땀나는 일이었어. 파괴된 것, 잘려나간 것, 피폐해진 것, 망쳐진 것들로 이루어진 기억의 지뢰밭을 깨우지 않기 위해 나는 잡풀들을 배려하면서 살금살금 집 앞에까지 가까스로 도달했어. 그곳에 이르러서야 나는 언덕 밑의 정경들을 돌아볼 수 있었어. 논밭 외에는 아무것도 없던 그곳을 가득 채운 집들. 세상의 전반적인 공모의 손으로 머지않아 가차없이 무너지고 파괴될 집, 사람들, 그

군단들, 머지않아 이 집을 둘러싼 나무들도 잘리고, 행복하게 나를 가려준 이 키 큰 잡초들도 뽑혀나가고 땅은 갈라지고 집은 무너지겠지. 그런 것이 이런 집의 끝이니까.

우리가 마지막으로 본 게 언제더라. 그래 사막에서였지. 상징이 아닌 사막 말이야. 그사이 삼 년밖에는 안 흘렀지만 네가 나를 길에서 만난다면 아마 나를 알아보지 못할지도 몰라. 아마도 너와의 마지막 재회로 인해 내 얼굴에는 때 이른 황혼이 둥지를 틀고, 대책 없는 고심은 내 몸의 곳곳에 흔적을 남겼어. 그것이 오로지 나만의 것이라 다행이라 할까. 그러나 이런 흔적은 잔잔한 수면 위에 떨어진 조약돌의 파문처럼 옆으로 옆으로 둥글게 원을 그리며 마을로, 도시로, 대륙 전체로 지구와 우주 저 너머까지 퍼져간다는 것을 아는 사람은 알지. 누구나가 하는 작은 행동이 저 대양 건너편에서 이루어내는 일을 아무도 확인할 수는 없지만 무언가는 늘 언젠가 일어나고 있는 거야.

심호흡을 하자. 깊고 길게. 그러다가 숨쉬기를 멈추고 들어봐. 아니 바라봐. 뇌수 저쪽에서 떠오르는 풍경 속으로 들어가. 거기에는 넓은 평원이 있지. 부드러운 경사로 내려가는 초원의 끝에 강이 흐르고 있어. 가만히 강안江岸에 앉아 그 강물을 바라봐. 그 강물의 흐름을 좇아가노라면 한 가지 사실을 알게 되지. 이상하게도 뇌리에 흐르는 그 강물은 늘 한 방향으로만 흐른다는 사실이야. 누구나 동일하게 매번 같은 시간, 같은 풍경을 불러낸다는 것도 예사롭지는 않아. 이를테면 내가 앉아 있는 곳에서, 햇살이 수면 위에 쏘아대는 금화살의 방향으로 보아 나는 남쪽을 마주하고 있고, 물위에서 일렁이듯 반짝거리며 이동하는 햇살 가루의 온기로 느끼건대 머물러 있는 시간은 아마도 오전 열시에서 열한시쯤의 시간.

출산을 앞둔 여자처럼 힘겹게 앉아 규칙적으로 심호흡을 해보는 거야. 숨을 들이마실 때는 배가 나올 정도로, 숨을 내쉴 때는 뼛속의 불순물이 녹아내리듯 조금씩, 그러나 끝까지. 곧 까무러칠 것처럼 깊은 곳에서 숨을 끌어내. 그러고 나서 숨을 들이쉬어보면 숨을 쉬는 것이 이토록 어렵고도 힘이 드는 일임을 조금씩 알아가게 되는 거지. 어떤 이들에게, 세상의 많은 이들에게, 잊음이 무엇인지 모르는 불행한 자들에게 숨쉬기는 고난이지. 어떻게 이런 고난의 숨쉬기를 하지 않고 내가 이 자리에 앉아 있을 수 있겠니. 대체 너는 누구니. 언제부터인가 네 손길이 스치는 곳, 네 눈길이 머무는 곳, 너의 혀가 명명하는 사람은 스치는 것만으로, 잠시 머무는 것만으로 명명되자마자 그만 몸을 비틀며 재로 변해버리는데 이런 영상에서 벗어나기 위해 어찌 이 고난의 숨쉬기를 계속하지 않을 수 있겠니.

너는 말하겠지. 너의 숨쉬기도 고난이었다고. 우리의 것보다 더 큰 고난이었다고. 네 머리카락이 정돈되고 조금씩 윤기가 흐르고, 네 터진 피부에 각질이 내려앉고 마침내 상처 없이 딱지가 떨어지고, 네 몸의 냄새, 지독하다고밖에는 말할 수 없는 그 썩는 냄새가 조금씩 가시고, 네가 고집스러운 침묵 속으로 칩거했을 때, 우리는 네가 다시 떠날 거라고 생각했지. 어른들의 주머니에서 지갑 속에서 돈이 조금씩 없어졌을 때, 확인할 수 없는 교묘한 방법으로 우리 삶의 가장 단순한 질서들을 교란시킨 너의 즐거운 거짓말이 거의 위험 수준에 이르렀을 때, 우리는, 아무도 말하지 않았지만 네가 떠나는 준비를 한다고 생각했지. 그래서 네 행동이 극한으로 치닫는 거라고, 흠, 그것은 시작일 뿐이었는데.

우리는 네가 떠나기를 바랐던가. 너무 오래되어서 기억이 없네. 그리고 그것을 기억해 말해줄 사람은 이제 아무도 없지. 모두가 무덤 속으로, 타지로 뿔뿔이 흩어져버렸지. 오랫동안 너도 모르는 네 속의 무언가가 교묘하고도 단호하게 계획한 그대로, 어쩌면 그것은 떠나간 사람들의 말대로 그저 우연인가? 어느 날 아침, 마당의 나무 그루터기에 앉아 있다가 기척에 뒤를 돌아보던 네 입가의 미소를 보고 우리는 알아차렸지. 네가 우리와 같이 이 집에 남아 있기로 결정했다는 것을. 그것은 생사를 건 사람의 필사적인 미소였다고 기억해. 이 세상에 자신을 받아달라고 호소하는 사람의 구애의 미소. 우리는 그런 것을 잘 알아차릴 정도로 성숙하지가 않았지. 너도 모르는 사이에 너는 이미 우리가 되어 있었으니까. 네가 '구걸의 숨쉬기'라고 말한 그것을 우리는 아주 나중에나 어렴풋이 이해할 수 있었을 뿐이야. 어떻든 그날 이후 우리 중 어느 누구도 다시는 너의 얼굴에 그런 미소가 지펴지는 것을 볼 수 없었어.

그저 자연스러운 것처럼 그 미소에 이끌려 우리 모두는 어울려 살았지. 불안을 감춘 웃음 속에, 등하굣길의 장난질과 천렵과 물속의 곤두박질, 먼먼 도시를 머리에 그리며 숨이 멎을 정도로 몰입한 달음박질에 시간을 흘려보내면서. 너는 그때부터 여행을 시작했던 거야. 우리는 네가 우리에게 가져오는 자연의 숨겨진 전리품들을 받으면서 우리에게 가장 중요한 것들을 네게 내주기 시작했지. 우리는 이렇게 깊은 터널로의 진입을 시작했던 거야. 그것은 네 인생의 비밀스러운 계획이었지. 이 집에서 흘러나가는 모든 것, 웃음, 콧노래, 향내에 배어 있던 너를 향한 우리 모두의 몰입. 혹은 우리 모두를 향한 너의 몰입. 네가 말한 구걸의 몰입. 사랑의 구걸이라는 피비린내로 끝나는 몰입 말이지. 조금씩 망각하고 조금씩 늪 속으로 들어가는 것도 모르고 흥분과 순진한 기대와 소망으로 미성숙의 괴성을 지르며 집안을 뛰어다니게 했던 쌍방의 결코 만날 수 없는 불행한 평행선의 몰입. 그런 건가, K? 사랑의 구걸이라는 게 그런 건가?

그래, 다시 이 여름의 집으로 되돌아오자. 왜냐하면 이 집에는 여름만 존재했으니까.

이 집에도 한때는 웃음이 흘렀고, 한때는 향긋한 음식 냄새가 퍼져나왔었다는 것을 상상하게 해주는 것은 이제 아무것도 없지. 집 주변의 건조한 잡목들은 침묵 그 자체고, 집안 저쪽 빛이 가장 많이 쏟아져들어오는 곳에 위치한 부엌은 냉기에 싸여 스산하게 버려져 있지. 여전히 호두나무는 뒤안에서 늙어가고 있고, 두 그루의 감나무가 집 앞을 감싸고 있지. 감은 더이상 열리지 않아. 이 집에 들어오기 위해 헤쳐야 하는 잡풀들의 크기와 거의 구별이 안 될 정도로 감나무는 그만 오그라들고 말았어. 이 집은 안온한 축에 속했는데 언제부터인가 바람으로, 그것도 기분 나쁘고 음험한 바람으로 기억이 되는 것은 바로 이 집이 너 없이는 떠오르지 않기 때문이지.

우리들 모두는 너를 예측할 수 없는 바람으로 기억하기 때문일 거야. 감미로운 미풍은 아무런 전조도 예고도 없이 역풍이나 광풍으로 변하고는 했지. 네 자신이 심었고 유난히 실과가 많이 열리는 기쁨의 원천이던 이 집의 유실수들이 네가 참지 못하는 분노의 대상물로 변하곤 했던 것, 왜 그랬는지 언젠가 말할 수 있는 건지. 너를 지배하고 있는, 아마도 네 자신이 가장 잘 모르고 있기에 격렬한 복종자가 되는 그 변덕스러운 바람을 너는 오래 숨기지 못했어. 그러나 감미로운 미풍을 알고 있기에 광풍은 참아야 하는 것 아니었을까. 우리는 가끔 자문했지. 미풍이 더 잦은가 광풍이 더 잦은가. 당황한 우리의 계산은 늘 양적인 기준을 원했지. 그러나 간단한 일이었어. 우리의 오해의 시작은 광풍의 끝이 미풍보다는 늘 더 극적이고 확실하다는 사실을 자주 잊는 데 있었지. 그리고 미풍이 광풍보다 더 강인하다는 것도.

이 모든 건 얼마나 오래전 일인가, 네가 마침내 떠난 것은. 우리가 녀의 중독적 바람에서 벗어났다고 착각한 것은. 그것은 긴 터널의 시작이었을 뿐인데. 여름이 미처 끝나기 전에 언뜻언뜻 가을이 얼굴을 드러내는 그런 때가 있지. 피곤하고 달구어진 몸이 안도의 숨을 내쉬는 그런 시간. 가을은 매년 엇비슷한 때 시작되지만 그해 가을의 시작을 나는 지금도 선명하게 한 가지 빛으로 기억하지. 너의 공허한 눈동자. 파괴와 거짓과 온갖 고통의 기억으로 절어버린 너의 피폐한 몸이 발하는 잿빛으로. 다 알다시피 얼마 전부터 열대야로 들끓는 여름의 하늘은 아무도 올려다보려 하지 않았고, 우리는 탄식을 위해서가 아니라면 어떤 거짓 약속을 위해서도 빈 하늘을 바라다볼 필요가 없었어. 십 년 전 어느 때, 너, 우리를 온통 집어삼킨 광폭한 경악의 회오리. 거기에 무슨 계기가 있었던가. 아무도 이해하지 못했고, 그때쯤 우리는 기진맥진한 상태였어. 너와 우리 모두에게 일어나고 있는 일, 아니면 네가 우리와 같이 살기 전에 네 속에서 이미 진행되고 있던 일을 이해하려는 노력에 우리 모두가 지쳐버렸지. 제일 먼저 지친 것은 바로 너 자신이었겠지. 그렇지, K!

그래 십 년 전 어느 날, 우리가 막연하게 감지하고는 있었지만, 다가오는 것을 막지 못할 것 같은 불안한 마음을 졸이며 기다리던 일이 마침내 일어났다는 것을 알게 됐지. 언덕 밑에 펼쳐져 있었던, 그래 알다시피, 그때는 이 집 사방이 논밭이었지. 밭이랑은 울렁거리며 눈앞에서 뒤집혔고, 뒷산이 넘어져 집을 덮을 것만 같았지. 그 일은 초저녁의 스산한 어둠 속에서 일어났어. 순식간에 일어났고, 아무런 말도 없이 너는 우리에게서 단호하게 등을 돌리고 멀어져갔어. 우리 중 어느 누구도 감히 일 초에 수천 미터씩 네가 우리에게서 멀어지는 것을 막을 수 없었지. 우리 중 어느 누구도 너를 저지하기 위해 다른 누구에게, 어떤 종류의 공격적인 물건에 도움을 청할 생각을 하지 못했어. 그것은 다른 질서에서 일어난 일이기에 우리는 다만 눈앞에 벌어진 주검을 처리하기에 바빴지.

피는 검었고 육체는 난도질되어 거기 있었어. 그 옆에 유려한 곡선을 그리며 피투성이 칼이 버려져 있었지. 네가 애지중지하던 등산용 칼을 사용했더군. 그것은 아주 작은 육체였어. 너를 닮았으나 너와 다르고, 너보다 수천 일을 덜 살았으니 너보다 작고, 너를 향해 늘 무언가를 갈구하며 희미하게 웃던 육체, 너만을 기다리며 하루종일 문지방에서 햇빛바라기를 하던 그 미운 육체를 너는 마침내 너, 그리고 우리의 삶에서 제거하고는 떠났지. 자주 그랬듯이, 네게서 친절한 손길만을 바라던 두 눈이 제일 먼저 너의 분노를 자극했었지. 그러나 정말 전후를 정밀하게 기억할 수 있었던 일인가 그것이. 그 일은 순식간에 일어났고 단번에 처리되었지.

어머니의 죽음. 왜 우리는 모두, 식구가 떠나간 집, 혼자 남아 있던 네 무릎 위에서 눈을 감았다고 네가 증언한 어머니의 마지막 순간을 떠올렸던 것일까. 한 마리 개가 죽임을 당했을 뿐인데. 그것도 살날이 얼마 남지 않은 것이 누구에게나 명백했던 기력이 쇠

잔한 병든 개 한 마리였을 뿐인데. 우리 중 어느 누구도 어머니의 죽음을 보지 못했기에 그 공백의 자리에 부인할 수 없이 들어서고 또 들어서서 기억을 교란시키는 그 장면.

우리가 아무것도 보지 않았다는 주장을 납득할 사람은 아무도 없을 거야. 우리 어머니의 죽음, 우묵한 곳으로 모이는 수은 알처럼 뿔뿔이 흩어져 있던 사람들을 한곳으로 모으는 이별의 제의. 그날이 그런 날들 중 하나여서였을까. 우리가 오랜만에 모두 집으로 모여들었던 그날, 해가 지기 전의 애매한 시간, 저녁 준비를 하기에는 이르고, 낮잠을 자기에는 늦은 시간. 너로 인해, 너에 대한 중독의 강도에 따라 멀어지고 갈라지고 서먹해진 우리는 팔짱을 끼고 실내를 배회하며 그 시간이 가고 밤이 확실하게 내려앉기를 기다리고 있었지. 산밑의 이 집의 저녁은 늘 다른 곳보다 빨라, 그 속에서 우리는 도피처를 찾고 있었던 거야. 서로가 잘 안 보이는 어둠을 좋아한 것이 어머니의 죽음, 그 이후부터였던가. 그 석연치 않은 부고. 믿을 수 없는, 아마도 인정하지 않은 부고를 받은 이후부터?

그런 종류의 감정의 격랑을 숨기면서, 단 하나 남은 닻처럼 집을 지키고 있던 너의 존재가 우리 각자에게 만드는 잡음을 숨기느라 전전긍긍하고 있는 그 순간 열어놓은 문 저쪽에서 일어난 그 일. 마치 요지부동의 답변처럼 다가온 한 사건. 먼저 단말마의 비명이 있었지. 그래 냉정하게 말하면 한 마리 개의 죽음이었을 뿐인데.

하루에도 수십 수천 마리씩 죽어가는 개죽음. 죽임의 목적이 불분명하기에 더욱 잔인해 보이던 개죽음. 살육되어 단번에 처리되는 새로울 것 없는 개죽음들 중 하나가 우리 눈앞에서 일어났을 뿐.

어느 날 장거리에서 너를 따라 집까지 졸졸 따라온 꼬리가 흰 한 마리의 어린 개. 글쎄, 사람의 나이로 치면 서너 살 됐을까 말까 한, 그즈음에서 성장을 멈추어버린 듯한 기이한 느낌을 주는, 개라기보다는 강아지였지. 한때는 주인의 사랑을 담뿍 받았으나 이제는 때 이르게 지쳐, 가차없이 버려져 눈가에 눈곱이 가득 낀 잡종개. 발로 차고 조약돌을 던져도, 소리를 지르고 으름장을 놓아도 멈추었다가는 다시 네 뒤를 쫓아왔다고 너는 말했지. 제대로 짖지도 않고 그렇다고 무리하게 반가워하지도 않는, 아주 인색하게만 꼬리를 흔들어 반기던 이상한 개 한 마리. 집을 뛰쳐나왔다가 길을 잃은 그 개는 이미 거세되어 있었어. 그렇다고 죽기에는 여전히 왕성한 식욕과 운동력을 보여주었던 개를 죽이는 것은 수월하지 않았으리라. 가끔 시골의 물가나 둔덕에서 우리는 개를 두들겨 패 죽이고 흥건한 잔치를 벌이는 사람들의 무리를 만나곤 하지. 그러나 그런 개들은 살집이 실하고 그악스럽게 저항을 하기 마련이야. 그런데 우리의, 너의 좋이는 작고 말랐으며 거의 아무런 저항도 하지 않았어. 단말마의 짖는 소리는 단 한 번뿐이었지만 신음 소리는 길고 질겼던 것을 기억해.

그것은 다행히 한 마리 개의 주검이었어. 우리가 뒤처리해야 했던 건.

우리가 여전히 뒤처리를 하지 않았던 것은 우리가 경악 속에 빤히 쳐다볼 수밖에 없었던 너의 가느다란 팔 끝에 달린 길고 여린 손가락이 연출하는 잔인한 동작, 앙다문 이빨, 반복적인 발길질, 너의 하얗게 타들어가던 눈빛. 구체적인 대상이 있기에는 전면적이며 통째로 드러나는 부정의 눈빛. 그리고 네가 문을 닫고 나간 후에도 한동안 가늘게 들려오던 너의 그 노랫가락이 있었지. 우리의 식탁의 암호 같은 휘파람 가락. 대체 그 모든 것들이 어디에서 와서 어디로 갈 것인가, 이것은 늘 우리가 던지는 진행형의 물음이 되고 말았어. 우리가 뒤처리하지 못한 것은 바로 이런 지속되는 질문들이 되고 만 거지. K, 너는 대체 누구니. 끝도 없이 크고 작은 파괴를 통해 우리의 삶에서 삭제되기를 갈구하는 너는 누구니. 바로 그 지워짐의 욕망으로 너의 존재를 외치는 이 기이한 방식을 이해하는 일은 쉬워도 받아들이기는 얼마나 어려웠던지! 그것은 기필코 받아들여야 하는 재난인지?

공허한 눈빛으로 인생의 모퉁이에서 우리의 걸음을 멈추게 하고, 우리의 안간힘을 모두 무의미하게 만들곤 하는, 일그러진 미소 속에서 드러나던 이빨, 그 불가사의한 의미로 요약되는 K, 너를 해독해야 하는 우리에게 부과된 숙제. 첫째도 셋째도 넷째도 모두 질려서 너를 에둘러 다녔고, 그것도 모자라 네 소식이 닿지 않을 먼 곳으로들 떠났지. 둘째는 아마도 그 때문에 죽지 않았던가. 홀린 듯, 왜 폭풍우 휘몰아치는 날에 계곡물 속으로 괴성을 지르며 뛰어들어갔겠어. 너와의 재회를 며칠 앞두고 말이야. K, 그래서, 그런 식으로 떠나간 후 너는 여행가가 된 거니? 멀리, 되도록 우리에게서 멀어지기 위해. 그리고 더 단호히 너 자신을 증명하기 위해? 너의 이름이 달린 멀고먼 나라의 사진이 실린 잡지를 펼칠 때마다, 우리는 당혹감에 사로잡힌다. 숨겨진 재능이 갑작스레 폭발하듯 너는 그 일에 수완과 능력을 드러냈기에 우리는 놀랐고 여행 잡지나 신문에 실린 네가 찍은 사진을 우리는 뚫어지게 보곤 했지. 그런 식으로 너는 우리에게서 멀어져서도 집요하게 되돌아왔지.

한때, 오랫동안, 네가 부르면 우리는 달려오게 돼 있었지. 아무런 이유도 묻지 않고, 거의 끈에 매달려 끌려가는 인형처럼. 그런데도 너는 우리의 사랑을 구걸했다고 하다니. 다섯째인 네가 경영하는 집안에서 자연스럽게 소멸하거나 갑작스레 사라지는 모든 것들과 우리는 안심하고 이별할 수 있었지. 안녕 할머니, 안녕 은행나무, 안녕 어린 시절, 안녕 아버지. 여섯째인 나마저 이미 집을 떠난 후였기에 홀로 집을 돌보는 네가 하나하나 우리를 부를 때면 우리는 만사를 제쳐놓고 너를 만나러 뛰어왔잖니.

삼 년 전의 그날도 그런 관성으로 나는 네가 부른 이곳으로 뛰어왔지. 그때 너는 이미 일 년에 반 정도는 여행으로 생활하는 직업적인 여행자가 되어 있지 않았던가. 네가 떠난 후 칠 년 만이었지. 네게서 여행 제안이 왔을 때 나는 다시 한번 모든 것을 잊고 달려왔었지. 이 고질적인 망각, 너에 관해서 운명처럼 따라붙는 이 고질적인 망각, 모든 신산한 기억들을 잠들게 만드는 마술적인 망각. 그러나 그건 오래 지속되지 않는, 도저한 기억을 덮지 못하는 그런 망각일 뿐임을 우리는 각자, 다른 방법으로 터득하기 시작했지.

네가 데려가준 곳의 사막은 네가 인색하게 덧붙인 설명과는 비교도 할 수 없을 정도로 아름다웠어. 사진 몇 장을 내 앞으로 던지면서 너는 말했지.

네 서른 살을 기념해 잊지 못할 풍경을 선물로 주지. 내가 네게 줄 수 있는 것은 이런 것뿐이야. 그저 존재하는 것을 보여주는 것. 너는 결코 후회하지 않을 거야!

나는 그때 처음으로 사막은 무미건조한 모래 둔덕의 연속이 아니라는 것, 그곳에는 다양한 생물과 돌조각과 돌무덤 들이 있고, 바람과 기온에 따라 부단히 윤곽과 색채를 바꾸는 운동성이 강한 곳이라는 것을 알았지. 모래와 돌무지와 황량하고 비어 있는 풍경 사이로 가늘게 나 있는 길을 따라 여행용 대여차는 달렸지. 달려도 달려도 아무것도 없었어. 그저 아주 드물게 그 빈 길 위로 트럭이나 수송용 버스가 지나갈 뿐이었지. 광대한 지평선이 사방으로 늘어서 있을 뿐, 먼 곳에, 상상만큼 먼 곳쯤에 희미하게 드러나는 나지막해 보이는 산맥의 어눌한 선밖에는 아무것도 없는 풍경 앞에서 우리는 침묵했지. 감격한 나는 속으로 순진하게 말했어. K, 고마워. 이렇게 놀라운 풍경을 보게 해줘서.

너는 우리를 매혹하는 여러 방법을 그토록 잘 알고 있었던 거지. 우리 각자에게 가장 적합한 방법. 우리를 가장 고통스럽게 하는 은밀한 방법을 가장 잘 터득하고 있는 것도 너야. 그런데 나는, 우리는 왜 완전한 매혹의 무장해제 속에서 매혹이 지옥으로 변모한다는 것을 매번 새까맣게 잊는 걸까.

　끝도 없이 직선으로 펼쳐져 있는 길 저쪽 끝으로 흙먼지에 가려서 흐릿해진 해가 지평선 아래로 가라앉는 시간, 그 장관 앞에서 멈추자고 너도 나도 말하지 않았어. 마음을 읽듯…… 차가 멈추었지. 떠날 때부터 다소간 어수룩해 보였던 그 차는 잠시 쿨럭이다가 그만 멈추어버린 거야. 우리는 차에서 내렸지. 너는 내려서 담배 연기를 길게 빨아들였지. 붉은 황혼 속에 드러난 가느다란 너의 손가락이 경련하는 것을 나는 보았지. 그리고 나는 습관적으로 불안해졌어. 그것은 그때까지는 아무런 사건으로도 연결되지 않은 어떤 전조였지. 나는 그럴 때 너의 표정이 어떻게 변하는지 알지. 그건 마치, 출구 없는 굴 같은 터널로 네가 들어가버리는 것 같은 철렁한 느낌을 만들곤 했어. 네 앞에 아무것도 없는 것처럼 한순간 너는 너 자신 안에 격리되어버리지. 담배가 다 타들어가기를 기다리는 수밖에 없는 거야. 그 경련의 시간이 끝나고 네가 다시 돌아오기를. 놀라운 장관을 삭제해버리는 어떤 긴장. 경련 일던 손가락 사이의 담배가 바닥으로 떨어지고, 너는 나를 향해 돌아섰지. 그러면 그렇지. 그래, 늘 그랬어. 요술처럼 몸의 각도를 바꾸면서 너는 그 불안한 전조에서 벗어나곤 했지. 너는 내게 미소를 지었고, 나는 그만 고마워서 눈물이 날 지경이었어. 너는 씩씩하게 말했지. 자, 차를 움직여보자. 너는 가는 선의 네 몸에 어울리지 않는 공구 상자를 차에서 내려 여기저기 점검하고는 다시 운전석에 올라앉았지. 그러고는 말했어. 세게 밀어, 차에 발동이 걸릴 때까지 힘껏!

나는 네가 지시한 대로 온몸으로 차를 밀었지. 얼마 지나지 않아 차가 푸드득거리듯 소리를 냈고, 나는 마지막 남은 힘을 모아 더욱 강하게 밀었지. 어릴 적의 우리는 이런 종류의 예상치 않은 사고를 늘 재미있게 처리했기에, 힘이 빠지면서도 그 허구적인 시간대로 되돌아가 순진하게 깔깔거리면서 나는 밀고 또 밀었지. 마침내 차는 나를 앞으로 고꾸라지게 할 듯 강하게 튕기며 앞으로 달려나갔어. 나는 차를 뒤쫓아 뛰어갔지. 그런데 차는 멈추지 않았어. 그대로, 속도를 내며 앞으로 내달리더군. 차창으로 무언가가 내던져질 때까지도 나는 네가 장난을 치는 줄 알았지. 내가 뛰어가 그 물건을 집어들었을 때, 차는 전속력으로 황혼 속으로 멀어져가고 있었지. 그건 여권 등속의 서류와 푼돈이 들어 있는 허리에 차는 여행용 지갑이었지.

너는 되돌아오지 않았어. 예상한 대로. 그래도 나는 혹시나 하는 기대로 사방에서 물체를 식별할 수 있을 때까지 내 쪽으로 되돌아올 차를 기다렸지. 머리를 조여오는 듯한 불안, 그것은 자연에 대한 공포가 만들어낸 불안은 아니었어. 글쎄, 세상에 나올 때 태

아는 무엇을 감지하는지. 태아가 우는 것은 무엇 때문일지. 세상에 버려짐의 울음, 모체와의 격렬한 격리의 울음. 울음을 배우지 못해 눈을 부릅뜨고 어둠 속으로 내달리는 포착되지 않는 네 얼굴…… 왜 이런 것들을 황혼이 점점 짙어지는 무변의 사막의 단조로운 구도 속에서 머리를 채웠는지 알지 못해. 너는 그저 세 살 위의, 내가 언니라고 부르는 한 변덕스러운 여자일 뿐인데. 당장 밀려온, 온몸을 떨게 했던 너에 대한 증오심, 그것이 대상 없는 사막 한중간에서, 구체적인 증거도 없이 폭발되고 난 후의 공허감. 뇌 조직이 바지직거리며 타들어가는 듯한 느낌이 격렬함보다는 은근하고 깊은 고통으로 바뀐 것은 한참 후의 일이었던 것으로 기억해.

네가 되돌아오는 것을 나는 더이상 기다리지 않았지. 네가 적선하듯 내던져준 여행용 허리띠 지갑을 차고 바닥에 주저앉아 나는 서서히 내려앉는 냉기 서린 사막의 어둠을 뚫어지게 바라보았지. 불안, 그것은 너라는 이해할 수 없는, 이해할수록 더 끌려들어가는 늪 같은 한 존재의 사각지대를 들여다본 사람의 불안이었어. 그 불안의 다가갈 수 없는 부조리와 비논리, 그날 버려진 사막의 괴기 서린 끔찍한 어둠 속에서 나는 보았지. 밤은 완연히 내려앉았고, 거의 푸르스름하다고 기억되는 초승달 빛이 아니었다면 나는 한 걸음 앞이 심연인 어둠과 냉기에 온몸이 휩싸였겠지. 나는 선택해야 했어. 길옆에 앉아서 언제 지나갈지 모르는 차량이 사막 사이로 난 길 위로 나타나기를 무작정 기다리거나, 냉기에 온몸이 마비되기 전에 그 당장에 무언가를 하든지. 그것은 여지없는 선택이었지. 나는 일어섰어.

사방을 둘러보아야 다가오는 혹은 멀어지는 어떤 불빛 하나 없는 광대한 사막. 네가 날 버려둔 그 자리에 나는 그때까지 꼼짝하지 않고 앉아 있었더군. 통곡하지도 발을 구르지도 않았지. 모든 생각을 마비시키는 현기증에 사로잡혀 나는 족히 한 시간을 그렇게 앉아 있었을 거야. 그러다가 힘을 한 방울씩 모아 나는 일어섰어. 길 반대편의 돌무지 사막으로 걸어들어가기 시작했지. 나는 너를, 나를, 사막과 기다림을 잊기 위해 걸었지. 서른 살을 장식하는 잊지 못할 풍경으로 사위가 가득찬, 직선의 완만하고 단조로운 구도. 본 것을 결코 후회하지 않을 네가 선물로 준 풍경. 그저 존재하는 것을 보여준, 그저 그런 식으로 존재하는 너 자신을 폭발적으로 보여준 이 풍경. 이 풍경의 무엇이 너를 자극했을까, 나는 두고두고 생각한다. 나의, 우리의 무엇이? 아니 거두절미하고, 네 존재의 어떤 풍경이 너를 자극했던 걸까. 연결되지 않을 무의미한 추정들.

어둠 속으로 더 깊이 한 걸음 한 걸음 옮기고 발걸음의 가벼움과 어둠의 깊이가 신비한 분위기를 띠어갈 때, 나는 발밑에 차인 녹색빛을 어슴푸레하게 발하는 돌조각을 발견했지. 나는 몸을 굽혀 그 돌을 집어들었고 한참을 바라봤어. 무언가를 해야 했지. 때와 장소와 상황을 뒤섞으면서, 순간적으로 연소해버릴 너, 나, 우리에 대한 저주의 말들이 입에서 뛰쳐나오지 않도록. 열기와 냉기를 교대로 받아들이느라. 그리고 혹독한 바람 속에 단련되어 단단해진 돌사막의 바닥에 내 손이 움직이는 대로 내맡겼지. 내 손은 천천히 이렇게 쓰기 시작했어. K, 너를 용서한다. 고. 그건 밤이 내려앉는 사막 한가운데서 내가 새벽까지 살아남은 유일한 방법이었어. 한번 쓰고 나니 그다음에 손에는 속도가 붙었고, 손이 얼얼해질 정도로 쓰고 또 썼어. 밤의 깊이와 정비례하는 사막의 냉기 속에 뜨거운 입김을 내뿜으며 입을 앙다물고. K, 너를 용서해.

얼마 동안이나 몇 번이나 나는 그 문장을 썼던가. 사막의 몇 평방미터를 그 짧은 외침의 문장으로 덮었던가. 나는 바닥을 그 동일한 글로 덮기 위해 사막 안으로 안으로 걸어들어갔지. 밤이 완전히 내려앉아, 더이상 앞이 잘 보이지 않을 때까지. 녹색빛을 발하는 그 돌이 어둠 속으로 녹아들어 내 손도, 손끝에 매달린 돌조각도, 바닥에 그은 글씨도 보이지 않을 때까지. 그래, 나는 그저 그런 식으로 밤과 싸우며 살아남은 거라고 생각했는데, 결국 그것도 지나놓고 보니 하나의 실험이었어. 그 짧은 글자들의 모음이 실체가 되는 실험. 물론 그날밤 돌무지 사막의 태양과 달빛으로 단련된 단단한 바닥을 그 몇 단어들로 뒤덮으면서 그게 실험이라는 걸 체험했다는 건 아냐. 새벽이 다가와 멀리서 천천히 기어오듯 다가오는 버스를 기다렸다가 잡아타고 온기와 잠에 온몸을 맡기는 바로 그 순간에 나는 모든 것을 잊었지.

며칠 전 네게서 전화가 왔을 때, 네 목소리에 대답하는 나 자신의 반응에 나는 사막에서의 일을 떠올리지 않을 수 없었던 거야. 녹색빛을 내던 돌조각으로 바람과 냉온의 반복에 더께가 앉은 사막 바닥에 썼던 빈곤한 단어들의 모음이 하나의 실험이었음을. 그래서 나는 여기 와서 다시 앉아 있는 거지. 너는 불렀고 나는 또 뛰어왔어. 나 자신의 손, 심장, 두 발이 공공연히 벌이는 사업에 대해 제대로 알지도 못하면서 말이지.

갑작스럽게 불려온 나는 가지고 있는 것이 하나도 없네. 나는 늘 그렇듯이 황망히 빈손으로 달려왔지. 이제는 어디서 무엇을 하고 있는지 알 수 없는, 흩어져 사는 다른 형제들에게도 너는 내게 하듯 했는지? 오랜만에 한자리에 우리를 모아놓고 살육을 벌이고 떠난 그날 이후 네가 그들 각자와도 이런 식으로 개별적으로 연락을 하고 지내는지 나는 알지 못해. 겁에 질려 마침내 우리는 알알이 흩어졌고 아직도 다시 만날 준비가 되어 있지 않아. 그후로 네가 우리 모두를 불러모을 이유도, 그럴 권리도 더이상 없으니 그렇게 시간이 흘러갔을 뿐이지.

집이 빈 지 십 년이 지났으니, 이 집을 처치하는 문제가 벌써 나왔을 법도 한데 우리 중 어느 누구도 그 말을 꺼내지 않아. 마치 그 주제를 입에 담는 것 자체가 금기인 것처럼. 피치 못할 일들을 알리기 위해 전화를 할 때도 우리는 우리를 키운 그 집에 대한 언급을 멀리 에둘러 가고, 행여 조금이라도 대화가 그에 가까워지면 성급히 전화를 끊고 말지. 이 집에 관해서는 법적 권리 같은 세상의 상식적 질서가 통하지 않는 거지. 그건 성질이 전혀 다른 골칫거리. 무거운 수면에 항거하면서도 다시 물속으로 잠수하듯 그에 관한 어떤 결정도, 어떤 제안도 유보케 하는 질서라고나 할까. 무거운 두통과 미래에 대한 전면적 불안 속에서 그 집은 조금씩 자라나지. 주변의 칡넝쿨은 집을 휘덮고, 이름을 알 수 없는 가시덤불은 문을 막고 문설주를 공략하며, 잡초는 창문을 찌르고 집안을 침범할 뿐 아니라 그 질긴 씨앗은 마루에, 거실에 거대한 뿌리를 내려 전대미문의 거목으로 변종을 해 자라나. 어른의 팔목보다도 굵은 쑥 줄기는, 자르자마자 더 질기게 가지를 뻗치는 야생 두릅나무는 기하급수적으로 세를 불려 집 주변에 뿌리를 내리고 벽과 지붕을 뒤덮지. 그것들을 없애려면 집 언저리를 불태우는 수밖에는 없기에 이 상상은 늘 거대한 화재로 끝장이 나.

그러나 얼마나 다행인가 현실은. 얼마나 사실적인가 환상은. 이미 말한 대로 감나무와 호두나무는 예전같이 싱싱하지 않아 돌감이나 병든 호두들이 열렸다가 떨어지겠지. 집 앞을 감싸주고, 집 뒤의 언덕을 안온하고 그윽하게 해주던 나무들 대부분은 오랫동안 돌보지 않아 마을 사람들의 불경한 도둑 톱질에 잘려나갔지만 나무들은 그래도 자라고, 사람의 키를 훌쩍 넘는 잡풀들은 마당을 덮듯이 흉해진 풍경들까지 가려줘. 그뿐인가. 지금도 열쇠를 돌리면 우리를 맞을 마룻바닥과 먼지를 뒤집어써 파스텔 색조가 되었을 침구, 햇살이 흐드러지게 들어오는 부엌이 거기 그 자리에 있으

200

리라는 것을 알고 있지.

그래 정원의 양지 편으로 나 있는 부엌에 모여서 우리는 모두 다 보았지. 한 마리 개의 주검이 햇살 가득한 잡풀 덮인 마당에서부터 얼마나 집요하게 우리를 따라다닐지를. 우리는 그 사건에 애통하지. 어머니의 긴 죽음의 끝에 애통하듯이. 어떤 방식으로 어머니의 죽음이 진행되었는지 알지 못하는 우리는, 그 일을 보고 난 후 내면에 돋아난 몇 그루 의심의 떡잎에 물을 줘. 듬뿍 물을 뿌릴 필요도 없어. 그것이 빽빽한 밀림으로 변모하는 데는 한 올의 우연한 우울이면 충분해. 그래서 우리는 발설을 하지 않지만 단언하는 거야. 사방으로 흩어져간 우리에게 갑작스럽게 다가온 부음이 치밀하게 진행된 죽음을 향한 행진이었음을. 혼수상태에서 지속된 어머니의 긴 투병이 끔찍한 비밀을 감추는 강요된 방법이며, 그에 대한 의지적인 분노의 표현이라는 것을. 어떤 말도 거부한 병자의 말년은 그녀의 불행한 항거라는 검증될 수 없는 단언들. 당연히 그건 너, 모두가 떠나갔기에 늘 집에 머물러 있을 수밖에 없었던, 바로 너에 대한 분노와 항거. 무슨 증거가 있었던가. 우리가 집안으로 들어가기를 두려워하는 것은 그 증거 때문인 것을 우리는 알고 있지. 발견될지도 모르는 증거에 대한 두려움만큼이나 증거가 끝내 발견되지 않을 것에 대한 두려움.

그러나 어머니의 죽음이 아니었다면 또다른 것들이 우리와 너의 관계 사이에 끼어들었겠지. 나는 여기 집 앞에 앉아 생각해. 그래 일생이 걸리는 사건의 뒤처리가 있어. 그래서 나는 다시 이곳에 불려왔지. 삼 년 전에 네가 나를 여행에 초대했을 때처럼. 그러나 이상하지. 이렇게 집 앞에 앉아 너를 향해 한두 마디 쓸 때마다, 온 뇌수를 장악하곤 하던 십 년 전 그날의 참혹한 영상들을 조금씩 덮으면서 모습을 드러내는 한 장의 풍경. 돌무지 사막의 바닥에 미친 듯이 그어대며 바람에 날려보내던 전언. 이를 악물고, 추위를 증오하며 녹색빛을 발하는 돌조각으로 나는 수없이 바닥에 썼었지, K, 너를 용서한다. 버려진 사막에 홀로 서서 마치 난도질을 하는 단하나의 방법인 것처럼 굳어진 돌사막의 바닥에 그어대던 글자들로 인해 너는 내게 전화를 했고, 나는 여기 집 앞으로 달려온 건 아닐는지.

너는 아예 오지 않을지도 몰라. 전화선 저쪽의 네 목소리에는 잡음이 많이 끼어들어 있었고, 소란스러운 이국의 말에 섞여 나는 사실 네가 말한 도착 날짜를 정확히 듣지 못했을 것이 분명해. 어쩌면 너는 다른 말을 하기 위해 전화를 걸었던 건지도 모르지. 그렇지만 그 전화를 받고 어떻게 이곳에 오지 않을 수 있겠니. 전화가 소음 속에 끊어지자마자 나는 벌써 차 열쇠를 찾았고, 벌써 내손은 운전대를 잡고 있었는걸. 그리고 단숨에 나는 이곳에 와서 앉아 있었던 거야.

마음의 한구석을 집안에 담고 두 발은 가지런히 모으고 집밖에 앉아, 나는 게으르고 무감동하게 무언가가 한 방향으로 고이기를 기다리고 있는 거야. 그러나 고인 물은 어떤 방향으로도 흐르지 않아. 시간이 흘러 밤이 되고 다시 떠나기에 너무 늦은 시간이 될 그때를 기다려. 어쩔 수 없군, 하룻밤만 자고 가는 수밖에, 라고 위선적으로 중얼거리며 더듬더듬 현관의 열쇠를 찾는 일처럼 미지근한 물. 네가 만약 이 밤에 여독으로 지친 몸을 끌고 온다면 대체 나는 어떻게 너를 맞아야 할지. 호기심의 기대와 거부의 도피 사이에서 지속되는 기이한 균형. 네가 오지 않을 것을 알고 있으면서 네가 올 것처럼 나 자신을 속이고 불분명한 전화를 핑계로 이 집 앞에 와 앉아 있는 게으른 아이러니.

그래, 이건, 다시 한번, 하나의 실험이다. 집 앞까지 와 있으니 나는 집안으로 들어가야겠지. 여름이 다가오기 전에 한 발을 물에 담그고 수온을 감지하지. 다른 한 발은 강기슭을 디디고 있는데 대체 이 발은 무엇을 망설이는 건지. 여러 가능성이 있다고 믿어보지만 사실, 그다음에는 단 한 가지 행동만이 가능하다는 걸 우리는 알고 있지. 다른 발을 물속에 마저 들여놓는 일, 그리고 나서는 물속에 뛰어들어 온몸을 담그는 일. 그 실험을 해내야 할 거야. 바로 여기 옆의 돌을 들추기만 하면 돼. 그리고 열쇠를 집고 문을 열고 들어가. 가슴은 형언할 수 없이 뒤섞인 감정들로 조여오겠지. 구토와 복통이 일어날지도 몰라. 어쩌면 눈을 감고 심호흡을 하면서 평화로운 강안의 풍경을 머릿속에 불러내야 할 거야. 이 집에서는 해가 빨리 지니, 불을 켜야겠지. 눈을 감고.

어디에 앉을까. 거실의 소파. 아니면 너와 내가 오랫동안 나누어 쓰던 이층의 방이 좋을까. 아무래도 식탁이 좋겠지. 오래, 오래전 네가 요리책을 보면서 서투른 동작으로 달걀말이와 미역국을 처음으로 우리에게 만들어주었던 곳. 그러나 좀더 자주, 어떤 열기로 발설된 약속도 저주도 믿을 바가 없다는 것을 가르쳐주기도 했던 곳. 그사이 큰 변화가 없다면 식탁 바로 위의 삼십 와트 전등은 실내에 쌓인 빈 시간의 흔적을 무한히 약화해서 가려줄 거야. 더듬더듬 식탁까지의 먼 거리를 나는 눈을 감고 움직이리라. 어느 서랍에선가 잠들고 있던 종이와 연필을 꺼내놓고 앉기도 전에, 어쩌면 도망가고 싶어 숨은 멎고 고통으로 그 자리에서 쓰러져버릴지도 모르지. 그렇지만 그런 현상들은 준비해둔 그 단어들을 종이 위에 쓸 때 나를 사로잡을 어떤 것과는 비교가 되지 않을 정도로 약한 전조일 뿐이야. 단지 세 단어를 쓰는 일이 힘들어 나는 심장마비로 즉사할지도 몰라.

그래, 이건 하나의 실험이고, 나는 종이 위에 써야겠지. 그것을 해내야겠지. "K, 너를 사랑한다"라는 지난한 기본 문형.

시간이 오래 걸리는, 결과를 확인하는 데 어쩌면 일생이 걸리는 실험들이 있는 거야. 그러고도 확인되지 않는 실험도 있겠지. 그러나 실험과 함께 이미 사건이 시작되었다는 것을 너는 아니?

(2004)

전쟁들: 집을 무서워하는 아이

아침에 일어나자마자 나는 팩스 전송용 종이 한 장을 준비했다. 내게 맡겨진 일을 연기하는 편지. 전화로 설명하는 것보다 얼마나 수월한가. 나는 얼마 전부터 한 통계 연구소가 내게 맡기는 일을 대부분 집에서 하고 있다. 급박한 일이 생겨 오늘은 아무 일도 진척할 수 없으니 참작해주시라. 나는 이런 내용을 종이에 써넣었다. 그렇지만 구체적인 이유는 밝히지 않았다. 사실 짧게 설명될 만한 구체적인 이유가 내게는 없었다.

창밖의 날씨는 여전히 맑았지만 막 지나간 겨울의 추위에 얻은 목구멍의 염증은 여전히 들러붙어 있었다. 빨갛게 부푼 편도선 위로 노란 색깔의 반점이 여기저기 박혀 있는 게 보였다. 나는 조금은 줄어든 듯한 그 반점의 수를 세려고 고함치듯 입을 크게 벌리고, 구역질을 연습하는 것처럼 편도선을 더더욱 부풀려보았다. 구역질 대신 눈물이 나왔고 나는 그만 거울에서 물러나 준비해놓은 편지를 보냈다. 잠시 놀고 있던 내게 자신이 일하는 통계 연구소의 일거리를 주선해준 친구에게는 직접 전화를 걸었다.

"'○○사에서 특집을 의뢰받고, 저희 서울리서치가 몇 가지 설문조사를 하고 있으니 협조해주시기 바랍니다. 우리 시대 최악의 재앙으로 어떤 사건을 꼽으십니까? 혹은 우리나라 최고의 천재가 누구라고 생각하십니까? 생각나는 대로 오 초 안에 말씀해주십시오.' 이런 전화를 하루에도 수십 번씩 반복하는 일에 지쳐버렸단다. 적어도 오늘은 말이야. 미안해."

일을 연기하는 이유가 정말 그런 것처럼 밝은 목소리로, 여유 있게 말했다. 친구는 농담 반 진담 반 매달렸다.

"어쩌지. 그렇지 않아도 부탁할 설문을 벌써 준비해두었는데…… 뭔지 알고 싶지 않아? '킬리만자로산이 어느 대륙, 어느 나라에 있는지 아십니까?'야. 오늘은 따로 대신할 사람도 없는데 웬만하면 해주지그래."

사시사철 눈 덮인 킬리만자로산이 보이는 열대 아프리카의 탄자니아. 나는 입으로는 친구에게 무어라고 대답한다. 그렇지만 머릿속으로는 기이한 영상들이 순간적으로 스쳐지나간다. 킬리만자로를 덮은 백년설이 어느 날 갑자기 단번에 녹아내려 도도한 홍수를 만드는 광경. 그리고 우리는 기이한 뉴스를 접하리라.

적도 아프리카의 동쪽, 케냐 국경에서 멀지 않은 탄자니아 연방

공화국에 있는 고도 5895미터의 킬리만자로산에서는, 이 산이 융기한 이래 처음으로 이변이 일어났다. 며칠 전부터 갑자기 높아진 태양열이 킬리만자로산 정상의 눈을 모두 녹이는 사태가 발생한 것이다. 아직까지 과학적으로 충분히 규명되지 않은 기상학적 이유로 일어난 이 사건은 인근 지역에 해일에 가까운 홍수 피해를 내, 주변에 기거하는 주민이 무더기로 사망하는 사태가 발생했다. 이 이변은 세기말적인 우려를 전 세계에 낳고 있어, 이 방면의 전문가들이 모두 탄자니아로 모여들고 있다……

규수의 방문은 어둠을 내보이며 열려 있었다. 그 방에는 창문이 없다. 아니, 통로로 나 있는 작은 창문이 있기는 했다. 그러나 어느 겨울, 창밖을 달리듯이 걸어 출근하는 사람들의 이른 구둣발 소음과 아무리 막아도 새어들어오는 바람 때문에 폐쇄해버렸다. 그런 방을 자진해서 택한 것이 규수 자신이니 그에 대해서 불평한 적도 없다. 침대 하나가 들어서고 나자 그 작은 방은 그만 꽉 차버렸다. 간밤에 아무렇게나 벗어던진 양말과, 작고 따뜻한 동물의 허물처럼 약간은 퀴퀴한 냄새를 풍기며 돌돌 말려 그 자리에 그대로 놓여 있는 속옷, 방심한 주머니에서 흘러나온 영수증이나 명함 같은 종이 나부랭이……

나는 그런 반복적인 삶의 흔적을 이날 아침 새롭게 바라본다. 그것은 눈 언저리와 콧등을 가볍게 치받으며 올라오는 매캐한 슬픔의 여파로 내게 다가온다. 그저 각별히 과장적으로 민감해져버리는 그런 날의 감상? 모르겠다. 그것은 마치 꿈속에서 무언의 말을 건네려다 사라져간 친구의 얼굴 표정처럼 어찌할 수 없는 것이다. 죽은 자들은 꿈속에서 말이 없으므로 친구에게 말을 걸 수도, 그를 만질 수도 없다. 꿈이 깨고 나면 좀 전에 만난 사람이 누구였는지조차 기억에 없어도, 그 황량한 느낌만큼은 생생히 남아 있다. 규수와 나는 바로 그 꿈속의 무언과, 꿈속 같은 비현실적인 격리의 시간을 가로지르고 있었다.

나는 물건들을 집어들지도, 어질러진 방을 정리하지도 않는다. 오늘은 그냥, 구차한 일상의 껍질의 모양과 냄새를 있는 그대로 놔두고 싶어진다. 바닥에 흩어져 있는 저 구체적이며 적나라한 일상에 다가가는 것을 무언가가 방해하고 있음을 알고 있기 때문에. 그 무언가의 정체를 조금이라도 보아내기 위해.

나는 아침에 문을 나서는 규수에게 말했다.

"오늘 우리가 나리 찾으러 가는 날인데…… 일찍 와주겠어?"

"장미 아, 아니던가, 그, 그애 이름?"

그리고 그는 출근했다.

지난해 여름, 나는 동네 아파트 상가의 게시판에서 손으로 쓴, 이런 광고를 보게 되었다.

"팬플루트를 가르쳐드립니다."

삐뚜름하게 붙은 광고문 밑에는 어느 책에선가 복사한 듯한 팬플루트의 그림과 함께 연락처가 적혀 있었다. 며칠에 걸쳐 나는 동일한 광고지를 동네의 우체국 벽에서, 책방의 유리문과 건강식품 센터의 녹색 판자문 위에서도 보았다. 흑백으로 복사된 팬플루트의 그림을 어김없이 대동한 이 광고문 앞에 나는 매번 머물렀다.

나는 그즈음 무언가를 찾고 있었다. 찾고 있는 것이 무엇인지 알지는 못했지만 그것이 찾아지지 않을 것이라는 예감을 가지고서도 덤벼드는 아둔한 동물처럼 나는 그렇게 찾고 있었던 것이다. 규수와 내가 결연히 금주를 결심했던 즈음이었기 때문에 내가 찾고 있는 것이 무엇인지 더욱 모호해졌던, 그런 때였다고 기억한다. 어느 어스름한 저녁, 늦은 귀갓길에 나는 그 광고문 하나를 떼어 집으로 가져왔다. 그렇게 모호한 손길이 주워가지고 오는 종잇장이 얼마나 일상을 잡다하게 채우던가. 그때만 해도 나는 그렇게 단순하게 생각했었다. 그런 단순한 마음으로 팬플루트를 배우기로 결정했다. 별다른 확신 없이.

광고지에 첨부된 주소는, 우리의 아파트에서 두 동 떨어진 곳. 우리의 아파트와 똑같이 협소하고 어두운 입구. 우리의 아파트와 똑같이 짙은 색깔의 합판으로 된 신발장. 그 위에는 우리집 신발장 위를 어지럽히고 있는 먼지 덮인 선글라스나 우산 나부랭이 대신 알록달록한 이국적 색조의 수공예품이 가득히 놓여 있었다. 그런 실내에서 한 여인이 나를 맞았다. 남미로 이민갔다가 가족을 다 그곳에 두고 홀로 돌아왔다는 중년을 훨씬 넘긴 듯한 여인, 그 사람이 팬플루트 강사였다.

월말이 우울하고 조급한 서민 아파트에 팬플루트 강의? 내가 그 여인의 첫번째 수강생이었다. 그러다가 한 명, 두 명이 늘고 기적적으로 우리 수강생은 모두 네 명이 되었다. 여자 세 명에 남자 한 명, 두 명의 여자에 한 쌍의 부부가 있었다.

수강생들이 입을 모아 남미 선생님이라 부르는 그 여인은 열심이었다. 작고 남루한 아파트 단지에 남미 열풍을 불러일으키겠다는 듯, 노인정이나 유치원을 찾아가 자청해 연주를 하기도 했고, 가끔 수강생들에게 그곳 토산품인 수공예품 같은 것을 선물로 나누어주기도 했다. 손으로 짠 털모자와 양모 가방, 머리끈과 나무 손목 장식같이 쓸 데가 딱히 생각나지 않는 물건들. 내게는 오렌지색과 노랑, 빨간색에 인디언 블루가 섞인 뾰족한 털모자가 선물로 주어졌다. 남미 산간 지방의 어린 목동들이 쓰고 다닌다는 그 소형 모자를 나는 거실의 벽에 핀으로 고정시켜놓았다. 한 달이 빨리 지났지만 그리고 수강료는 거의 무료에 가까울 정도로 저렴했지만 수강생의 수가 그 이상으로 늘지는 않았다.

내가 K씨 부부를 알게 된 것은 바로 거기에서였다.

안면을 겨우 익혔을 뿐인 K씨 부부가 우리와 같은 아파트 건물의 이층에 살고 있다는 것을 나는 얼마 지나지 않아 알게 되었다. 어떻게 한 번도 그들과 부딪치지 않고 한 건물에 살았던 것일까. 일단 그 사실을 알고 나자 더욱 눈에 띄는 것인지, 나는 이후 그 부부를 자주 만나게 되었다. 특히 K씨 부인과 그의 어린 딸애를. K씨 부부는 우리가 배우는 악기를 팬플루트라고 하지 않고 꼭 남미 피리라고 부르는 독특한 점이 있었다. 남미 선생이 남미에도 여러 종류의 피리가 있노라며 갈대나 사탕수숫대로 만든 다른 피리를 보여주고 설명해주어도 소용이 없었다.

나와 같은 시간에 수강을 받기도 해서 우리는 자연히 말을 나누게 되었고, 일주일에 한 번꼴로 가는 나의 수강일인 금요일이면, 아파트 입구에서 남편의 귀가를 기다리는 K씨 부인과 얘기를 나누다, 트럭을 타고 돌아온 그녀의 남편과 셋이 남미 선생의 아파트로 향하는 일도 생겼다. 그렇게 해서 나는 아파트 앞 주차장에 전화번호를 달고 세워져 있던 트럭이 그들의 것이라는 것도 알게 되었다. K씨는 작은 트럭으로 개인 용달업을 하고 있었다.

그들은 나 같은 간헐적인 수강생과는 달리 일주일에 세 번씩이나 부부 동반으로 수강하고 있어 나보다 훨씬 먼저 〈엘 콘도르 파사〉 같은 곡을 부부가 듀오로 연주할 정도로 진전이 빨랐다. 세 살 정도 된 딸아이를 놀이터의 좀더 큰 이웃 아이들에게 맡기고 수강을 받으러 가는 열성을 그 강의에 바쳤다. 저녁나절이면, 나도 먼발치서 계집아이를 여러 번 보게 되었는데, 아이답지 않게 놀이터에서도 가만히 주저앉아 먼산바라기를 하거나 모래나 만지작거리는, 주소와 이름이 적힌 백 통팔찌를 끼고 있는 꾀죄죄한 모습의 아이였다. 장미였던가, 그애 이름이? 아니면 나리? 하여간 흔한 꽃 이름으로 한두 번 불려지는 것을 들은 적이 있다. 그러나 나와 만났을 때만 아이 엄마는 아이를 그렇게 불렀던가. 그 슬프고도 부드러운 목소리로.

후에 K씨 부부와 같은 층에 살던 사람에게 물어봤지만 아무도 시원한 대답을 해주지 않았다. 그러나 아이는 이제 장미라고 불러도 나리라고 불러도 대답하지 않는다. 물론 백 통팔찌에 씌어 있는 경원이라는 이름에도 아이는 대답을 하지 않게 되어버린 것이다.

K씨 부인은 나보다 훨씬 젊어 보였다. 그녀의 빠른 말씨, 아이에 대한 철없어 보이는 태도가 나로 하여금 그렇게 생각하게 만들었지만 그녀가 나처럼 삼십대 초반이라는 것을 곧 알게 되었다. 그들을 안 지 얼마 되지 않았는데도 내가 그 부부에 대해 많은 것을 알고 있다고 생각하게 될 정도로 K씨 부인은 쉴새없이 자신에 대해 얘기하는 버릇이 있었다. 조금 이상한 구석은 있었지만 나 자신도 가끔, 하루종일 아파트에 갇혀 있는 여인들의 불발탄 같은 변덕스러운 수다의 노예가 되기에 그녀의 얘기를 정성껏 경청하였다. 언젠가는 저이도 내 말을 들어주겠지.

그즈음 K씨와 그의 부인의 삶의 궁극적인 목표는 남미 여행이었다. 어떻건 그들은 나와 규수에게 그렇게 말했다. 그들은 무엇 때문인지 볼리비아를 꼭 고향처럼 얘기했고, 볼리비아의 산간지대의 여행과 가능하다면 그 나라로 이민가는 것이 꿈이었다. 하필이면 남미의 나라 중에서도 각별히 가난한 그 나라가 그들의 꿈이었는지. 왜 그러냐고 물어볼 엄두를 내지 못할 정도로 그들의 꿈은 단호해 보였다. 그들은 그곳에서도 운송업을 할 것이며, 그러기 위해서는 멀리 떨어져 있는 험한 산간 지방 사이의 통신 수단으로라도 남미 피리는 배워두어야 한다는 것이다. 어느 금요일, 강의가 끝나고 우리집에 들른 K씨 부부와 우리가 술자리를 벌인 중에 한 얘기였다.

K씨 부부는 저녁 내내 홀린 듯이, 혹은 말을 멈추기가 두렵기라도 한 것처럼 번갈아가며 볼리비아의 산악지대에 대해서만 얘기했다. 남미에 대한 여행안내서도 적잖이 읽은 눈치였고, 텔레비전에서 얼마 전에 방영해 규수와 나도 본 적이 있는 남아메리카 특집 방송의 내용이나 남미 선생이 말해준 것을 자주 인용하곤 했다. 그날, 이야기가 고조되었을 때, K씨는 그 여행을 위해 수년 전부터 붓고 있다는, 만기가 가까워진 적금 통장을 상의 안주머니에서 꺼내 우리에게 보여줄 정도였다. 내가 내준 털베개 인형을 조몰락거리며 아무 말 없이 한켠에서 놀던 아이는, 얼마 지나지 않아 소파에 누워 내내 잠을 잤었다. 그날도 우리의 취기는 깊고 길었다.

바로 그 부부의 시체를 내가 발견했던 것이다. 하필이면 내가.

어느 날 오전, 그악스럽게 울어대는 아이의 울음소리가 사층의 우리 아파트에까지 들려왔다. 그 집요한 울음소리가 나를 아파트 밖으로 불러냈고, 그 울음소리를 따라 나는 사층에서 삼층으로, 다시 이층까지 내려와 울음의 방향을 가늠하느라 복도에 멈추어 섰다. 잠시 그쳤던 아이의 울음소리가 다시금 까무러칠 듯 울려와, 나는 그 소리를 따라, 대낮이면 지붕을 넘어 다른 쪽으로 이동하는 햇볕 때문에 길고 어두워 보이는 복도로 빨려들어갔다.

연이어 붙은 닫힌 문들을 지나쳐 맨 마지막의 열린 문 앞에까지 다다랐는데…… 문을 밀어 열자, 벼락처럼 집안을 채우고 있던 울음이 순간 멈추었다.

그러니까 K씨 부부의 아파트에 들어가본 것은 그때가 처음이었다. 모든 문은 닫혀 있었고 비어 있는 협소한 응접실은 커튼이 쳐져 있어 어두웠다. 부엌 쪽으로 눈을 돌렸을 때…… 아, 나는 거기에서 무서움에 가득차 이상하게 번들거리는 하나의 시선과 꼼짝없이 마주쳤다. K씨 부부의 딸애의 눈이었다. 그러고 나서야 나는 부엌 바닥에 나란히 누워 있는 두 구의 시체 쪽으로 시선을 돌릴 수 있었다.

K씨와 그 부인은, 그렇게, 부엌 바닥에, 죽어 있었다.

아이는 다시금 울기 시작했다. 죽은 자들의 이미 딱딱해진 시신 사이에 끼어 앉아, 숨이 넘어갈 듯이, 공포에 질린 얼굴로. 더이상 울음이 아닌 아이의 육성이 오히려 나의 경악을 조금 완화시킬 정도였다. 아이가 그렇게 울도록 아무도 문 열린 그 집을 들여다보지 않았던 것인지…… 나는 그날 세상에서 가장 긴, 세상에서 가장 슬픈 울음소리를 듣고 말았다.

아이는 꼼짝도 하지 않았다. 그 자리에서 단단한 돌조각으로 녹

아버린 듯, 한참이 지나 정신을 차린 나의 당황스러운 부름에 달려온 규수가 작은 바위 조각을 들어내듯 시체 사이에서 오므라진 작은 체구를 들어낼 때까지, 아이는 갑작스러운 울음과 갑작스러운 침묵을 반복했을 뿐이었다.

벌벌 떨면서 경찰에 신고를 하고 난 후, 이웃으로 동장네로, 동사무소로 뛰어다니면서 수소문을 해도 나와 규수는 그들 부부의 연고자를 발견할 수 없었다. 동네에서 달려온 파출소 순경이 관할 경찰서 형사계 담당자에게 연락을 취해, K씨 부부의 죽음은 그들의 손으로 넘어갔다. 분명한 약물 자살의 증거들을 입수한 형사들은 그래도 그 부부를 시립 병원으로 옮겨야 한다고 했고, 달려온 앰뷸런스에 실려 시신은 재빨리 사라졌다. 연고자에 관한 한 형사들은 K씨 부부의 아파트를 이잡듯 뒤졌지만 결국 아무런 정보도 입수하지 못했다.

아이를 붙들고 이것저것 물었지만 아이는 이미 침묵 속으로 빠져들어간 다음이었다. 태어날 때부터 벙어리였던 것처럼 아이는 주위의 소란스러운 질문에 시종일관 울음으로 항변했다. 정당한 때가 오기 전에는 울음 외의 어떤 표현도 하지 않기로 작정한 듯이. 결국 무연고자로 판단돼 며칠 후 K씨 부부는 구청 관계 부서의 담당하에 가매장되었다고 동장이 알려주었다. 충분한 공시 기간이 지나 여전히 연고자가 나타나지 않으면 그때야 화장 절차를 밟을 수 있다는 등의, 일생에 한 번이나 쓰일까 말까 한 지식도 전달받았다. 아파트 단지는 매일 조금씩 도착하는 K씨 부부에 관한 소식을 주고받느라고 아수라장이 되어 들끓었다.

남미 선생이 주검 없는 상징적인 장례 절차를 주도했다. 아파트 앞의 손바닥만한 잔디에 초라한 상청이 차려졌다. 동장과 수강생들, 몇몇 이웃이 그 자리 마련을 도왔다. 사흘 내내, 몇 안 되는 수강생과 잠깐 앉았다가는 사라지는 동네 사람들에 섞여 앉아 나도 규수도 술만 마셨다. 계집아이는 자신에게 어떤 일이 일어났는지도 모르는 듯 돗자리 한구석에 애벌레처럼 도르르 말려, 그 추위에 배꼽까지 내놓고 울다가 지쳐 잠들어 있었다.

아이는 자기 집 가까이만 데려가도 숨이 넘어갈 듯이 울어서 낮에는 동네 사람들이 돌아가면서 돌보고, 저녁에는 우리 동에서 가장 가까운 보육원에 맡겨졌다. 자고 있는 아이의 장래에 대해서 동네 사람마다 의견이 분분했고, 그런 사람들 사이에 끼여 규수는, 만취 상태에 다다르면 늘 그렇듯이 불상의 미소 비슷한 미소를 흘리며 그들이 하는 얘기에는 무관심한 채, 고개를 끄덕이고 있었다.

그런 순간이면, 견뎌낼 수 없는 두려움이 몇 배 배가되어 나를 엄습해, 나는 취기가 갑자기 나를 버리고 달아나면서 내던지는 나락 속, 그 가상적인 공허한 추위에 몸이 벌벌 떨릴 정도였다. 그 당장에 무슨 일이라도 결정하지 않으면 규수와 나, 우리는 영원히 정체를 알 수 없는 늪에 빠져 익사할 것 같은 절대적인 절망감에 사로잡혀 나는 규수를 아파트 뒤쪽으로 불러냈다.

"우리 다 그만두고 어디로든지 가버려야겠다."

취기가 조장하는 만성적 무관심으로 나를 멍하니 바라보는 규수의 눈가의 주름은 이틀 간의 밤샘과 연이은 만취로 늙은 코끼리의 귓살처럼 늘어져 무리져 있었다. 규수는 '아, 그런 시시한 얘기냐……' 하는 얼굴 표정을 하고 짙은 하품을 하다 지린 눈물 자국을 여실히 드러내 보이면서 내게 초점을 맞추려 애썼다. 나는 녹음기처럼 비슷한 문장을 반복했다.

"우리 다 집어치우고 어디로 가야겠다니까."

"어, 어, 어떻게, 어, 어, 어디로?"

규수는 힘껏 더듬었다. 물론 우리에게는 집어치울 것도, 갈 곳도 없었다. 그러나 두서너 세대가 서둘러 이 아파트 단지를 떠날 거라는 소식을 전해들었다.

그 일이 있은 후, 두 달이나 지나 언뜻언뜻 떠오르는 것은 부엌 바닥에 딱딱해진 채 누워 있던 K씨 부부의 얼굴이 아니라, 상청 구석에서 배꼽을 드러내고 자고 있던 계집아이의 얼굴이었다. 연고자가 찾아질 때까지 보육원에 맡겨져 있던 아이에 대해, 겨우 지난주부터, 주말에는 동네 사람들이 돌아가며 아이를 데려다 돌보는 것을 시도하기로 결정했다. 적당한 방법이 찾아질 때까지. 그리고 아이가 우리들 중의 한 사람의 아파트에 들어오는 것을 거부하지 않는다면. 아이의 부모의 죽음을 발견한 사람이 나였기에, 그것과 이 일과는 별개의 것임에도 불구하고, 그 어려운 첫번째 시도가 내게 떨어진 것이다.

이 일과 직접적인 연관이 있었는지, 아니면 한번 시작된 증세의 자연적인 발전 단계인지는 알 수 없어도, 간헐적으로만 나타나던 규수의 말더듬증은 이후 더욱 확실한 것이 되었다. 집에 들어가기를 거부하며 숨이 넘어가게 울어젖히는 아이. 그들이 자살하기 전 주말만 해도 아파트 단지의 쓰레기 처리장 근처의 공터에서 배드민턴을 했으며, 주중에는 남미 피리를 열심히 배우던 젊은 부부가 남긴 아이, 이 아이의 철저한 거부에 나는 저 깊은 곳에서부터 동조했다. 팬플루트, 남미 여행, 볼리비아의 산간 황야…… 그건 다 무엇이었을까?

내가 K씨 부부의 어린 딸, 장미인지 나리인지 평범한 꽃 이름이었음에도 이상하게 기억에 확신이 서지 않는 이름을 애칭으로 얻어 가진, 튀긴 기름에 절어버린 땅콩알 같은 인상을 주던 그 아이의 초췌한 얼굴을 자주 떠올리는 것은 그 얼굴이 상기시키는 두려움이 구체적이었고, 육체적으로 웅변적이었기 때문이다. 지극히 단순한 언어를 겨우 구사할 뿐인 이 아이는 벌써 삶에 대한 일종의 불신을 그 원시적인 울음과 행동을 통해서 우리에게 전달했던 것이다. 도리질을 해가며 부모가 죽어 늘어져 있던 아파트의 문 앞에서 안으로 들어가기를 거부하는 아이가 보아버린 그것, 그것을 우리는, 아파트 단지에서 그다지 멀지 않은 보육원에 아이가 있는 동안 어쩔 수 없이 매일 보아야 했던 것이다. 계집아이가 더욱 더러워진 몰골로, 놀이터 미끄럼틀 밑의 모래 구덩이에 앉아 아마도, 아이의 빠른 성장으로 서서히 팔목을 조이기 시작했었을지도 모르는, 주소와 이름이 박힌 백 통팔찌를 빼내려 열중하고 있는 모습에 부딪힐 때면, 나는 아이를 만나 얘기를 해보겠다는 결연한 의도를 가지고 찾아갔음에도 들어가지 않은 채, 고개를 숙이고 그 앞을 빨리 지나가곤 했다.

몇 년 전 아이에 대한 강박관념이 규수와 내게도 찾아왔었다. 그것은 적어도 나에게는 꼭 괴물 같은 두 개의 상이한 머리가 붙은 그런 욕구였다고 생각한다. 한쪽으로는 절실히 원하고, 다른 한쪽으로는 절실히 거부하는 그런 이율배반적인 욕구. 어쩌면 모든 욕구에는 이런 두 개의 괴물 같은 머리가 붙어 있는지도 모른다. 남들이 대개 그렇듯이 결혼 후에 '우리도 모르는 새에' 아이가 생겼다면 문제는 달랐으리라. 그러나 그렇지 않았다. 주변 사람들이 끊임없이 그 사실을 일깨워주었음에도 거의 신경을 쓰지 않은 채 결혼 후의 몇 년이 흘러갔다. 그러다가 어느 날, 규수와 나는 일종의 두려움 섞인 그 욕구에 사로잡힌 것이다. 어떤 계기가 있었다고 생각하지는 않는다. 오히려 삶에 대한 막연한 두려움이 그 욕구를 만들어냈다고 말해야 할까. 그보다는 이십대 후반에 자주 사람들이 그렇듯이 우리도 재생의 욕구에 매달렸던 것일까.

나는 먼저 그 방면 전문이라는 산부인과에 등록을 했고 상담을 받았으며, 복잡한 검사를 거쳤다. 무슨 검사, 무슨무슨 검사, 무슨무슨무슨 검사…… 당시에는 나 자신이 전문가라도 되는 듯이 저항 없이 입에서 술술 나오던 이 모든 검사를 다 받아보아야…… 아무런 문제도 없었다. 그다음에는 규수 차례였다. 그에게도 문제가 없었다. 우리에게 아무 문제도 없었으며, 지금도 문제가 없다는 사실을 전달받던 날 우리들은 살짝 실망하기까지 했다. 어떻건 우리에게는 아이가 생기지 않았고, 그런 처지에 놓인 많은 사람들이 거치는 긴 절차를 하나하나 밟기 시작했다.

병원의 복도에 나란히 놓인 경쾌한 파스텔 색조의 분홍색 플라스틱 의자에는 우리와 같은 처지의 사람들이 늘 가득히 앉아 있었다. 그들 사이에 끼여서 나는 옆자리 여자들이 각자의 은밀한 문제들을 속살거리는 것을 엿들으면서 그들의 경험담을 내 간접 교육의 장으로 삼았다. 전체적으로 보랏빛이 감도는 병원의 따뜻하고 감미로운 분위기는 아무런 거리낌없이, 다른 곳에서였다면 흉악하게 보였을 내밀한 성적 비밀들을 각자가 거리낌 없이 토로하게 만들었다. 그 주제가 거기서는 과학이 되었기 때문이었다. 그곳에서만 통용되는, 그곳에서만 의미가 있는 표현들에 어느덧 나도 익숙해져 있었다.

많은 사람들처럼 규수와 나도 다음 단계의 조처를 전달받기 위해 차례를 기다렸다. 다음 단계란 시험관 아이를 위한 시술이었는데, 그것은 다소간 복잡하고 미묘한 절차를 요구하는 것 같아 규수도 나도 매우 긴장했다. 담당 의사의 말에 의하면 그 시술을 위해서는 "남편의 정자를 채취한 후, '건강하고 활동적인 놈들'을 골라 냉동실에 준비해두었다가, 배란일에 맞추어 나팔관을 향해 총으로 쏘아 집어넣어야 한다"고 말했다. 의사는 실제로 총을 잡고 쏘는 시늉을 하면서 우리에게 현대적인 시술의 절차를 설명했다.

그 미묘한 시술을 시도하기 위해 매일 병원 출입을 하던 그즈음 마침 걸프전이 터져서, 나는 그 앞뒤의 일을 잘 기억하고 있다. 신문이 걸프전에 동원된 신무기와, 과학적으로 완벽해진 새로운 전쟁 양태에 대한 보도 기사로 가득찼었고, 방송은 방송대로 매일 걸프전에 관한 미국의 생방송 위성중계를 시시각각 방영하던 때여서, 우리는 의사와의 면담이나 검사의 차례를 기다리면서 걸프전의 소식이 실린 신문을 읽었던 것이다.

"17일 이라크 공습 때 미美 F117A 스텔스기가 투하한 스마트 폭탄은 목표물에서 반사돼 나오는 레이저 광선을 쫓아 목표물을 정확히 파괴하는 초超정밀도를 자랑한다. 비행기에서 촬영해 18일 녹화 테이프로 공개된 스마트 폭탄의 파괴 장면은 미국 군사 기술의 진면목을 실감케 했다. 2차대전 당시 전투기를 몰고 출격했다가 태평양에 추락한 경험이 있는 부시 미 대통령은 이날 대통령 집무실에서 녹화 테이프를 시청하다 '야! 저거 좀 봐'라며 감탄사를 연발했다. 스마트 폭탄은 쿠웨이트에 있는 이라크의 스커드 미사일 저장소를 지나 사담 후세인 대통령이 거주했던 빌딩의 육상 환기통 속으로 정확히 유도돼 폭발하는 고도의 정밀성을 과시한 것이다."

스마트와 스커드에 획 하나 덧붙여진 스커트. 스마트 스커트. 나는 그렇게 최소한 두 종류의 최신 무기의 이름을 기억했다. 꼭 기억해두어야만 할 것 같아서.

한 달에 한 번, 의사가 정해준 날짜에 규수와 나는 각자 직장에서 하던 일을 놔두고 허겁지겁 거의 초 단위의 정확성을 기해 정해진 약속 시간에 맞추기 위해, 당시 도심에 있던 그 병원으로 뛰어가야 했다. 그날이면 규수의 키는 불필요하게 커 보였고 나의 평균 체구는 주체할 수 없이 거추장스럽게 느껴졌다. 규수는 한 달에 한 번만 오면 되었지만 나는 한 달의 반 이상을 아침 일찍, 병원으로 뛰어가야 했다. 포르스름한 컴퓨터 화면을 담은 기계에서 나오는 초음파의 빛 말고는, 검사를 담당하는 의사의 얼굴마저 가려버리는 어둠 속에 그 방은 휩싸여 있었다. 그 초음파실에 누워 난자가 자라는 정황을 매일매일 관찰받았으며, 그 결과를 담당 의사에게 보고하고 다음 지시를 전달받기 위해 또 줄을 서야 했다. 나는 이런 초현대적 절차 속에서 무시무시한 원시를 느꼈다. 그러나 그것을 문제삼을 처지가 아니었다. 일단 병원에 들어가면 나도 알 수 없는 힘에 설득당해, 그 일은 절대적인 믿음을 요하는 어떤 것으로 변모했기 때문이었다.

그리고 그날이 가까워오면…… 규수는 규수대로, 건강하고 활동적인 정자 놈들을 다량으로 생산해내기 위해서, 하늘색 문 뒤, 감미로운 음악이 약하게 새어나오는 어슴푸레한 익명의 방으로 그림자처럼 미끄러져들어갔다. 무미건조한 청결함을 암시하는 푸른 색조의 방에 홀로 들어가, 작은 컵처럼 생긴 플라스틱통에 규수는 무슨 수를 써서라도 사정을 해야 했다. 나는 첫날 열린 문 사이로 그 푸른 색조 위에 찍혀진 야자수 무늬를 흘깃 보았을 뿐이었다. 문에 바짝 붙어 서서 "철호를 생각해" 같은 암호문이나, "어지럽지, 어지럽지?" 같은 이상한 질문을 문안의 남자에게 던지는 여자들도 있었다. 나는 그녀들에게 등을 대고 서서 신문을 보면서 그녀들의 행동을, 무슨 귀중한 시험 문제이기라도 한 것처럼 마음속에 새겨두었다.

나는 이 푸른 방, 대낮의 어스름 속에서 규수가 어떤 생각을 했는지 알 수 없다. 가끔 궁금했지만 한 번도 물어본 적이 없고, 규수 또한 이에 대해 한마디한 적이 없었던 것이다. 사정한 것이 담긴 플라스틱통의 뚜껑에 규수는 내 이름을 써넣는다. 그리고 그것을 죄스러운 물건 다루듯이 주머니 속에 감추고 방밖으로 나온다. 그러고는 매번 미로에서 빠져나온 것처럼, 그는 두리번거리며 검사실의 방향을 찾는다. 그 작은 병원에서 길을 잃은 사람처럼 암담한 표정이 되어서. 그 과정을 규수는 제일 싫어했다. 그 방향감각을 잃은 짧은 순간을 내게 보이기를 그는 싫어했다. 규수는 그때만은 모든 것이 마치 나의 잘못이기라도 한 것처럼 뒤도 돌아보지 않고, 화난, 빠른 걸음으로 검사실로 가곤 했다.

결과를 기다리는 동안 규수도 나도 아무 말도 하지 않고, 일간지를 나누어 갖고, 사실은 푸른 방에 들어가기 전에 마시라고들 권고하는, 짙은 커피를 방밖에 나온 후 마시면서 걸프전의 기사를 읽고 또 읽었다. 의사의 지시에 따라 그의 용어대로 우리가 실험적 '잠자리'를 한 그날, 그 시각에 가장 근접한 기사를 나는 오려두기까지 했다.

"오전 0시 50분, 사우디 중부에 위치한 공군기지에서 미 공군의 F-15E 전폭기 편대가 처음 이라크를 향해 발진했다. 동시에 이라크군의 통신 체제를 교란시키는 전자 장비를 갖춘 AE-6B 전천후 야간 공격 침투기 등이 잇따라 이륙했다.

오전 한시쯤 인근 호텔에서 잠들어 있다가 비행기가 뜨는 굉음에 놀라 공군기지로 몰려든 기자들에게 미 공군의 레이 데이비스 대령은 '이제 역사가 시작되고 있습니다'라고 나직이 말했다."

한마디로 우리는 모든 것을 거꾸로 했던 것이다. 이해 못할 암호로 기사가 가득차면 가득찰수록, 우리가 착수한 일에 대한 불신은 짙어져, 결정적인 순간에 중요한 주사 맞는 것을 잊어버리거나, 하루도 빠뜨리지 않고 규칙적으로 먹어야 한다는 한 달 치 약봉지를 분실하거나 했다.

두세 번에 걸친 우리의 시도는 실패로 끝났고 우리는 시작할 때와는 달리 서로 아무 말 없이, 자연스레 이 일을 포기했다. 더 복잡한 다음 단계로 넘어가보자는 의사의 조심스러운 제안을 건성으로 흘려들으면서. 어떤 건강하고 활동적인 놈도 나팔관에 거주하고 있는 난자를 제대로 저격하지 못했던 것이다. 나는 이 실패가 많은 부분 내게서 기인했다는 것을 잘 알고 있다. 아이를 가지고자 하는 욕구가 어떤 경로로 생겨났는지 알 수 없었지만, 욕구가 파국에 대한 예감으로 전복되는 것은 아주 순식간의 일이었던 것이다.

시험관 아이를 만들기 위한 첫번째 시도로 병원을 들락거리는 동안 걸프전의 절정은 끝나버렸지만, 이후에도 나는 아주 많은 분량의 전쟁에 대한 기사를 수집해서 읽었다. 마치 담배를 끊은 사람이 금단현상으로 땅콩이나 팝콘을 기계적으로 주워먹듯이. 그즈음 나는 한 사설 경제 문제 연구소 자료실에서 격일제로 자료 정리 일을 하고 있었는데, 2차대전 격전지의 상황 보고 기록이나 한국전쟁의 전황 자료집 같은 것은 그 연구소 자료실에서 얼마든지 찾아낼 수 있었다. 이를테면 이런 것이었다.

"하계 공격 작전, 자 7월 1일 지 10월 12일, 8월 18일 아군은 동부전선 일대에서 제한된 공격을 개시하였다. 그 지향하는 목표가 '피의 능선'을 향하여 진격함으로써 여기에 소위 '피의 능선'의 처열凄烈한 공방전이 전개되었다. 이 지구에서 피아는 전소전의 소전투를 계속하면서 이 개월여에 '캔자스 선'을 구성하였고, 아군 3사단은 완강한 적의 주둔지를 돌파함으로써 밤중에 고지를 점령하였다. 아군은 패주하는 적을 따라 8월 23일 미명에 피와 시체로 물들인 983고지의 주봉을 점령하였다. 이 기간 아군이 발사한 포탄은 무려 삼십육만 발에 달하였다······"

'피의 능선'과 '캔자스 선' 그리고 5일 간 발사된 '삼십육만 발의 포탄,' 나는 지금도 어두운 방안을 푸르스름한 기계파로 채우고 있는 초음파 검사실이나, 달착지근한 음악이 흘러나오던 흘끗 본 사정실의 푸른 벽지를 걸프전이나 이런 전쟁에 대한 보고서와 연관시키지 않고는 기억하지 못하는 것이다.

규수의 말더듬증은, 우리의 그 일이 실패로 끝난 후, 성적인 접촉을 두려워하게끔 되었을 때 시작되었던가. 아니 이미 그 이전이었던 것 같다. 어느 날 그는 집에 돌아오자마자 말했다.

"사, 사, 사랑해."

나는 규수가 갑작스럽게 들이닥친 감정의 격류를 주체하지 못해 더듬거리는 줄 알았다. 그런데 그게 그의 말더듬증의 시작이었다. 몸으로 확인할 수 없게 되어서였는지 우리는 자주 서로에게 말했다. 사랑한다고. 그리고 그것은 매우 절망적인 표현이었지만 어쩔 수 없는 진실이었다. 아마도 우리가 성적인 접촉을 두려워할 즈음부터, 우리의 욕망이 완전히 사멸하기 전에 아이를 만들어야겠다는 얄팍한 강박관념이 우리를 유혹했던 것일까. 우리들 사이에는 자주 말 대신, 사랑의 행동 대신 술병이 놓이게 되었다. 취기

226

는 곧 우리의 육체를 무감각하게 마비시켜버려, 두려움 대신에, 아주 어둡고 감미로운 미로 속에 던져넣는다는 것을 반복 경험하면서 우리는 마비를 동경하는 사람들이 되어버린 것이다. 그렇게 우리는 매우 온순하고 조용해지는, 일종의 슬픈 취기의 술꾼의 범주에 들어가게 되었다.

나는 땀을 흘리면서 아파트 정리에 하루를 보냈다. 베란다에 있는 열대식물 모양을 닮은 화초에 두 번이나 물을 주었고, 화초를 싣고 동네로 들어온 트럭에서 사흘 후면 죽어버릴지도 모를 바이올렛 화분을 두 개나 사서 신발장 위를 장식했다. 이곳에 이사온 이래 처음으로 아파트의 문도 닦았고, 아파트 규정 사항에 어긋나지만 않는다면 회색 칠이 된 쇠문을 그만 온통 노란색으로 칠해버리고 싶은 심정이었다. 내가 기억하고 있는 K씨 부부네 집의 전체적인 분위기를 연상시키는 것을 모두 작은방에 던져놓고 아예 문을 닫아걸었다. 몇몇 가구의 위치를 바꾸느라 이웃 사람에게 도움도 청했다.

벽에 걸려 있던 오렌지색, 빨강과 인디언 블루가 주색을 이루는 알록달록한 뾰족 양모 모자도 떼어냈다. 그리고 서랍을 뒤져 오래된 열쇠나 자물통 같은 것을 꺼내 바구니에 넣어놓았다. 보육원에서 아이가 열쇠 꾸러미를 가지고 몰두해서 노는 것을 여러 번 본 때문이었다. 아마도 아이의 유일한 장난감.

무엇보다도 부엌, K씨 부부가 발견된, 아이가 울고 있던 그 장소에 나는 각별히 신경을 썼다. 냉장고의 위치를 바꾸었고 식탁을 벽에 붙였다. 어느 집이나 비슷하게 이 장소에 배어 있는 냄새를 제거하기 위해 나는 부엌 쪽의 창문을 하루종일 열어두었다. 누그러지기는 했어도 여전히 맵게 몰려들어오는 초봄의 바람 때문에, 부은 편도선이 더욱 따끔거렸다. 아, 편도선이 아파 울 수 있다면. 그러나 낮 동안 눈물 한 방울 나오지 않았다.

모든 정리를 끝냈을 때, 아이가 거부감을 느끼지 않을 정도로 자연스럽게 어질러진 실내가 나타났다. 하루 중 가장 조용한 초봄의 오후 시간이 되었다. 그러나 아무리 애써도 여전히 같은 문과, 같은 입구와 같은 구조를 지닌 실내. 나는 먼지 낀 베란다를 향해 앉아 멀리서 인색하게 다가오는 봄빛을 멍하니 주시했다. 그리고, 두 손으로 얼굴을 가렸고, 아주 조금 흐느꼈다. 우리는 과연 아이를 보육원 문밖으로 데리고 나오는 데 성공할 것인가. 우리는 과연 아이를 이 아파트 안으로 들여놓는 데 성공할 것인가. 아이는 어느 날 자신의 애칭이 나리인지, 장미인지를 말해주려 잠겨진 입을 뗄 것인가. 보육원의 주말이 시작되는 오후, 사방은 무섭게 조용했다. 이 세상의 시끄러운 아이들은 다 어디로 간 것일까.

(1996)

그의 침묵

그르스스, 게스스트, 게스흐트……

그것은 바람 소리 같기도 하고 가벼운 천이 꺼끄러운 물건에 부딪치는 것 같기도 한 소리였다. 아니면 언어를 잊은 실어증 환자가 어렵사리 토해내는 것 같기도 한 이상한 소리가 그럴까.

나는 오늘도 머릿속에서 부유하는 이 소리의 파동과 함께 깨어 일어났다. 이제 나는 그것이 단순한 무의미한 소리가 아님을 알고 있다. 아주 오랫동안 아예 존재하지조차 않았던, 소리의, 그것도 잡음의 영역에 갇혀 있던 이것이 이제 와서 내게 뜻을 되돌려달라고 부르고 있다. 그러나 나는 아직도, 어쩌다가 어둠 속에서 길을 잃어 막다른 골목을 찾아들어가 걷다가, 갑자기 다가온 벽에 부딪혀 상처를 입고 홀로 우는 어린 소년처럼, 이 이상한 소리의 변주 앞에서 당황할 뿐, 그것에 어떤 뜻을 주어야 하는지 알고 있지 못하다.

그 자그마한 일, 그러나 불가사의한 일이 일어난 지 상당한 시간이 지났음에도 나는 여전히 자문하곤 한다. 오랫동안 침묵 속에 갇혀 있던 비밀이 밝혀지는 것은 꼭 좋은 일인가 하고. 상당한 시간? 물리적인 시간으로 따지면 얼마 되지 않는지도 모른다. 기껏해야 닷새, 엿새 정도가 지났을 뿐이다. 그러나 그동안 내가 혼자 가로질러야 했던 차가운 벌판의 시간을 어떻게 밋밋한 일상의 시간으로 잴 수 있겠는가. 비밀은 꼭 밝혀져야 하는 것일까.

특히 오늘과 같은 이런 오후, 며칠간의 불면 끝에 찾아온 선잠에서 서툴게 깨어났을 때 가만히 눈을 뜨고 내가 없는 사이 진전된 세상을 바라본다. 멀리 국도에서 들려오던 소음은 어느샌가 잦아들어 있고, 홀로, 서서히 사위를 좁히며 밀려오는 적군단처럼 주변에 내려앉는 푸른 저녁을 마주해야 할 때, 나는 결정적으로 다시 한번, 며칠 전부터 그토록 자주 반복해온 그 질문을 다시 자신 없이 중얼거리게 되는 것이다. 하나의 비밀은, 설령 그것이 꼭 받아들여야 할 진실이라고 해도, 비밀의 소유자의 원이 그랬던 것이라면, 어딘가에 그대로 묻혀 있어야 하는 것이 아닌가고.

그러나 비밀을 소유했던 사람은 이미 이 세상을 떠나버렸기에 나의 이 뜨거운 자문은 오래 계속될 수밖에 없는지도 모른다.

그렇다. 아버지가 사망한 지는 십 년이 넘었다. 그리고 의식적인지 무의식적인지 나는 그의 정확한 사망 연도를 잊는 경향이 있다. 어머니의 사망 연도를 기억해내고 거기에 일 년을 보태는 아주 나쁜 습관 말이다. 어머니가 돌아간 지 거의 일 년여 만에, 마치 두 분이 그때에 저승에서 만나자고 약속이나 한 것처럼 아버지는 돌아갔으니까. 그리고 그 긴 시간이 그들 없이 흐르는 동안 나는 아무런 의문 없이 누구나 그렇듯이 매년 조금씩 더 확실하게 그들을 잊어가고 있지 않았던가.

비밀이라고 내가 이름 붙인 것은 나의 삶의 특수한 정황에서 만들어진 하나의 허구에 불과한 것은 아닐까.

내 손은 기계적으로 침대 옆에 놓인 다탁 위를 더듬었다. 그리고 그 위에 놓여 있는 얄팍한 인쇄물을 집어들었다. 오래된데다 잘못 간수되어 표지의 색과 그림이 거의 흐려져 있는 기껏해야 삼십이 면의 정사각형의 인쇄물, 그것은 일종의 전시회 팸플릿이었다. 오래전 한 조각가의 전시회를 계기로 인쇄됐을 법한 어디서나 발견할 수 있는 평범한 팸플릿 이상의 것은 아니었다.

습기에 침윤된 얼룩과 곰팡이의 흔적들, 반세기 가까운 시간이 가한 종이의 노쇠, 그러나 무엇보다도 종이는 구겨지고 때로는 찢어진 면도 없지 않다. 더욱이 누군가가 의도적으로 가했을 부분적인 파괴의 손길이 역력한 면들에 이르러서는 이런 인쇄물을 어찌 내가 뒤적여볼 생각을 했는지 궁금할 때가 있다.

그런 면들을 지나 맨 뒷장에 이르면 한 장의 사진이 나타난다. 그사이 그토록 자주 들여다보았기 때문인가. 인쇄물의 다른 면들에 비해, 이 사진이 담겨 있는 이 마지막 면은 다른 면들과 각별히 구별되는 선명함을 지니고 있는 것 같기도 하다. 물론 사진 밑에 인쇄된 조각가의 약력은 거의 자세한 내용을 재구성하기 어려울 만큼—의도적으로—훼손되어 있어도 말이다.

그렇지만 어떻게 이 사진의 얼굴을 알아보지 않을 수 있을까. 아주 오래전 내가 고향을 떠나 서울로 가는 트럭에 오를 때, 열린 창문으로 어머니가 던져넣던 그 빛바랜 아버지의 사진, 그 사진 속의 얼굴을. 그것은 확실한가. 확실히 아버지의 사진인가. 그렇다. 벌써 몇번째로 하는 확인인지 모른다.

동일한 얼굴을 담은 이 두 장의 사진. 하나는 진덕우라는 이름의 조각가. 다른 하나는 작은 섬마을의 미장이 박삼돌. 나의 아버지.

물론 나는 이것을 불가사의한 하나의 우연으로 돌릴 수도 있다. 너무도 비슷하게 닮은 전혀 무관한 두 사람의 사진이 시기를 달리해 내 손에 들어왔다든지 하는 우연 말이다. 그래, 두 사진은 놀라울 정도로 비슷하기는 해도 상당히 낡아 있지 않은가. 그리고 미미하기는 해도 자세히 보면 약간의 차이가 있는 것도 같아, 라고 중얼거리며 이 자그마한 사건을 모른 척 지나쳐 넘겨버릴 수도 있다. 내게 일어난 그 일을, 이처럼 게으르게 처리해버릴 수도 있었을지 모른다. 가끔 악몽 속에서 우리는 우리 자신과 그 비슷한 거짓 평화조약을 자주 맺지 않던가.

그러나 보면 볼수록, 그 두 장의 사진은 동일한 시기에, 동일한 사람을 찍은, 어느 한구석 차이점을 발견할 수 없는, 어디에고 부정할 여지가 없는 동일한 사진이었다. 양복을 입고 상체를 약간 옆으로 기울인 채, 한 손으로 턱을 받치고 있는 젊은이. 꿈을 꾸는 듯한 그 자세에 비해 날카롭게 드러나는 도전적인 시선. 아주 오래전 내가 고향을 떠날 때 어머니에게서 전달받은 그 사진은 아마도 내가 가지고 있는 단 하나의 아버지 사진일 것이다. 어머니가 그 단 한 장의 사진을 장롱 밑에서 꺼내 품에 넣어가지고 있다가 서울로 떠나는 내게 주었을 때, 나는 그것을 늘 껄끄러운 부자지간을 염려해온 어머니의 배려로 이해했다. 이제 고향을 떠나니 아버지를 잊지는 말라는 뜻을 담은 가장 평범한 배려. 그럴 수도 있다. 그러나 당시에는 무의미하던 기억의 세부들이 이제는 하나하나 섬광을 띠며, 다른 모습으로 떠오른다.

나는 비어 있는 작업실을 천천히 휘둘러보았다. 천장이 높아 더욱 황량해 보이는 작업실의 벽에 늘어서 있는 조상들은 이 저녁 폐허에 버려진 유령들의 모습을 닮고 있다. 바닥에는 낭자하게 널브러져 있는 팔, 다리, 손, 때로는 하체…… 이들 석회 조각들은 내려앉는 저녁 빛 속에서 희뿌연 기운을 발산하고 있었다. 그것은 충격적으로 신선하기까지 하다. 마치 내가 땅속 깊은 곳에서 막 그것들을 꺼내놓은 것처럼. 그대로 영영 묻어두어야 하는 무언가를 실수로 파헤쳐놓은 것처럼. 다시 조립할 수도, 그렇다고 다시 묻을 수도 없는 조각들…… 비밀은 어디서부터, 어떻게 밝혀져야 하는 것일까.

　나는 남쪽의 한 대도시를 여행중이었다. 내 작품의 전시회 계약
을 마치고 나서 나는 가벼운 마음으로 그곳을 떠나 하릴없이, 한
가한 소도시의 꽃 핀 낯선 거리를 거닐고 있었다. 그렇다. 나는 조
각을 하는 사람이었다. 그토록 많은 어려움이 있었음에도, 고향을
떠나, 어렵사리, 어려서부터 내가 꿈꾸던 조각가가 되었다. 흙일
을 하던 미장이 아버지를 따라다니면서 손으로 익힌 흙의 감촉 때
문이었을까. 토담을 쌓기 위해 부어놓은 흙더미에 앉아 아버지 일
이 끝나기를 기다리면서 돌떡이나 알사탕도 빚고 돛배나 비행기
도 빚어내던 유년의 놀이는 후에 나의 직업이 되었다. 내가 빚어놓
은 온갖 모양들을 아버지의 거칠고 큰 발이 꾹꾹 밟아버려도, 어떤
힘에 압도되어 불평 한번 해보지 못하고 다시 빚곤 했던 것이 훈련
이 되었던 것일까.

　글쎄, 나는 내가 만들어내는 형상들이 변덕스러운 시간의 부침
을 얼마나 지탱해낼는지를 알지 못하는, 그저 소박한 조각가일 뿐
이다. 가난한 섬마을의 무지한 토공의 아들로 태어나, 지금 생각해
도 되풀이하기 싫은 힘겨운 생존의 계단들을 밟아왔기에 나는 감
히 삶에 많은 것을 바라지 않았으나 세상은 내게 바라던 것 이상
의 것들을 주었다. 약간의 명성과 그런저런 안락과 그리고 가끔씩
숨어서 찾아오는 행복의 느낌들을. 다른 사람들은 태어나면서 당

연하게 획득하기도 하는 이런 것들은 내게는 하나하나 어려운 싸움의 전리품이었기 때문에 매번 그것을 깊이 음미하지 않을 수 없다. 그 지독한 싸움의 중간에 아버지의 얼굴이 있었다고 지금 와서 얘기한다면 과장이 될까.

그 여행을 준비하면서 내가 오랫동안 잊고 있던 아버지를 생각한 것은 사실이다. 나의 삶의 중요한 전환점에 놓일 때마다 그의 얼굴이 떠올라오니까. 꼭 나만 그러한가. 대부분의 사람이 그렇지 않던가. 그러나 모든 사람이 나처럼 생각을 하지는 않는다.

내가 여행중인 그 도시에서 계획된 전시회는 매우 중요한 것이었기에, 그 준비가 끝나자마자, 마치 끝이 보이지 않는 미로에서 빠져나온 사람이 뒤를 돌아보면서 안도의 한숨을 쉬듯이 나는 아버지를 생각한 것이다. 이제야 나는 그의 시선이 미치지 않을 만큼 충분히 멀리 와 있다는 것을 확인하는 데서 오는 안도 말이다.

내가 그림을 그리거나 진흙으로 모양을 빚어내거나 하는 장난을 늘상 날카로운 시선으로 질책하던 얼굴. 아니면 그것이 아버지의 평소 표정이었는지도 모른다. 표정이라기보다는 무표정, 엄격한 질책처럼 나타나는 무표정을 흩뜨려보려는 나의 어릴 적의 노력은 그리 오래 계속되지 않았던 것 같다. 나도 일찍이 웃음을 잃었고 아주 고질적으로 아버지의 무표정에 익숙하게 되었다. 내가 성년이 되어 수많은 우여곡절을 거쳐 뒤늦게 장학금이 후한 한 미술대학에 장학생으로 들어갔을 때, 나는 단숨에 달리듯이 고향에

왔었다. 그러나 나의 흥분에 찬물을 끼얹으면서 아무 말 없이 뒤돌아 앉던 아버지였다.

　나는 그것이 남자가 택해서는 안 되는, 굶기에 딱 알맞다는 예술가의 길이라는 것을 택한 아들에 대한 한 미장이의 무지한 편견이 만들어낸 반응이라고 생각했다. 나는 내가 앞으로 할 일에 대해서 나름대로 쉽사리 설명하느라 애썼다. 흙도 만지고 돌도 만지고 하는 당신이 하는 미장일과 비슷한 것임을 조심스럽게 펼쳤다. 그러나 아버지는 내가 말을 마치기도 전에 나를 한번 무섭게 쳐다보고 아무 말 없이 밖으로 나갔다. 그리고 삼 일 만에 산에서 돌아왔다. 가득한 약초 바구니를 짊어지고. 여전히 동일한 질책의 시선으로.

　나는 자주 이 시선을 생각했다. 조각가로서의 나의 삶에 즐거운 일이나 혹은 어려운 일이 닥칠 때마다, 이 거부라고밖에는 말할 수 없는 시선은 저절로 떠올라왔다. 즐거운 일은 순식간에 깊은 그늘로 바꾸어버리고, 어려운 일은 이를 악물고 뛰어넘게 만들던 그 이상한 시선. 그렇지만 대부분의 경우 아버지의 시선이 내 위에 머무는 일은 드물었다. 그가 한가하게 툇마루에 앉아 있을 때, 그의 시선은 자주 그 앞에 앉아 있던 나의 어깨를 넘은 저 먼 곳의 어딘가에 머물러 있었다. 뭉게뭉게 구름이 피어오르는 하늘이거나, 그 밑에 곱게 엎어져 있는 능선이거나. 때로 그것은 지렁이가 기어다니는 볼 것이라고는 아무것도 없는 땅바닥이기도 했다. 전시회 준비를 마치고 난 저녁에도 나는 축하객들이 격식에 맞추어 만들어내는 가열된 흥분의 분위기 저 너머 어딘가에서 아버지의 시선을 보았던 기억이 난다. 나는 이튿날 기차를 타고 소도시로 와버렸다.

그리고 그 작은 가게가 눈에 띄었다. 고물상이라고도 화상이라고도 딱히 이름 붙이기 어려운 그런 가게였다. 그림도 좀 있고 책도 몇 권 있으며 가구도 몇 점 늘어놓고 있는, 지방의 소도시에서나 가끔 만나는 그런 잡동사니 가게 말이다. 나의 시선을 끄는 무엇이 진열되어 있었던가. 그런 것도 없었다. 한가한 산책중에 누구나 그러듯이 그 가게로 들어갔고 건성으로 물건들을 만져보기도 하고 먼지에 뒤덮인 몇 권의 책들을 뒤적거리기도 했다.

그런 무연한 호기심으로 가게 안을 훑어보다가 나는 그 인쇄물을 발견한 것이다. 거기에는 무엇인가가 있었던 것 같다. 이상한 전류 같은 것. 사람들이 어두운 예감이라고 부르는 그런 것. 낡은 인쇄물에 담긴 희미한 조각품을 찍은 사진과 곁들여 실린 글들의 제목을 흥미롭게 읽어내려갔다. 한 조각가가 그가 모르는 어떤 옛 조각가의 오래된 전시회 팸플릿에 호기심을 가지는 것은 당연한 것이 아니겠는가.

어두운 예감의 진원지는 한 장의 사진이었다. 나는 마른하늘 밑을 휘파람 불며 걷다가 벼락을 만나듯이, 바로 인쇄물 한구석을 장식하는 그 한 장의 사진과 맞닥뜨린 것이다. 그것은 의심할 여지 없는 아버지의 사진이었다. 그러나 의심할 수밖에 없는, 의심해야만 하는 사진이었다. 일생을 섬 구석에서, 미장이로, 목수로, 땜장이에 수리공, 그리고 누구보다도 능한 약초꾼으로 일생을 보낸 아버지의 사진이 어떤 조각가의 전시회 팸플릿에 붙어 있을 때 어찌 그 얼굴을 의심하지 않을 수 있는가 말이다.

팸플릿에는 꼭 열두 점의 조각품을 찍은 사진이 실려 있었다. 몇 장만을 제외하고는 형체를 식별하기 어려울 정도로 상하고 찢긴 사진들. 그리고 팸플릿의 상당 부분은 전시회에 붙여 쓴 글이 차지하고 있었다. '형태와 세계의 변증법적 대결'이라는 제목의 조각가 자신이 쓴 글. 그리고 J라고만 서명한 한 비평가의 두 면짜리의 발문. '진정한 혁명적 예술의 실체에 대한 견해. 진덕우 조각의 진미'. 그리고 조각가를 소개하는 열서너 줄의 글이 인쇄되어 있는 그 마지막 면이 나온다. 그 글 위에 의문부호처럼 얹힌 조각가의 사진과 함께. 출판 연도는 1949년. 출판사는 예진서관.

그 이후에 대해서는 기억이 없다. 가게의 주인에게 인쇄물의 값을 지불했던 것인지, 그것을 구하게 된 경위 같은 것에 대해서 무언가를 물었던 것인지 기억이 나지 않을 정도로 나는 멍하니 그 사진에 빨려들어가듯 몰입해 있었을 뿐이었다. 인쇄물 속의 사진에서, 내가 가지고 있는 양복을 입은 단 하나의 아버지의 사진을 알아본 그 순간부터, 갑작스럽게 머릿속에서 아우성쳐대는 혼란스러운 기억의 무분별한 파도에 밀려, 나는 도둑처럼 그 가게를 빠져나왔을 것임에 틀림없다. 내가 약간의 정신을 차리고 호텔로 되돌아왔을 때 내 손에는 그 인쇄물이 들려 있었으니까. 나는 무한정한 시간을 태양에 빠져 허덕이다가 겨우 해변에 내던져진 익사자처럼 심신이 지쳐 있었다. 그리고 혼 빠진 사람처럼 중얼거리고 있었다. 진덕우, 박삼돌, 진덕우, 박삼돌…… 아주 오랜 시간, 생각은 램프 주위를 도는 날파리처럼 웅웅거리며 동일한 궤도를 반복할 뿐이었다. 무서운 일이었다.

그러나 더 오래 망설일 필요가 없었다. 박삼돌은 진덕우였다. 조각가는 미장이었다. 한 혁명적 예술가는 무식한 섬사람이었다.

이튿날 나는 서울로 올라왔다. 집이 아니라, 교외에 있는 나의 작업실로. 아무에게도 알리지 않고.

나는 늘 흙담의 생가가 있는 고향의 이름을 한 번도 밝은 마음으로 불러본 적이 없다. 아침이면 일찍 일을 하러 나가고 밤늦게 돌아와서는 거추장스러운 듯 나를 밖으로 내쫓다시피 하고 어머니가 올리는 술잔을 받아 마시자마자 쓰러져 자는, 그 아버지의 얼굴을 이상한 불편함 없이 상기해본 적이 없다. 언제고 떠올리면 한줌의 냉랭한 바람을 불러일으키는, 한 번도 마음놓고 익숙해질 수 없었던 그 얼굴. 그것은 지금 생각건대 꼭 가난 때문만은 아니었다. 고향 혹은 고향집의 기억이 파국적인 어떤 사건의 요람이 될만한 건덕지가 있어서도 아니다. 그것은 어딘가 아버지의 무표정이나 침묵과 연관되어 있기는 했지만 꼭 그것 때문만도 아니다. 그 얼굴의 무엇이 나의 유년기부터의 삶에 걸힐 줄 모르는 그늘을 만들어놓았던 것인지 나는 사실 깊게 생각해보지 않았다. 언제부터 인가 그 모든 것에 괴로워하느니 아예 길들어버리자고 작정해버 렸던 것이다.

고향집에는 내가 성인이 된 후에 어렵사리 이름 붙였듯이 삶의 멀미 같은 것이 있었다. 다 살아버린 사람들이나 풍길 만한 그런 분위기. 아니 나의 부모는 내가 태어난 그 시절 이미 늙어 있었다 고 하는 것이 옳다. 이 땅의 모든 이들을 미친듯이 사로잡는 더 나 은 삶에 대한 욕구에서 멀리멀리 떨어져, 내 부모의 매일매일은 마 치 한시라도 빨리 살아버려야만 할 어떤 것인 듯, 부모에게는 우 리가 삶이라고 부르는 것에 대한…… 뭐랄까…… 방심 같은 것 이 있었다. 더 나은 것, 더 많은 것, 더 높은 것을 생각해본 적도 없 는 것처럼, 매일 흙일과 밭일에 머무르는 나의 부모가 오랫동안 내 게는 불가사의였다. 그것은 무관심이라고 하기에는 너무 진한 어 떤 것이고 그렇다고 삶에 대한 실망이라는 말로 표현하면 싱거워 져버리는 어떤 것이었는데…… 그것을 그려내자면 나의 눈앞에는 검은 그림자가 서린다.

아주 어렸을 때, 나는 우리 집안을 뭍에서 혼자 고향의 섬으로 뚝 떨어진 혹성 정도로 생각했다. 친척도 형제도 없는 우리 부모 는, 전란에 가족을 잃고, 결혼하면서 이 섬까지 내려와 정착했다고 들었다. 그들의 고향은 함흥이라고 했던가. 나는 그 사실을 한 번 도 의심해본 적이 없지만, 나이에 비해 늙어 보이는 아버지의 신체는 늘 나의 가슴을 쓰라리게 했다. 말이 없기는 어머니도 마찬가지. 어머니에게는 조금 실성한 기색이 있었다. 어떻건 사람들의 말은 그러했다. 내가 보기에는 정상이었지만 내가 태어나기 전, 섬에 정착하던 당시의 어머니를 알았던 마을 어른들은 어머니를 그렇게 취급했다. 애를 낳고 사람이 되었다는 것이다. 가관이 아닌 멍청이 행동을 했다고 그들은 후에도 두고두고 그 일을 우스갯거리로 떠올렸다. 두서너 번 어머니가 딴청을 피우면서 멍청한 행동을 해대던 것을 나도 본 적이 있다. 한번은 외지에서 들어와 식당을 차린 사람이 해초를 다듬던 어머니에게 집안 내력에 대해 캐물었을 때. 또 한번은 마을 어선 두 척이 한꺼번에 실종되면서 마을 전체가 들썩거렸을 때. 그리고 또…… 언제던가…… 그러고 보니 그런 말이 나돌 만한 일이 그것 말고도 여러 번 있었던 것도 같다.

까맣게 잊고 있던 이 기억들, 조금만큼의 의미도 주지 않고 있던 이 기억들이 하나하나 재구성되는 데에 나 자신도 놀랐다. 그 빠른 속도와 기억의 세밀함이라니. 그것은 내게 설명을 요구했고 서로 부딪치다가는 아우성치며 내게 달려들었다. 가장 확실한 일부터, 가령 나의 이름이나 성, 그에 딸려오는 확실한 몇 가지 것들부터 한 장의 사진으로부터 의심되었으며 너무 당연해 한 번도 삶의 지표가 된다고 생각하지 않았던 아주 사소한 것들이 하나하나 재구성되고 있었다. 삶이란 어차피 무수히 변주되는 기억의 교통정리 작업이 아니던가.

나는 서울로 돌아오자마자 그 인쇄물의 정체에 대해 문의하기 위해 여러 사람에게 전화를 걸었다. 고서가와 미술사가와 이름난 수집가, 원로 예술인 등 내가 알고 있는 사람들을 모두 동원했다. 나의 문의는 아주 조심스러웠다. 그럴 수밖에. 죽어버린 사람에 대한 탐문, 그것도 내가 모르는 아버지에 대한 탐문인 바에야. 나는 인쇄물의 내용에 대해 자세하게 설명하지 않았다. 단지 출판 연도와 출판사의 이름에 대해서만 전문가의 견해를 물었을 뿐이었다. 여러 사람을 거쳐 한 가지 답변이 되돌아왔다.

내 손에 들려 있는 인쇄물은 그러니까, 전란 바로 전에 존재하던 좌익 계통의 출판사에서 인쇄되었다. 인쇄소에 더 가까운 이름 없는 출판사였던 예진서관은 주로 예술 관계의 이념 서적이나 그 계통의 전문 자료들을 출판했으며 1948년에서 1949년에 걸쳐 약 일 년여에 걸쳐 존재한 바 있다는 것이었다. 아마도 재정상의 이유로 더 지속되지 못했으며 다른 형태의 출판사로 변형되지 않았다. 그리고 그곳에서 인쇄 혹은 출판된 대부분의 자료에 대한 기록은 어디에도 남아 있지 않았고 그런 종류의 다른 인쇄소의 자료들이 그렇듯이 많아야 100부에서 200부 정도 인쇄되었으리라는 추정이었다.

나는 책자를 들고 그 전문가를 찾아가지 않았다. 그 시절을 알고 있을 법한 원로 조각가나 화가 혹은 비평가 들에게 진덕우라는 조각가에 대해 알고 있느냐고 물어보지 않았다. 여러 번 나는 그 질문을 하고 싶은 유혹에 사로잡혔다. 그러나 그렇게 하기에는 너무도 여러 겹의 장벽이 나를 에워싸고 있었다. 그것은 얼마나 우스꽝스럽게 들리겠는가. 그 시절에 활동을 하던 예술인에게 미장이 박삼돌을 아느냐고 묻는 것과 무엇이 다르겠는가. 늘 마음속 깊이 불편함 이상으로 창피스럽게 여기던 아버지에 대한 일종의 기계적인 반응이라고나 할까. 그보다는 새롭게 드러날 나의 아버지에 대해 또 어떤 파동을 겪고 습관이 되어야 할지 자신이 없었다는 편이 더 솔직하다.

아, 그 지독한 좌익 진덕우 말이로군. 글쎄, 아마 북으로 가지 않았을까. 아, 그러고 보니 기억이 나는군. 그 키 작고 고집스러운 신출내기 조각가가 있었지. 아마 전란 전에 개인전을 열고는 사라져버렸을걸. 어디서였더라? 기억이 이렇게 가물거리니 원. 북으로 가지 않았으면 분명히 산으로 숨어들어갔을 친구였어. 그러다가 죽음을 당했겠지. 그 이후 소식 하나 듣지 못했으니까. 그 부인도 열성 당원으로 유명했지. 진덕우라는 그 사람 어떻건 재능은 있는 사람이었는데 그만…… 그런데, 어떻게 자네가 그런 이름을 알고 묻는 건가?……

혹은 또다른 목소리.

……그 당시에 인쇄되었다고 모두 근거가 있는 인쇄물일까요. 미술 관계 자료 수집가이자 미술사가로서, 나는 해방 후에 활동하

던 조각가 중 진덕우라는 이름의 조각가에 대해서는 들어본 적이 없습니다. 이쪽이건, 저쪽이건 말이지요. 글쎄요. 저 자신 모든 자료를 구비하고 있다고 할 수는 없겠지만 말이지요. 통일이 되면 혹 북쪽의 자료 속에서 그런 이름이 발견될 가능성을 배제할 수는 없습니다만, 나의 지식의 한도 내에서는 1940년대 활동한 조각가 중 이런 이름이 없었음을 단언합니다. 그리고 설령 그런 이름의 조각가가 존재했다고 해도 당시의 혼란스러운 환경 속에서 이 인쇄물속의 모든 자료가 사실에 근거한다고 볼 수는 없습니다. 그때가 어떤 때였던지는 선생도 잘 아시지요. 예술가의 이름이 엉뚱한 예명으로 발표되는 경우야 비일비재했고, 내용이 표방하는 것과는 전혀 다른 목적으로 인쇄물이 사용되는 경우도 종종 발견되거든요. 선생이 말하는 사진에 대해서만도 그 사진과 조각가와는 아무런 상관이 없을 수도 있다는 얘기지요. 그럴 경우 이 인쇄물은 단순한 전시회 팸플릿이 아닌 다른 목적을 띨 수도 있지요. 특히 나는 이 인쇄물에서 칼 같은 것으로 긁어낸 듯한 이 흔적들에 주목을 하는데……

그러나 내 머릿속에서 언뜻언뜻 떠오르는 나의 부모에 대한 기억의 몇 장면들은 곧바로 이 마지막 목소리를 지워버렸다. 또다른 목소리가 머릿속에서 웅웅거렸다.

조각가 진덕우. 정확한 출생 연도 미상. 1920년경. 출생지 미상. 해방 직후부터 활발한 활동을 보인 남로당원 예술가로서 후에는 유능한 빨치산 대원이 됨. 그가 강원도 등지의 산에서 활동하던 당시 식량 조달을 비밀리에 담당했던 여당원, 외지에서 그 지방으로 침투된 비밀 당원 모씨(여, 당시 이십여 세)를 통해, 여러 정보를 입수. 월북의 길이 막혔음을 확인. 휴전 후, 그 지역에서 대거 전개되었던 빨치산 소탕 작전에서 수십 명이 몰살당할 때 공식적으로 사망. 그러나 실제로는, 상기한 바 있는 모씨의 도움으로 목숨을 구함. 이후, 두 사람은 합류, 우여곡절 끝에 남서해의 작은 섬까지 도주. 호적 행정이 혼란스럽던 틈을 타 둘 다 개명, 혼인신고. 이후 다른 신원으로 연명. 진덕우와 같은 신원 전환의 절차를 걸쳐 살아남은 빨치산 잔류병의 숫자는 상당수로 추정됨.

이것은 지쳐버리고 건조해져버린 상상 속의 나의 목소리였다.

나는 수도 없이 조각품을 담은 희미한 사진들을 들여다보고 또 들여다보았으며, 셀 수도 없을 만큼 여러 번 조각가 진덕우의 예술관을 읽었다. 수록된 조각품에 대한 어떤 설명도 제공하고 있지 않은 사진들은, 발문을 쓴 J씨에 의하면 모두가 일 미터를 넘지 않는 소품들을 담고 있었다. 그러나 낡고 훼손된 지질의 상태로는 막연한 인체의 형상만을 식별해낼 수 있을 뿐, 나의 시선은 매번 무언가 예리한 물건으로 긁어낸 자국들이 역력한 마지막 면, 사진과 그 밑의 약력이 인쇄되어 있는 면으로 끊임없이 되돌아왔다. 대체 한 인쇄물이 반세기가 넘어 어떤 사람의 손에 들어왔을 때 그사이의 길고도 복잡한 경로를 상상한다는 것은 얼마나 무의미한 일인가. 그러나 나의 머릿속에서 이 인쇄물은 시간이 흐를수록 더더욱, 나의 아버지에게서 내 손으로 직접 전달된 것 같은 생생함을 전달했다. 나는 이십사 세의 젊은 조각가 진덕우 자신이, 사라지기 전에 이 인쇄물의 부분을 의도적으로 파괴한 흔적을 남기기라도 한 것처럼, 그 자국들에 시선을 주면서 멍하니 몇 시간이고 앉아 있곤 했다. 그런 자국들은 조각가 자신의 글 속에서도 여러 군데 발견되었다. 아예 이 얄팍한 책자를 태우거나 찢어서 강물 속에 던져넣는 일이 더 수월하지 않았을까. 그러나 작품의 첫 전시회를 해본 사람이면 그 흔적을 그런 식으로 없앤다는 것이 얼마나 어려운가를 알고 있으리라. 특히 그것이 자신을 알리는 단 하나의 흔적일 때에는……

나는 그 글에 대한 전문적인 평가를 할 여유도, 그 내용을 자세하게 들어볼 심경도 아니었다. 언제부터인가 아주 자연스럽게 이 인쇄물은 내게, 한 불행했던 예술가의 삶에 대한 유일한 자료가 되었다. 미장이가 되어 숨어살 수밖에 없었던 나의 아버지에 대한 단 하나의 자료이자 비밀을 간직한 암호로 변모했다. 해독할 열쇠를 어딘가 숨기고 있는 그런 암호들. 그리고 찾아지지 않는 열쇠. 때로 나는 '예술가의 영혼에 대해 말하지 맙시다. 그가 얼마만큼 혁명적 시선을 구비하고 있으며 어떻게 새로운 세상의 형태를 창조하면서 그 시선의 값어치를 실현해내는가 하는 것이 이 시대 예술가의 영혼의 과제입니다……' 같은 딱딱한 문장 속에도 홀로 어둠 속에 앉아 오열을 터뜨렸는가 하면 '새로운 여명의 시대에 예술가의 정신은 저 명민한 혁명가 ×××의 말처럼 자신의 예술적 혼신을 ××의 세계의 구축에 바쳐야……'처럼 지워진 부분 앞에서는, 그 부분의 맥락이 너무도 분명히 드러남에도 불구하고 나의 조바심은 배가되었다.

단번에 익숙하게 다가온 아버지의 사진과는 달리, 서툴게 현학적이고 젊은이의 정리되지 않은 난해함을 내보이는 한 혁명적 조각가의 예술론보다는 그 글을 쓴 사람이 나의 아버지이고, 그가 한때는 조각가였다는 사실이 내게 무서운 생소함을 주었다. 나는 그 무서움이 나를 떠날 때까지 아주 여러 번 오래 그 글들을 읽었고 사진들을 들여다보았다.

그러다가 어느 순간, 어쩌면 아주 오래전부터 그 사실을 알기라도 했던 것처럼 그러나 일종의 아픔으로, 나는 아주 자연스럽게 그 사실을 받아들이고 있는 나 자신을 발견했던 것이다. 내가 그 일을 하기 때문에 그런 과정이 수월하게 이루어졌을 수도 있다. 아마 그럴 것이다. 그러나 새로운 아버지를 받아들이는 그런 자연스러운 흐름으로, 어느 날, 한 조각가가 하루아침에 미장이가 되지는 않는다. 그것은 어쩌면 하루아침에 미장이가 조각가가 되는 일보다 수배나 어렵다. 나는 그 정도는 조각에 대해, 미장이의 일에 대해 알고 있는 것이다.

나는 아버지가 책을 손에 드는 일을 본 적이 없다. 하다못해 편지 한 장 쓰는 일도 본 적이 없다. 고향에서 중학교를 마친 나이지만 나의 학업에 아버지의 도움을 구하려고 마음을 먹은 적은 한 번도 없었다. 그 방면으로라면 내게 아버지는 무식한 일개 미장이였으니까. 일이 없는 날 그는 가끔 돋보기를 쓰고 마을을 돌아다니는 지방지를 들여다보는 적도 있었으나 눈이 시린 듯 곧 쓰러져 그냥 낮잠을 자기 일쑤였던 것이다. 집안에는 그 흔한 텔레비전도 전화도 있어본 적이 없다. 내 기억이 옳다면, 그리고 내가 그의 곁을 떠나 있던 동안 그의 습관에 커다란 변화가 없었다면 그는 단연코 한 번도 육지로 나들이를 간 적이 없었다. 단 한 번도. 내가 고향을 떠나기 위해 배를 탈 때도 그는 집 앞에서 그저 아들을 물끄러미 바라보았을 뿐이었다. 나의 결혼식 때도 물론 그는 오지 않았다. 그는 철저하게 섬에 뿌리를 박은 사람이었으며 철저하게 무지를 가장한 미장이였다.

아니, 단 한 번 아버지가 섬을 떠났던 기억이 난다. 내가 열두엇은 되었을 때이리라. 아버지는 육지로 간 것이 아니라 실종되었던 적이 있다. 그것도 남의 배를 타고. 하룻밤이 지나고 동네에서 배가 없어졌다는 소문이 돌자, 어머니는 나를 불러놓고, 한 번도 본 적이 없는 무섭게 빛나는 눈으로 말했다. 사람들이 말하는 그 실성한 눈.

"누가 물으면 아버지 산으로 일 나갔다고 해야 한다. 없어졌다고 하면 안 돼. 알았지."

물론 아무도 내게 아버지의 행방을 묻지는 않았지만, 나는 길에서 사람을 만날 것이 두려워 어두워질 때까지 학교 운동장을 맴돌았다. 배와 아버지는 따로따로 마을로 돌아왔다. 아버지는 산을 넘어서 한밤중에 돌아왔고, 그리고 배는 버젓이 며칠 뒤에 제자리에 놓여 있었다. 며칠씩이고 산으로 가서 묵는 아버지를 마을 사람들이 의심하지는 않았다. 그렇지만 우리 가족은 그것이 아버지가 타고 갔다가 온 배라는 것을 알고 있었다. 그날 저녁, 아마도 처음이자 마지막으로 나는 두 분이 목청을 잔뜩 높여 오래 말하는 것을 들었다. 그것도 우리말이 아니라 일본어로 나누는 말이었기 때문에 그것이 싸움이었는지, 정상적인 대화였는지 알 수가 없었다. 어린 나이의 나를 놀라게 한 것은 그토록 말이 드문 두 사람이 상당 시간 고성으로 말을 나누었다는, 다른 사람에게는 지극히 정상적인 그 사실이었다.

왜, 나는 그들의 일본말을 이상하게 생각하지 않았을까. 나의 부모가 언성을 높이는 것을 본 적이 없던 그 나이에, 그들이 그렇게 길고 격렬하게 말을 할 때는, 일상의 언어가 아닌 다른 언어가 오히려 적당하다고 생각했던 것일까. 성인이 된 후에도 나는 이 야릇한 부모의 말다툼 비슷한 대화를 기억에 떠올린 일이 있다. 하지만 한 번도, 함경도 산촌에서 태어나, 월남해서 섬사람이 되도록 학교 문턱에도 가보지 못했다고 듣고 믿어온 부모가 그토록 길게 그리고 내게 유창하게 들리던 일본어로 말하는 것에 대해 의심 어린 질문을 던져본 일이 없는 것은 설명할 길이 없다. 가끔 주변 사람들에 대한 우리의 타성이 너무 깊어 그들이 벌이는 이상한 현상을 우리는 아주 익숙한 것으로 받아들이는 그런 타성의 일종이었는지도 모른다.

그때 아버지는 어디를 갔던 것일까. 뱃사람도 아닌 아버지는 남의 배를 타고 어디 가서 무엇을 하려 했던 것일까. 어머니는 아버지를 왜 그토록 목청 높여 몰아댔던 것일까. 그 엄중하게 해안이 감시되던 시기에 아버지는, 오래전에 한두 명의 마을 사람이 그랬듯이 실종을 가장해 멀리멀리 북쪽까지 배를 저어 가려 했던 것일까. 그런 불가능한, 어림도 없는 시도를? 아니면 아버지가 가끔 산으로 며칠씩 사라지듯이, 그때는 바다를 택했던 것일까. 그저 사라져버릴 수 있다는 허구적인 가능성에나마 매달려보기 위해서.

아버지와 산에 한 번이라도 가본 사람이면 알 수 있다. 아버지는 산에 가면 짐승을 닮는다는 것을. 그것이 한 번도 이상하게 보이지 않았다. 그러나 지금 생각하면 산에서의 아버지는 얼마나 이상했던가. 그는 산길을 오르자마자 산짐승의 본능으로 산의 모든 것을 감지해낸다. 그리고 마치 축지법을 쓰는 것과도 같은 그 민첩한 발걸음. 전란중에 지뢰 파편을 밟아 날아갔다던 엄지발가락은 산에 숨어서 여러 겨울을 나는 동안, 단순한 동상으로 잃은 것이 아니었을까.

그 이후로 몇 번이나 아버지가 이런 종류의 시도를 했는지 나는 알 수 없다. 나는 너무 일찍 고향을 떠났던 것이다. 사람은 열다섯이 되면 어른이다. 자립하거라. 아버지는 열다섯에 어른이 되었다는 말인가. 그에게 어른이 된다는 것은 무엇을 의미했을까. 나는 그 말에 복종했고 열넷에 고향을 떠났다. 이후, 정착을 하기까지 너무도 오랜 시간이 걸렸기에 나는 부모를 가까이할 수 있는 기회를 영영 잃고 말았던 것이다. 서울에서 사글셋방을 얻는 데 나는 팔 년이 걸렸다. 그 어려운 시절, 어떤 도움을 바라서가 아니라 단지 내가 살아 있다는 것을 전하기 위해서 나는 수도 없이 고향에 편지를 보냈다. 동네 사람이 잘 살펴서 읽어주겠지 하고 바라면서, 답장을 바라지 않고 쓴 독백 같은 편지들이었다. 아주 후에, 대학 진학의 소식을 전했을 때, 단 한 번 어머니의 편지가 있었다.

……네가 하고자 하는 것이 뭔지 이 무식한 에미가 알겠느냐. 우리는 사는 데 문제없으니 이제 돈 보낼 생각 하지 말고 네가 가겠다는 예술가의 길을 가거라. 큰일을 이루려면 어디나 길은 험한 법, 너일랑 험란을 헤치고 끝까지 이루기 바란다. 어떤 거센 풍랑에 부딪혀도 절대 뒤집히지 않는 배가 되어서……

다른 사람에게서 온 것이었다면 평범하게 보고 넘길 수 있는 그 편지. 그러나 상당한 달필로 쓰인 긴 편지는 나를 깊이 감동시켰다. 바로 그것이 글을 모르는 어머니에게서 온 편지였기 때문에, 어머니가 연필을 잡는 것을 본 적이 없었기에 나는 너무도 당연히, 당시에 마을에 들어와서 선교 활동을 펴던 젊은 목사나 혹은 마을 학교의 선생 하나를 붙들고 아들에게 보낼 편지를 불러 적게 하는 어머니의 모습을 떠올리고 눈시울을 적셨던 기억이 아직도 생생하다. 그렇다고 그후 고향에 내려갔을 때 그것을 확인해본 것은 아니었다. 다른 가능성의 여지가 없었기에 확인할 필요가 없었던 것이다. 게다가 기억 속에서는 늘 무너진 토담으로 장식되는 그 고향집에 발을 들여놓는 순간부터 나는 어느새 내가 머물러 있던 밖의 세상을 모두 잊어버리고, 그 안을 지배하던 그토록 이상한 비애와 침묵의 질서에 나도 모르게 복종하게 되지 않았던가.

아무렇건 상관이 없다. 나의 부모의 변신은 아들에게 보내는 편지를 대필을 시킬 정도로 철저했을 수도 있다. 아니면 그즈음에 이르러서 적어도 어머니만큼은, 지고 다니기 힘겨운 과거의 모든 흔적을 지우는 데 마침내 다다라 있었을 수도 있었다. 읽고 쓰는 일조차 아예 잊었을 정도로. 불행한 조각가 남편의 뒤를 잇겠다는 아들에게 복받친 것이 있어 사연을 보내면서도 그저 평범하고 진부한 안부의 말만을 늘어놓을 정도로, 아버지의 과거에 대한 단 한마디의 언급까지도 통제할 정도의 철저함으로. 그 편지에는 혹시 당시의 내가 포착하지 못한 어떤 비밀스러운 전언이 담겨져 있었던 것은 아니었을까. 가끔 보물섬을 찾는 동화의 주인공들이 받는 익명의 편지 속의 해독하기 어려운 암호처럼, 그 평범하고 무의미한 글자들 뒤에 어머니가 차마 전하지 못한 어떤 사연이 숨어 있지나 않았을까. 그러나 그것을 확인하고 싶어도 이제 그 편지의 행방은 묘연하다. 빈번하게 싼 방을 찾아 이사를 해야 했던 그 시절, 나는 그 편지를 분실하고 말았기 때문이다.

이 끝도 없는 기억들. 불분명한 증거들. 모든 것을 지우려던 그들의 작은 실수의 흔적들. 미처 완전히 지우지 못한 흔적들. 여기 내 손에 들려 있는 이 인쇄물처럼. 그리고 아버지의 삶의 마지막 순간에 새어나온 그 소리. 바람 소리.

십 년 전 초겨울. 내가 전화를 받은 것은 자정이 가까운 늦은 시간이었다. 고향의 이웃에게서였다. 어머니의 제사를 모시느라 고향에 다녀온 지가 얼마 되지 않은 터라, 그리고 그때, 여전히 산으로 약초를 캐러 다니던 아버지를 직접 본지라 나는 아버지가 앓아누웠다는 이웃의 말을 믿지 않았다. 어머니가 돌아간 후 갑작스럽게 초췌한 모습을 보이기는 했어도 서울에서 같이 살자는 나의 제안이 무색할 정도로 아버지는 더 극성스럽게 정정한 모습을 회복해 산골을 헤집고 다녔던 것이다.

"내, 굶어서 죽지는 않는다."

같이 살자는 아들의 제안에 대한 아버지의 짤막한 대답.

나는 서둘러서 고향길에 올랐다. 그저 잠시 편찮은 정도로 생각해 가족을 동반하지도 않고 혼자서, 새벽 기차를 타기 위해 일찍 집에서 나왔다. 한나절을 달려도 닿지 않는 곳. 거기서 또 배를 타야 갈 수 있는 곳. 그런 곳이 나의 고향이었다. 물론 고향에서 가장 가깝다는 K시까지 가는 비행기를 탈 수도 있었다. 그렇지만 거기서 다시 해안 도시로 가서 다시 때를 기다려 배를 타고…… 시간이 제대로 맞지 않았거니와, 역시 기차가 번거롭지 않고 확실하던 시절이었다. 아버지 생전의 마지막이 되어버린 그 귀향길에 나도 모르게 고향으로 가는 시간을 자꾸 늦추고 있었던 것은 아니었던지. 나는 뚜렷한 이유도 없이 새벽 기차를 놓쳤으며, 그 여파로 항구도시에 내렸을 때는 마지막 배까지 떠나보내 이튿날 아침나절에야 고향집에 도착했다. 사람들이 집 근처에 모여 서성이면서 내가 오기만을 기다리고 있었다.

내가 방안으로 들어서자, 내게인지, 아니면 둘러싼 마을 사람들을 보고 한 것인지 알 수 없는 어조로 아버지는 말했다.

"여보게, 나는 상여도 노래도 무덤도 필요 없으니 그리 알게."

나는 아버지의 눈길을 보았다. 거기에 벌써 와서 대기하고 있는 죽음을 보았다. 이미 빛이 사그라져 이상한 애원을 담고 아들의 시선에 매달려 있는 두 눈이 그걸 말해주고 있었다. 나는 그 시선을 받아들일 정도로 강하지가 못했다. 나는, 마치 그 순간을 기다리기나 한 것처럼 도망하듯이, 비어 있는 이웃집으로 가 서울의 아내에게 전화를 했고 다가오는 아버지의 임종을 알렸다. 중요한 예언이라도 하듯이. 그리고 머릿속으로 알려야 할 사람들의 얼굴을 떠올렸다. 아무데도 없었다. 친척도 동료도. 아무도 없었다. 알려야 하는 사람은 거기, 어쩌면 아버지의 고향이 아닐 수도 있는 그 고향에 모여 있을 뿐이었다.

생사에 육지 사람들보다 더욱 대범하고 더욱 길들여져 있는 그들. 나는 그들이 마당에 모여 장례 절차를 의논하는 소리를 듣고 있었다. 그때서야 나는 남의 빈 대청에 앉아 약간의 눈물을 흘렸다. 슬픔이라는 그런 구체적인 느낌에서보다는 아무데도 아버지의 죽음을 알릴 곳이 없다는 외로움으로.

한밤중, 마을 사람들이 모두 가버린 다음이었다. 마을 한의사의 침 덕분에 불규칙적으로 울렁이던 아버지의 호흡이 고르게 돌아와 모두들 고비를 넘겼다고 나의 등을 두드리고 하루를 더 연장하러 떠났다. 나는 아무 생각 없이 아버지와 나 사이에 남은 시간이 점점 줄어드는 것에만 당황하고 있었다. 차마 고개도 들지 못하고 아버지에게 할 수 있는 생략된 많은 말들을 머릿속에서 만들고 지우고 만들고 지우면서 밤이 무사히 지나가기를 기다렸다. 나는 이웃이 다 가버리고 난 이 시간에 나 혼자서 아버지의 임종을 맞고 싶지 않았다. 그런 생각을 하고 있는 바로 그때 아버지의 목에서 그 소리가 흘러나왔던 것이다.

그르르르, 스스스트, 게스스트, 게스흐트……

집 뒤의 대숲에서 이는 밤바람 소리. 나는 한순간 고개를 번쩍 쳐들었다. 아버지는 어느새 일어나 앉아 괴롭게 신음하고 있었다. 야릇한 바람 소리는 아버지의 입에서 새어나오고 있었다.

"자네 이 말 뜻을 아는가. 게쉬흐트……"

이미 아버지의 입술은 마음대로 움직이고 있지 않았지만 이때까지만 해도 분명한 편이었다. 잠시 고요가 있었다. 갑자기 튀어나온 아버지의 목소리에 당황해 뜻을 놓친 나는 기다렸다. 잠시 후 또다른 쉿소리가 그의 입에서 흘러나왔다.

"ㄱㅅㅎㅌ……"

그러나 그것은 거친 호흡에 휩싸여 이미 알아들을 수 없게 변모된 신음에 가까운 소리일 뿐이었다. 고함을 치려는지 폭소를 터뜨리려는지를 짐작할 수 없는 일그러진 얼굴이 거기 있었다. 아버지는 애원하듯이 나를 바라다보며 몇 번을, 이미 낡은 그의 라디오가 가끔 전파 방해를 받을 때처럼 지지직거리는 소리를 몇 번을 반복해서 내보냈다. 그러나 나는 그의 전언의 내용에 신경을 쓸 여유가 없었다. 세상을 떠나는 자가 남는 자에게 전하는, 그런 순간에 아쉬워지는 이별의 말 이외의 것을 생각할 수가 없었기에 그의 바람 소리 같은 전언에 주의를 집중하지 않았다는 것이 더 솔직할 것이다.

그러나 그 모든 것에 앞서 나는 죽음이 한 사람에게 야기하는 물리적인 변화와 그 빠른 속도에 너무 경악하고 있었다. 마침내 아버지는 영원히 침묵했다. 나의 무릎 바로 옆에 온순하게 머리를 누인 채로. 나도 참으로 할말이 많았는데, 마지막 순간까지 나는 말할 기회를 잃고 만 것을 막연히 남의 일처럼 안쓰럽게 생각하고 있었을 뿐이었다. 나는 감히 울지도 못하고, 생소하게 변모해버린 아버지의 얼굴을 오랫동안 바라보았다.

바람 소리가 뜻하는 것. 그것은 오랫동안 내게는 그저 바람 소리로 남아 있었다. 자네 이 말뜻을 아는가? 그리고 숨소리에 말려버리던 그 말. 죽음을 목전에 둔 사람들은 가끔 알아들을 수 없는 질문을 남기지 않던가. 삶과의 인연을 한순간이라도 연장하기 위해서. 아버지의 질문을 나는 이런 신음으로 생각했다. 그 신음 소리를 그가 보여준 단순한 삶과 연관지어 연상했기에, 그것이 어떤 비밀을 숨기고 있으리라고는 한 번도 생각하지 않았기에 나는 사람들이 사자死者를 잊는 자연스런 속도로 그 음절들도 잊어버렸다.

내가 그 소도시에서 아버지의 사진을 발견한 그 순간 나의 입안에 되살아온 것은 바로 그 바람 소리였다. 서울 외곽에 있는 나의 작업실로 돌아오자마자 나의 기억은 현기증나는 속도로 우리가 공유했던 삶의 엉뚱한 세부들이 떠오름에 따라 내가 먼저 찾아내고자 한 것은 바로 그 말의 의미였다. 게스흐트…… 혹은 게쉬히테……

독일어로 '역사'를 뜻하는 단어, 게쉬히테는 내가 찾은 인쇄물 속 그의 글에도 여러 번 등장한 바 있기에 나는 내가 기억하는 바람 소리에 가장 가까운 단어를 이렇게 단정지었다. 그러나 어떤 역사? 누구의 역사? 받쳐질 말에 의해서만 의미의 문이 열릴 그 말. 나는 그뒤에 이어 아버지 입을 새어나온 나머지 음절을 재구성해내려고 여러 번 회상하기 어려운 아버지의 죽음의 장소로 되돌아갔다. 그 역시 헛도는 음반에서 새어나오는 잡음처럼 지지직거리던 네다섯 음절로 기억되는 소리. 나는 눈이 충혈될 때까지 내가 가지고 있는 모든 사전을 뒤졌다. 사라져간 사람의 숨겨진 삶의 갈피를 샅샅이 뒤졌으며 기억이 고갈되었을 때 가능한 갈피를 무한히 상상했다.

그러나 그 모호한 소리의 기억으로부터 하나의 단어, 역사를 형용해주는 하나의 단어에로 나가는 길은 점점 더 크게 열려올 뿐이었다. 그것은 얼마나 많은, 수천수만 갈래의 길을 통과하는 일인가. 두 개의 단어 사이에는, 얼마나 먼 길이, 두 개의 상이한 아버지 이름만큼이나 멀고먼 길이 놓여 있는가. 그것은 지물라치온인가, 지투아치온인가, 질란치엄인가. 그것은 위장인가, 상황인가, 침묵인가. 아니면 내가 상상할 수 없는 더 먼 곳에 있는 한 단어인가. 그 길의 어디쯤에 나는 놓여 있을까. 그런데 나는 길을 떠나기는 한 것일까.

(1993)

258

굿바이

사흘 전

고속도로는 젖어 있다. 새벽 두시, 여전히 비가 내린다. 무한히 가늘어진 빗줄기.

가까이, 멀리, 폐기된 상자처럼 빼곡히 쌓여 있는 불 꺼진 창문들. 건물들이 기울어진다. 드문드문 켜진 가로등이 달려들다가는 짚단처럼 쓰러진다. 미끄럽게 번들거리며 비어 있는 길. 시속 백삼십, 백사십. 차에 요구할 수 있는 최고의 속도. 그 이상이 되면 두려움을 감지한 짐승처럼 차체가 온몸으로 바르르 떤다. 언뜻언뜻, 저 아래 시커먼 강변, 촘촘히 박힌 창살처럼 조여져 다가오는 가로수 기둥, 번들거리는 근육질의 아스팔트…… 금속성 파찰음을 내며 그런 데를 향해 무분별하게 곤두박질치다 해체되어버리는 차

체, 무수한 금으로 순간적으로 분할되어 제각기 흩어질 유릿조각,
조각들, 두서너 번 경사지에 부딪혀 튕겨오르다 마침내 자유로이
허공의 무한궤도를 헛돌 차바퀴, 제각기 열려 습기 찬 공기를 한두
번 때리다가 떨어져나갈 네 개의 문, 끝내 한 장의 가벼운 종이처
럼 꾸겨져 내던져질…… 분해된 차체의 영상.

그녀는 그런 구체적인 영상의 경계를 달린다. 거의 매 순간.

그녀가 한밤중 도로를 달린 지 육 개월이 되었다. 거의 매일 밤.

설령 눈을 감아버린다 해도, 미세한 길의 요철을 기억할 정도로
몸은 그에 익숙하다. 저 앞에 비어 있는 도로를 지우고 삼키면서
차가 달린다. 지운 만큼 더 빈 도로가 그녀를 부른다. 빨리, 더 빨
리. 단 이십여 분의 질주. 더 깊은 밤을 향해.

그 밤의 가장 깊은 곳에 방이 하나 놓여 있다. 그 방은 모양이
없다. 때로는 둥글고, 때로는 각지며, 때로는 액체이고 그러나 자
주, 그 방은 그 어느 모양도 갖추지 못한 채 머릿속에서 부유한다.
그녀의 의식은 아무리 멀리 갔다가도 그 문 앞에, 늘, 잊지 않고 되
돌아온다. 성실한 습관, 잘 훈련된 몸짓. 의식한다고 말하기에는
너무 깊이, 작은 씨앗으로 박혀 있다가 순식간에 자라, 머릿속의
모든 빛을 다 덮어버리는, 그녀의 어딘가에 서식하고 있는, 뇌수의
한구석에 그렇게 떠 있는 방.

차창을 내린다. 써늘한 빗방울이 속도가 만든 바람에 날려 안으
로 분무해들어오고, 마침내 그녀의 심장을 두르고 있는 한기와 외

부의 기온은 비슷해진다. 아, 마침내! 그녀는 깊이 숨을 들이쉰다. 체온과 기온을 뒤섞는다. 여름이다. 아직 후끈거리지는 않는 초여름. 비가 없다면 스산하게 아름다울 수도 있었을 초여름밤이다. 비가 내리지 않았다면 어느 주택가에서부터 퍼져나온 꽃향기가 이 고속도로에까지 산책 나왔을 그런 밤. 비만 아니라면.

바람이, 찬 기운이 잊혔던 통증을 일깨운다. 작은 알전구가 켜지듯이 머리 한쪽에서 드문드문 얼얼한 고통의 자국이 반짝인다. 우산 촉이, 그래, 그것은 겨우 우산 촉이었다. 닿은 곳은 이제는 그냥 얼얼한 정도가 아니라, 뜨끔거린다는 것이 옳다. 네 시간 전의 통증이, 둔화된 신경이나 핏줄을 느리고 게으르게 지나, 그제야 그녀에게 전달되어오는 듯한 느낌. 그런 때가 있다. 한 가지 신경만 고도로 활동을 하고 나머지 신경들은 모두 쉬거나 죽어 있는 그런 때. 살아 있는 것과 죽어 있는 것이 잠시 뒤바뀌어 있는 때.

그녀는 육 개월 전부터 매일 저녁 남자를 만나러 남자의 아파트로 간다. 쇠붙이가 자석에 가서 붙듯이, 의지나 욕구와는 무관한 무언가가 퇴근할 때면 그녀를 지배하고 그녀는 그의 아파트 근처를 서성거린다. 대체 어떤 길로 해서 여기까지 와 있는 거지? 하고 그녀가 질문을 던질 때, 그녀는 이미 남자의 아파트 안에 들어가 있다. 그리고 일단 그 안에 들어가면 그런 질문은 흔적도 없이 사라진다. 그 안에는 그 안에 걸맞은 질서가 있기 때문이다. 지움과 망각의 질서. 아니 그보다는, 지움과 망각이 가능한 것인가를 실험해보는 실험실의 불분명한 기대의 질서.

그녀는 오래전부터 비슷한 시간, 비슷한 길을 통과해 남자의 아파트를 찾아왔던 것 같은 착각을 하지만, 실제로는 겨우 육 개월 전에 그 일이 시작되었을 뿐이다. 그러나 육 개월, 이 개월, 어제, 오늘이 무엇이 중요한가.

어느 날, 날짜가 기억나지 않는, 확인해보려면 확인하지 못할 것도 없는 그 어느 날, 우연이 배치한 배려로 인해 그들이 만났을 때, 그들은 서로를, 서로의 공허를 알아보았고, 그 당장에 이런 종류의 묵계가 이루어졌다고 보는 것이 옳다.

"나는 당신이 어떤 사람인지 알아."

"그래, 당신도 그렇고 그런 사람이지."

"저녁이 되면 왠지 밖으로 뛰쳐나가고 싶은 그런 사람?"

"별다른 기대 없이 말이야."

"다른 방법이 없으니까."

"그래, 그렇지."

만약 그들이 말을 했다면 이런 종류의 그저 해보는 소리들이 나왔을 것이다. 그러나 그녀도 남자도 말을 할 필요가 없었다. 그들은 연수회장의 한 테이블에 나란히 앉아 있었다. 그녀는 신입 사원이었고, 남자는 지방 도시의 지점에 근무하다가 그녀가 일하는 회사로 전근을 왔기에 그 자리에 나란히 앉게 되었다. 점심 휴식 직후의 나른한 오후 시간이었다. 오전에 그녀 옆에는 또다른 신입 사원이 자리를 잡고 있었고, 회사에서 예약한 건물 지하의 식당에서는 엄숙한 자세로 옆자리에 시선을 주지 않는 한 중년의 간부가 있었다. 오후의 일정에 약간 늦은 그녀가 가장 쉽사리 찾을 수 있는 자리, 그 바로 옆에 남자가 앉아 있었다.

만약에 그녀가 식사를 마치고 건물의 주차장을 하릴없이 한 바퀴 돌지 않았더라면, 만약에 그녀가 연수회장 입구에서 커피를 한 잔 마시지 않았더라면 그녀와 남자는 나란히 앉지 않을 수도 있었으리라. 그리고 그들은 서로의 얼굴을 익히는 데 더 많은 시간이 필요했거나, 아니면 얼굴을 익혀야 할 아무런 이유가 없었을지도 모른다.

그렇지는 않았으리라. 그들이 설령 연수회장의 한 테이블에 나란히 앉지 않았다 해도 그들은 머지않아 서로를 알아봤을 것이다. 평범함으로 감쪽같이 가장한 그들의 빈 동공. 타인을 돌볼 여유가 없는 무언가에 몰두해 있기에 더욱 조심스러워진 옆자리의 타인에 대한 내용 없는 배려, 온몸으로 말하는 그들의 부재를 그들이 알아보지 않을 수 없었으리라. 알아보기 이전에 바로 그런 것들의 혼합이 필연처럼 그녀를 남자의 옆자리에 앉게 했으리라.

연수가 끝나고 모두가 모래알처럼 흩어질 때, 저녁이 되었고 그들은 아무 말 없이 한 방향으로 걸었다. 그들은 예정된 장소가 있는 것처럼 한 차에 올랐고 아무 말 없이 달려, 단지 그 시간 바닷가 도시로 가기에는 늦었기에 바닷가 대신 강이 내려다보이는 한 카페로 갔다. 그리고 마주앉아 서로를 차갑게 과감히 바라보면서 서로의 시선에 어쩔 수 없이 배어 있는 공허를 돌이킬 수 없이 다시한번 알아보았다. 그 결과 질감이 다른, 그러나 깊이가 유사한 공허가 그들의 말을 삼켜버렸다.

낮에 그녀는 머리가 아프다. 이건. 아주 오래전부터. 육 개월 전부터 상황이 더 나빠졌다고 그녀는 말할 수 없다. 어느 누구도 더 나쁜 상황을 위해 매일 새벽 두시의 비어 있는 고속도로를 달리지 않는다. 그러나 정말 그럴까. 그녀는 알 수 없다.

전에는 저녁에도, 밤에도 머리가 아팠다. 그러나 이제는 낮에만, 낮에만 다소간 머리 뒤쪽이 당기는 통증이, 누군가가 뒤에서 덜미를 잡는 그런 묘한 기분을 만드는 것이다. 이러한 통증의 감소는 얼마나 커다란 위로인가. 통증의 부분적인 삭제나 마취. 단 한 부위의 마취는 때로 온몸에, 아마도 의식이 있다면 죽음만이 부여할 부재의 쾌감을 만든다. 그녀는 몇 년 전 작은 수술을 받기 위해 전신마취를 받고 두 시간 만에 깨어난 적이 있다. 꿈 없는 완벽한 수면. 거의 백색에 가까운 망각. 아마도 죽음은 그처럼 황홀하게 그저 비어 있는 상태의 연속이 아닐까. 제발 그러하기를. 그녀를 위해서가 아니라, 다른 사람, 어두운 방에 누워 있는 그 아름다운 사람을 위하여.

그러나 새벽 두시에서 두시 반 사이에 잠이 들고 아침 여섯시면 일어나 일곱시에 집을 나오는 그녀의 일정으로 낮에 머리가 아프지 않을 수 없다. 낮이면 끝도 없이 그녀 앞에 쌓이는 장부의 숫자들을 대조하고, 결재를 받으며, 늘 숫자 한두 개가 잘못되어 있어 다시 대조를 시작해야 하는 반복적인 일 때문일지도 모른다. 그렇다고 해도 두통은 그녀의 업무를 완전히 방해하고 마비시킬 정도는 아니다. 아니, 그보다는. 이런 기계적인 일들은 다행히, 끊임없이, 그녀 자신을 지워주러 줄지어 나타난다고 말하는 것이 옳다. 그녀는 오히려 그녀의 편두통의 적절한 이유를 만들어주는 이런 일을 고마워하는 편이다.

무엇보다 일이 끝나고 나면 그녀의 몸과 마음은 깨어난다. 그 맑은 시간에 그녀는 남자의 아파트를 향한다고 할 수 있다. 여덟시, 혹은 아홉시부터 새벽 한두시까지. 회사 근무가 끝난 후 남자의 집에 도착하기까지 그녀 자신 매일 무엇을 하는지 분명하게 말할 수 없다. 이런저런 일들이 반복되리라. 다음날의 몸을 경영하는 데 필요한 물건을 구입하고, 회사 근처의 상점들을 건성으로 기웃거리는. 잊혀도 그만인 이런저런 소일거리들. 때로는 달리던 대로에서 빠져나와 한적한 주택가의 골목에 차를 세워두고 잠시 잠을 자기도 한다. 수면이 그녀를 덮칠 때는 언제든지. 또 어떨 때는 일찍 도착한 남자가 아파트 앞에 세워진 차 속에서 잠들어 있는 그녀를 알아보고 깨우러 올 때도 있다.

이날, 근무를 마치고 그녀는 동료들의 즐겁고 정상적인 저녁 시간에 합류하지 않았다. 그녀는 회사 건물 지하에 있는 오락실에서 기계를 바꿔가며 몇 차례 게임을 했다. 처음이었기 때문에 그녀의 모든 게임은 빨리 끝났다. 못 마시는 술을 낮부터 마셔야 하는 남자의 그날 일정을 알고 있었지만 그녀는 남자의 아파트로 갔다. 벨을 여러 번 눌러도 안에서는 대답이 없었다. 문은 잠겨 있었다. 가끔 그 문은 그렇게 잠겨 있다. 그러나 때로는 그저 닫혀 있다. 실제로 남자가 있을 때, 문이 잠긴 경우는 드물다. 대체 무엇을 위해?

한두 번, 다만 닫혀 있었을 뿐인 그 문을 그녀는 흔들고—아마도 작게 흔들었으리라—열리지 않아, 잠긴 것으로 알고 두 시간 이상을 밖에서 기다린 적도 있다. 그녀는 이럴 때면 하얀 알약을 한 움큼 먹고 죽어 있는 남자를 상상한다. 남자가 먹는 약이 단지 간장약이라는 것을 알고 있음에도 그런 사실적인 지표가 아무런 의미를 가지지 않는다.

그러나 이날 문은 잠겨 있었다. 문이 잠겨 있다는 것이 확인되면서, 그녀는 문을 열고 안으로 들어가야만 한다는 강박적인 징후, 꼭 이 안으로 들어가야만 할 것 같은 절박감에 사로잡혔다. 그건 문 앞에 있는 누구나가 느끼는 관성일지도 모른다. 그렇지 않으면 왜 무수한 사람들이 닫힌 문 앞에 서 있겠는가.

그러나 그것은 불충분하다. 분명 안에서 남자가 고통스럽게 죽어가고 있는데 문은 잠겨 있다. 남자는 문 앞까지 기어나올 힘도 없을 것이 분명하다. 아파트 관리실이 저만치 보인다.

"저 아파트 안에서 한 남자가 죽어가고 있어요. 문을 열어야 해요. 열쇠 수선공을 불러주세요."

그러나 그녀는 그런 일을 하지 않는다. 관리인 때문이다. 그냥 잠이 들어버려 남자의 집에 새벽까지 머무른 어느 날, 아파트 주민 장부에 등록되지 않은 그녀의 자동차 바퀴에 구멍을 뚫어 바람을 빼놓은 것이 바로 저만치 보이는 관리인이라는 것을 그녀는 알고 있다.

그녀는 회사에 늦고 말았다. 왜 이런 일을 했을까, 저 뚱뚱하고 늘 피곤한 얼굴을 하고 있는 남자는? 대체 무슨 집착이, 무슨 정열이 그런 거추장스러운 일을 관리인으로 하여금 저지르게 만들었을까. 차 번호를 확인하고, 관리실 도구함에서 송곳을 찾고, 주변에 사람이 없는 것을 확인하고, 바퀴를 골라 구멍을 뚫고…… 고집이 되어버린 의무감, 아니면 삶이 별 볼 일 없는 사람에게서 싹이 자라는 악의? 그녀가 관리실 남자의 빈 정열에 대해 느끼는 거의 놀라움에 가까운 감정은 여러 질문을 만든다. 그러나 그녀는 오래 그 질문 주변에 머무르지 않는다. 관리인을 쳐다보지 않는다.

오늘도 저 안으로 들어가지 않으면 안 된다는 절박함이 떠올린, 약을 먹고 죽어가는 남자의 영상은 사라지고, 단지 술에 만취해 초저녁부터 잠들어 있을 한 남자의 현실적인 모습이 떠올랐다. 절정에 이를 때면, 단지 그때에만 얼굴에서 구체적인 표정이 살아나는 남자. 고통스러운 듯 온 얼굴을 찡그리며 우는 남자. 정말 한두 방울 눈물을 떨구는 남자.

그녀는 냉철한 마음으로, 여름이 되면 더욱 짙어지는 잡풀들이 가득한 아파트 뒤편으로 갔다. 남자가 커튼이 쳐진 유리문을 잠그지 않는다는 것을 그녀는 알고 있다. 아마도 잠금장치가 망가져버렸기 때문에. 안에서 보면 그토록 낮아 보이던 유리문은 높이 달려 있었고, 그 밑으로는 거미줄과 버려진 비닐봉지 사이로 잘 들여다보지 않으면 눈에 띄지도 않을 정도로 작은 벌레들이 종횡으로 바삐 기어다니고 있는 것이 길 쪽에 켜진 희미한 가로등 빛 속에 드러났다.

그녀가 유리문을 열고 안으로 들어갔을 때, 그 일이 일어났다. 무언가 뾰족한 것이 그녀를 스치면서 이어 막대기 같은 것이 머리를 후려쳤다. 그녀는 웃옷 솔기가 뜯겨나가는 소리를 들으면서 그녀를 향해 다시 내려오는 것을 잡아낚고는 거꾸로 공격하려고 잡고 흔들었다. 그래도 천 같은 것에 감긴 긴 막대기 같은 물건은 그녀의 손아귀를 빠져나가 한두 번 다시 그녀 위에 떨어졌고, 그녀는 온몸으로 그것을 막아냈다. 다시 물건이 그녀 옆을 스쳤을 때 그녀는 그것을 잡고 결사적으로 잡아낚으려고 온몸의 힘을 모았다. 물건 저쪽을 잡고 있는 쪽의 힘도 만만치 않게 전달되어왔다.

아주 가까이서 들려오는 씩씩거리는 숨소리. 더 가파르고 잦은 그녀 자신의 거칠어진 호흡. 서로 비틀거리며 유지하는 위태한 균형. 그 와중에 그녀와 상대편 중, 누군가의 몸이 벽의 스위치를 눌렀으리라. 갑자기 불이 들어왔다. 서로에게 따귀라도 갈기듯. 아마도 백 와트 이상의 전등이 우산대의 양쪽을 잡고 서서, 서로를 노려보고 있는 그녀와 남자의 모습을 적나라하게 발가벗겼다. 그것은 단지 우산일 뿐이었다. 초록색과 검은색이 엇갈려 장식된, 운동화나 체육 용구를 구입할 때 선물로 끼워주는 긴 우산. 그녀는 자신을 내려친 막대가 외출복 차림으로 소파에서 누워 자고 있던 남자가 엉겁결에 집어든 우산대인 것을 알았고, 침입자로 그녀를 오인한 남자는 힘껏 우산대를 집어든 팔을 휘두른 것이다. 그러나 그렇게 단순했을까, 그 사건은?

날이 기울면서 하늘을 온통 뒤덮으며 하루종일 내리는 비, 세상을 등지고 늘 쳐져 있는 두꺼운 커튼. 그러나 혹시, 잠이 깨어 일어나 어둠 속에 앉아 있던 남자는 그녀가 유리문 쪽으로 올라올 때부터 그녀를 알아보았던 것은 아닐까? 마찬가지로, 긴 막대 같은 것을 집어 온 힘을 다해 그녀를 향해 내려치는 사람이 바로 남자라는 것을 알고 그녀가 그토록 격렬하게 대항할 수 있었던 것처럼.

남자와 여자는, 서로 놀라, 거의 동시에 우산을 바닥에 집어던졌다. 살이 한두 개 부러져 박쥐의 날개처럼 펼쳐진 우산은 바닥에 널브러졌다. 그녀는 그 당장에는 아무런 통증도 느끼지 못했다. 다만 놀란 듯이 바닥에 던져진 그 물건을 바라보았을 뿐이다. 그들은 동시에 소파에 주저앉았고, 거칠게 터져나오는 호흡을 가누느라 몇 분간 그렇게 나란히, 어색하게 앉아 있었다. 서로 놀랐을 뿐 아니라, 서로에 대해서 놀랐다. 지금까지 드러나지 않은, 숨기려고 해서가 아니라 무관심했기 때문에 나타나지 않은 상대편의 구체적인 현실에 대해서.

그녀는 고속도로를 달리는 이 순간에 이르러서야 그 놀라움의 정체를 알아차린다. 음울하게 불편한 알전구 하나가 심장에 켜지듯이. 그 빛 속에 희미하게 드러나는 두 몸의 격투를 알몸으로 바라다본다.

아무런 사건 없이 그녀는 집에 도착한다. 이십이 분. 그녀가 남자의 아파트를 떠나 집에 도착하기까지 걸리는 시간. 늘 이십여분. 그녀는 열쇠로 문을 열고 실내로 들어선다. 그녀는 아무 소리도 내지 않고 열쇠로 문을 여는 법을 알고 있다.

어두운 실내. 그 한쪽에서 희미한 불이 새어나온다. 늘 그렇듯이. 어두운 방에 그렇게 켜져 있는 불. 마치 잊지 말라는 당부처럼 방안의 사람이 깊이 잠들었을 때도 연녹색으로 밝혀져 있는 어슴푸레한 불. 늘 아무때나 들어가 맥박을 재고, 약을 따르고 또 숨이 멎었는가를 확인하기 위해 켜진 불. 그녀는 작은 신음 소리를 듣지만 그건, 늘 귓속에 남아 있는 소리, 그녀의 숨소리가 되어버린 익숙한 리듬.

얼마나 오래전의 아침이었던가? 그녀는 그 방 주인의 몸에 돋아나 하부를 온통 덮은 이상한 발열을 보았다. 뿐만 아니라, 그 이후,

그 사람의 아름답던 이마에는 이 불안한 발열에 신기한 치료 효과가 있다는 물약의 복용으로 인해서 털이 수북이 자라 있다. 이제는 그 사람의 신체와 떼어놓고 생각할 수 없는, 그럼에도 매번 생경스럽게 들여다보게 되는 신체의 이상 현상들. 그 신체가 살아 있다는 것을 알려주는, 그 신체가 배양하는 작은 식물들. 그녀는 출근하기 전, 얼굴의 솜털을 깎는 전기면도기로 그 사람의 이마를 부드럽게 밀어준다. 면도기에 가득히 밀려오던 검은 털. 그녀는 그 아름다운 사람의 이마가 순간 역진화해, 슬픈 표정을 하고 평원을 관조하는 그네들의 먼 조상 네안데르탈인의 이마로 되돌아갈 것을 저어하였다.

그 사람은 그녀의 얼굴을 근심 어린 시선으로 바라보았지만, 언젠가, 지금은 정확한 때도 잊은 그 언젠가 그녀에게 말했듯이,

"너무 늦게 다니지 마…… 무슨 일이 있을까만 세상이 늘 변덕스러우니……"

라는 말도 하지 못했다. 그러나 그 사람의 눈은 이상하게 빛났다. 열기로 빛나던 시선. 그런 시선의 비정상적인 빛남을 그녀는 언제나 피하고 싶어했음에도 고개를 돌릴 수 없다. 그 눈빛은 얼마 전부터 저녁나절이면 밤하늘의 눈 시린 별빛처럼 돋아나곤 했다.

그녀는 이날 들릴 듯 말 듯한, 어쩌면 단지 그녀의 귀에 떠돌 뿐인 그 사람의 신음 소리를 뒤로하고 어두운 방 앞을 지나친다. 그녀는 자그마한 자신의 방으로 미끄러지듯 들어간다. 바로 그 순간

아름다운 사람의 반대편 방에서는 갑자기 코 고는 소리가 들려온다. 그리 소란스럽지도 그렇다고 작다고도 할 수 없는 평화롭기까지 한, 그러나 결코 평화로울 수 없는 수면의 외침.

그녀는 침대 머리맡에 있는 라디오에 연결된 리시버를 귀에 끼고 자리에 눕는다. 이 시간이면 자질구레한 유머를 날리며 음악을 내보내는 한 채널에 다이얼을 맞추고 눈을 감는다. 그리고 옷도 벗지 않은 채 누워 새벽까지 잠을 잔다. 자명종을 맞추어놓을 필요도 없다. 어떤 시계도 필요 없을 정도로 그녀는 새벽이 되면 눈을 뜬다.

이틀 전

아침, 그녀는 어두운 방안으로 들어간다. 아름다운 사람은 눈을 감고 누워 있다. 세상에, 세상 이전에 스스로에게 실망해버린 사람이나 지을 법한 미약한 미소를 띠고, 미동도 없이. 그녀는 그 사람의 코 가까이 정수리를 가져간다. 그녀의 오래된 습관이다. 어릴 적 그녀의 정수리 바로 위에서 규칙적이며 평화로운 미풍을 만들면서 까다로운 수면을 위무해주던 사람의 숨소리. 오늘 정수리 위에서는 미약하고 미지근한 입김이 느껴질 듯 말 듯하다. 코에 귀를 갖다 대도 숨소리는 들리지 않는 듯하다. 아름다운 사람이 이렇게 눈을 감고 있을 때면 그 어느 전문가도 생명의 진위를 구분하지 못하리라. 그녀는 알고 있다. 아름다운 사람의 숨소리가 이처럼 무한히 작아져 있을 때, 그 사람의 몸속에서 이루어지는 무수한 유기물질의 유해한 활동이 가장 미미해져 있는 때라는 것을.

새벽의 어스름 속에서 그녀는 그 사람 이마의 검은 솜털이 밤사이 더 많이 돋아난 것을 보았다. 그러나 하복부 알레르기에 유효한 약을 멈출 수는 없으니, 솜털은 앞으로도 더 자랄 것이다. 그녀는 얼마 전부터 매일 아침 하듯이 작은 분홍색 면도기를 갖다 대지 않고 일어선다. 그녀는 드물게 편안한 그 사람의 수면을 방해하지 않기로 한다. 저녁이면 아름다운 사람이 시간을 거슬러 역진화하는 일은 그만큼 진전되어 있으리라. 벌써 오래전에 떠나기 시작한 그 사람은 그 길의 어디쯤 가고 있을까. 백만 년 전, 이백만 년 전? 기하학적인 숫자가 지금 같은 의미가 없었던 그 어디쯤에 아름다운 사람의 수면은 머물러 있는 걸까.

파출부가 만드는 소음을 듣고서야 그녀는 방에서 나온다. 눈이 큰 젊은 여자. 수술한 쌍꺼풀 자국이 선명한 삼십대 초반의 파출부는 늘 굽 높은 구두를 신고 나타난다. 그녀가 취직을 하게 됨에 따라 아름다운 사람을 위해 고용하지 않을 수 없었던, 그녀 월급의 반 이상에 해당하는 금액이 매달 지급되는 이 여자의 이상하게 커 보이는 눈을 그녀는 이날 처음인 것처럼 바라본다. 일하러 온 여자는 집안의 가장으로부터 하루에 할 일을 지시받고 있는 중이다. 어두운 방의 사람에게 해주어야 할 일들, 그리고 시간이 남을 때 해야 하는 일들. 가장이 들어오기 전까지. 그러나 여자는 그 말을 건성으로 듣고 막 문을 나서려는 그녀를 돌려세운다. 마치 가장의 말이 이해할 수 없는 먼 나라의 말인 것처럼, 얼떨떨한 표정으로 여자는 거의 매일 하는 일에 대해 매번 처음인 것처럼 묻는다. 몇시에 약, 몇시에 식사, 몇시에 물약, 몇시에 식사 준비…… 그녀는 여자가 꼭 해야 할 일만을 간단히 말해준다.

이즈음 수입보다는 지출이 많은 가장의 전자기기 대리점은 그래도 매일 아침 문을 연다. 그녀는 매일 아침, 가장을 집에서 멀지 않은 상점에 내려주고 나서 출근한다. 가장은 차 운전을 좋아하지 않는다. 아니 면허증은 있지만 운전을 잘 할 줄 모른다. 그녀는 시계를 본다. 가장도 시계를 본다. 피곤에 전 가장의 하관은 이날 아침 더 강팔라져, 밤새 내내 코를 골며 잠을 잔 사람답지 않다. 그러나 그는 그녀가 잠든 한밤중 홀로 화다닥 깨어 일어나 곧 닥쳐올지도 모르는 파국에 대한 대처할 수 없는 불안으로 밤을 샜을 수도 있다. 언제? 어떻게? 아무도 대답할 수 없는 의미 없는 질문이 밤새 내내 그를 괴롭혔을 수도 있다.

차 안에서 가장은 고개를 숙이고, 이제는 여러 번 극적인 어조로 반복되어 처음 들었을 때처럼 그만큼 외설적으로, 그만큼 극적으로도 들리지는 않는 그 말을 또 발설한다.

"차라리 빨리 닥쳐오는 게 낫겠다."

그녀는 답변하지 않는다. 그녀는 자신과 비슷한 옆얼굴을 가진 가장을 재빨리 곁눈질한다. 그는 갑자기 누추해 보인다. 그는 갑자기 늙어 보인다. 그 눈에서 어쩔 수 없는, 그녀에게는 관성으로 보이는 눈물이 맺히는 것을 그녀는 다시 한번 바라본다. 매일 아침 이런 시간은 제의처럼 반복되고 그녀는 이 순간이 가장 당황스럽다. 아름다운 사람을 위해서보다는 자기 자신에 대한 동정으로 관성적인 눈물을 눈물샘에 저장해두는 가장을 위로하기에 그녀는 다른 일에 몰두해 있다. 자신이 꼭 있어야 하는 곳이 아닌, 모든 '다른 곳'에 놓아두는 일에. 그 일은 그다지 쉬운 일이 아니어서, 그녀는 가장을 위로할 여유가 없는 것이다. 그리고 설령 여유가 있어도 그녀는 가장을 위로하고 싶지 않다. 또한, 그것이 가장이든 누구든, 그녀 자신 위로받고 싶지도 않다. 이것을 그녀는 아무와도 나누지 않을 것이다. 그리고 사실을 말하려면 그녀가 위로받을 일도 딱히 없다.

가장은 아주 빨리 자신을 되찾는다. 한줄기 눈물을 거두고, 상처받아 과장되게 의연한 표정으로 되돌아와 고개를 빳빳이 들고 침묵한다. 그러고는 혹은 나무라는, 혹은 포기한 목소리로 말한다.

"너는 변했어. 얼마 전까지만 해도 우리는 많은 말을 나누었는데……"

그녀는 가장을 상점 앞에 내려준다.

"아마도 조만간 가게문을 닫아야 하겠지."

가장은 이렇게 독백을 하고 차문을 닫는다.

"조심해. 너무 늦게 다니지 말고."

가까스로 차창을 넘어오는 미약한 목소리의 동일한 문장, 동일한 단어가 다른 온기와, 다른 질감으로 다가온다.

그녀는 "네" 대답하고 다시 떠난다.

그녀는 동료들과 점심을 마친 후 급한 용무가 있는 것처럼 화장실로 숨어들어갔다. 그리고 변기 뚜껑 위에 앉아서 잠시 오열했다. 그러나 눈물이 나오지는 않았다. 동료들과 식사중에 나눈 대화에 별다른 내용은 없었다. 누군가가 며칠 전에 본 멜로드라마에 가까운 한 영화에 대해서 말했을 뿐이다. 그녀 자신은 딴생각을 하고 있었기 때문에 내용도 제대로 따라가지 못한 그런 얘기였을 뿐이다. 자신이 무슨 생각을 했었는지, 두껍고도 모호한 그녀의 상념의 층을 비집고 들어온 한두 마디가 그녀에게 불러일으킨 연상의 실체에 대해서도 그녀는 알 수 없다. 그러나 그녀는 어느 경로를 통해서도 다가갈 수 없는 황량한 고생대의 경치를 보고 있었다. 그 속을 느리게 걷고 있는 한 멸종동물의 영상이 그녀가 오열할 때마다 머릿속에서 나타났다가는 스러진다.

그녀는 속이 떨렸지만 이런 정도의 간헐적인 경련 상태는 당연하게 앞으로도 여러 번 다가올 것임을, 치러내야 하는 것임을 잘 알고 있다. 오늘 저녁에는 집에 들어가지 않으리라. 오늘 저녁에는 아름다운 사람의 역진화 상태를 점검하지 않으리라. 어떤 직감이 그녀에게 그렇게 하라고 시킨다. 두려움 혹은 게으름에 가까운 무언가의 지배를 받고 그녀는 그렇게 결정을 한다. 그녀는 남자의 아파트에서 밤을 보내기로 한다. 커다란 이변이 없는 한. 갑자기 남자가 지방으로 출장을 간다거나, 혹은 그녀를 만날 수 없는 갑작스러운 사정이 생기지 않는 한도 내에서는.

그녀는 남자의 일정을 확인해보기 위해 사무실로 전화하지 않는다. 애초에 그녀는 남자의 사무실이나 집으로 전화를 건 적이 없다. 여덟 걸음을 걸으면 남자의 업무용 책상이 있지만, 그녀가 남자와 복도에서 마주치는 경우는 드물다. 마주쳐도 옆에 다른 사람이 있으면 그들은 모른 척하고 지나친다. 다른 사람이 없어도 그들의 서로에 대한 태도는 크게 달라지지 않는다.

업무를 끝내고 그녀는 사무실 근처의 분식집에 앉아 혼자서 저녁을 먹는다. 그녀가 주문한 부드러운 면이 액체가 될 때까지 오래오래 씹으면서 기다린다. 시간이 되기를. 남자의 집으로 향하는 시간이 되기를. 그녀는 사무실 근처의 슈퍼에서 일상에 필요한 물품, 약국에 들러 이미 작성된 목록에 적힌 약을 산다. 그것을 비닐봉지에 몰아넣고 문이 잘 열리지 않는 차 트렁크에 집어넣는다. 그러고 난 다음에야, 그녀는 집에 들어가지 않으리라는 그녀의 결심을 상기한다.

그래, 그녀는 오늘밤 집에 들어가지 않을 것이다. 야채는 내일이면 시들 것이다. 아름다운 사람이 매일 밤 먹어야 하는 약은 어쩌면 낮부터 떨어졌는지도 모른다. 파출부는 그런 일에 신경을 쓰지 않을지도 모른다. 아름다운 사람이 먹어야 하는 약이 어디 한둘인가. 가장은 늘 그렇듯이 그의 과장된 슬픔으로 일상의 목록을 잊을는지도 모른다. 아무도 낮 동안 자라난 아름다운 사람의 이마의 솜털을 깎아주지 않으리라. 그러나 그녀는 집에 들어가지 않을 것이다.

남자의 아파트에 커튼이 걷혀 있다. 남자는 청소중이다. 그녀는 잠시 밖에서 기다린다. 그녀는 화단 옆의 시멘트 블록 위에 앉아 남자가 청소를 끝내기를 기다린다. 누군가가 그녀를 바라보는 느낌에 눈을 든다. 관리실 바깥에 나와서 인상을 찡그리고 담배를 피우면서, 아파트 관리인이 그녀를 바라보고 있다. 그녀의 짧은 치마 밑으로 나온 긴 다리와 그녀의 긴 머리카락, 앞이 둥글게 깊이 파인 그녀의 상의를 눈에 띄게 못마땅한 시선으로 훑어본다. 네가 어떤 여잔지 다 안다, 는 표정으로 그렇게 의도를 드러내며 그 뚱뚱한 남자는 그녀에게 시선을 꼬라박는다. 그녀도 관리인을 바라본다. 야릇한 미소를 흘리기까지 한다. 당신 같은 남자가 나를 바라보며 어떤 생각을 하는지 나도 잘 알지. 이런 전언을 그녀는 미소에 담는다.

남자가 청소를 마치고 밖으로 나온다. 그들은 남자의 아파트에서 차로 십 분 정도의 거리에 있는 삼류 호텔의 나이트클럽으로 간다. 거기에는 발가벗은 여자들이 삼류 밴드가 연주하는 소음에 가까운 음악에 맞추어 춤을 추는 밤 프로가 있다. 그녀와 남자는 의무적으로 청해야 하는 맥주와 안주를 앞에 놓고 약간 높은 곳에 마련된 단 위에서 여자들이 줄을 지어 서서 느리게 춤을 추는 것을 멍하니 고개가 아프도록 쳐들고 바라다본다. 그곳에서 그녀와 남자는 소란스러운 풍경 속으로 서로 사라질 수 있어서 좋다. 아무 생각을 할 필요가 없을 정도로 음악이 크게 울리고, 무수한 사람들은 제각기 볼거리를 제공한다.

줄지어 춤추는 벌거벗은 여인들의 춤 프로가 끝나고, 악단이 느린 음악을 연주할 때, 여자와 남자는 사람들 사이에 섞여 춤을 추기도 한다. 그러나 마이크를 잡고 노래를 부르지는 않는다. 그 시간이면 그녀와 남자는 좀더 전격적으로 마신다.

그들이 테이블 가득 즐비하게 사열해 있는 맥주병들이 모두 비어 있음을 확인한 때, 더 앉아 있는 일과 일어서서 그곳을 나오는 일이 동일하게 거추장스럽게 느껴질 즈음, 새벽 한시경, 그들은 남자의 아파트로 되돌아온다. 새로 세탁한 침대 시트, 새로 간 베갯잇. 남자의 아파트가 이 정도의 쾌적함을 제공한 것은 지난 육 개월간 아마도 처음 있는 일이다. 그들은 나란히 누워서 취기와 함께 어느 순간 어쩔 수 없이 머리를 드는, 서로에 대한 까다로운 생소함이 사라지기를 기다린다. 그녀는 낮에 직장에서 들은 유머 한 조각을 말해주고 히스테릭하게 웃는다. 침대 바로 밑에 놓인 국산 양주병을 가끔 들어올리면서 남자는 애기를 듣는 둥 마는 둥 한다. 애기가 끝나고도, 병이 반 정도 줄어들어도, 생소함은 줄어들지 않았지만, 피곤과 취기가 그 참기 힘든 느낌을 다소간 지워준다.

그녀와 남자는 매일 밤 그렇듯이, 단순하면서도 극명하게 물질적인 살의 논리 속으로 잠수한다. 그녀와 남자가 그 속으로 달려가는 이유는 다를 것이다. 그녀도 남자도 서로의 이유에 대해서 무지하다. 그러나 그래야 하는 절박함의 강도는 아마도 유사해, 그들은 거칠고도 깊게 살 속으로, 살 속으로 침수해들어간다. 뼈가 닿아 덜그럭거리는 느낌이 구체적으로 다가올 때까지. 그 느낌을 줄이기 위해서 남자와 그녀는 때로 소리를 지르기도 한다. 쾌락의 외침과 유사한 소리. 덜그럭거리는 소리가 가장 미미해질 때까지.

한밤중, 그들은 극도의 피로 속에 누워 있다. 남자의 눈은 피곤으로 충혈되어 있으나, 시선은 무한히 부드러워져 있다. 때로 몸의 이완이 마음을 선하게 만들기에. 그녀는 처음으로 남자에게 아름다운 사람에 대해 애기하고 싶은 욕구를 느낀다. 그러나 바로 그 순간 아름다운 사람과 그녀를 잇는 기억의 줄이 무한히 가늘어져 그녀의 시야에서 사라지는 것을 느낀다. 그녀는 눈을 감고 그 여린 점선으로 된 줄을 따라간다.

아름다운 사람은 미소가 아름다웠다. 그녀의 목소리가 높아진 기억이 그녀에게는 없다.

그러나 가끔 아름다운 사람은 우울한 뒷모습을 드러내고 어둠 속에 홀로 앉아 있곤 했다. 누군가 무얼 하느냐고 물으면 그 사람은 자신이 태어난 작은 항구도시를 보고 있었다고 말하곤 했다.

그러나 이런 말을 하는 바로 그사이 그 사람의 아름다운 미소는 시들고, 나지막한 목소리는 힘겨운 신음 소리로 변모한다. 남자는 듣는다. 무관한 표정으로. 그를 덮치려 눈자위까지 와 있는 수면에 함몰되지 않으려고 최대한의 주의를 기울이며. 남자의 그런 태도가 그녀를 안심시킨다.

아름다운 사람의 자그마한 손가방은 늘, 언제라도 떠날 것처럼, 그럴 때 꼭 필요한 물건들이 잘 정돈되어 들어 있었다. 깨끗한 수건 한 장, 작은 투명 비닐백에 들어 있는 앙증맞은 세면도구, 속옷 한두 벌, 카메라 한 대, 얇고 부드러운 하늘색 양모스웨터 하나…… 이런 여행 장비로 아무도 오랫동안, 멀리 떠날 수는 없다. 그녀는 그 가방을 들고 홀로 떠나는 그 사람의 모습을 본 적이 없다. 아름다운 사람에게 그런 한적한 여유는 한 번도 생기지 않았다. 게다가 얼마 전부터 그 손가방은 그 사람에게서 잊힌 채, 장롱의 한구석에서 잠들어 있었다……

얼마 전부터 아름다운 사람은 백 그램 이상의 육류는 더이상 소화시키지 못했다. 보드랍고 싱싱한 야채도 그녀의 소화기관의 무서운 적 중 하나였다. 야채를 갈아 체에 쳐서 삼킬 때, 잘못 갈린 작은 알갱이는 그녀의 위에 그대로 남아, 구토의 원인이 된다. 살기 위한 모든 몸짓, 모든 음식, 모든 약이 아름다운 사람에게는 지뢰 같은 것이 된 지 오래였다.

그녀는 이미 얼마 전부터 잠에 곯아떨어진 남자의 귀에 입을 가까이 대고, 아름다운 사람에 대한 무의미한 기억의 조각들을 속삭여 불어넣는다. 마치 달콤한 이야기를 들려주듯이.

그 사람의 이마에는 검은 솜털이 매일 자라나고, 다리에는 몇 년이 지났는데도 아직까지 아무도 원인을 알아내지 못한, 어떤 약도 사라지게 하지 못한 이상한 돌기들이 생겨, 가려움증이 그녀의 미소 띤 얼굴을 고통으로 일그러지게 했고, 가끔 한밤중 그 사람의 입에서 고함이 터져나오곤 했다. 수년 전, 처음으로 그녀가 그 사람의 연약한 두 다리를 뒤덮은 발열 돌기를 보았을 때, 그것이 잊힌 작은 손가방 때문일지도 모른다고 생각했다.

그녀는 갑자기 말하기를 멈춘다. 잠이 깊게 든 남자에게서 멀어진다. 스산함. 선잠에서 깨어난 듯한 스산함. 갑작스럽게 그녀를 침범한 이 추운 느낌을 거슬러올라가다가 그녀는 그것이 아름다운 사람의 얘기를 모두 과거형으로 얘기했다는 것, 자기도 모르게 사건에 앞서 사건을 완결한 그 사실에서 기인하는 것임을 알아차린다. 그녀는 당장 일어나 고속도로를 달려, 어두운 방에 들어가봐야 한다는 강박감에 잠시 사로잡힌다. 그러나 그녀는 뒤돌아 누운 남자의 벗은 등에 가슴을 맞대고 그냥 누워 있다. 불가항력이 그녀의 몸을 남자의 등에 붙여버렸다. 그녀는 눈을 감고 얘기를 계속한다. 자신도 이해할 수 없는 이미 모두에게 잊힌 무의미한 기억들을 중얼거리며 그렇게 잠이 들었다.

아름다운 사람이 좋아하는 색은 초록색이었다. 그 사람이 싫어하는 것은 완숙 달걀. 그 사람이 좋아하는 것은 여름 장마에 맨발로 마당을 거니는 것……

그녀는 꿈속에서, 화사한 햇살에 미지근해진 잔디에 앉아, 옥색 치마저고리를 입은 아름다운 사람이 고개를 젖히고 희고 여린 목덜미를 드러내며 행복하게 웃고 있는, 아주 젊은 시절의 모습을 보았다. 동물원, 아니면 고궁의 정원. 아름다운 사람이 그렇게 한껏 웃을 때면 그렇듯이, 그 사람의 눈꼬리에는 반투명의 엷은 안개 같은 눈물이 맺혀 있었다.

하루 전

그녀는 남자와 같이 출근하지 않았다. 그녀는 남자보다 일찍 떠났다. 사무실 근처의 카페에서 아침을 먹으면서 바쁜 걸음으로 출근하는 사람들을 바라보았다. 아침의 햇살이 유리창에 반사되어 그 앞을 지나치는 그녀의 동료들은 누군가가 자신들을 안에서 바라보고 있다는 것을 알지 못한다. 그녀는 시간을 기다린다. 출근 시간. 시간이 다 되었어도 남자는 나타나지 않는다. 남자가 꼭 그녀가 앉아 있는 길 앞으로 지나갈 이유는 없다.

그녀는 출근 시간이 조금 지나서 사무실에 도착한다. 사무실,

옆자리의 동료가 그녀에게 일찍이 걸려온 전화 내용이 적힌 메모지를 하나 건네준다.

'병원에 들러 약을 지어가지고 곧 귀가하기 바람.'

하루가 또 지나간다. 그녀는 전화 전언 속의 '곧'을 지루하게, 불안하게 뒤로 뒤로 미룬다. 아침나절이 지나가고, 점심시간이, 또 그 이후의 오후 시간이 지나간다. 간밤의 부족한 수면으로 시간은 더 더디게, 힘겹게 지나간다. 그녀는 두통약을 한 알 삼킨다. 그러나 집에 전화하지 않는다. 가장은 상점 문을 닫고, 연락 없는 그녀 대신 병원에 다녀갔을지도 모르지만 그것을 확인하러 병원 의사에게 전화를 하지도 않는다. 게다가 그녀는 퇴근하자마자 집에 갈 수도 없다. 그녀가 빠져서는 안 되는 중요한 회의가 갑자기 예정되었다.

그러나 오후에 잠시 틈을 내, 그녀는 병원에 들른다. 아무도 전화하지 않았고, 약을 받으러 들르지 않았다. 그녀는 전전날 밤에 관찰한 아름다운 사람의 상태를 설명한다. 의사까지 만나볼 필요는 없다. 그녀는 간호사에게 모든 것을 부탁하고 간호사는 잘 처리해준다.

회사로 돌아올 때, 건물의 홀에서 그녀는 남자가 동료 한 명과 자판기 앞에서 커피를 마시고 있는 것을 본다. 남자가 잠시 머뭇하며, 평소와는 달리, 그녀 쪽으로 한 걸음 내딛는 것을 본다. 그녀는 그 앞을 빠르게 지나친다. 그녀는 오늘밤, 그녀가 남자의 집에 들르지 않을 것이라는 사실을 말하지 않는다.

　퇴근 후의 회의는 예상외로 길어졌고, 그녀는 시간을 잘 알고 있었음에도 관성에 의해 자주 시계를 보았다. 남자도 참석한 그 회의에서 남자는 그녀가 자주 시간을 보는 것을 불안한 눈초리로 바라보았다. 그녀 차례가 되어 준비한 보고를 마치자마자 그녀는 회사를 빠져나왔다. 여러 잔 마신 커피로 속이 부글거렸지만 의식은 점점 더 명징해졌고, 간밤, 한밤중까지 깨어 있었기 때문에 누적된 피로로 두 손이 떨렸다. 그녀는 조심스럽게 차를 몰았다.

　하루 만에 본 아름다운 사람의 얼굴은 더이상, 이상한 빛으로나마 빛나지 않았다. 대신 열기로 두 눈이 번들거렸다. 이마에는 소복하게 검은 솜털이 나 있고, 반대로 머리카락은 간밤에 더 성기어진 느낌을 그녀는 받았다. 그녀를 보자 그 사람의 얼굴에는 고통으로 달구어져 더 따뜻해진 미소가 지어졌다.

　파출부는 이미 돌아간 늦은 시간이었고, 가장은 목욕탕에서 손수, 아름다운 사람의 손수건을 빨고 있다. 가장은 등을 둥그렇게 하고, 목욕실 문을 크게 열어놓고, 온 집안의 빨래를 하는 것처럼 거센 물줄기를 틀어놓고, 아름다운 사람의 고열이 쏟게 한 피가 묻은, 단 한 장의 손수건을 빨고 있다.

　그녀가 옆에 앉자마자 아름다운 사람은 말한다.

　"어젯밤, 얼마나 힘이 들었는지. 한 세시쯤인가. 너무 힘이 들어

굿바이　285

서 그길로 떠나는 줄 알았지. 너를 봐야지 생각하며 밤을 넘겼다. 아침이 되고 눈을 뜨니, 살아 있는 것이 바로 기적이야."

그녀는 전날 밤 바로 그 시간, 남자의 아파트에서 아름다운 사람에 대해 과거시제로 얘기하고 있었다. 그녀는 가방 속에서 지어온 약을 꺼내 물과 함께 아름다운 사람의 입에 흘려넣는다. 아름다운 사람은, 아마도 잠시, 고통 없는 평화의 시간을 가진다. 그녀는 그 사람의 이마에 입을 맞추고 분홍색의 앙증맞은 면도기로 검은 솜털을 부드럽게 밀어준다.

가장의 손수건 빨래가 진행될 동안, 그녀와 아름다운 사람은 얼굴을 맞대고, 온기 없는 손을 맞잡고 대화를 주고받는다. 속살거림. 마치 그 순간이 오래 지속될 것 같은 달콤한 착각이 만드는 쌉싸름한 속삭임. 내용보다는 어조가, 어조보다는 표정이, 표정보다는 같이 있음이 중요한 속삭임.

지난밤에는 저녁에 먹은 것이, 고기 넣은 뭇국이었던가? 관격을 일으켜, 그 사람은 모두 토해낼 수밖에 없었다. 물론 그 사람은 건더기는 먹지 않았다. 그래도 이제는 더이상 고기도 무도 먹을 수 없을 것이다. 고통은 동일한 강도로, 오래 지속되었다. 그 바람에 아름다운 사람은 하복부를 덮고 있는 작은 돌기들의 가려움증을 잊었다. 게다가 무슨 연관 작용인지는 모르겠으나 돌기들이 잦아든 듯하다.

아름다운 사람의 바짝 마른, 주름진 다리가 이불 밖으로 드러난다. 그랬다. 돌기의 수를 모두 셀 수는 없지만 이틀 사이에 확연히 줄어든 듯하다. 아마도 이제는 가려움증을 줄이기 위한 약을 먹지 않아도 될 것이며, 그러다보면 이마의 검은 솜털도 더이상 돋아나지 않으리라. 아마도 그러하리라. 그래야 하리라. 그러고 나면 모든 일이 전처럼 순조롭고 평화롭게 지나가리라.

그러나 정말 그럴까. 돌기들은 더 발갛고 극성스럽게 돋아나 있지 않은가. 다만, 아름다운 사람의 감각이 서서히 마비되어, 둔감한 물질 단계로 진행하고 있을 뿐.

아름다운 사람은 갑자기, 느리고, 반복적인, 지난밤 그녀가 겪은 고통의 세밀 묘사를 그친다. 그리고 그녀에게, 바로 그 순간 손수건 세탁을 마치고 방에 들어선, 어찌할 바를 모르고 두 손을 드리우고 서 있는 가장을 향해서가 아니라, 바로 그녀를 향해서 말한다.

"깨끗한 냄비를 골라 물을 끓이렴. 그리고 뚜껑에 맺힌 증기를 그릇에 받아줄 수 있겠니. 여러 번 반복하다보면 한 종지 정도는 될 거야. 그 물로 내 얼굴을 좀 씻어다오. 얼굴을 다스리지 못한 지 정말 오래됐지."

아름다운 사람은 마치 그녀가 처음 듣는 것처럼 그 기이한 증류수 만드는 방법을 상세히 설명한다. 그 방법은 아름다운 사람이 젊었을 때 때때로 하던 세면 방법이다. 드물게 그 사람이 화장을 할 일이 생겼을 때, 그렇게 그 사람이 백수라 부르는 증류수에 얼굴을 씻곤 했다. 아름다운 사람의 맏아들과 맏딸의 결혼식 때.

그녀는 일어선다. 밑이 넓고 납작한 냄비와 그에 맞는 뚜껑을 골라, 여러 번 깨끗하게 씻는다. 그리고 수돗물을 받아 불 위에 얹고 뚜껑을 덮는다. 그녀는 부엌의 의자에 앉아 물이 끓기를 기다린다. 밤은 이미 구석구석까지 깊이 다가와 있다. 물이 끓는 것을 바라보면서 그녀의 몸은 일어서 차 열쇠를 찾고 운전대에 앉으며 시동을 걸고 어딘가를 향해 달린다. 그 시간이면 어디론가 멀리 달려가는 몸을 그녀는 의자 깊이 비끄러매고 기다린다. 물이 끓기를. 그녀는 뚜껑을 열어 증기를 그릇에 흘려넣고 다시 뚜껑을 덮는다. 증기가 고이기를 기다린다.

그녀가 증류수가 든 그릇과 가장이 막 빨아 넌 면 손수건을 걷어들고 어두운 방으로 들어갔을 때, 아름다운 사람은 눈을 감은 채작은 목소리로 무언가를 속삭이고 있었다. 그건 친근한 사람에게 전화로 내밀한 얘기를 하거나 자꾸 기억에서 도망치는 시 한 구절을 암송하는 것 같았다.

철없는 아이처럼, 응접실에 선 채, 전화번호 수첩을 들고 눈에 들어오는 아무 번호나 눌러 아내가 겪은 위기 상태가 진정 국면에 들어섰다는 것을 알리기 위해 여기저기 전화를 하다가 멈추고 들어와 앉은 가장은, 아내의 입 가까이 얼굴을 가져다 대더니 그것이 아름다운 사람이 한때 고향을 그리며 지은 시구라고 말한다. 그는 한 구절을 외워 보이기까지 한다. 그는 꼭 내기를 하는 사람처럼 비정상적으로 흥분해서 말한다. 그녀에게는 자신에게 무언가를 부탁하는 것으로, 예를 들면 멀리 있는 그녀의 형제들을 불러달라는 것으로 들렸지만 상관하지 않는다. 가장의 말에 반대하지 않는다.

그녀는 아름다운 사람이 편안한 자세가 되도록 일으켜 기대어 앉힌다. 그리고 손수건을 적셔, 면도 후의 창백하고 말끔해진 이마부터 턱밑 목주름에 이르기까지 구석구석 쓰다듬듯 씻는다. 이런 얼굴에 검은 솜털이 뒤덮일 수 있는가. 이런 미소의 안온한 표정을 지을 줄 아는 사람의 하복부를, 때로 썩은 수초 냄새를 풍기는 진물을 내뱉는 발열 돌기들이 그악스럽게 뒤덮을 수 있는 것일까.

그녀가 마지막 손길을 거두었을 때, 아름다운 사람은 황홀한 듯 눈을 깜짝거리면서 말한다.

"이제 됐다. 내 등이 요에 배기네. 저 요를 깔아주렴. 저기 누울 테야. 이제는 아무것도 더 부탁하지 않을 테니 가서 자렴. 네가 옆방에 있어 안심하고 나도 잘 테니."

아름다운 사람은 접혀 있는 가장의 요를 가리킨다. 가끔, 오래되긴 했지만, 불안이 가장을 그 사람 옆에서 자게 했기에 가장의 요는 늘 거기, 어두운 방 한구석에 접혀서 놓여 있다. 그녀는 온순한 손길로 접힌 요를 펴고 아름다운 사람의 깃털처럼 가벼워진 몸을 그쪽으로 옮긴다. 그리고 오랜만에 화사해진 아름다운 사람의 미소의 잔영이 여전히 떠도는 실내등을 끄고, 그녀는 더 어두워진 어두운 방에서 나온다.

밤이 모든 사물을 짙게 물들여, 그녀의 방문은 아주 멀어 보였다. 그녀는 그러나 불을 켜지 않는다. 가장의 요에 아름다운 사람이 잠들어 있기에 가장은 자신의 방으로 들어간다. 자정이 훨씬 넘은 시간, 아마도 그제의 그녀가 남자의 아파트를 나와 비에 젖은 고속도로를 달리고 있었던 즈음의 시간.

그날

그리고 그날. 모두가 다소간 낙관적이 되어 깊어진 수면에 침강한 그날밤과, 채 오지 않은 아침의 경계쯤에 그녀가 들어가본 어두운 방, 그 방에서 그녀는, 오래전부터 예견했으면서도 영원히 길들여질 수 없는, 미지의 목적을 위해 완결되었기에 진행을 멈추어버린 한 육체 앞에서, 자신의 경악의 외침이 홀로 몸밖으로 뛰쳐나오는 소리를 들었다.

나흘 후

소란스러움과 복잡한 절차가 모든 감정을 집어삼킨 며칠이 스산하고도 어지럽게 지나갔다.

아무도 정확한 시간을 알지 못한다. 언제 아름다운 사람이 마지막 숨을 들이쉬었는지, 혹은 내쉬었는지. 어떻든 그 사람이, 한밤중 홀로, 이미 오래전에 떠난 길의 끝에 다다른 지 나흘이 되었다.

막 지나왔을 뿐인데 그 밤, 하룻밤 새 반이 넘게 비어버린 약병에 대해서는 말하지 않기로 모두가 약속이 되었기에 아름다운 사람이 떠난 시간에 대해 아무도 질문을 던지지 않는다. 떠나는 사람에게서 짚어볼 수 있는, 의심이 가는 어떤 다른 의지보다는, 아마도 한밤중 고독한 고통이 기울게 한 손길. 길이 갈라지는 모퉁이를 돌기 전, 떠나는 자가 흔드는 마지막 손짓.

마지막 손님이 새벽 일찍 떠났다. 검은 정장에 모자를 쓴 그 손님은 진심으로 애석한 표정으로 떠났다. 아름다운 사람의 젊었을 적, 아직 저 남쪽 해안 도시의 소녀였을 때의 애인, 이라고 가장은 말했다. 신사는 가장의 손을 잡고 오랫동안 흔들면서, 기억하시죠, 하고 말한다. 그 신사의 부인이 가벼운 정신질환으로 이 도시에서 치료를 받을 때, 아름다운 사람이 정성껏 보살펴주었던 것을 그녀는 기억한다.

손님이 떠나고 난 후, 그녀의 아침은 갑자기 길어진다. 그녀가 다듬어주어야 할 이마도, 확인해야 할 숨소리도, 낮에 시간을 내어 구입해야 하는 물품의 목록도 없다. 뿐만 아니라, 가장을 상점까지 데려다주지 않아도 된다. 가장은 한 열흘간 상점 문을 닫을 것이다. 가장은 요가를 시작할 것이다. 그녀는 걱정 없이 출근해도 된다, 고 가장은 가장다운 어조로 말한다. 아름다운 사람을 보살피던 바로 그 파출부가 이제는 가장의 식사와 집안일을 위해 한두 시간 들를 것이다. 어떻든 당분간. 그러나 얼마 안 있어 그 시간마저 줄

여야 하리라.

그녀는 어두운 방의 문, 창문, 침구로 가득한 장롱의 문을 활짝 열어놓고 며칠 만의 출근 시간을 기다린다. 이 방바닥이 이토록 노랗게 빛나는 것을 그녀는 잊고 있었다. 방구석의 쟁반에 여전히 놓여 있는 성실한 소품들. 끝내지 못한 여러 약봉지들과 하복부의 가려움증을 잠재우되 이마에 검은 솜털을 돋게 했던, 아직도 상당량이 남아 있는 파란색 뚜껑의 피부약 병, 분홍색의 앙증맞게 작은 면도기. 그 옆에는 가장이 오랫동안 빨았으며, 그녀가 마지막으로 사용했던 면 손수건이 바짝 마른 채 놓여 있다. 누군가가 시급히 치워버린, 하룻밤 새 반 이상이 비어버린 독한 치료약 병 이외에는, 아무도 그동안 이 방에 주의를 기울이지 않았다.

그녀는 혼자 집을 나선다. 그녀가 안심하지 못할 것이 없다. 이제 어두운 방안은 비어 있고, 방문은 열려 있다.

그녀는 여러 날 만에 사무실에 도착해 다른 자리에서 여러 사람이 이미 반복해서 한 위로의 말을 듣는다. 그녀는 고요하게 고개를 숙이고 그 말들을, 지금까지 관성적으로 들어온 각자의 목소리의 음색을 음미하며 듣는다. 그녀의 검은 원피스 위로는 그러나 눈물 한 방울 떨어지지 않는다. 누구는 용기를 내라고 한다. 누구는 시간이 잊게 해줄 거라고 말한다. 또 누구는 인생은 그런 것이라고 말한다. 누구는 그저 신음 소리를 내면서 그녀의 어깨를 두드리고 지나간다. 그녀는 자신도 모르게 새어나오려 하는 웃음의 흔적을 가까스로 지운다. 때로 현명해 보이는 사람들도 멍청한 말을 남발할 때가 있다는 것을 그녀는 배운다.

오전은 그렇게 지나간다. 오후에는 사무실의 팀장을 대신해 시내에서 열리는 경제 관계 전문가들의 강연회에 참석한다. 그러나 그녀는 그곳에 오래 머무르지 않는다. 첫 강연자의 발표가 시작되자마자 발표문이 수록된 책자를 들고 밖으로 나온다.

그녀는 오후 내내 도시를 돌아다닌다. 여름 가까이 되어 더 징그러운 청록색으로 짙어지는 나뭇잎들. 기껏해야 소매나 옆구리를 스쳤을 뿐인데 상대편을 집어삼킬 듯 노려보는 사람들, 공허하게 번잡스러운 지하철 층계, 사철나무 가지가 삐죽하게 넘어오는 고궁의 벤치에 어색하게 앉아 철없이 영원을 떠들어대는 교복 속에 갇힌 미성숙한 육체들, 가로수 윗가지에 붙어 음산하게 펄럭이는 찢어진 검은색 비닐봉지, 가짜 사랑에 영원히 가짜 약속을 한 후 감쪽같은 미소를 띠고 앉아 있는 오후 카페의 무수한 남녀들…… 삶은 뻔뻔하게 계속되며, 꽃들은 부당하게 피어나고, 날씨는 잔인하게 맑은 오후. 그래도 시간이 남아 그녀는 공원의 벤치에 앉아 소리내어 강연 내용을 읽는다. 벌레가 갉아먹는 이파리처럼, 읽으면서 내용을 잊어버린다. 그녀는 퇴근 시간에 맞추어 회사로 돌아온다.

그녀는 여덟 걸음만 걸으면 남자의 사무실이라는 것을 안다. 그러나 그 방향으로의 여덟 걸음을 그녀가 내디딘 적이 아직 없다.

그녀는 기다린다. 남자의 아파트 근처에 있는 반찬이 열다섯 가지가 나오는 식당에서 식욕 없이 저녁을 먹으면서 기다린다. 그러나 남자는 아파트에 없다.

충분히 늦은 시각이기에 그녀는 차를 타고, 손의 변덕에 핸들을 맡기고 달린다. 밤길은 비어 있다. 그녀는 빈 대로를 따라 공항, 역, 터미널 근처를 달린다. 그녀는 천천히 달린다. 속도를 낼 필요가 이제는 없다. 그녀는 다시 도시 중심으로 되돌아온다. 그녀는 남자의 아파트 방향으로 가서 단지를 한 바퀴 돈다. 남자의 불 꺼진 아파트가 멀리서 보인다. 그날 그녀는 남자를 보지 못했다. 그러나 어느 날엔가 그랬던 것처럼 베란다의 열린 유리문을 통해 남자의 아파트에 무단 침입하지 않는다.

닷새 후

그녀는 거의 새벽 가까이에 집에 돌아온다. 그날에 이르러서야 그녀는 집안에서 시들어가는 꽃들의 역겨운 냄새가 나는 것을 알아차린다. 그렇다. 꽃들이 있었다. 이미 반 이상 시들어버린 화환과 화분들. 가장은 여러 사람의 반대를 무릅쓰고 그것들을 힘들여, 고집스럽게 집으로 옮겨왔다. 아름다운 사람의 어두운 방이 빈 이후 가장이 엉뚱한 장소에서 인색함을 드러내는 것을 그녀는 여러 번 보았다. 여실히 가벼워진 코 고는 소리가 흘러나오는 가장의 방 앞을 지나면서 그녀는 화분을 내다버리기로 결정한다. 점점 더 맑게 깨어 일어나는 의식. 그러나 그녀는 더이상 머리가 아프지 않다. 새벽빛이 창문으로 새어들어오고, 비를 머금은 거대한 구름이 빠른 속도로 하늘을 달릴 때, 그녀가 할 수 있는 일은 그 일밖에는 없다.

그녀는 화분들 중에서, 남자의 이름이 적힌 작은 카드가 꽂혀 있는 방울꽃 화분을 발견한다. 그녀는 깜짝 놀라 그 앞에 멈추어 선다. 사적인 전언은 없다. 받을 사람의 이름과 꽃배달 가게에 일련번호를 붙이고 늘어서 있는 문장 중 하나일 것이 분명한 상투적인 조문과 보낸 사람의 이름. 방울꽃도 벌써 반 이상 시들어 있다. 그녀는 조문객 중에서 남자를 본 기억이 없다. 그러나 그녀는 늘 그 자리를 지키지도 않았다.

그녀는 아무에게도 말하지 않았다. 남자에게도, 회사에도. 새벽에 일어나, 어두운 방의 문을 열고 아름다운 사람의 얼굴에 정수리를 가져다 대려고 누웠을 때…… 이미 그 사람은 시간을 거슬러 너무 멀리 가 있었으므로. 그녀의 짧은 일생에 처음 다가온, 오랫동안 준비되었음에도 여전히 갑작스러운 사라짐, 갑작스럽게 확인한 말랑했던 육체의 고체적 변질 앞에서 그녀는 다만 경황이 없었을 뿐이다. 그러나 그녀가 혹 누군가에게 알릴 생각이 났다고 해도 남자에게 전화를 하지는 않았으리라.

예고 없이 결근한 그녀를 찾는 동료의 전화에 모인 식구 중의 누군가가 호들갑스럽게 그녀에게 일어난 일에 대해서 말해주었으리라. 해외 지사 근무중이라 뒤늦게 도착해 일찍 떠난 그녀의 남자 형제나, 가족 모두를 대동하고 지방도시에서 올라온 그녀의 자매.

그들은 사흘 내내 그녀의 앞으로의 거취를 궁금해했다. 혹시 집 안에 혼자 남아 있는 그녀마저 가장의 옆을 떠나 어려운 숙제가 그들 것이 될 것을 그들은 두려워했다. 해외에서 근무하는 그녀의 남자 형제의 경우는 그 부인이 해외 근무지에서 공부중이기에 가장을 맡기 어렵다. 그런가 하면 지방에서 올라온 여자 형제의 경우는 이미 여러 기회에 누차 말했기에 누구나 다 알다시피 조만간 시부모를 모시기로 약속이 되어 있다. 아무도 질문을 던지지 않았지만 그들은 스스로 묻고 스스로 대답했으며, 어떻든 두루두루 좋은 대안을 찾아볼 시간이 충분한데다. 가장은 아직 젊은 편이니 너무 조급히 생각지 말자, 고 가장에 대해 잠정적인 결론을 짓는다.

갑자기 불려온 남자 형제의 부인과 여자 형제는 목소리를 낮추어 속삭인다. 부엌이나 밤 마당가에서 걱정스러운 듯 팔짱을 끼고 서서. 그녀가 듣지 못하게끔. 그러나 그녀 귀에 들릴 만큼 충분히 분명하게, 가장이 누군가를, 젊고 건강한 여자를 다시 만나야 한다, 고 그들은 말한다. 그러려면 그녀가 빨리 집을 떠나는 것이 나을지도 모르겠다고, 열려 있는 그녀 방문 쪽을 돌아다보며 속살거린다.

그녀에게 남자가 있는가. 두어 번 전화를 걸어온 남자가 있었는데, 그와는 결혼할 사이인가. 그녀가 다니고 있는 직장은 튼튼한가. 결혼 비용은 충분한가. 전자상품 대리점을 가장과 같이 경영해 다시 일으킬 생각은 전혀 없다는 건가.

그녀는 남자가 보내온 화분을 포함한 모든 화분을 문밖에 내놓는다. 마지막 화분을 버리고 났을 때, 여러 번의 왕복으로—어떤 화분은 정말 무거웠다—기진맥진해진 그녀는 거의 네발로 기다시피 해, 괴기한 자세로 문을 닫고, 집안으로 들어온다. 그리고 들어오자마자 그녀의 방 뒤로, 세상으로 나 있는 문을 모두 닫는다. 커튼을 잡아당겨 점점 강해지는 낮빛이 새어들어올 틈을 모두 막아버린다. 사각의 어둠 속에 그녀는 드러눕는다. 어둠은 그녀가 누워 있는 연두색 소파에 어두운색을 칠한다. 책장 모서리의 흰색을 모두 검은색으로 덮는다. 다탁 밑에는 연자주색 유리 재떨이가 놓여 있다. 그녀는 그것을 아예 검은색 페인트 통 속에 던져버린다. 그렇게 색칠이 끝나자 그녀는 이제는 잠이 들 수 있을 것 같은 기분이다.

그녀는 눈을 감는다. 그리고 앙가슴께를 누르는 여덟 개가 넘는 바늘이 각기 다른 강도로, 번갈아, 찌르는 일을 멈추기를 기다린다. 이 가슴은 드럼이 아니니, 그만! 그러나 그 일이 멈출 리는 없다. 찌르는 강도에 따라 하나 둘…… 바늘의 수를 센다. 짧지만 만만치 않은 통증으로 보아 굵기가 짐작되는 여섯 개쯤의 바늘을 식별해내다가 그녀는 잠이 든다.

일주일 후

남자에게는 아무런 변화가 없다. 그녀가 며칠간 남자를 보지 못한 것은, 남자의 아파트에 불이 꺼져 있었던 것은, 남자가 다만 지방 여행을 다녀왔기 때문이다. 남자는 병가를 내고 지방 여행을 다녀왔다. 남자는 바닷가에 있는 호텔에 머물면서 볼링과 수영을 했다. 하루 오후, 바다 저쪽에 보이는 섬으로 배를 타고 갔다 왔을 뿐, 특기할 만한 어떤 일도 일어나지 않았다. 남자는 섬의 이름을 말하지 않았다. 남자는 그 섬에 가지 말았어야 했다, 고 말한다.

남자의 아파트에는 속옷 등속, 꾸겨진 주간 시사지나 책 한두 권을 내보이며 열려 있는 커다란 트렁크가 놓여 있다. 그 구차한 여행 사물에 비해 트렁크의 크기는 너무 크다. 두 사람이, 열흘 이상의 여행을 떠나기에 충분할 정도로 크다. 그러나 남자에게는 다른 가방이 없다. 그녀와 남자가 같이 여행을 계획한 적도, 즉흥적으로 여행을 떠난 적도 없다. 남자와 여행을 떠날 필요가 없다, 고 그녀는 냉소적으로 정의 내린다. 곧 바뀌어버릴 이런 감정적인 정의는 그녀에게 아무런 도움도 주지 못한다.

모든 일상은 변화 없이 진행된다. 다소간 약화되긴 했지만 그녀의 편두통은 여전히 그녀를 간헐적으로 습격하며, 그녀는 아직도 수면이 필요할 때는 약의 도움을 받는다. 그렇지 않아도 짧은 그녀의 수면 시간은 더 짧아져, 그녀는 당분간 수면제 복용을 계속할 수밖에 없다. 그녀가 말로 표현할 수 없는 어떤 근본적인 외로움이, 그렇지 않아도 저항력이 약화된 민감한 신체 주기에 정착할 기회를 찾아 그녀의 수면을 멀리 쫓기 때문이다.

의식을 말짱하게 깨워놓고 잠이 달아난 그 시간에 그녀는 그 정체를 들여다본다. 그녀는 떠오르는 모든 얼굴들을 수면이 쫓겨간 빈자리에 놓아본다. 형제나 가장이나 그 남자 혹은 다른 아는 얼굴들을. 한 얼굴도 빼놓지 않으려고 애쓰면서. 미소가 지워져버린, 이제는 무표정하게 떠올라오는 아름다운 사람의 얼굴까지. 이 마지막 얼굴은 그 빈자리의 가장자리를 더 깊고 넓게 패게 했을 뿐. 어떤 얼굴도 그 빈자리를 메워주지 못한다.

그래도 그녀는 이 마지막 얼굴로 잠시 되돌아온다. 갑작스럽게 등장해 의심해보기도 전에 요지부동으로 자리를 잡는 하나의 확신이 그녀 몸속에 한줄기 차가운 바람을 일으킨다. 잘 생각해보면, 아름다운 사람이 사라지기 훨씬 이전부터, 아름다운 사람의 어두운 방이 비기 훨씬 이전부터, 그녀의 기억이 거슬러올라갈 수 있는 한 가장 먼 그 어느 날부터 이 빈자리가 그녀 속에 들어와 자라고 있었던 것은 아니었을까. 어두운 방은 어두운 방이 되기 훨씬 오래전부터 이미 비어 있었던 것은 아니었을까.

그녀는 여전히 한밤중 한두시경이 되면 남자의 아파트를 나와 집으로 돌아온다. 가끔 그 시간에도 불 꺼진 마루 한 벽에서 숨을 휴우후, 휴우후 규칙적으로 크게 내쉬면서 물구나무서기를 하고 있는 가장을 만날 때가 있다. 땅바닥에서 올라오는 모든 기운에 온몸으로 저항하려는 것처럼, 방석에 정수리를 받치고 거꾸로 서 있는 가장의 빨개진 얼굴이 방에서 흘러나오는 흐린 빛 속에서 드러난다. 가장은 그녀가 그 앞을 스쳐지나갈 때도 물구나무서기를 계속하고 있다. 가장을 지나쳐 방 앞에 선 그녀는 가장이 눈을 질끈 감고 몰두해서 숫자를 세고 있는 것을 알아차린다. 스물, 스물하나, 스물둘…… 얼마 후 방밖에서 가장의 목소리가 들려온다.

"자니?"

곧이어, 실망한 어조의 혼잣말.

"흠, 그새 잠이 들었구나."

열흘 후

그녀는 무언가 스치는 소리에 깨어 일어난다. 그녀는 전날 밤 그만 마루의 소파에서 잠이 들고 말았다. 아무도 잠든 그녀 위에 이불을 덮어주지 않았다. 더위의 시작이기는 해도 그녀는 햇볕이 조금만 드는 눅눅한 마루에서 추위를 느꼈고 그녀의 수면은 그 때문에 삐걱거렸던 것을 기억한다. 무엇이 그녀 옆을 스쳐가며 바람을 만들었을까. 그녀가 눈을 떴을 때, 한 여인이 그녀 위에 구부리고 서 있었다. 그녀는 한순간 착각한다. 그러나 아니다. 그녀를 내려다보고 있는 눈은 반달형에 눈꼬리가 긴, 그녀가 한순간 전 꿈속 비슷한 몽롱한 상태에서 보았다고 생각한, 그 그리운 시선이 아니다.

파출부로 오는 젊은 여자의 굵게 파인 인조 쌍꺼풀이 그녀를 근심스럽게, 그러나 친밀한 표정으로 내려다보고 있다. 그녀가 틀림없이 불행하리라고 단정해버린 여인은, 그녀에 대해, 어떻든 잘 모르는 여자 중 하나에 불과한 사람에 대해, 예외적인 친밀함을 과감히 만들어 보인다. 그녀의 눈에서 한줄기 눈물이라도 떨어졌다면 당장이라도 그녀를 품안에 끌어안을 준비가 되어 있는, 그런 자세로 여인은 그녀를 굽어보며 서 있다.

그녀는 벌떡 일어나 시계를 본다. 열시! 그러나 주말이다. 그녀는 그대로 누워 있어도 된다. 그녀가 깨어 일어났을 때, 집안에 누군가 있는 것이 습관적으로 그녀를 순간 안심시킨다. 가장은 일찍이 요가를 하러 나갔다, 고 여인은 말한다. 그녀는 뒤늦게 자신이 여인에게, 미루어둔 일을 주말에 처리하기 위해 와달라고 전화했던 것을 기억해낸다. 여인의 남편은 택시 운전을 하며 일요일에도 택시를 몰아야 하기 때문에 괜찮다고, 갈 수 있다고 여인이 대답했던 것도 기억한다.

그녀 같은 처지에 있는 사람 앞에서는 그렇게 행동하는 것이 옳다고 누군가에게서 배우기라도 한 것처럼, 그녀가 다른 곳으로 도망하지 못하도록 여인은 매 순간을 말로 촘촘히 채운다. 여인은 매일 오후 세 시간씩 집에 들렀다. 위아래 층의 모든 창문을 닦았고 가장의 허락을 받고 지하실에 쌓여 있던 낡은 빈 상자 더미를 버렸으며 지하실 바닥을 비눗물로 싹싹 닦았다. 그래서 누구든지 그렇게 하고 싶은 사람은 마당이나 지하실에 그냥 누울 수 있을 정도로 깨끗하다. 어떻든 지하실과 마당 쪽은 여인이 믿을 만하게 처리했다. 그렇지만…… 아직 집안은 매일 쓸고 닦던 공간만 손댔을 뿐, 그 이외에는 만지지 않았다. 벽장도 부엌의 찬장이나 선반, 마루에 놓인 가구의 내부도. 집안은…… 물건들이 많아 조심스럽고 또, 여인 자신이 어디까지 손을 대야 하는지 알 수 없다. 지시를 내려받기 전까지 여인은 아무데도 손을 대지 않을 것이다. 가장의 일상은 아주 규칙적이다. 일어나는 시간, 자는 시간, 요가하는 시간을 지키려고 결사적으로 노력한다. 그러나 다음날부터 이 시간표는 다소간 변경되리라. 가장은 상점 문을 다시 열 것이라고 여인에게 말했다.

그녀는 몸을 일으켜 그녀 자신도 알지 못하는, 관심을 가지지 않은 지 오래된 이런 정보들을 세밀하게 나열하는 여인을 바라본다. 여인의 말투는 느리고, 여러 지방의 사투리가 조금씩 섞여 있다. 택시 운전을 하기 전에 여인은 남편을 따라 여러 지방에서 몇 년씩 장사를 했기 때문이다.

그녀는 여인과 함께 아름다운 사람의 방, 장롱 서랍에 든 것들을 밖으로 내놓는다. 그 사람의 물건은 모두 밖으로 나왔으나, 그녀가 무의식중에 찾던 것, 아름다운 사람이 귀중한 친구를 만나러

나갈 때면 꺼내 입던, 그러나 입지 못한 지 이미 오래된, 아마 실로 지은 연한 옥색의 한복 한 벌을 찾지 못한다. 신발장과 부엌, 집안의 다른 공간을 채우던 아름다운 사람의 살과 뼈의 껍질은 물건들의 작은 동산을 만들며 시멘트 덮인 마당에 쌓인다. 쌍꺼풀 진 눈을 크게 뜨고 여인은 그녀와 물건 더미를 번갈아 바라다본다. 그녀는 여인에게 말한다.

"필요한 것 있으면 모두 가져가세요. 주변에 아는 사람에게도 주세요."

여인은 갸름한 얼굴에, 이럴 땐 어떡한담, 하는 표정을 떠올리다가는 그녀의 의도를 다 이해하겠다, 는 동작을 취한다. 조의를 표하듯 천천히, 여인은 옷가지와 구두와 가방, 장신구들을 뒤적이기 시작한다. 그녀는 커다란 비닐 가방을 여인에게 내민다. 여인은 비닐 가방을 한옆에 놓고 별 흥미 없다는 듯, 그러나 선택이 분명한 손길로, 골라놓은 물건들을 비닐 가방 위에 모아놓는다. 아름다운 사람이 오랫동안 사용하지 못한 채 그늘 속에서 잠자고 있었던 굽 높은 구두와 밝은 색상의 옷, 아름다운 사람이 병원에 갈 때, 그 사람에게 치명적일 수 있는 햇살에 노출되지 않도록 그녀가 얼마 전에 사준 모자, 벨트나 장신구 등이 비닐 가방 위에 쌓인다. 그녀도 이해할 수 없는 이율배반적인 감정으로, 아, 저건 여인이 골라내지 말았으면 하는 물건들, 초록색 원피스와 챙 넓은 밀짚모자, 갈색과 흰색의 굽 높은 구두……를 여인은 골라낸다.

여인은 바로 그 옷, 초록색 원피스를 들고 화장실로 간다. 몸에 맞지 않으면 골라봐야 소용이 없으니 입어보겠다고 말한다. 기이하게도 아름다운 사람의 소지품은 이 여인에게 잘 맞는다. 그녀는 아름다운 사람의 아담한 몸매와 그리 크지 않던 키가 여인과 유사했던 것을 기억해낸다. 여인은 만족한 듯하다.

여인은 고르는 일을 계속한다. 그녀는, 여인이 이미 고른 옷과 짝을 이룰 만한, 적어도 아름다운 사람은 그렇게 짝을 지었던, 초록색이 입혀진 가죽 벨트, 여인의 손이 이미 여러 번 스쳤으나, 그때마다 강렬하게 저것만은 여인이 집어들지 말았으면, 하고 바라던 그 벨트를 골라드는 것을 덜커덩 놀라는 심정으로 바라본다. 그러나 그 벨트에 얽힌 어떤 추억도 그녀는 기억하고 있지 않다. 그건 그저 주인을 잃어 생생한 빛을 발하지 못하는 한갓 벨트일 뿐이다.

여인은 고른 물건을 모두 비닐 가방에 집어넣는다. 비닐 가방은 가득찼다. 게다가 여인은 뒤적거리기를 멈춘다. 여인은 주위에 줄 만한 사람이 없다, 고 말한다. 그때서야 그녀와 여인 사이에는 다소간 어색한 기운이 감돈다. 여인은 온 김에 집안일을 하겠다고 안으로 들어간다.

그녀는 물건들의 작은 동산 위에 준비해둔 기름을 조금씩 뿌린다. 그리고 그 위에 성냥을 켜서 던진다. 때로 흙을 비옥하게 하기 위해 풀을 태우듯. 물건의 동산은 검은 연기를 만들며 타기 시작한다. 가벼운 그을음이, 마당에 서 있는 단 한 그루 나무인, 감나무 윗가지 쪽으로 날린다. 아름다운 사람이 연못을 만들기를 꿈꾸었으나 끝내 이루지 못한, 실제 연못을 만들기에는 너무도 협소한 시멘트 덮인 마당은 곧 연기로 자욱해진다.

물건들의 동산은 얼마 안 있어 검게 그은 쇠붙이 장식 등속을 드러내 보이면서 재로 변모해 바닥에 흩어진다. 그녀는 잿더미를 빗자루로 쓸어 쓰레기통에 버리고, 수도에 호스를 연결해 바닥의 검은 자국을 지워버린다.

여인이 손을 댄 집안 청소를 채 끝내기도 전에 그녀는 여인에게 말한다. 이제는 매일 올 필요가 없다고, 당분간 일주일에 두 번 화요일과 금요일 오후에만 들러달라고 말한다. 여인은 매우 놀란다. 가장은 매일 오후 세 시간씩 꼭 와달라고, 여인에게 이미 부탁한 바 있기 때문이다. 그것도 바로 어제. 여인은 이럴 때 어느 쪽 말을 들어야 할지 모르겠다고 말한다. 그녀는 가장도 그녀의 견해에 동의할 것이라고 말한다. 게다가 가장은 집안일에 대해서는 아무것도 모른다. 그녀는 덧붙여 설명한다. 여인도 알다시피 그사이 여러 가지 상황이 변했다. 이제 이 작은 집에서 매일 세 시간씩 할 일이 더이상 없다. 여인은, 그건 그렇다, 는 표정을 지으며 고개를 끄덕거린다.

여인은 재빨리 하던 일을 끝낸다. 여인은 물건이 든 비닐 가방을 들고, 높은 구두굽으로 시멘트 바닥을 톡톡 두드리고 나서, 여인이 할 수 있는 가장 친절한 말을 하면서 문을 나선다. 여인은, 집안일과 가장을 잘 보살피겠노라고, 그러면 다음 화요일 오후에 들르겠다고 말한다.

열이레 후

주말. 또 한번의 주말. 이제 그녀가 아름다운 사람과 함께 새벽의 수산 시장에 붐비는 인파의 흐름을 따라 팔을 끼고 걸으면서, 우스꽝스러운 모양을 한 해산물을 보며 뜻 없이 깔깔거리는 일은 다시 없을 것이다. 그 사람과 머리를 맞대고 대체 오늘은 무슨 맛있는 것을 해먹어볼까, 궁리하는 일은 과거에 속한 것이 되어버렸다. 그 사람만이 잘 구울 줄 아는 맛살조개의 쌉싸름한 맛을 그녀는 다시 맛볼 수 없을 것이다. 산뜻한 맛의 게장과 바지락이 들어간 찌개, 생선찜과 굴전…… 그녀는 그 사람, 해변 도시에서 태어났고 그곳에서 성장한 아름다운 사람만이 낼 줄 아는 맛, 그 맛에 대한 육체적인 욕구로 새벽에 깨어 일어난다. 그녀의 혀, 그녀의 위와 복부에 각인되어 있는 맛의 기억이 이 아침, 그녀의 몸속에 황량한 회오리를 만들면서 그녀를 깨운다. 그 사람이 하나의 추상, 하나의 사상으로 결정結晶이 되기 위해서는 몇 번의 주말이 지나가야 할지, 그녀는 알 수 없다.

그녀가 방에서 나왔을 때 집안은 고요하다. 가까이서 동네 아이들의 크고 작은 외침 이외에는 아무 소리도 들리지 않는다. 늘 현관의 한편에 가지런히 놓여 있는 가장의 구두는 지금 없다. 그녀는 가장이 집 열쇠를 가지고 외출했는지 아닌지 확인하지 않고 집을 나선다. 어디로 가야 할까. 그녀는 머릿속으로 그녀가 모르는 장소를 물색해본다. 어떤 기억도 서려 있지 않은 곳, 하루 만에 갔다 올 수 있는 멀지 않은 거리라면 아무데고 다 좋다. 아는 장소보다는 모르는 장소가 단연 많으리라. 그러나 모르는 장소를 하나 선택하는 일, 그건 지금의 그녀에게는 가장 막연하고 어려운 일이다. 정신을 집중하자마자, 가득 들어차는 것은 그녀가 한 번은 들른 일이 있는, 구체적인 상황이 떠올라오는 그런 장소들뿐. 그녀는 차에 시동을 걸고 도심의 반대 방향으로 가야 한다는 것 외에 아무런 구체적인 지표 없이 떠난다.

이건 일종의 여행이다, 라고 그녀는 생각해본다. 그녀에게는 잘 가꾸어온 구체적인 현실, 언젠가 닥칠지 모르는 파괴의 위험에서 보호해야 할 구체적인 현실이 아직은 없으며, 여행에서 돌아와 더욱 진하게 그 진가를 확인하게 되는, 그 정도로 안정된 신임할 만한 현실이 그녀 것인 적이 없다. 여행은 아직까지 그녀의 것이 아니다, 라고 그녀는 생각을 고쳐먹는다. 이건 피크닉 정도다. 그녀는 정말 피크닉을 가는 것처럼 하기 위해 길 위에 차를 세우고 편의점에 들어가, 캔커피와 김밥과 음료수를 산다. 그녀의 낡은 차 트렁크 속에는 잊힌 지 오래된 비닐 돗자리도 들어 있으므로, 햇살도 강하지 않은 이런 주말, 피크닉은 안성맞춤이다. 그녀는 늘 같은 음악 프로에 맞추어져 있는 라디오의 볼륨을 최대로 올리고 달리기 시작한다.

그녀는 자신이 가장 드물게 택하는 방향, 도시의 북쪽을 향해 달린다. 그녀는 한 가지 원칙을 정한다. 길이 갈라지는 지점에서는, 망설이지도, 질문을 던지지도 말자. 무조건, 비어 있는 길, 덜 붐비는 길을 택하자. 모르는 길 앞에서 순간적으로 일어나는 궁금증이나 호기심, 혹은 정체를 알 수 없는 이끌림으로 방향을 정하지 않기로 한다. 그녀는 그 원칙을 따른다. 그렇게 그녀는 도시에서 멀어진다. 그녀에게는 직진이나, 왼쪽 혹은 오른쪽 길만 있을 뿐이다. 그녀는 처음으로 빨간불 앞에 차를 멈추고 파란불이 될 때를 기다리는 정지의 시간이 주는 안식을 경험한다. 그녀가 가는 방향이 어딘지, 가로지르는 지역의 이름이 어딘지 그녀는 궁금해하지 않기로 하며, 실제로 그녀는 그런 것에 관심을 두지 않는다. 그녀의 시선에 무작위로 잡히는 상점의 간판에서 그녀는 지나가는 곳의 이름을 막연히 감지하기도 한다. 그것이 다다. 어떻든 그녀가 한 번도 가보지 않은 동네, 지역, 그것이 그녀가 바라던 것이다.

그녀는 오랫동안 모르는 동네, 모르는 소도시, 모르는 시골길, 모르는 산길을 달렸다. 그녀는 마침내 앞에 나 있는 길을 따라 무작정 달리는 일 외에 다른 아무것도 생각하지 않는 일종의 공백 상태에 다다른다. 그녀는 산모퉁이를 돌고 한가하고 아늑해 보이는,

바로 오롯이 아늑하기에 그녀를 밀어내는 마을들을 지난다. 그리고 다시 산모퉁이를 한 번 돌았을 때, 그녀는 인공으로 만들었음직한 작은 크기의 호수 앞에 다다른다.

이미 달구어지기 시작한 햇살을 피해, 혹은 관습적으로 챙 있는 모자를 쓴 여러 명의 남자가 드문드문 낚싯대를 드리우고 앉아 있는 고요한 풍경 앞에서 그녀는 멈춘다. 어떤 얼굴은 그곳에 앉아서 밤을 지새운 것처럼 푸석하고 머리칼은 마구 흐트러져 있다. 정지된 무성영화의 한 장면처럼 그들은 나란히 미동 없이 침묵한 채 앉아 있다.

그녀는 그 풍경을 벗어난다. 낚시터 한옆으로 나 있는 숲속의 오솔길에 차를 세우고 피크닉을 위해 장만한 것들과 먼지를 뒤집어쓴 트렁크 속의 비닐 돗자리를 챙겨들고 오솔길을 따라 산속으로 걸어올라간다. 햇볕이 따갑게 그녀를 쫓아오고 가파른 경사지에서 그녀의 높고 뾰족한 구두 뒷굽이 푸석한 흙속에 빠질 때, 그녀는 잠시 현기증을 느낀다. 어느 쪽이나 비어 있는 오솔길, 그녀는 경사가 덜 가팔라 보이는 곁길을 택해 조금 더 올라가본다. 이미 무성해진 잎에 휩싸인 나뭇가지들, 낚시터도 마을도 길도 더이상 보이지 않는다. 그녀는, 커다란 잎새를 겹치고 또 겹쳐 마침내 하늘을 가려버린 한 나무 밑에 비닐 돗자리를 편다. 그 위에, 투박하게 말린 내용이 부실한 김밥과 밋밋해 보이는 디자인의 캔커피, 키위와 딸기를 섞은 빨대가 부착되어 있는 음료수를 늘어놓는다.

그녀는 구두를 벗고, 보이지 않는 하늘을 향해 길게 눕는다.

그녀는 누운 채 손으로 더듬어 캔커피를 집어 한 모금 마시고, 김밥을 한 조각, 한 조각 입으로 가져간다. 더 나은 미래, 더 안락한 내일을 위해 괴로운 현재를 감내하는 비장한 마음으로, 그녀는 밥알이, 김 조각이, 뒤섞인 야채들이 액체로 변할 때까지 오래오래 저작咀嚼한다. 서른일곱, 서른여덟, 서른아홉…… 한 덩이의 김밥 조각이 액체로 변하는 데 걸리는 저작의 횟수를 세면서 그녀는 갑자기 울음을 터뜨린다. 마흔, 마흔, 서른아홉, 마흔…… 그녀가 세는 숫자가 흐트러지거나 제자리걸음을 하고 그 틈을 타 그녀의 오열은 점점 커다란 통곡 소리로 변한다. 그녀는 깔깔한 밥알을 씹으면서 오래오래, 길게 소리내어 운다. 그녀는 더이상 저작의 횟수를 세지 않는다. 눈물, 콧물이 뺨으로 흘러내리도록 내버려두며, 그녀는 떼를 쓰는 아이처럼 두 다리를 버둥거리면서 때로는 소리를 지르고 때로는 흐느끼면서 운다. 그녀는 그 순간, 농밀하게, 온몸으로, 울음, 그 자체에 몰두한다. 그렇게 주변의 고요한 경치를 그녀의 울음으로 청승스럽게 물들인다.

그녀는 그러다가 잠이 들었다. 그녀가 깊은 수면에서 빠져나온 것은 한기를 느꼈기 때문이다. 그녀는 한참 동안, 아마도 두서너 시간은 넘게 잠을 잤다. 사방은 지는 해의 차가운 빛이 배어 어둑해져 있다. 그러나 그녀를 깨운 것은 한기뿐만은 아니다. 그녀는 얼굴을 옆으로 돌렸을 때, 자신을 내려다보고 있는 한 남자를 발견한다. 그 남자는 흙바닥을 기는 개미를 관찰하듯이 쪼그리고 앉아 그녀를 내려다보고 있다. 그녀는 움직일 엄두를 내지 못하고 남자를 바라다본다. 웃고 있는 건지, 놀람을 표현하고 있는 건지 불분명하게 벌어진 남자의 입술 사이로 드러난 누렇고 고른 치아, 앞으로 드리운 두 손, 흙이 묻은 남자의 등산화…… 등을 그녀가 식별하자마자 그녀는 단숨에 튀어 일어난다.

그와 동시에 남자도 놀라 일어나는 것을 보면서, 그녀는 마시다 만 캔커피와 다 끝내지 못한 김밥과 열지도 않은 음료수와 흐트러진 비닐 돗자리를 그대로 두고 산길을 뛰어내려간다. 그녀를 앞으로 앞으로 내모는 것은 흙길을 밟는 남자의 등산화가 내는 소리였지만, 어쩌면 남자는 그 자리에 선 채, 경사지를 뛰어내려가는 그녀의 뒤를 쫓아오지 않았을 수도 있다. 그녀가 들은 소리는 구두를 손에 들고 맨발로 뛰는 그녀 자신의 발걸음 소리였을 수도 있다. 왜냐하면 그녀가 오솔길 밑에 정차해둔 차에 다다랐을 때 올려다본 길에는 남자는 물론 어떤 살아 있는 생물의 소리도 모습도 보이지 않았기 때문이다.

두려움의 정도를 얘기하자면 꿈 없는 수면 상태에서 한기 때문에 깨어난 그녀 자신보다는, 어둑한 등산길을 가로막고 있는 여자, 두 팔을 벌리고 무엇이 들어 있는지 알 수 없는 열린 음료수 옆에 버려진 듯 누워 있는 묘령의 여자 쪽으로 혹시…… 하며 다가간 바로 그 순간 여자가 살아서 튀어 일어나는 것을 본 바로 그 남자였을지도 모른다. 그녀는 차에 올라서 호흡을 가다듬고, 발에 묻은 흙을 털고, 두 손에 움켜쥔 구두를 발에 꿰고, 차에 시동을 걸고 난 바로 그때에야 그런 생각이 든다. 등산복을 입고 그녀 쪽으로 바짝 얼굴을 갖다 대고 그녀를 내려다보던 남자의 시선의 의미를 이해한다.

차를 모는 그녀의 두 손, 두 발은 후들후들 떨리고, 그녀가 전속력으로 모는 차에서는 힘겨워하는 모터 소리가 난다. 그녀의 심장박동은 당장 터질 것처럼, 심장이 귓속에 달린 것처럼 격렬하게 뛴다. 그녀는 여전히 그녀를 지배하는 공포 속에서 놀라운 느낌, 그녀의 육체가 생생하게 살아 있다는 부인할 수 없는, 감당하기 벅찬 사실을 확인한다.

스무하루 후

참치 캔을 뜯어놓고 한 손에는 젓가락을 들고, 다른 한 손으로는 컵라면에 김이 나는 물을 붓고 있던 가장은 부엌으로 들어서는 그녀를 보자마자 벌떡 일어서 의자를 바꾸어 앉는다. 식탁 위에는 쓰레기통이 놓여 있다. 그녀는 처음 본 것처럼 식탁 위에 놓여 있는 것을 바라본다. 쓰레기통 옆, 거침없는 하품을 하다 멈춘 것처럼 방만하게 열려 있는 참치 캔의 쇠붙이 입이나 가위 등속, 종이컵에서 벗겨져 나와 구겨진 비닐 같은 것.

그녀는 가장의 반대편 의자에 앉는다. 그녀는 그가 그녀를 보지 않을 때 그를 흘낏 보고, 그 또한 그녀가 그를 보고 있지 않을 때 표정을 살피는 것을 알고 있다. 그는 바로 그 장면을 보여주려고 그녀를 식당으로 부른 것처럼, 참담한 얼굴을 하고 앉아 있다. 가장의 말이 맞다. 그녀는 변했다. 얼마 전까지만 해도 그들은 많은 말을 나누었다.

그녀가 이렇게 가장을 바라보는 그 순간, 그녀는 내면에서 솟아나, 모든 말을 막아버리는 부당한 느낌의 무서운 정체를 알아차린다. 그녀는…… 아름다운 사람 대신 가장이 자리에 누워 있지 않았고, 검은 솜털이나 무섭게 덮치는 발열 돌기들이 가장의 이마나 하복부에 돋지 않았으며, 아름다운 사람 대신, 그, 바로 가장이 그녀 앞에 남아 참치 캔을 따고, 라면을 끓이고 있는 일련의 사실을 부당하게 생각한다. 벌써 얼마 전부터 그녀는 그렇게 생각해왔고, 현재도 그렇게 생각하고 있으며 불행히도 그녀의 의지와는 무관하게 이 느낌은 당분간 그녀를 지배하리라는 것을 감지한다. 그녀가 가진 부당한 느낌이 부당하다는 것을 인식하고 있다고 해서, 그 느낌이 약화되거나 없어지지는 않는다. 그 느낌이 부당하다는 것을 인식하는 일은 오히려 상황을 더 나쁘게 만들 뿐이다.

바로 그것이 가장을 향해 그녀에게서 나올 수 있는 모든 말을 삼켜버렸다. 참치 캔과 라면은 정말 어울리지 않는다는 한마디, 다소간 힘들지만 이런 상태로 얼마간 지내다보면 모든 일이, 어쩌면, 전처럼 제자리를 찾을지도 모른다는 기약 없는 약속 같은 것. 그러나 검게 넘쳐나는 밤 파도처럼, 말이 삼켜진 자리에는 울렁거리며 출구를 찾는 소란스러운 불화의 침묵이 자리잡는다. 가장이 보여주는 살아남기 위한 모든 몸짓, 육체를 유지하기 위해 단말마적으로 삼키는 모든 음식, 허구적으로나마 일상을 지배해보고자 안간힘을 쓰는 모든 규칙적인 일과는 그녀에게는 참을 수 없이 과장되어 보이고, 가장이 그녀를 편안하게 하려고 하는 모든 배려는 참을 수 없는 실수로 그녀에게 다가온다.

그는 참치를 두 개의 젓가락이 집을 수 있는 만큼 힘껏 덜어 막 물이 채워진 컵라면 속에 집어넣고 뚜껑을 덮는다. 그리고 삼 분을 기다리면서 말한다.

"벌써 삼칠일째다. 시간이 가는 것이 무섭다."

가장은 확실히 말주변이 좋은 사람은 아니다. 가장은 얼굴을 두 손에 묻고, 이어 그 손으로 머리를 뒤로 쓸어넘긴다.

"나는 네게 조금도 짐이 되기 싫다. 식사나 청소 같은 거라면 오던 파출부가 계속 해주기로 해. 당분간 그렇게 해결할 생각이다."

삼 분이 지났다. 가장은 라면이 든 컵의 종이 뚜껑을 열고 젓갈로 한두 번 휘저은 후 깊이 생각에 잠긴, 결연한 표정이 된다. 그녀는 식탁가에 말라붙은 밥알 하나에 열심히 시선을 고정시키고 있다. 딱딱하게 굳어 결사적으로 붙어 있다. 그런 그녀를 바라보던 가장의 얼굴이 순간적으로 불그레해진다. 가장은 빠른 어조로 말한다. 목소리마저 변해 있다.

"내가 네게 하고 싶은 말은, 네가 원한다면 너도 이제는 집을 떠나갈 나이가 됐다는 거다. 물론 네가 원한다면 말이야. 내가 원하는 일은 아니지만, 아마 그게 좋을는지도 모르겠다."

그녀는 가장의 말의 뜻보다는 이런 말을 하게 한 정황을 해독하려고 노력한다. 변화된 상황에 대한 다소간 순간적이며 변덕스러운 대응? 무언가 획기적인 일을 결정함으로써 더 커다란 파국의 감정을 상쇄시키고자 하는 의지 같은 것? 혹은 그녀가 몰래 키우고 있었듯, 가장 자신도 모르고 있는 채 누적되어 있던 그녀에 대한 부당한 감정이 가장으로 하여금, 여러 날에 걸쳐 이런 말을 준비하게 했을지도 모른다. 무언가가 그녀의 말을 삼켜버렸듯, 가장은 반대로 이런 말을 고안하지 않으면 안 되었을지도 모른다. 그러나 말을 마치고 난 후 갑자기 침묵한 가장은 그녀 자신보다 더 자신의 말에 놀란 표정을 짓고 있다.

어쩌면 가장은, 쓰레기통을 상 위에 올려놓고, 밥알이 눌어붙어 있는 식탁 위에 참치 캔을 따 컵라면 속에 집어넣고 삼 분을 기다리고 있는 자신을 아무에게도, 특히 그녀에게는 더더욱 보여주고 싶지 않았을지도 모른다. 다음날, 다른 상황이라면 이런 말을 할 엄두도 내지 못했을 정도로 그 말은 갑작스럽게 그의 입에서 튀쳐나왔을지도 모른다.

그러나 어떤 것도 그녀에게 상처가 되지 않는다. 이제는 웬만한 것이 아니면 그녀를 아프게 하지 않는다. 그녀는 아무렇지도 않다. 그녀는 당분간 집을 떠날 생각이 없다. 그녀는 식탁 가의 밥알처럼 집안에 눌어붙어 있을 것이다. 이 이상한 시간은 그들 둘, 가장과 그녀 공동의 몫이다. 그녀는 일어선다. 낡은 차의 열쇠를 집어들고 집을 나선다. 가장이 상점 문을 다시 연 지 여러 날이 되었지만 이제 상점에 가기 위해 그녀와 같이 집을 나서지 않는다. 그녀는 가장을 전자기기 상점 앞까지 데려다줄 필요가 없다. 가장은 상점까지 걷는다. 무엇보다 그의 심장이 약하다고 요가 선생이 말했기 때문에 가장은 매일 만 보를 꼭 걸어야만 한다.

스무닷새 후

오후의 사무실. 한 여자의 목소리가 그녀를 찾는다. 그녀는 전화선 속에서 변질돼 들려오는 그 목소리의 주인을 얼른 알아보지 못한다.

"집에 일하러 가는 사람인데요, 아가씨를 만나서 할 얘기가 있어요. 볼 수 있을까요?"

여자는 여전히 느리게 말하지만 목소리는 두려운 듯 들떠 있다. 그녀는 무슨 일로 전화했느냐고 묻지 않는다. 그녀는 여자의 요구에 응한다. 근무가 끝나고 난 후, 남자의 아파트에 가기 전 빈 시간에 약속 시간을 정한다. 그녀는 사무실 근처의 다방 이름을 말해준다.

여자는 집에 일하러 올 때와는 다른 분위기를 연출하고 있다. 여자의 뺨에는 발그스름한 윤기가 돌고 있다. 뛰어왔으리라. 여자는 분홍색의 얇은 스웨터에 하복부의 가는 선이 드러나는 청바지를 입고, 주부들이 장을 보러 갈 때 들고 다니는, 은행이나 슈퍼에서 사은 선물로 나누어주는 사각의 천 손가방을 들고 있다.

"얼마 전부터 아저씨가 자꾸 우리집에 전화를 하세요. 내가 가지 않는 날은 오전에 네 번이나 전화를 한 적도 있어요."

"……?"

"다행히 애들 아빠는 일하러 나가 그이가 받은 적은 없지만, 전화로 별의별 이상한 얘기를 다 하세요."

여자에게는 아이가 둘이 있다. 아이들은 낮에는 학교에 가 있다. 지금 택시 운전을 하는 남편과 여자는 일찍 결혼했기 때문에 아이들은 다 컸다. 다행히, 낮 동안 집에는 여자 혼자만 있었기에 아직까지 문제가 되지는 않았다.

그녀는 자신도 모르게 지펴지는 얼굴의 긴장을 풀어보려고 노력한다. 여자는 이런 얘기를 하면서 그녀를 향해서 어색한, 그러나 다소간 흥분된 미소를 짓는다. 여자가 웃을 때, 가장이 아름다운 사람에게서 좋아하던 눈주름이 여자의 얼굴에 잡히는 것을 그녀는 바라본다. 그 눈가 주름 때문에 그녀는, 여자가 하려는 말이 무엇인지 조금씩 이해하기 시작한다. 아, 그런 일이구나. 그녀는 단

번에 가장에 관한 여자의 이야기를 다 이해해버리고 만다. 그 근본
적인 이해로부터, 그녀는 멀리서부터, 여자가 말하는 기이한, 예상
치 않은 상황 속으로 다가서보려고 애쓴다.

"점잖은 분이 왜 이러시냐고 하면, 공자도 여자관계에는 체면
차리지 않았다나요. 그런 말을 하면서 아저씨는 나더러…… 매일
오후 집에 와달라는 거예요. 어제는 일부러 전화를 받지 않았더
니, 글쎄 우리집 근처까지 와서 나를 보자고 했어요."

그녀는 상점 문을 닫고 나와, 만보기를 혁대에 달고 반백이 된
머리카락을 날리면서, 자신도 모르는 열기의 노예가 되어 여인이
사는 동네를 배회하는 가장의 모습을 본다. 여자를 향해 절망적인
약속을 곁들인 구애의 다양한 방법을 고안하는 데 손님 없는 상점
에서 오후 시간을 보내고, 여자의 목소리가 들릴 때까지 집요하게
여자의 집에 전화를 거는, 여자가 전화를 받지 않으면 상점 문을
닫고 누구인지도 모르는 그 여자에게로 뛰어가는, 자신을 뛰어넘
는 강한 힘에 쫓겨 마침내 여자에게서 몰두할 거리를 찾은 가장을
환하게 바라본다. 그치지 않고 말하는 여자의 말은 그녀의 귓바퀴
를 스쳐지나가고 그녀는 결론조로 여자에게 답해준다.

"화요일과 금요일, 일주일에 두 번만 와달라고 부탁한 건 잊으
세요. 그리고 시간이 나면, 매일 오후 일하러 집에 오셔도 좋아요.
전처럼요."

여자는 그녀의 답변에 어이가 없다는 듯, 여자의 답답한 심정을

이해해줄 만한 증인을 찾는 시선으로 고개를 들어 주변을 살핀다. 여자의 말은 좀더 적나라해져간다.

"그런 게 아니에요. 아저씨는 매일 날 보지 않으면 미치겠대요. 그렇지만 어떻게 그래요. 나도 생활이 있는데. 아저씨는 집을 팔려고 내놓겠대요. 그걸 팔아서 반을 날 주겠다는 거예요, 글쎄. 점잖은 분이 나 땜에 망할까봐, 그게 난 걱정이 돼서 아가씨를 만나자고 한 거예요."

이런 말을 하면서 여자의 볼이 다시 한번 발그레하게 되살아난다. 여자는 '당신을 매일 보지 않으면 미치겠다'고 한 가장의 말을 여러 번 반복한다. 실제로 그 문장은 그만큼 여러 번 반복되었으리라. 아마도 여자 때문에 누군가가, 점잖아 보이는 외모에, 나이 지긋한 한 남자가 미칠 수 있다는 생각은 여자를 혼란시키고, 그 혼란만큼 여자를 격앙시킨다.

그녀는 여자를 안심시킨다. 걱정하지 말라고 한다. 그러나 그녀 자신 여자에게 해줄 수 있는 일은 아무것도 없다. 여자는 자기가 하고 싶은 대로 하면 된다. 가장이 원하는 대로, 그녀가 매일 오후 두세 시간씩 집에 들를 수 있으면 그렇게 하라. 그것이 여자의 비위를 상하게 하지 않는다면. 그녀는 자그마한 시멘트 마당에, 삐죽한 그루 감나무가 자라 있는 초라한 외양의 단층집, 햇볕이 잘 들지 않는 실내, 좀더 그럴듯한 외관을 갖추고자 조각조각 수리와 수리를 거듭했음에도 불구하고 결코 더 나아진 것도 없는, 여름에는 덥고, 겨울에는 추운, 그녀가 십 년 이상 기거해온 그 집을 떠올린다. 그녀는 여자에게 덧붙인다. 가장이 집을 팔겠다면 그건 가장의 자유다. 그는 그 집에서 살 만큼 살았다. 가장이 집을 판 돈의 반을 주겠다고 하거든 받아도 괜찮다. 이것도 저것도 아니라면, 가장 자신이 말했듯이, 미치게 내버려두던가. 각자가 살아남는 방법이 다르다. 가장을 살아남게 하라. 여자는 그녀의 말을 이해하지 못한다.

그녀는 셔터가 반쯤 내려지고 전자기기들이 긴 그늘을 만들며 줄지어 서 있는 어두운 상점의 내부를 들여다본다. 한때, 아름다운 사람이 상점을 지킬 때 손님이 붐비고 동네 아이들의 놀이터가 되기도 했던 햇볕 잘 들어오는 길목에 위치한 상점. 이제는 더이상 냉장고도 세탁기도 선풍기도 사러 오는 사람이 없는, 불규칙하게 문이 닫혀 그렇지 않아도 드물어진 사람들의 발길이 아예 끊긴 상점의 내부에 홀로 앉아, 속수무책 자신의 그림자를 타인 보듯 바라보고 있는 가장의 얼굴을 오랫동안 들여다본다.

그녀는 여자에게 고맙다고 말한다. 진심으로. 그녀는 시계를 본다. 떠나야 할 시간이다. 여자는 아무것도 이해하지 못한 채 엉거주춤, 그녀를 따라 일어선다. 여자는 시간이 나는 대로 들르도록 노력은 해보겠지만, 어쩌면 다른 일자리를 구할지도 모른다, 고 말한다. 여자는 뭣이 어떻게 돌아가는 건지 차차 생각해볼 참이다. 그녀도 그게 좋겠다고 말한다.

한 달 후

　남자의 우울, 남자의 침묵, 남자의 무관심. 그녀에게 위로가 되었던 남자의 그녀에 대한 무관심. 그보다는, 남자의 최소한의 관심. 여전히 수면이 부족한, 이따금 머리가 깨질 것 같은 편두통의 노예가 되는 그녀에게 이완된 팔베개를 만들어줄 줄 아는 남자의 최소한의 배려. 그녀는 남자를 만난 후 처음으로 남자의 이런 면모에 대해 궁금증을 갖는다. 그렇지만 물론 남자에게 질문을 던지지는 않는다. 그것은 그녀 아닌 누군가에게라면 때로 인색해 보일 수도, 때로는 잔인해 보일 수도 있으리라는 것을 그녀는 알아차린다.

　그녀는 뒤늦게, 그 남자를 이루는 이런 분위기의 정체, 적어도 그 정체의 일단에 대해 누군가로부터 듣는다.

　그녀는 직장의 여자 동료와 공휴일의 오후를 보낸다. 동료는 합창 동호회의 연주회에 그녀를 초대했다. 아마추어 합창단의 레퍼토리는 화려했고, 합창 수준은 보잘것없었다. 그녀는 답례로 동료를 이른 저녁에 초대한다. 저녁을 먹고 카페로 커피를 마시러 간다. 그때, 방금 들은 합창곡들 중 하나가 완숙하게 연주된 협주곡으로 흘러나오는 그 카페에서 동료는 괴로운 표정을 짓고, 그녀에게 말을 털어놓을 수 있는 기회를 엿본다. 그녀는 동료가 쉽사리 말을 하도록 부추기지도, 말을 하지 못하도록 화제를 돌리지도 않는다. 그녀보다 일찍 입사해 직원들의 신상에 대해 많은 것을 알고 있는 동료는 옆 사무실에 근무하는 전근온 지 얼마 되지 않은, 아, 그래 바로 그녀의 입사와 비슷한 때에 지점에서 전근해온 남자 직원에 대해 길고도 자세하게 말한다.

동료가 그 직원의 침묵과 차가운 친절에 대해, 가끔가다 엉뚱하게 던지는 농담과 동료에게 매력적으로 보이는 그 직원의 우울한 무관심에 대해 얘기했을 때, 그녀는 동료의 마음을 그토록 괴롭히는 그 문제의 직원이 바로 그 남자였다는 것을 느리게 알아차린다.

이제는 칠 개월이 되어가는 그녀와 남자와의 관계에 대해서, 회사 안의 그 누구도 모르듯이 동료도 모르고 있기에 동료는 안심하고 자신의 비밀스러운 감정을 고백한다. 동료는 그 남자에게 마음이 있다. 그보다 더. 동료는 남자를 짝사랑하고 있다. 그러나 남자에게 어떻게 접근할지 알 수 없다.

동료는 남자가 불쌍한 사람이라고 말한다. 그 남자는 결혼식 바로 다음날, 신혼여행지에서, 신부를 잃어버린 불쌍한 남자다. 남자는 한 해안 도시의 지점에 근무하고 있었는데, 일이 많은 때여서 그 도시의 맞은편에 있는 섬으로 신혼여행을 떠났다. 그런데 그만 부인이 그 섬에서 익사하고 말았다. 익사해야 할 아무런 이유도 없는, 피서객이 즐겨 찾는 해변이 있었을 뿐인데 한번 물에 들어간 신부는 살아 나오지 못했다. 어쩜 그럴 수 있을까. 얼마나 불쌍한가. 신부도 그렇지만 죽어버린 신부를 물에 들어가 안고 나온 남자도.

불쌍한 남자는 그래서 전근을 신청했고, 그 신청은 받아들여지게 된 것이다. 동료는, 회사 내에서 다 알려진 이 일을 그녀가 모르고 있는 것에 놀란다. 그녀는 대답한다. 얼마 전부터 늘 '다른 곳'에 있었기에, 아마도 그 얘기를 들었을지도 모르지만 잊었을 것이다. 동료의 표정은 갑자기 경건해지며, 그녀의 심경을 이해할 수 있을 것 같다고 말한다.

동료는, 신혼여행중 아내를 잃어버린 너무너무 불쌍한 그 남자, 불쌍한 사람이기에 더 사랑하고 싶어지는 그 남자에 대해 또 길게 말한다. 동료는, 사랑의 감정에 영원히 장례를 치른 것 같은 메말라버린 남자의 마음에 자신이 한줄기 불을 지펴보고 싶다고 말한다.

그녀는 남자의 방 한구석에 변함없이 놓여 있는 커다란 여행 가방을 다른 식으로 바라본다. 저 가방이 남자가 신혼여행지에서 건져 가지고 온 그 가방인가. 그녀는 남자에게 질문을 던지지 않는다. 남자의 아파트에 오기 전 동료가 그녀에게 전한, 남자에게 일어난 불행한 사건에 대해 일언반구도 하지 않는다. 여덟 걸음만 가면 되는 남자의 옆 사무실의 한 여성이 그에게 다가가고 싶은 열망으로 괴로워하고 있다는 것을 남자는 알고 있는가. 그녀는 그런 질문들을 막연히 만들어보지만 머릿속에서 채 문장으로 만들어지기도 전에 미미하게 스러져버린다.

다행히도, 남자와 그녀의 관계에서 좋은 것은 그들 사이에 아무 것도, 일어날 것도, 변할 것도 없다는 것이다, 라고 그녀는 생각한다. 왜냐하면 그녀와 남자의 사이에 아무 일도 일어나지 않았기 때문에.

안식을 되찾은 남자의 편안한 숨소리가 귀 가까이 들리고, 그 호흡이 그녀의 흐트러진 머리카락을 흔들어 목덜미를 간질인다. 이 간지러움은 감미롭기까지 하다. 그러나 그녀는 이날, 감미로움을 떨치고 옷을 입는다. 남자는 벌써 잠이 들어 있다. 그녀는 조용히 문을 닫는다.

그녀가 차에 시동을 걸었을 때, 잠든 밤에 낡은 차가 부르르르 떨면서 내는 소음으로, 삼사 미터 앞의 관리실에서 졸고 있던 관리인이 깨어 그녀를 바라본다. 그사이 관리인은 바뀌었다. 그녀가 관리실 앞을 지나갈 때, 새 관리인은 다시 졸 채비를 한다.

그녀는 처음으로, 집으로 돌아가는 데에 단 이십여 분이 걸릴 뿐인 고속도로를 택하지 않는다. 가는 비가 내리기 시작하고, 얼마 안 있어 빗줄기가 굵어질 것을 예고하는 검고 커다란 구름이 흐린 날 새벽에 자주 그러듯이 떼를 지어 비어 있는 하늘을 달려가는 것을 보면서, 그녀는 도시를 도는 외곽 도로를 떠나 시내 쪽 길을 택한다. 이제는 무거운 습기가 완연한 여름.

아무 시간, 아무 분위기에나 잘 어울리는 개성 없는 음악과 가벼운 말장난으로 밤잠 없는 젊은이들을 위로하는 한밤중의 음악 프로에서 비음을 섞은 한 남자 진행자의 목소리는, 내일 어쩌면 모레쯤 장마가 시작될 것이라고 말한다. 아닌 게 아니라 헤드라이

트 빛다발 속으로 몰려들었다가 흩어지는 빗방울은 그사이 다소
간 굵어진 것도 같다. 그녀는 네온이 꺼진, 어두운 시내의 거리를
택해 달린다. 마치 목적지를 향해 달려가는 것 같은 가벼운 흥분이
그녀로 하여금 속도를 내게 한다.

  그녀가 후미진 도시 구석에 엉성하게 세워진 작은 고가도로 앞
에 이르렀을 때, 그녀의 자동차는 괴이한 파찰음을 낸다. 그러나
그녀는 그 음을 무시하고 고가도로로 올라선다. 가파른 경사에 힘
겨워하는 그녀의 자동차는 무언가 타는 냄새를 풍긴다. 변속 기어
를 사용해 속도를 낮추고 액셀러레이터를 밟아도 차는 아주 느리
게만 경사를 올라갈 뿐이다. 어슴푸레 가로등이 밝혀져 있는 고가
도로 경사의 한중간에서 그녀는, 몇 방울씩 떨어지는 비 때문이라
고 생각하기에는 짙은 연기가 자동차 앞 뚜껑에서 무럭무럭 지펴
지는 것을 본다. 때때로 모터가 뜨겁게 달군 차 뚜껑에 물방울이
떨어질 때 그런 연기를 만들고는 했다. 그녀는 간신히 경사지의 정
상에 도달한다.

  올라갈 때보다 더 급한 고가도로의 내리막 경사가 바로 앞으로
다가왔을 때, 차 뚜껑에서 미약하지만 불길 같은 것이 새어나오는
것을 그녀는 보았다. 불길은 연기와 섞여 간헐적으로 작은 검은 기
둥을 만들며 그녀의 시야를 가린다. 그녀는 급브레이크를 밟아 겨
우 정상에 올라온 차를 멈추지 않을 수 없다. 불길은 이제 확실히
눈에 띄게 올라오고 순간순간 더 세지는 것이 역력하다. 고무 타는

독한 냄새가 열어놓은 창문으로 들어온다.

그녀는 한순간 망설인다. 제법 타오른다는 느낌을 주는 세진 불길과 연기가 차체를 완연히 덮어버리는 것을 차갑게 바라본다. 잠시 후, 차의 불길은 운전석까지 번질 것이다. 그리고 좀더 후, 차는 꽹음을 내며 폭발할 것이다. 그녀와 차는 같이 뒤집혀 폭발 속에 흔적도 없이 사라지리라.

그녀는 그러나, 오래 바라보지 않는다. 차에서 내려 문을 닫는다. 그녀는 차를 뒤에 두고 고가의 경사를 걸어내려간다. 내기를 하듯이, 천천히. 그녀는 뛰지 않으며 뒤를 돌아보지 않는다. 서서히 멀어지는 타는 냄새를 들이마시며, 그 시간 마치 그녀를 위해서인 것처럼 차 한 대 지나가지 않는 고가도로를 내려온다. 어떤 꽹음도 느리고 규칙적으로 고가를 걸어내려가는 그녀의 몸을 떨게 하지 않았으며, 폭발하는 차의 부속품들이 그녀를 뒤에서 덮치지도 않았다. 그녀가 고가도로를 다 걸어내려오고도, 그녀가 빈 밤 차도를 딱딱 구두굽 소리를 내며 건너 보도로 올라선 후에도, 그녀 등뒤에서는 아무 소리도 들려오지 않는다. 아무 일도 일어나지 않는다.

그녀는 그렇게 천천히 낡은 차에서 멀어진다. 그녀는 빗방울이 좀더 촘촘하게 떨어지는 밤길을 걷는다. 밤의 입자, 빗방울의 입자, 습기를 머금은 공기의 입자가 손에 잡힐 듯 투명한 밤길을 그녀는 자신의 구두굽이 포도에 부딪히며 내는 규칙적인 소리를 들으면서 걷는다. 아름다운 사람은 밤공기 입자 속에, 도로변 강물의 입자 속에, 구름 속에 흩어져버렸다. 단단하게 굳어 있던 그 사람의 손발의 감촉, 거역할 수 없는 리듬으로 다가오던 역진화에 저항해 마지막 순간까지 그녀의 손끝에 말랑하게 다가오던, 유방과 겨드랑 밑 살의 질감에 걸맞은 미세하고 부드러운 가루로 변모해 어디론가 날아가버렸다. 그것은 아름다운 사람이 원한 것이다.

그녀는 오래 걸어 집에 돌아온다. 옆방에서는 가장의 코 고는 소리가 들린다. 그 소리는 무겁다. 소화해낼 수 없는 일, 이해할 수 없는 일 앞에서 가장의 코 고는 소리는 무거워진다. 그 무거움은 가장 이외의 그 누구도 가볍게 해줄 수 없다. 가만히 어둠 속에 턱을 괴고 앉아 그녀는 새벽이 오기를 기다린다. 새벽이 온다. 밋밋한 새벽. 충분히 날이 밝았을 때, 그녀는 처음으로 남자의 아파트에 전화를 걸기 위해 수화기를 든다. 윙 하는 소리를 귀에 대고 잠시 앉아 있다.

막 잠자리에서 빠져나온 사람의 안온하고 따뜻한 목소리가 들려올 때, 그녀는 남자에게 이렇게 말할 것이다.

어젯밤에 마침내 고물차가 폭발했지. 고가도로 위에서였어. 내 탓은 아냐. 물질의 자연스러운 소멸 절차를 밟은 거지. 아주 낡았었잖아, 알다시피. 비가 조금씩 내렸고 나는 천천히 달렸어. 그러다가 피식 소리도 없이 타버리면서 고물차가 폭발해버린 거야. 다치지도 않았고 이렇다 할 사건도 없었지. 내가 하고 싶은 말은…… 이제는 매일 밤, 당신에게 갈 수 없다는 거야. 차가 없는데, 어떻게 갈 수 있겠어.

자, 그러니. 굿바이.

그녀는 남자에게 그동안 고마웠다고 말하는 것을 잊지 않을 것이다. 남자도 그녀에게 똑같이 답하리라. 회사의 복도에서 남자를 마주칠 때나, 여덟 걸음 걸으면 있는 남자의 사무실에 그녀가 볼일이 있어 들를 때, 이제는 어쩌면 누구나에게 하듯이 손을 가볍게 들어 인사를 할 수 있으리라. 다른 동료들과 어울려 그와 함께 점심식사를 같이할 수 있을 것이고, 회사 내에서 일어난 시시한 일로 깔깔 웃으면서 차를 같이 마시는 일도 일어나리라.

언젠가는. 그녀가 아직은 예정할 수 없는 어느 날. 그 언젠가는.

(1999)

이방인의 사랑

차미령(문학평론가)

1. '외계인의 시선'으로부터: 이방인의 글쓰기

묘사된 정황으로 볼 때, 최윤의 「회색 눈사람」의 회억回憶은 유신 독재 시대 주변에서 이루어지고 있는 듯하다. 작가의 개인적 이력을 상기하거나, 이야기된 회상 시기와 소설의 발표 시점을 견주어보아도 그렇다.[1] 하지만, 또한 모호하다. 지금 새로운 독자에게

1) 작가는 한 산문에서 "소설 속 어떤 일화도 순수하게 나의 것이 아니다"라고 말하고 있다. "물론 무산된 책 출판의 경험이라든지, 그 때문에 드나들던 후락한 인쇄소의 내부라든지, 금서 수집이나 70년대의 분위기같이 의심할 여지 없는 나 자신의 직접경험도 있다. 그렇지만 모든 경험은 작품의 형상화가 요구하는 법칙에 복종해 각색, 변형되기 때문에, 진짜 경험의 분명한 흔적은 무한히 흐려질 수밖에 없는 것이다." 최윤, 「자전의 경계-「회색 눈사람」」, 『수줍은 아웃사이더의 고백』, 문학동네, 1994, 88~89쪽.

아무런 정보 없이 이 소설이 주어진다면 어떻게 읽힐까. 마침, 소설에는 다음과 같은 구절이 있다. "우리를 만들어준 것은 알렉세이 아스타체프의 『폭력적 시학: 무명 아나키스트의 전기』였다." (10쪽)

미리 적건대, 알렉세이 아스타체프의 책은 소설 바깥의 세계에서는 찾아볼 수 없다. 이 책을 찾아 서점 순례를 했다는 한 작가의 일화가 일러주듯이 『폭력적 시학: 무명 아나키스트의 전기』는 현실을 초월해 있지만, 동시에 현실과 교섭하고 있기도 하다. 최윤의 내레이터는 곧 이어서 이렇게 말한다. "그러나 이 무의미한 책의 제목이 중요한 것은 아니다." 이 진술을 잠시 빌리면, 그런 제목의 책이 실재하느냐 아니냐가 중요한 것은 아니다. 그러나 사실적 체험과 재현 효과에 관한 한, 이 같은 인식은 적어도 1990년대 초반에는 낯선 것이었다.[2] 이 지점에서 작가의 첫 산문집 제목(『수줍은 아웃사이더의 고백』)의 한 축을 차지하고 있는 '아웃사이더'라는 단어를 떠올려보면 어떨까. 그로부터 십여 년 후 작가는 편지 형식으로 발표한 한 에세이에서 '외계인-되기'를 말하기도 했다.

---

2) 최윤 소설을 전통적 소설 양식과의 긴장 관계 속에서 조명한 사례는 드물지 않다. 가령, 정과리는 "한국 소설사에서 조용하고도 의욕적으로 이어져온 어떤 소수 문학의 흐름" 위에서 작가의 소설을 파악한다. 정과리, 「나날의 전쟁: 일상의 역사 만들기」, 『글숨의 광합성―한국 소설의 내밀한 충돌들』, 문학과지성사, 2009, 101쪽.

그것은 나의 삶의 중요한 세 가지 성향과 관계가 있다. 나는 일상의 굴레에서 벗어나는 크고 작은 모험을 좋아하며, 나의 신원을 만든 바탕과는 무한히 다른 환경, 사람을 만나기를 즐겨하기에 내 삶에 여행은 일만큼 중요하다. 다시 태어날 때 문학인이 못 된다면 직업적 여행가가 되고 싶을 만큼. 또하나는 여러 문명의 발상에 대한 관심이다. 우리의 것도 그러하지만 타문명이 만들어낸 신화나 유적들만큼 싫증나지 않는 것이 없다. 그것이 허구적일수록, 우리 것과 다른 것일수록 탐구자적인 나의 호기심은 무한히 자극된다. 모험소설, 여행책자, 신화학이 평소에 내가 즐겨 읽는 분야인 것은 우연이 아니다.[3]

그러나 내게 외계인이 되는 것은 사느냐 죽느냐의 문제이기에 머뭇거릴 수가 없는 거지. 그래서 나는 외계인의 눈이 되어 아침에 일어나서 시내를 걷고 사람들에게 인사하고 학생들을 가르치고 외계인의 시선으로 잠이 쏟아지기 전에 조금씩 쓰고는 외계인의 잠자리에 들어가는 생활을 한 지 꽤 됐지. 이런 식으로 세상에 대한 실망을 표시하거나, 세상을 우습게 보자는 오만한 뜻은 절대로 없어. 오히려 그 반대야. 이렇게 해야만 세상을 있는 그대로 바라볼 수 있고, 세상 속에 머물러 있을 수 있기 때문이야. 그리고 이렇게 해야

---

3) 최윤, 「영원히 씌어지지 않을 작품」, 같은 책, 118쪽.

만 어쩌면 '과거 언젠가 인류를 사로잡은 열병의 한 종류'라고 미래
의 사람들이 부를지도 모르는 문학이라는 걸 지속해야 할 이유를
찾을 수 있기 때문이기도 하지.[4]

위의 두 대목으로부터 작가의 문학(인)에 대한 생각을 잠시 엿
볼 수 있다. 소설은 발견의 형식이기에, 소설가는 종종 모험가나
여행가에 비견된다. 문학의 본분 중 하나가 탐구에 있다면, 질문을
던져야 할 소설가가 "나의 신원을 만든 바탕과는 무한히 다른" 환
경과 사람을 갈구하는 것은 자연스럽다. 좀더 나아간 지점에서 작
가는 외계인의 시선을 언급하면서, 그 시선이 세상에 대한 실망과
폄하, 혹은 오만과는 '오히려 반대'라고 단언한다. 작가에게 외계
인-되기는 세계를 치우침 없이 포착할 수 있는 방법이자, 세계와
함께하고자 하는 각오이다. 짐멜을 빌려 말하면, 그런 의미에서 작
가가 말하는 외계인이란 '시리우스 별의 주민들' 같은 존재가 아
니다.[5]
　'외계인-되기'는 최윤 소설의 방법적 지향일 뿐 아니라 인물의

---

4) 최윤, 「외계인의 사랑」, 『문학과사회』 2005년 여름호, 251~252쪽, 강조는 인
용자.

5) 인간관계를 공간적으로 사고하며 짐멜은, 낯섦을 "하나의 특수한 상호작용 형
식"이라 적는다. "집단 자체를 구성하는 요소"로서 이방인에 관한 짐멜의 논의는,
게오르그 짐멜, 『짐멜의 모더니티 읽기』, 김덕영 · 윤미애 옮김, 79~88쪽 참조.

존재론적 조건이다. 예를 들어 「회색 눈사람」의 이곳저곳에서 눈에 밟히는 구절들을 보라. "어떤 구체적인 소속을 상상할 수 없는"(12쪽), "영원히 삶에 정착할 수 없는"(22쪽), "어디에고 속하지 못한"(36쪽), "이 지상에서 여전히 유령처럼 적을 둔 곳 없이 부유"(23쪽)하는 존재(들)…… 하지만 이와 같은 인식에도 불구하고, 최윤 소설의 인물들이 사건과 무관한 국외자局外者를 자처하는 것은 또 아니다.

주목하고 싶은 초점은, 인물이 세계 및 다른 인간들과 맺는 관계를 단절이나 분리로 한정하지 않는 것이다. 최윤 소설을 상기해볼 때 '외계인-되기'의 문제는, 내가 보기에는 이방인에 대한 짐멜의 사유와 닮았다. 이방인stranger이란 "오늘 와서 내일 가는 그러한 방랑자가 아니라 오늘 와서 내일 머무는 그러한 방랑자"를 가리킨다는 비유로서, 짐멜은 이방인의 존재를 공간으로부터의 분리와 이동하지 않는 고정 상태의 통합으로써 접근한다. 그의 생각을 좀더 따라가면 이러하다. 이방인은 "하나의 특정한 공간적 영역 내부에―또는 그 경계가 공간적인 경계와 유사한 영역 내부에―고정되어 있지만, 여기에서의 그의 위치는 근본적으로 다음의 사실을 통해서 결정된다. 그는 처음부터 그 영역에 속하는 것은 아니지만, 그곳에서 나온 것이 아닌, 아니 나올 수도 없는 특성들을 그 영역 안으로 끌어들인다."

당장 「회색 눈사람」의 강하원이나, 「하나코는 없다」의 장진자

(하나코)의 어떤 측면을 상기하게 하거니와, 짐멜이 이방인의 중요한 특징으로 꼽은 것은 객관성이다. 짐멜은 객관성을 참여하지 않는 것이 아닌, 긍정적이고 특별한 종류의 참여라고 보았다. 그래서 짐멜에게 객관성이란 자유에 다름없었다. "객관적인 인간은 주어진 것에 대한 인식, 이해 및 평가를 미리 결정짓는 그 어떠한 고착된 관념에도 속박당하지 않는다." 예컨대, 최윤 소설에 두드러진, 심지어 내레이터 그 자신이 기술과 판단의 대상이 될 때도 예외가 아닌 지성적 태도를 상기해보라. 혹은 「하나코는 없다」에서 다른 친구들에게는 말한 바 없던 자신의 비밀을 하나코에게 털어놓는 인물들은 어떤가. "가까이 있는 모든 사람에게는 좀처럼 허용되지 않는 아주 놀라운 개방성과 고백이—고해성사가 지니는 성격에 이르기까지—그에게 자주 주어진다는 사실"(짐멜)은 이방인의 시선을 실은 우리가 (배척하는 만큼이나) 필요로 하고 있음을 일러준다.

이와 같은 간단한 스케치 아래 최윤 소설을 한 편씩 읽어가기로 한다. 선집에 수록된 소설들은 1987년의 형식적 민주화 이후부터 한국 사회의 민주주의가 가파르게 퇴행하기 전까지, 혹은 신자유주의적 질서로 급격하게 재편되기 전까지, 여성과 타자, 역사와 개인, 일상과 파국 등 (발표 연도와는 무관하게) '1990년대적인 것'이란 무엇인가를 생각게 하는 소설들이기도 하다. 이 글에서는 두 편의 기사와, 두 장의 사진과, 두 개의 이름, 그리고 (편지) 쓰기와 걷기를 경유하여, 작가의 시선을 재구성해본다.

2. 두 편의 기사로부터 : 여성의 우정과 사랑에 대하여

먼저 「회색 눈사람」과 「하나코는 없다」를 함께 묶어 (남성적) 사회의 기억에서 사라진, 그러나 다시 발화된 여성 이야기로 읽으면 어떨까? '강양'(「회색 눈사람」)이나 '하나코'(「하나코는 없다」)로 명명되었던 그녀들, 혹은 이름이 바뀌거나 지워진 그녀들. 공교롭게도 「회색 눈사람」은 뉴욕발 신문 부고 기사로 시작하고, 「하나코는 없다」는 이탈리아발 잡지 인터뷰 기사로 끝난다. 이 기사들의 주인공은 실상 두 명의 여성인데, 물론 차이가 없지는 않다.

후에 살펴보겠지만 「하나코는 없다」의 기사가 "한 쌍의 디자이너"로 두 여성을 동시에 포착하고 있듯이, '하나코는 없다'라는 진술은 (배제하여 부재하는 것이 아니라) 젠더화된 호명과 그 호명에 부착된 환상을 거부하는 선언적 진술처럼 다가온다. 하지만 「회색 눈사람」의 서사를 시작케 하는 부고 기사에는 '강하원'이라는 하나의 이름만 있으며, 그 이름의 원래 주인마저도 이름 바깥에 은닉되어 있다.

「회색 눈사람」에서 '나'가 사회면 기사에서 발견한, "이미 오래 전에 무효가 된 강하원(41세)이라는 이름의 여권"을 지닌 한인 여성은 "쇠약에 의한 아사"로 사망한 것으로 판명된다. 법의 영역

바깥에 놓인 자의 죽음이 신문 언어로 등재된 순간, 소설은 살았으되 (이름이) 죽었고, 죽었으되 (제 이름으로) 죽지 못한 아이러니를 포착한다. 실상인즉, 강하원의 이름으로 죽은 여인은 김희진이기 때문이다. 다시 말해, 자신의 사망 선언을 읽고 있는 강하원은 그럼에도 살아 있으며, 어쩌면 김희진이 죽었다는 사실을 아는 유일한 사람일지도 모른다. 따라서 이후 「회색 눈사람」의 서사는 매체가 기억하지 않는, 역사 이면에 가려진 존재들의 서사를 복원하는 데 할애된다.

'우리'라는 단어가 그런 점에서 의미심장하다. 「회색 눈사람」은 "거의 이십 년 전의 그 시기"를 회상의 작업을 통해, 다시 내레이터의 현재로 소환한다. 소설 첫 단락의 독백 스타일의 진술 후, 서사적 주체로 처음 제시되는 단어가 '우리'인데, 서술자는 '우리'라고 지시한 후에 "그렇다, 지금쯤은 우리라고 불러도 좋겠다"라고 부연한다. 이십 년의 시차를 두고 주저하는 혹은, 이십 년이 흐르고 나서야 스스로 '우리'임을 허락하는 이 머뭇거림은, 본격적으로 과거로 접어드는 국면에서 다시 반복된다. "그 시절 우리는 모두 넷이었다"(10쪽)는 진술을 가르며, 예의 그 '우리' 옆에, "왜 나는 우리라는 단어 앞에서 여전히 수줍고 불편함을 겪는가"라는 첨언이 따라붙는 것이다.[6]

그러므로 최소한 '나'에게 '우리'란, 정서적인 측면에서 부상했음에 주목할 필요가 있다. 인쇄소 근처를 서성이다 '안'에게 인지

된 후, "한밤중에 여행을 할 때 당신은 불빛이 있는 쪽으로 걷지 않나요"(20쪽)라며 속엣말을 삼켰던 '나'의 모습에서 짐작되듯이, 소설에서 그 감응을 축약하는 결정적인 단어는 '희망'이다. "미신적인 기적 외에 바랄 것이 없는 상태"(13쪽)였던 '나'는 인쇄소에서 '우리'의 작업을 함께하면서 "사는 일이 그다지 지옥 같지는 않을 수도 있다는 엷은 희망"(27쪽)을 엿보게 된다.

나는 가끔 희망이라는 것은 마약과 같은 것이 아닌가 하는 생각을 할 때가 있다. 그것이 무엇이건 그 가능성을 조금 맛본 사람은 무조건적으로 그것에 애착하게 된다. 그렇기 때문에 희망이 꺾일 때는 중독된 사람이 약물 기운이 떨어졌을 때 겪는 나락의 강렬한 고통을 동반하는 것이리라. 그리고 그 고통을 알고 있기 때문에 희망에의 열망은 더 강화될 뿐이다. 김희진이 도착하던 날, 그녀의

---

6) '우리'가 시간의 작용 안에 있음을 생각하는 '나'는, 서술 시점에 이르러서야 자신이 우리임을 확인한다. 주저와 지연 속에 기술되고 있지만, 반대를 예상하면서도 무릅쓴다는 점에서 이 선택은 선언에 다름없다. 하지만 '나'의 말대로, '나'는 왜 '우리'를 말할 때 불편함을 겪는가. '우리는 넷'이라는 진술에 따르면 일단 '우리'는 '안' '김' '정'과 '나'다. 앞의 세 사람은 "오 년 이상 지하운동으로 결성, 활동해온 문화혁명회"의 일원들이며, '나'는 문화혁명회가 "사라지기 삼 개월 전에 그곳에 가담"(23쪽)했다. 검거를 피해 도피중인 '정'이 "나에 대한 불신의 역력한 흔적"(49쪽)을 드러내며 애초에 '안'이 '나'의 여권에 관심을 가지고 있었다는 사실을 토로하는 것을 보면, '문화혁명회'의 일원들이 '나'를 어떤 맥락에서 존중하고 신뢰했는지는 확언할 수 없다.

피곤에 지쳐 눈 감긴 얼굴을 쳐다보면서 나는 이미 오래전부터, 나도 모르게, 그 성격을 규정하기 어려운 희망이란 것에 감염되었음을 알아차렸다. 그리고 그것이 결국은 어떤 형태로든 일생 동안 나를 지배하리라는 것도. 나는 막연한 희망에 대한 막무가내의 기대로 김희진을 돌보았다. (「회색 눈사람」, 48~49쪽, 강조는 인용자)

소설 전반에 걸쳐 '나'에게 있어 '우리'의 존재는, 이념적 투신이나 사회 변혁의 열정이라기보다는, 고독과 싸우며 죽음의 유혹에 시달리는 이의 정서적 갈망에 가깝게 그려진다. 그리고 위 대목만큼 '나'에게 있어 저 '문화혁명회'의 의의를 알려주는 말도 달리 없을 것이다. 김희진과 처음 만나던 때를, '나'는 비관 속에서 솟아나 고통에 동반하는 "희망에의 열망"과 함께 회고한다.[7] 통속적인 서사라면 경쟁 관계로 잇기 쉬웠을 '나'와 김희진의 관계는 저 희망의 지평 위에서 재의미화되고, 김희진을 보살피는 시간을 통과한 이후 '나'는 다른 사람이 되어간다. 김희진 이후 '나'의 시간은 고립의 시간이 아니라 나눔의 시간이며, 나아가 '우리'를 확장해가는 시간으로 재구성된다. "내가 맛본 희망의 색깔을 주변과 나

---

7) 사실 김희진이 등장하기까지 소설은, '안'과 '나'를 중심으로, 위험한 종류의 일을 주도하는 남성과 우연히 그에 연루된 여성이 형성하는 로맨스의 색채를 어느 정도 띠고 있다. 하지만 김희진의 등장 이후 서사는 독점적 이성애의 영역에 갇히는 대신, 여성과 여성 사이의, 남성과 여성 사이의, 인간과 인간 사이의 우정(동료애)의 영역으로 확장된다.

누려고 여러 가지 일을 벌이기도 했다."(53쪽)

더욱이 "김희진의 죽음에서 촉발되는 강하원의 과거 고백은 저항할 수 없는 망자의 부름에 대한 응답의 글쓰기"[8]라는 논평이 간명하게 지적하듯이, '나'의 회고는 김희진에 대한 애도의 기록이기도 하다. 이십 년 후 이국에서 불법체류자로 사망한 김희진의 후일은, 민중예술가이자 운동가로 명망을 얻은 '안'의 후일과 뚜렷하게 대조된다. 성별의 맥락에서 보자면, (조직을, 혹은 '나'를 보호한다는 명분으로, 혁명회와 어느 정도 차단되었던 '나'와는 달리) 당시 문화혁명회의 중요 인물이었던 김희진 역시 사회적 기억에서 삭제된다. 김희진이란 존재가 있음을 기억하고 기록하는 것은 바로 소설의 '나'이며, 그 서사적 과정은 곧 '나' 자신의 역사를 구성하는 과정이 된다.

이 지점에서 「하나코는 없다」의 장진자와 그녀의 동반자를 「회색 눈사람」의 강하원과 김희진 옆에 나란히 놓아보려 한다. 소설에서 '하나코'는 미래가 불확실한 시기의 또래 남성들이 교류했던 한 여성, 장진자를 지칭하는 "그들만의 암호"다. 그러나 그 암호는 '그들'이 함께 어울리던 시절이 아니라, 모종의 사건에 의해 두 여성이 모임을 박차고 나간 후 은밀히 붙인 것이다. 당사자에게는 모욕적일 수 있는 별명이나, 암호의 주인공은 자신이 그렇게 불리

---

8) 김용희, 「아틀란티스는 없다」, 『문학과사회』 1997년 겨울호, 377쪽.

는지조차 알지 못했다.

　그것은 왜 '암호'인가. 두 가지 측면에서 접근할 수 있겠다. "주어진 삶을 그대로 사는 사물화된 존재에 지나지 않는 그들"에게 하나코는 "희망의 상징이며 도피처에 해당"[9]할지 모른다. 그러나 김승옥의 안개가 그러하듯이 그 일탈의 욕망 속에는, 여성적 향유에 대한 남성 판타지가 잠재되어 있기도 하다. 베네치아에 도착한 '그'가, "환상에 가까운 팻말"에서 확인한 내용이 '안개'와 '미로'에 대한 경고였다는 사실은 암시적이다. 소설에서, 정해진 궤도에서의 일탈은 곧 몽환적인 물의 이미지로 연결된다. "이상하게도 하나코 하면 물이 연상되었었다"(115쪽)는 그의 고백대로, 「하나코는 없다」에서 '미로' '환상' '몽상' '꿈' '무의식' '최면' 등의 기호는 물의 상상력과 결합하여 (장진자라는 현실의 여성이 아닌) '하나코'라는 표상으로 수렴된다.

　작가는 「하나코는 없다」에서 그러한 판타지의 이면을 유려하게 묘파한다. 한 여성이 이름 대신 암호로 남게 된 결정적인 사건은, 긴 기억의 우회로를 거쳐 소설의 막바지에 이르러서 폭로된다. "그것은 더이상 놀이가 아니었다."(132쪽) 즉흥적으로 떠난 여행의 술자리 장면은, '취기'나 '자기 삶의 울분'이라는 미명 아래 무례한 요구가 강압적으로 이루어지는 양상을 압축적으로 보여준

---

9) 김치수, 「소설의 반성, 반성의 문체—최윤의 『열세 가지 이름의 꽃향기』」, 『문학과사회』 2000년 봄호, 278쪽.

다. 그것이 단지 술자리의 사소한 해프닝일 뿐이었을까. "누구나가, 그녀가 인가를 찾을 때까지, 혹은 대로에 나설 때까지 오래 어둠 속을 걸어야 하는 것을 잘 알고 있었다"(134쪽)는 진술이 지시하는 대로, '그들'의 요구를 거부한 여성들은 곧바로 신변의 위험에 노출된다. 그러니 만약 '하나코'가 도피를 뜻하는 암호라면, 그것은 일상으로부터의 도피인 동시에, 책임과 부끄러움으로부터의 도피이기도 할 터이다.

'그 사건'이 있기 전까지 '그들'이 하나코에게만은 숨겨왔던 속내를 털어놓을 수 있었던 것은, 타인에 대한 배려를 바탕으로 한 하나코의 냉철한 감정 읽기 능력 때문이었다. 별 볼 일 없는 이야기도 다른 관점에서 들어주는 하나코에게서 그들은 치유적인 에너지를 얻었다. 하지만 동시에 흥미롭게도 '그들'은 "스스로 생각해도 잘 이해되지 않는 인색한 습관"(116~117쪽)을 가졌는데, '그'의 회고대로라면 "하나코에 관한 한 그들은 모두 최소한 인내심과 배려가 부족"했다. 관계의 지속에 이렇다 할 주의를 기울이지 않은 것은, 하나코를 잃는 일이 두렵지 않았기 때문이지 않을까. 그와 같은 맥락에서 장진자가 "이성애의 관계로 완전히 포섭되지 않는 여성"이었고, 소설의 숨겨진 하위 텍스트가 "여성 동성애에 관한 것일지도 모른다"는 지적은 시사적이다.[10]

언제, 어떻게 하나코는 그들도 모르는 사이 이렇게 살았던 걸까.

인터뷰 기사는 이 한 쌍의 여인이 의자 디자인만 고집하는 전문성에 대해, 신체적인 편안함과 감각적인 미를 동시에 조준하는 그들 디자인의 독특한 매력에 경의를 표했다. 나머지 부분은 그녀들이 고안한 의자 사진이 곁들여진 전문적인 내용으로, 이탈리아와 한국에 동시에 개점할 그녀들의 사업에 대한 구체적인 절차와 계획을 다루고 있었다. 이 두 여인에 대해 기사는 때로는 동업자, 때로는 동반자라고 썼다.

하나코의 얼굴은, 옆에서 웃고 있는 친구의 얼굴 쪽으로 반 정도 돌려져 있어서 오똑하게 돋아난 코가 더욱 부각되어 보였다. (「하나코는 없다」, 137~138쪽, 강조는 인용자)

하나코 쪽에서는 어땠을까? "우리는 친구잖아요"라는 하나코의 반문이 무색하게도, '그들'끼리는 가능했던 친구 사이가 왜 하나코와는 가능하지 않았던가. '그들'의 기억을 뚫고, 하나코와 그의 동반자는 소설의 마지막 순간에 돌아온다. "그들도 모르는 사이"라는 구절이 우회적으로 드러내는 것처럼, 은연중 자기 자신을 '아는 존재'의 위치에 놓고 있었던 그들에게, 보란듯이, '동업자'와 '동반자'라는 두 단어는 그들이 알려 하지 않았던 사실을 정확하게 지시한다. 하나코, 아니 장진자는 전문가의 길을 걷고 있었다는

---

10) 이혜령, 「쓰여진 혹은 유예된 광기」, 『작가세계』 2003년 봄호, 116~117쪽.

사실, '그들'에게는 존재하지 않는 것이나 다름없었던 그녀의 동성 친구는 장진자의 동반자라는 사실. 직업적 영역에 있어서도, 관계의 영역에 있어서도, 그녀들은 '그들'을 추월했다. 그런 그녀들에게 외국 잡지가 바치는 경의는, 오래전 '그들'의 무례와 폭력을 더 초라하게 만든다. 이방인의 시선에서야 포착되는 사실처럼, 동반자를 향해 있어 더 오똑해 보이는 코는, 무지와 편견에 (의해 만들어진 모멸의 기호에) 아랑곳없이 의연한 것이다.

3. 두 장의 사진으로부터 : 사라진 존재들에 대하여

이번에는 아들이 내레이터로 서사를 이끌어가는 소설 두 편을 이어서 읽으려 한다. 젊은 두 여성의 이야기만큼이나, 시대와 세대를 격한 부자父子의 이야기도 만만치 않다. 「아버지 감시」와 「그의 침묵」에서 아들인 '나'가 추적하여 밝히려는 것은 아버지의 비밀이다. 두 소설이 묻기를, 아버지는 어떤 존재인가?

두 소설에서 이 질문은 두 가지 형태로 가시화된다. 먼저, 아들에게 (부재하는) 아버지는 어떤 존재였던가. 「아버지 감시」의 경우, "어려서부터 하도 지긋지긋하게 당해, 아예 나라를 떠나 떠돌이생활을 결정"(63쪽)했다는, 잠시 냉정을 잃은 '나'의 말처럼 '나'의 가족들은 아버지의 월북으로 인해 굴곡진 삶을 살아야 했다. 물론 아들의 기억 속 다른 한편에는 신화화된 아버지도 없지 않았

다. "내가 비관적일 때 나는 아버지를 모방하려 했고, 낙관적일 때
는 열렬히 아버지를 거부했다"(57쪽)는 회고를 보라.

　상상 속의 젊은이는 이상하게도 멋진 콧수염에 검정색 두루마기
를 걸치고 있었고, 부드러우면서도 강인한 시선에 힘을 주어 좌중
을 향해 열변을 토하고 있었다. 때로 이 젊은이는 한밤중, 그림에서
나 볼 수 있는 갑옷에 투구를 쓴 채 말을 타고 시골 큰집 뒤에 있는
야산을 달리기도 했다. 그런가하면 이 동일한 얼굴이 남하 간첩으
로 분장하고 온 식구가 자든 집 창문을 가볍게 두드려대 어린 시절
의 불안한 잠 속에 틈입하기도 했다. 시간이 지나고 상상력이 퇴색
함에 따라 내게 심히 불편한 느낌까지 주던 모습들이었다. (「아버
지 감시」, 74~75쪽)

　글쓰기의 한 기원으로 '아비 부재'를 지적한 문학사가가 있었거
니와, 위 장면에서는 2000년대의 「달려라 아비」(김애란)에 이르기
까지 한국 소설에서 특징적인 가족로망스Family Romance의 한 갈래
가 소환된다. 아버지에 대한 '나'의 상상은 때로는 영웅 지사로, 때
로는 수상한 간첩으로 변전하는데, 그 상상은 당대의 산물일 것이
다. 하지만 상상의 양면 중 "신화 속의 젊은 이하운의 모습"(66쪽)
의 가장 강력한 주조자는 '나'의 어머니이다. 아버지의 귀환을 누
구보다 바랐던 그녀는 그러나, 아버지의 방문 절차가 긴 시간을 소

요하는 동안 세상을 떠난다. 어머니에 대한 회한을 감내하며 '나'는 "가상 얼굴"이 아닌 아버지의 진짜 얼굴을 목격할 때를 맞은 것이다.

　여기서 이 소설의 두번째 질문이 부상한다. 생애 최초로 마주한 실제 아버지는 어떤 사람인가? 1980년대 소설과 「아버지 감시」를 가르는 분기점이 이 질문에 있어서, 간단히 말해 1990년대에 이르러 소설은 파리를 무대로 그 만남을 상상할 수 있었다. 하지만 「아버지 감시」에서 '나'의 눈에 비친 아버지는 구부정한 자세로 말없이 텔레비전만 응시하고 있을 뿐이다. 게다가 그는 남南의 가족보다, 중국에 두고 온 가족을 더 염려하는 눈치다. 어머니의 신의와 오랜 기다림을 무색하게 하는 아버지의 모습들은 '나'의 마음을 점점 울분으로 얼룩지게 한다.

　'나'는 아버지의 목적에 대한 의심도, 방문이 초래할 결과에 대한 불안도 떨치지 못한 채이다. 소설에서 '나'의 의심과 불안은 (처음에는 낯설게 다가올 제목인) '아버지 감시' 행위로 집약된다. 그런데, 과연 아버지를 감시하는 자는 '나'이고, 그 대상은 '아버지'이기만 할까. "도대체 아버지는 어느 쪽입니까? 설마하니 아직도 저쪽은 아니겠죠?"(70쪽)라는 아들의 질문 속에는 내면화된 이데올로기적 억압이 여전히 작동하고 있다. 다시 말해 「아버지 감시」에서 주목되는 국면은, 진정한 망령이 아버지가 아니라 어느새 '나'의 것이 되어버린 "취조자의 얼굴"이라는 사실을 '나'가 깨닫는 지점에 있다. 저 감시의 기원을 인물과 더불어 생각하게 될 때, '아버지 감시'라는 생경한 제목은 더이상 낯설지 않은 것이 된다.

까맣게 잊고 있던 이 기억들, 조금만큼의 의미도 주지 않고 있던 이 기억들이 하나하나 재구성되는 데에 나 자신도 놀랐다. 그 빠른 속도와 기억의 세밀함이라니. 그것은 내게 설명을 요구했고 서로 부딪치다가는 아우성치며 내게 달려들었다. 가장 확실한 일부터, 가령 나의 이름이나 성, 그에 딸려오는 확실한 몇 가지 것들부터 한 장의 사진으로부터 의심되었으며 너무 당연해 한 번도 삶의 지표가 된다고 생각하지 않았던 아주 사소한 것들이 하나하나 재구성되고 있었다. 삶이란 어차피 무수히 변주되는 기억의 교통정리 작업이 아니던가. (「그의 침묵」, 241쪽)

두 장의 사진은 「아버지 감시」의 '나'가 이 사실을 성찰할 수 있는 하나의 계기로 자리한다. 아들은 아버지를 의심하며 그의 여행 가방을 몰래 뒤졌지만, 가방에서 아들이 얻은 것은 어머니가 평생 소중하게 간직했던 것과 같은 가족사진이었다. 이렇듯 이미지를 포개놓으며, 그 겹침 속에서 존재의 진실을 찾아나가는 방식은 또 찾아볼 수 있다. 「그의 침묵」의 '나'는 아버지가 사망하고 십 년 후 우연히 들른 가게에서 한 조각가의 전시회 팸플릿을 발견한다. 그 팸플릿 마지막 장의 조각가 사진은 바로 '나'가 갖고 있던 단 하

나의 아버지 사진과 같다. 과연 팸플릿 사진 속의 조각가 진덕우와
'나'의 아버지인 미장이 박삼돌의 진실은 무엇인가?

　사진을 발견한 이후 '나'에게 과거의 기억들은 풀어야 할 암호
이자, 밝혀져야 할 비밀이 된다. 이 아들-탐정의 앞에 재구성되기
를 기다리는 단서들은, 바로 그 자신의 기억의 파편들이다. 과거
아버지는 왜 실종되었던가? 그것은 과연 실종인가? 아버지가 돌
아온 그날, 부모는 왜 유창한 일본어로 이야기를 나누었던가? 긴
달필로 쓰인, 문맹으로 알고 있었던 어머니의 편지는 누가 쓴 것인
가? '나'의 부모는 끊임없이 삶(의 어떤 장면들)을 지우려 했지만,
결국에는 흔적으로 남아 아들의 현재에 다시 출몰한다.

　출생지를 비롯하여 과거의 이력 전부를 다시 써야 했던 아버지
와 어머니, 운명을 건 선택으로 삶을 다시 리셋해야만 했던 사람
들…… 「그의 침묵」에서 아버지의 과거 복원은 당시 화단의 관련
인물들, 가령 화가와 비평가의 증언들을 총망라하는 방식으로 이
루어지지는 않는다. 가상의 증언들을 편집한 소설의 한 국면에서,
있을 수 있는 가능성들 속 아버지의 모습은 제각각이다. 아들인
'나'는 확신할 수도, 확언할 수도 없을 것이다. 하지만 '코뮌 병사
의 벽'을 향하는 아버지의 발걸음을 따라가는 「아버지 감시」가 그
러했듯이, 소설은 마지막 순간에 미장이 박삼돌이 끝내 간직했던
것에 대해 존중을 표한다. "그르스스, 게스스트, 게스흐트……"
해독될 수 없었던 바람 소리가 역사Geschichte로 다가오는 순간을

통해, 소설은 침묵시킬 수는 있었으나 절멸시킬 수는 없었던 영혼의 한 조각을 응시하는 것이다.

주지하다시피 「아버지 감시」와 「그의 침묵」의 이와 같은 서사는 냉전 이후 동구권의 몰락, 민주화와 월북 예술가들의 해금 등 사회·정치적 변화와 더불어 이루어질 수 있는 것이었다. 그런데, 이 아버지들의 DNA를, 「푸른 기차」의 '그'에게서도 찾을 수 있다면 과장이 될까. 「푸른 기차」를 짤막하게 읽고 가려 한다. 소설 속 상황은 판이하지만, 「푸른 기차」의 '그' 역시 사라지려 한다. 그런데 이미 몇 차례 지적된 바 있듯이, 「푸른 기차」에서 인물의 사라짐을 재촉하는 것은 이념이 아니라 일상이다. '그'는 "일상성으로부터 일탈을 시도하고 마침내는 완전한 부재에 이르러 '없는 사람'이 되려고 한다."[11]

그렇다면 그의 일상은 무엇으로 구성되어 있는가? 1990년대 소설에서, 「푸른 기차」에서처럼 도시 독신자의 라이프 스타일이 '자, 트라이' 등과 같은 광고 문구 등과 병치되는 것은 그리 놀라운 일은 아니다. 하지만 '그'의 일상을 구성하는 많은 부분들이, 그가 작업중이거나 검토한 논문, 저서, 연구, 과제 들이라는 사실은 흥미롭다. '그'가 집필중인 한 논문을 보면, 현대성이라는 추상적 주제는, 상품 관계 속에서 미시적으로 다루어지며, 그 과정의 작업물

---

11) 강상희, 「소설적 진정성과 현대성의 만남」, 『창작과비평』 1995년 여름호, 429쪽.

들은 당시로서는 새로웠을 방식으로, 컴퓨터에 수차례 파일의 형태로 저장된다. 새롭게 도래한 시대의 지식인인 '그'에게 '유령'처럼 부유하는 것은, '감시 권력'도 '불온의 역사'도 아닌 "현기증 나는 액정 상태의 글자들"이며, 그로부터 자유롭기 위해서 그는 '하지 않는' 몸짓을 통해 습관적인 행위들을 멈추고, '목적 없는' 발걸음으로 집을 나서야 한다.

4. 그 집 앞에서 : 남겨진 생명에 대하여

이 지점에서 보다 분명해지거니와, 지금까지 다룬 소설들의 중심인물들은 대부분 집을 떠나 있다. 그렇다면 방향을 바꿔 최윤 소설에서 집은 무엇인가라는 질문을 마지막으로 던져보기로 하자.

「전쟁들: 집을 무서워하는 아이」는 1996년 연이어 발표된 '전쟁들' 삼부작의 두번째 작품이다. 베트남전과 탈영병 사건(「전쟁들: 그늘 속 여인의 목선」), 걸프전(「전쟁들: 집을 무서워하는 아이」), 제대군인에 의한 총기 난사 사건(「전쟁들: 숲속의 빈터」) 등, 전쟁들 삼부작의 배경에는 군인, 파병, 무기, 학살 등 전쟁의 기호들이 들어서 있다. 그리고 작가는 집을 중심으로 개인의 내밀한 삶의 파국을 전쟁의 흔적들과 교차시킨다.

「푸른 기차」에서처럼, 「전쟁들: 집을 무서워하는 아이」는 변화한 1990년대의 일상적 풍경으로부터 시작한다. '나'가 업무를 집에서 수행할 수 있는 것은 기술적 진보 때문인데, 기술의 발전은 물론 전쟁의 양상에도 영향을 미친다. 1990년대 들어 그 사실이 대중적으로 각인된 사례가 미국의 이라크 침공일 것이다. 소설이 전하듯이, '초정밀도'를 과시하는 '스마트 폭탄'이 빌딩을 파괴하는 장면은 위성을 통해 이국의 안방으로 중계된다.

걸프전 당시 '나'의 부부는 시험관아기를 위한 시술을 준비중이었는데, 그 시술에 대한 묘사는 어느 순간부터 살상에 대한 기술과 흡사해진다. 가장 내밀한 성적 비밀들이 과학의 이름으로 공공연한 것으로 변한 것과, 전쟁의 참상이 '야! 저것 좀 봐'라는 부시의 감탄과 더불어 거대한 구경거리spectacle로 변한 것은 어쩌면 동일한 기원을 가지고 있을지 모른다. "초현대적 절차 속에서 무시무시한 원시를" 느꼈다는 '나'의 술회 속에는, 비약적인 기술 발전의 아이러니가 깃들어 있다. 시험관 시술이 실패로 돌아간 후 '나'에게 생명 탄생을 위한 시도는 결국 전쟁의 기억으로 고착된다. "'피의 능선'과 '캔자스 선' 그리고 오 일간 발사된 '삼십육만 발의 포탄.' 나는 지금도 어두운 방안을 푸르스름한 기계파로 채우고 있는 초음파 검사실이나, 달착지근한 음악이 흘러나오던 흘끗 본 사정실의 푸른 벽지를 걸프전이나 이런 전쟁에 대한 보고서와 연관시키지 않고는 기억하지 못하는 것이다."(226쪽)

「전쟁들: 집을 무서워하는 아이」에서, 이후 소원해진 부부에게 주어진 오늘의 과제는 '집을 무서워하는 아이'를 집으로 초대하는 것이다. 팬플루트 강의의 열성적인 수강생이었던 K씨 부부, 삶의 궁극적인 목표가 볼리비아 이민이라고 말했던 '나'의 이웃, 남미 여행을 위해 부은 적금이 만기에 가까웠다고 자랑했던 그들은 아무런 예고도, 징후도 없이 시신으로 발견된다. 탄생이 학살과 포개졌던 것처럼, 삶의 빛이 되었던 꿈은 돌연한 죽음과 겹쳐진다. 이제 아이에게 집이라는 보금자리는, 가장 끔찍한 공포의 공간이 된다. 그리고 작가는 일상에 깃든 파국을 포착하는 것에 멈추지 않고, 다시 질문을 던진다. 과연 '나'는 아이에게 집을 찾아줄 수 있을 것인가.

최윤 소설에서 남겨진 아이 모티프─이 계열의 첫머리에는 작가의 데뷔작이자, 광주항쟁이 한국인에게 남긴 죄의식에 대한 각별한 증언인 「저기 소리 없이 한 점 꽃잎이 지고」가 자리할 것이다─는 「동행」(2012)에 이르기까지 지속적으로 변주된다. 이 지면에서는 「그 집 앞」을 「전쟁들: 집을 무서워하는 아이」에 이어서 읽으려 한다. 「전쟁들: 집을 무서워하는 아이」는 홀로 남겨진 아이를 집으로 데려오려는 국면에서, 「그 집 앞」은 자매로 함께 성장한 '너'-'K'를 집에서 다시 만나려는 지점에서 각각 마무리된다. 「전쟁들: 집을 무서워하는 아이」에서 K씨 부부의 죽음이 미스터리로 가로놓여 있다면, 「그 집 앞」의 '나'에게는 어머니의 죽음이 가로놓여 있다.

「그 집 앞」에서 독자는, '너'에게 쓰는 편지를 "발신자와 수신자가 분명한 어떤 실험"(177쪽)으로 명명하는 '나'와 조우한다. '나'의 전언에 따르면 '우리'의 집은 ('너'로 인해) 파괴되었고, '나'는 그 사실을 직시하면서도 (너와) 다시 시작하고자 하는 소망에 사로잡힌다. 그리하여 '나'의 실험은 발신자와 수신자를 때로는 '우리'로 묶고 또 때로는 분리하는 분열적 감각 속에서, 폐허로 변한 '우리'의 기원을 응시하며 진행된다.

소설에서 '나'의 고통 가운데에는 어머니의 죽음이 있다. '나'의 가족들은 '너'가 어머니의 죽음에 연루되어 있다는 의혹을 떨치지 못하는데, 그 의혹의 발화점이 된 사건이 '너'가 키우던 개의 죽음이다. "너를 닮았으나 너와 다르고, 너보다 수천 일을 덜 살았으니 너보다 작고, 너를 향해 늘 무언가를 갈구하며 희미하게 웃던 육체, 너만을 기다리며 하루종일 문지방에서 햇빛바라기를 하던 그 미운 육체를 너는 마침내 너, 그리고 우리의 삶에서 제거하고는 떠났지."(188쪽) 어머니의 임종 과정은 '너'의 증언에 의해서만 가능했기에, 개가 '너'에게 죽임을 당한 이후 가족들은 충격 속에서 '너'를 의심하게 된다.

'나'의 실험에서 '너'가 "해독"해야 할 "과제"로 호명될 때, 그것은 풀어야 할 암호인 동시에 치유해야 할 상처의 의미를 띠게 된다. 이후 여행가가 된 '너'는 "서른 살을 기념해 잊지 못할 풍경을 선물"로 준다는 말로 '나'를 사막에 유기해버리지만, '나'는 '너'를 용서하려 하고, 지금 다시 '너'를 만나려 한다. '나'가 묻건대, "그런데 나는, 우리는 왜 완전한 매혹의 무장해제 속에서 매혹이 지옥으로 변모한다는 것을 매번 새까맣게 잊는 걸까."(194쪽) 망각은 관계의 실패가 반복되는 이유일 수 있지만, 반대로 인간이 갖고 있는 이해와 용서의 가능성일 수도 있다. '너'를 향한 '나'의 기다림은 '나'의, '우리'의 집에서 다시 시작된다.

「그 집 앞」의 '나'에게 '집'은 "우리 생의 활동의 어떤 원형"이 시작되는 곳, "우리의 살에 새겨져 생을 지배"하는 "기억의 땅"이다. 집에 대한 이러한 진술은 어머니에 대한 연상과 이어지는데,[12] 어머니를 여의어가는 인간의 형상을 집으로부터의 인력과 척력의 운동 과정 속에 포착한 소설이 「굿바이」다. 「굿바이」는 '사흘 전'부터 '한 달 후'까지, '그날'을 중심으로 열두 개의 소제목들로 분절되어 있다. 도입부를 지나고 나면 곧, '나'의 시간이 어머니의 죽음에 의해 조직되고 있다는 사실이 드러난다.

하지만 「굿바이」는 어머니의 임종 전후를 집중적으로 다루고 있음에도, 비슷한 종류의 서사와는 질감이 다르다. 가령, '나'가 "아름다운 사람"이라 부르는 어머니의 투병 과정은, 서술자의 이성과

---

12) 최윤 소설의 '집'에 관한 상상력의 다른 한 자락에는 어머니에 대한 사랑이 자리하고 있어, 작가는 어머니를 "원초적 셋집의 주인"으로 호명하기도 했다. "어머니. 너의 원초적 셋집의 주인. 그 여인에 대해 너는 무슨 말을 할 수 있을까. 너의 삶 전체에 걸쳐 네가 가장 많이 생각하고 고심했으며, 네가 만난 사람 중에 너의 가장 큰 호기심을 불러일으킨 여인." 최윤, 「집, 방, 문, 벽, 들, 장, 몸, 길, 물─파편 자전: 공간」, 『속삭임, 속삭임』, 민음사, 1994, 190쪽.

지력에 의해 정념이 최대한 제어된 채 기술된다. 사랑과 함께 경건과 평정 역시 한순간도 잃지 않으려는 듯한 문장들은 그러나, 상실을 깊은 곳에서 앓고 있다. 비밀스러운 기행과도 같은 '나'의 새벽 외출은, 아름다운 사람을 떠나보내고 남겨질 '나'가 거쳐야 할 제의적 과정과도 같다.

아버지의 느닷없는 구애와 '나'의 외출은, 상실을 견디는 방법이라는 면에서는 크게 다르지 않을지도 모른다. '나'는 자기를 지키려 하는 '가장'을 (거리를 유지한 채로) 받아들이지만, '나' 스스로는 작별의 시간을 견디게 했던 '남자'와의 관계를 끝냄으로써 별사를 완성하려 한다. 삶은 유한하기에, 가장 가까웠던 존재는 어느 순간 닿을 수 없이 멀리 있는 존재가 된다. 사랑하는 사람은 언젠가는 잃어질 것이기에, 지고의 사랑은 언제나 날카로운 고통의 진원이 된다. 남자의 집을 오가던 차를 불길 속에 두고 '나' 혼자 고가도로에서 내려와 밤길을 걷기까지의 짧지 않은 장면은 그래서 잊기 힘들다. 그녀의 발걸음에는, 존재와 관계의 소멸에 대한 냉철한 인식과, 다시 돌아갈 수 없는 기원을 향한 가없는 사랑과, 스스로 혼자이기를 택한 자의 결연한 내면이 겹쳐져 있다.

그녀는 그렇게 천천히 낡은 차에서 멀어진다. 그녀는 빗방울이 좀더 촘촘하게 떨어지는 밤길을 걷는다. 밤의 입자, 빗방울의 입자, 습기를 머금은 공기의 입자가 손에 잡힐 듯 투명한 밤길을 그녀는 자신의 구두굽이 포도에 내는 규칙적인 소리를 들으면서 걷는다.
아름다운 사람은 밤공기 입자 속에, 도로변 강물의 입자 속에, 구름
속에 흩어져버렸다. (「굿바이」, 327쪽)

최윤

1953년 서울에서 태어나 서강대 국문과를 졸업하고 프랑스 프로방스 대학에서 문학 박사학위를 받았다. 1978년 『문학사상』에 평론 「소설의 의미구조 분석」을 게재하며 문단에 등장했고, 1988년 『문학과사회』에 중편소설 「저기 소리 없이 한 점 꽃잎이 지고」를 발표하며 작품활동을 시작했다. 소설집 『저기 소리 없이 한 점 꽃잎이 지고』 『속삭임, 속삭임』 『열세 가지 이름의 꽃향기』 『첫만남』, 장편소설 『너는 더이상 너가 아니다』 『겨울, 아틀란티스』 『마네킹』, 산문집 『수줍은 아웃사이더의 고백』 등이 있다. 동인문학상 이상문학상을 수상했다.

문학동네 한국문학전집 022
회색 눈사람
ⓒ 최윤 2017

1판 1쇄 2017년 12월 20일
1판 3쇄 2023년 11월 20일

지은이 최윤
펴낸이 김소영

펴낸곳 (주)문학동네
출판등록 1993년 10월 22일 제2003-000045호
주소 10881 경기도 파주시 회동길 210
전자우편 editor@munhak.com | 대표전화 031) 955-8888 | 팩스 031) 955-8855
문의전화 031) 955-3576(마케팅) 031) 955-2679(편집)
문학동네카페 http://cafe.naver.com/mhdn
인스타그램 @munhakdongne | 트위터 @munhakdongne
북클럽문학동네 http://bookclubmunhak.com

ISBN 978-89-546-4888-2 04810
        978-89-546-2322-3 (세트)

www.munhak.com